특성 없는 남자 4

나남
nanam

한국연구재단 학술명저번역총서
서양편 427

특성 없는 남자 4

2022년 3월 5일 발행
2022년 3월 5일   1쇄

지은이   로베르트 무질
옮긴이   신지영
발행자   趙相浩
발행처   (주) 나남
주소   10881 경기도 파주시 회동길 193
전화   (031) 955-4601 (代)
FAX   (031) 955-4555
등록   제 1-71호 (1979. 5. 12)
홈페이지   http://www.nanam.net
전자우편   post@nanam.net
인쇄인   유성근 (삼화인쇄주식회사)

ISBN 978-89-300-4092-1
ISBN 978-89-300-8215-0 (세트)

책값은 뒤표지에 있습니다.

'한국연구재단 학술명저번역총서'는 우리 시대 기초학문의 부흥을 위해
한국연구재단과 (주)나남이 공동으로 펼치는 서양명저 번역간행사업입니다.

한국연구재단
학술명저번역총서
427

특성 없는 남자 4

로베르트 무질 장편소설

신지영 옮김

Der Mann ohne Eigenschaften

by

Robert Musil

영국

러시아

독일

프랑스

스위스

• 빈
오스트리아-헝가리

루마니아

세르비아

몬테네그로

불가리아

이탈리아

알바니아

스페인

그리스

오스만 제국

소설의 배경인 1914년의 유럽 지도

차례

— 4 권 —

등장인물 소개   8

제 2 부   늘 똑같은 일만 일어난다

117. 라헬의 검은 하루   11
118. 그럼 그를 죽여!   17
119. 약세측과 유혹   35
120. 평행운동이 소요를 야기하다   48
121. 담판   63
122. 귀갓길   84
123. 전환   95

제 3 부   천년왕국으로(범죄자들)

1. 잊고 있던 누이   115
2. 신뢰   123
3. 상갓집의 아침   139
4. 나는 동지가 있었다   151
5. 부당한 짓을 하다   161
6. 노인네가 마침내 안식을 얻다   172
7. 클라리세의 편지가 당도하다   177
8. 두 명의 가족   183
9. 아가테, 그녀가 울리히와 이야기할 수 없으면   198

10. 스웨덴 요새 소풍의 계속적 진행.
    다음 발걸음의 도덕   209
11. 성스러운 대화. 시작   230
12. 성스러운 대화. 변화무쌍한 진전   240
13. 울리히가 돌아오고 장군에게서
    그가 놓친 것을 전부 보고받다   270
14. 발터와 클라리세 집에 생긴 새로운 일.
    노출증 환자와 구경꾼들   285
15. 유언장   304
16. 디오티마의 외교관 남편과의 재회   320
17. 디오티마가 독서목록을 바꾸었다   333
18. 한 도덕주의자가 편지를 쓰면서 겪는 어려움   351

지은이 · 옮긴이 소개   363

등장인물 소개

울리히	이 이야기의 주인공인 특성 없는 남자. 군인과 공학자를 거쳐 수학자가 되었다.
레오나	바리에테 가수이자 울리히의 연인.
보나데아	유명 법률가의 아내이자 두 아들의 어머니. 울리히의 연인.
발터	울리히의 학창 시절 친구.
클라리세	발터의 아내이자 울리히의 친구.
모스브루거	세간에 화제가 된 살인자.
울리히의 아버지	특성 있는 남자인 법학자.

라인스도르프	평행운동의 창시자. 현실정치가를 자처한다.
디오티마	평행운동을 이끄는 귀부인. 울리히의 사촌.
투치 국장	디오티마의 남편. 시민계급 출신의 외무부 국장.
슈툼 장군	국방부 군사 및 일반교육과 과장. 울리히가 소위였을 때 중대를 지휘했다.
아른하임	프로이센의 대부호이자 대저술가.
라헬	디오티마의 몸종.
졸리만	아른하임의 하인인 흑인 소년.

레오 피셸	로이드은행의 지점장 직무대행.
게르다 피셸	레오 피셸의 딸. 한스를 비롯한 청년 모임과 어울리며 아버지와 충돌한다.
한스 젭	반유대적인 청년 모임의 주된 인물.

아가테	울리히의 여동생.
하가우어	아가테의 두 번째 남편.
슈붕	법의 입안을 두고 울리히의 아버지와 대립했다.
포이어마울	인간은 선하다고 주장하는 시인.
지그문트	클라리세의 오빠이며 의사.
마인가스트	클라리세와 발터의 옛 지인인 예언자.
린트너	김나지움 교사.

117
라헬의 검은 하루

남자의 깨어남과 라헬을 유혹하려는 결심은 야생동물이 사냥꾼을 또는 도축될 동물이 도살자를 차갑게 만들 듯 졸리만을 차갑게 만들었지만 그는 어떻게 이 목적을 달성할 수 있을지, 이때 어떤 방식으로 나아가야 할지, 같이 있을 때의 상황이 어떠해야 충분할지 알지 못했다. 한마디로, 남자의 의지는 그에게 소년의 나약함을 절실히 느끼게 했다. 라헬도 무슨 일이 일어나야 하는지 알았고 울리히의 손을 놓는 것도 잊고 잡고 있었던, 보나데아와의 모험에 합격한 그날 이후로 자제력을 잃었거나 이른바 에로틱한 방심에 푹 빠졌으며 이것은 꽃비처럼 졸리만에게도 떨어졌다. 하지만 상황은 그들에게 유리하지 않았고 지체를 유발했다. 요리사가 병이 나 라헬은 외출을 포기해야 했고 집에 오는 손님들 때문에 바빴다. 아른하임은 자주 디오티마에게 오기는 했지만 어린 것들에게 좀더 주의를 기울이기로 결심한 모양인지 졸리만을 데리고 오는 일이 아주 드물어졌고 데리고 오더라도 그들은 주인이 동석한 가운데 몇 분간만 보았고 조바심 나는 어두운 얼굴을 하지 않을 수 없었다.

이 시기 그들은 너무 짧은 사슬에 묶여 있다는 고통을 상대방이 느끼도록 했으므로 서로에게 화가 날 지경이었다. 더욱이 억누를 수 없는 충동은 졸리만을 폭력적 출격으로 이끌었다. 그는 밤중에 호텔을 빠져나갈 계획을 세웠고 주인이 이를 모르도록 침대보를 훔쳐 자르고 꼬아 줄사다리를 만들려고 시도했지만 실패하자 오용당한 침대보를 채광구(採光口)에 버렸다. 그 후 그는 어떻게 하면 밤에 건물 외벽의 인물상이나 돌림띠를 잡고 기어 내려가고 올라갈 수 있을지 오랫동안 고민했지만 소용이 없었고 낮에 길을 갈 때도 이 도시를 유명하게 만든 건축물들에서 관광객들을 위한 볼거리와 어려움 말고는 아무것도 보지 못했다. 하지만 그가 이 계획과 그 장애물을 짧게 속삭이며 털어놓은 이후 라헬은 밤에 불을 끌 때면 드물지 않게 검은 보름달 같은 그의 얼굴이 담장 발치에 나타나는 것을 보았다고 생각하거나 찌르찌르 부르는 소리를 들었고, 작은 방 창문 밖 텅 빈 밤 속으로 몸을 굽혀 수줍은 답을 했지만 바로 그 텅 빔만을 들여다볼 뿐이었다. 하지만 그녀는 더 이상 이 낭만적 방해에 화가 나지 않았고 애타게 그리워하는 슬픔을 느끼며 이를 받아들였다. 사실 이 애타는 그리움은 울리히를 향한 것이었고, 졸리만은 사랑하지 않지만 이와 상관없이 그녀가 몸을 바치게 되어 있는 남자였으며 라헬은 이에 대해 추호의 의심도 없었다. 사람들이 그녀와 그를 만나지 못하게 했다는 것, 지난 며칠 동안 그들이 서로의 목소리를 속삭이면서밖에 듣지 못했다는 것, 그들에 대한 상관의 노여움이 똑같이 나타났다는 것은 불확실성, 섬뜩함, 한숨으로 가득 찬 하룻밤이 연인들에게 하는 작용과 비슷한 작용을 했고 그들의 작열하는 상상을 마치 집광(集光) 렌즈처럼 모았는데, 이 렌즈의 광선은 아늑한 온기를 느끼기에는 너무 강렬해서 그 아래에서 오래 버틸 수가 없다.

그리고 이 점에서는 줄사다리나 벽 타기처럼 꿈같은 엉뚱한 생각을 하지 않았던 라헬이 더 현실적이었다. 평생에 걸친 유괴라는 안개형상은 곧 은밀히 마련된 밤이 되었고 이 또한 손에 닿지 않았으므로 이 밤은 감시 없는 15분이 되었다. 그리고 결국 디오티마도, 라인스도르프 백작도, 아른하임도 생각지 못한 것은 그들의 '직책'이 정신의 대회의가 성과 없이 끝난 후에 그들로 하여금 그 결과에 대해 근심어린 숙고를 교환하게 하고 이 숙고가 종종 한 시간 더 그들을 붙잡아 둘 때면 — 그 외 다른 목적은 추호도 없었다 — 이런 한 시간이 4개의 15분으로 이루어진다는 것이었다. 하지만 라헬은 이를 계산했고, 요리사가 아직 완전히 업무에 복귀하지 않았고 일찍 퇴근해도 된다는 허가를 받았기 때문에 요리사의 어린 동료인 라헬은 할 일이 너무 많다는, 그래서 사람들이 라헬이 어디 있는지 알 수 없다는 장점을 누렸고 이 시간 동안 가능하면 시중드는 일에서 제외되었다. 그녀는 벌써 시험 삼아 몇 번 — 물론 자살하기에는 너무 비겁해서 아주 오랫동안 그런 척하는 시도들을 해보다가 실수로 그 하나가 성공하는 사람처럼 — 발각될 경우를 대비해 업무상의 핑계로 무장한 졸리만을 몰래 끌어들였고 그에게 자신의 방으로 오는 길이 건물 외벽을 기어오르는 길 말고도 가능함을 이해시켰다. 하지만 이 어린 연인들은 아직 대기실에서 함께 하품을 하고 귀를 기울이며 상황을 관찰하는 것을 넘어서지는 못했다. 그런데 어느 날 밤 방 안의 목소리들이 타작할 때와 같은 톤으로 일정하게 이어지자 졸리만은 소설의 아름다운 한 구절을 인용하면서 더 이상 기다릴 수 없다고 선언했다.

라헬의 방에서도 빗장을 잠근 것은 여전히 그였다. 하지만 그 후 그들은 불을 켤 엄두를 내지 못했고 우선은 아무것도 보지 못한 채, 어찌된 일인지 둘 다 동시에 시력과 함께 모든 감각을 다 빼앗긴 채 어두운 공원에 있는 동상들처럼 마주 서 있었다. 졸리만은 라헬의 손을 꽉 잡거나 다리를 꼬집어 그녀가 소리를 지르게 할 생각이었으리라. 지금까지 그의 남성적 승리는 늘 이런 성질의 것이었으니까. 하지만 그는 소리를 내지 말아야 했으므로 자제해야 했고, 그나마 수줍게 작고 거친 시도를 감행했을 때 라헬에게서는 조급한 무관심만이 되돌아왔다. 라헬은 그녀의 허리를 붙잡아 앞으로 미는 운명의 손을 느꼈으며 그녀의 코와 이마는 얼음같이 차가워졌는데, 마치 그녀가 지금 벌써 자신의 모든 공상들로부터 버림받은 듯했다. 이때 졸리만 역시 완전히 어쩔 줄을 몰랐고 뼛속까지 어색했으며 이렇게 어둠 속에서 마주보고 서 있음이 어떻게 끝이 날지는 예측불허였다. 그래서 마침내 고상하지만 경험은 더 많은 라헬이 유혹하는 역할을 해야 했다. 그리고 이때 도움을 준 것은 그녀가 디오티마를 향해 예전의 사랑 대신 품고 있는 증오였다. 더 이상 여주인의 고상한 환희에 참가하는 자에 만족하지 않고 자신의 사랑사업을 시작한 이후 그녀는 아주 많이 변했다. 졸리만과의 만남을 숨기기 위해 거짓말을 했을 뿐 아니라 디오티마의 머리를 손질하면서 빗으로 머리카락을 뽑아 그녀의 순결을 감시하는 주의력에 복수했다. 하지만 지금 그녀를 가장 화나게 한 것은 이전에는 그녀를 가장 열광시켰던 것, 즉 그녀가 디오티마가 더 이상 입지 않게 되어 그녀에게 선물한 셔츠, 바지, 스타킹을 착용해야 했다는 것이었다. 폭을 3분의 1 정도 잘라내고 완전히 새로 재단을 했다 해도 그 속옷을 입은 그녀는 감방에 갇힌 듯 여겨졌고 관습의 멍에를 맨몸으로 느꼈기 때문이었다. 하지만 바로 이것이 이번에는 지금 그녀의 처지에 꼭 필요한 기발한 착상을 선사했다. 그녀는 예전에도 벌써 졸리만에게 여주인의 속옷에서 오래전부터 알아차릴 수 있

14

었던 변화들에 대해 이야기를 했으므로 정치적으로 긴급히 필요한 연결점을 찾기 위해 그냥 그에게 그것을 보여 주기만 하면 되었다. "그들이 얼마나 나쁜지 여기서 볼 수 있어." 그녀는 어둠 속에서 졸리만에게 자신의 팬티의 달빛 같은 흰색 가장자리를 보여 주며 말했다. "그들 사이가 보통이 아니라면, 그들은 이 집에서 준비되고 있는 전쟁과 관련해서도 주인을 속이고 있는 것이 확실해!" 소년이 부드럽고 위험한 속바지를 만지자 그녀는 약간 숨이 차서 덧붙였다. "내기해도 좋아, 졸리만, 너의 바지들도 너만큼이나 검지. 늘 그렇게 들었어!" 졸리만은 모욕감을 느꼈지만 상냥하게 그녀의 다리에 손톱을 박았고 라헬은 몸을 빼내려 그를 향해 움직여야 했고 계속 이런저런 말을 하거나 동작을 해야 했지만 이렇다 할 성과는 없었다. 마침내 그녀는 자신의 뾰족하고 작은 이빨을 사용했고 졸리만의 얼굴을 — 이 얼굴은 아이처럼 그녀의 얼굴을 눌렀고 그녀가 움직일 때마다 소년처럼 그녀의 얼굴을 막아섰다 — 커다란 사과처럼 다루었다. 그리고 이때 그녀는 이 노고를 잊었고 졸리만은 그의 어색함을 부끄러워하는 것을 잊었고 부유하던 사랑의 폭풍이 어두움을 뚫고 휘몰아쳤다.

폭풍은 사랑하는 자들을 놓아주었을 때 이들을 땅에다 쿵 하고 내려놓았다. 폭풍은 벽을 뚫고 사라졌고 그들 사이 어둠은 죄인들이 자신들의 몸에 검게 칠한 한 덩어리 석탄 같았다. 그들은 몇 시인지 몰랐고 많은 시간이 흘렀으리라 생각하고는 무서워졌다. 라헬의 겁먹은 마지막 키스는 졸리만에게 성가심 같은 맛이 났다. 그는 불을 켜달라고 했고, 훔친 물건을 가지고 이제 온 힘을 다해 도망칠 궁리만 하는 도둑처럼 행동했다. 수치심을 느끼며 재빨리 옷매무새를 정리하던 라헬은 아무런 목표도, 바닥도 없는 시선으로 그를 바라보았다. 그녀의 눈 위로는 엉클어진 머리카락이 하나 늘어져 있었고 그 눈 뒤에서 처음으로 다시, 지금 이 순간까지 잊고 있던 그녀의 명예사랑의 모든 그림들이 죽 그녀를 마주보고 있었다. 그녀는 온갖 가능한 미덕 이외에도 아름답고 부유하며 모험적인 연인을 원했었는데, 거기에는 졸리만이 옷을 제대로 입지 못한 채 끔찍하게도 흉한 모습으로 서 있었고 그녀는 그가 그녀에게 한 이야기를 한 마디도 믿지 않았다. 아마 그녀는 그들이 서로 떨어지기 전 어둠 속에서 그의 통통하고 팽팽한 얼굴을 한동안 더 팔 안에 붙잡아 두고 싶었으리라. 하지만 이제 불이 켜진 곳에서 그는 그녀의 새 연인이었고 그 이상은 아니었으며 수천 명의 남자로부터 약간 가소로운 꼬마로, 그리고 다른 모든 이들을 배제시키는 한 녀석으로 쪼그라들었다. 하지만 라헬은 다시, 유혹을 당했고 이 사실을 폭로할 수 있는 임신을 두려워하는 하녀였다. 그녀는 이 변화에 너무 겁을 먹어 한숨을 쉴 수도 없었다. 그녀는 졸리만이 옷을 입는 것을 도와주었는데, 소년이 당황한 나머지 단추가 많이 달린 꽉 끼는 외투를 내동댕이쳐 버렸기 때문이었다. 하지만 사랑하는 마음에서 도와준 것은 아니었고 빨리 아래로 내려가기 위해서였다. 그녀는 모든 것에 지나치게 많은 대가를 지불한 것처럼 여겨졌고 발각된다는 것은 참을 수 없는 것이었으리라. 어쨌든 그들이 준비가 다되자 졸리만은 그녀에게 몸을 돌렸고 멋진 미소를 지으며 히힝거렸다. 결국 그는 매우 자랑스러웠으니까. 라헬은 재빨리 성냥갑을 챙겼고 불을 껐고 조심스럽게 빗장을 열었으며 문을 열기 전에 그에게 속삭였다. "내게 한 번 더 키스해야 해!" 그게 수순이니까. 하지만 그것

16

은 둘 다에게 입술 위에 치약이 묻은 듯한 맛이었다.

　대기실에 도착한 그들은 자신들이 제때에 돌아왔고 문 뒤에서 대화가 좀 전과 똑같이 계속되고 있음을 알고는 매우 놀랐다. 손님들이 출발했을 때 졸리만은 사라졌고 30분 후 라헬은 여주인의 머리를 매우 세심하게, 거의 예전의 겸허한 사랑을 담아 빗겼다. "내 훈계가 네게 좋은 결과를 보이니 기쁘다!" 디오티마는 칭찬했고, 그토록 많은 질문들에서 제대로 된 만족감을 얻을 수 없었던 그녀는 작은 하녀의 손을 친절하게 두드렸다.

118
그럼 그를 죽여!

발터는 출근할 때 입는 양복 대신 좀더 좋은 양복을 입었고 클라리세의 화장대 거울 앞에서 넥타이를 맸다. 거울은 새로운 취향에 맞추어 틀은 구불구불했지만 기포가 든 듯한 싸구려 유리에서 왜곡되고 깊이 없는 상을 반사했다. "그들이 옳아!" 그는 화가 나서 말했다. "이 유명한 운동은 속임수일 뿐이야!"

　"소리친다고 그게 그들에게 무슨 득이 되겠어?" 클라리세가 말했다.

　"도대체 오늘날 생이 우리에게 무슨 득이 돼! 거리로 나서면 그들은 적어도 행렬을 만들지. 한 사람은 다른 사람의 육체를 느끼지! 적어도 생각하지도 않고 쓰지도 않아. 여기서 벌써 뭔가가 생기지!"

　"정말로 이 운동이 이런 분노를 살 만하다고 생각해?"

　발터는 어깨를 으쓱했다. "국무총리에게 전달된 독일인 대표단의 결의에 관한 신문기사 못 읽었어? 독일 민족이 받은 마음의 상처와 불이익 등? 체코인 클럽의 조소 어린 결의도? 아니면 폴란드인 국회의원들이 지역구로 떠났다는 짧은 소식도 행간을 읽을 줄 안다면 많은 걸 말해 주지. 폴란드인들은 ― 결정은 항상 그들에게 달려 있어 ― 정부를 곤경에 처하게 하거든! 긴장된 상황이야. 공동의 애국운동으로 모두를 자극할 시기가 아니었어!"

"오늘 아침 시내에 갔을 때", 클라리세가 이야기했다. "말 탄 경찰들이 행진하는 걸 봤어. 한 연대 전부였어. 한 부인은 그들이 어딘가 매복할 거랬어!"

"물론이야. 군대도 병영에서 대기하고 있어."

"무슨 일이 일어날 거라고 생각해?!"

"그거야 알 수 없지!"

"그럼 그들이 사람들 사이로 말을 타고 돌진해? 사람들 사이에 수많은 말 몸통이 있는 건 상상만 해도 끔찍해!"

발터는 넥타이를 다시 풀었고 새로 맸다. "그런 걸 같이 해본 적이 있어?" 클라리세가 물었다.

"대학생 때."

"그 후로는 없고?"

발터는 없다고 머리를 가로저었다.

"무슨 일이 일어나면 그건 울리히 책임이라고 좀 전에 말했지?" 클라리세는 다시 한번 확인하려 했다.

"그렇게 말하지 않았어!" 발터가 항변했다. "유감스럽게도 그는 정치적 사건들에 관심이 없어. 나는 그냥 경솔하게 그런 일을 야기하는 것이 그답다고 말했어. 그는 거기에 책임이 있는 사람들과 교류하니까!"

"나도 같이 시내로 가고 싶어!" 클라리세가 속마음을 털어놓았다.

"절대 안 돼! 그건 널 너무 흥분시킬 거야!" 발터는 이 대답을 아주 단호하게 했다. 그는 사무실에서 이 데모로 기대하는 바가 무엇인지에 대해 많은 이야기를 들었고 클라리세를 거기서 떼어놓으려 했다. 군중의 무리에서 솟아오르는 이 히스테리, 이것은 그녀를 위한 것이 아니었다. 클라리세는 임신부처럼 다루어야 했다. 그는 자신에게 문을 닫아 버리는 연인의 냉담하고 예민한 반응 속으로 부지중에 임신의 한심한 온기를 불어넣어 준 이 단어에 거의 사레가 들릴 뻔했다. "하지만 평범한 개념을 넘어서는 연관성들이 있어!" 그는 약간은 자랑스럽게 스스로에게 말했고 클라리세에게 제안했다. "네가 원한다면 나도 집에 있을게."

"아냐", 그녀가 대답했다. "너라도 거기 있어야 해."

그녀는 혼자 있고 싶었다. 발터가 임박한 선언에 대해 이야기하고 그런 것이 어떻게 보이는지 서술했을 때 그녀는 눈앞에서 뱀 한 마리를 보았는데, 뱀은 비늘이 수없이 많았으며 비늘 하나하나가 따로 움직였다. 그녀는 이 광경에 대해 스스로 확신을 얻기 전까지는 말을 많이 하고 싶지 않았다.

발터는 한 팔로 그녀를 감쌌다. "나도 집에 있을까?" 그가 거듭 물었다.

클라리세는 팔을 떼어 내고는 벽에서 책을 한 권 가져왔으며 그에게는 신경을 쓰지 않았다. 그녀의 니체 중 한 권이었다. 하지만 발터는 이제 그녀를 떠나는 대신 이렇게 부탁했다. "네가 무엇에 몰두하고 있는지 나도 보게 해줘!"

이제 벌써 늦은 오후가 되고 있었다. 봄에 대한 막연한 예감이 집 안에 퍼져 있었다. 유리나 담장에 부딪혀 약해진 새소리가 들리는 듯했다. 가짜 꽃향기가 바닥의 래커 냄새에서, 천 커버들에서, 잘 닦인 놋쇠 손잡이에서 피어올랐다. 발터는 책을 향해 팔을 뻗었다. 클라리세는 두 손으로 책을 감쌌고 펼쳐진 페이지 사이에 손가락 하나를 끼웠다.

그리고 이제 이 결혼생활에 너무나 풍부한 그 '끔찍한' 체험이 상연되었다. 이 모든 체험들의 원본은 동일했다. 극장에서 무대 조명이 꺼지고 서로 마주보고 있는 두 개의 칸막이 관람석에 불이 켜진다. 모든 계집들과 남자들 사이에서 선발되어 한쪽에는 발터가, 다른 한쪽에는 클라리세가 있고 그들 사이에는 눈에 보이지 않는 인간들로 인해 따뜻해진 깊고 검은 심연이 있다. 이제 클라리세가 입을 열고 이어 발터가 대답하고 모든 것은 숨을 멈추고 귀를 기울인다. 여태 어떤 인간도 해낼 수 없었던 연극이자 소리극이기 때문이다. 이렇게 발터가 부탁하면서 팔을 뻗고 클라리세가 몇 발자국 그에게서 떨어져서 손가락을 펼친 책 속에 단단히 끼우고 있는 동안에도 이 극이 펼쳐졌다. 되는 대로 그녀의 눈에 들어온 대목은 대가가 의지의 붕괴로 인한 빈곤에 대해 말한 그 아름다운 구절이었다. 이 빈곤은 개별사항이 전체를 제물로 하여 번성하는 와중에 모든 삶의 형상물 속에 모습을 나타낸다. 그녀는 "삶은 가장 작은 형성물 속으로 밀려나고 그 나머지에는 삶이 결핍된다"라는 문장을 아직 기억했고, 그 밖에 발터가 그녀를 방해하기 직전에 훑어보았던 더 큰 전체에 대해서는 그 의미가 있는 방향만 대충 기억했다. 그리고 이때 그녀는, 그녀에게 불리한 순간이었음에도, 큰 발견을 했다. 대가는 이 대목에서 모든 예술에 대해, 심지어 모든 형태의 인간 삶에 대해 이야기했지만 문학만 예로 사용했던 것이다. 보편적인 것을 이해하지 못했던 클라리세는 니체가 자신의 사상의 파급범위를 전부 파악한 것은 아님을 발견했다. 그의 사상은 음악에도 해당되었으니까! 그러면서 그녀는 남편의 병적인 피아노 연주를, 마치 그것이 실제로 옆에서 울리는 듯, 들었다. 음들은 그가 그녀를 생각하자마자, 대가의 다른 대목을 인용하자면, '도덕적 취향'이 그의 내면에 있는 '예술가'를 제압하자마자, 감정적으로 미적거렸고 멈칫멈칫 등장했다. 클라리세는 발터가 말없이 그녀를 갈망할 때마다 이 소리를 들었다고 생각했고 그의 얼굴에서 도망치는 음악을 볼 수 있었다. 그러면 이 얼굴에서는 입술만 빛을 발했고 그는 손가락을 베여 기절할 것처럼 보였다. 신경질적으로 미소 지으면서 한 팔을 뻗고 있는 지금도 그는 그렇게 보였다. 니체는 당연히 이 정도까지는 알 수 없었겠지만 그녀가 우연히 딱 이와 관련된 대목을 펼친 것은 표시와도 같았고, 그녀가 이 모든 것을 동시에 보고 듣고 이해했으므로 발명의 번개가 그녀 안에 내리쳤고, 그녀는 니체라는 이름의 높은 산 위에 서 있었으며, 발터를 자기 밑에 파묻은 니체는 겨우 그녀의 발바닥까지만 미쳤다! 창조적이지도, 정신에 접근하지도 못하는 대부분 인간들의 '응용 철학과 문학'은 작은 개인적 변형과 타인의 위대한 사상의 이런 반짝이는 융합으로 구성된다.

발터는 그사이 자리에서 일어났고 이제 클라리세에게 접근했다.

그는 참가하려던 데모에 가지 않고 그녀 곁에 있기로 결심했다. 그는 자신이 다가가는 동안 그녀가 마뜩치 않게 벽에 기대 서 있는 것을 보았으며, 남자 앞에서 뒤로 물러서는 여자가 의도적으로 보이는 이 몸짓은 유감스럽게도 그것이 담고 있는 혐오감을 그에게 전염시키지 않았고 오히려 그 원인으로나 더 적합했을 남성적 표상을 일깨웠다. 남자는 명령할 수 있어야 하고 거역하는 자에게 자신의 의지를 강요할 수 있어야 하니까. 그리고 남자임을 입증하려는 이 욕구는 갑자기 발터에게 특별한 사람이어야 한다는 청소년 시절 미신의 폭파된 잔재에 대항하는 싸움과 같은 것이 되었다. '특별한 사람일 필요 없어!' 그는 스스로에게 반항적으로 말했다. 이 공상 없이 살 수 없다는 것이 그에게는 비겁함처럼 보였다. '우리 모두의 내면에는 방종이 있어.' 그는 내다버리듯이 생각했다. '우리 모두의 내면에는 병적인 것, 끔찍한 것, 고독한 것, 사악한 것이 있어. 각자 자신만이 할 수 있는 일을 할 수 있으리라는 말은 아직 아무 의미도 없어!' 비범한 일을 전개할 과제가 있다는 광기는 그를 격분시켰다. 쉽게 부패하는 이 종양을 억제하고 유기적으로 용해시키고 쉽게 너무나 조용해지는 시민적인 피를 이것으로 조금 맑게 하는 대신에 말이다. 그는 이렇게 생각했고 자신에게 음악과 회화가 고상한 오락 이상이 아닐 날을 기다렸다. 그가 아이를 원했다는 것은 이 새 과제의 일부였다. 거인이나 불을 가져다주는 자가 되겠다던, 청소년 시절 그를 지배했던 갈망의 최종 결과로 그는 그 전에 다른 모든 사람들처럼 되어야 한다는 믿음을 약간 더 과장해서 수용했다. 이 시기 그는 아이가 없는 것을 수치스러워했다. 클라리세와 수입이 허락했다면 그는 다섯 명의 아이를 원했으리라. 따뜻한 생활집단의 중심이고자 하는 욕구를 느꼈으니까. 그리고 그는 삶을 지탱하는 위대한 평균인간을 평균성에서 능가하기를 원했다. 이 갈망 속에 들어 있는 모순에도 아랑곳없이.

하지만 외출준비를 하고 이 대화를 시작하기 전 그가 생각을 너무 많이 했거나 잠을 너무 많이 잤을 수도 있었다. 지금 그는 뺨이 뜨거웠고, 보다시피, 클라리세는 그가 왜 그녀의 책에 접근하는지를 당장 알아차렸다. 서로에 대한 이 섬세한 감정조율은 고통스러운 거부표시에도 불구하고 당장 그를 은밀히 감동시켰으므로 폭력성은 조금 손상되었고 그의 단순함은 다시 산산조각이 났다. "왜 읽고 있던 것을 보여주려 하지 않지? 우리 이야기 좀 하자!" 그가 소심하게 간청했다.

"'이야기할' 수 없어!" 클라리세가 중얼거렸다.

"넌 신경이 너무 날카로워져 있어!" 발터가 소리쳤다. 그는 책을 펼친 채로 뺏으려고 했다. 클라리세는 고집스럽게 책을 몸에 딱 붙였다. 하지만 한동안 몸싸움을 벌인 후 발터는 이런 생각이 들었다. '이 책으로 도대체 내가 뭘 하려는 거지!' 그리고 그는 클라리세를 놓아주었다. 이로써 이 건은 사실 이제 끝이 났으리라. 만약 풀려난 그 순간 클라리세가 위협적 폭력을 피해 뻣뻣한 생울타리를 뚫고 뒷걸음질 치듯이 그제야 정말로 격렬히 벽에 몸을 밀착시키지 않았더라면 말이다. 그녀는 숨을 쉬지 못했고 창백해졌고 쉰 목소리로 그에게 외쳤다. "넌 스스로 성과를 내는 대신 아이 속에서 자신을 이어 가려 해!"

독이 든 불처럼 그녀의 입은 그를 향해 이 문장을 짜냈고 이제 발터도 자기도 모르게 다시 "우리 이야기 좀 하자!"라는 문장을 헐떡이며 말했다.

"이야기하지 않겠어. 네가 싫어!!" 클라리세는 갑자기 완전한 성량을 되찾았고 이를 뚜렷한 목적의식을 가지고 사용하며 대답했는데, 무거운 도자기 그릇이 딱 그녀의 발과 발터의 발 사이 바닥에 떨어진 듯했다. 발터는 한 걸음 뒤로 물러났고 깜짝 놀라 그녀를 바라보았다.

클라리세는 그렇게 나쁜 마음으로 이 말을 한 것은 아니었다. 한번 선의에서 또는 태만에서 타협할까 무서웠을 뿐이었다. 그러면 발터는 그녀를 즉시 강보 끈으로 자신에게 묶을 것이고 이 일은 적어도 그녀가 전 질문에 답을 하려는 지금은 절대 일어나서는 안 되었다. 사건들은 '첨예화되었다'. 그녀는 머릿속으로 이 단어에 굵은 밑줄을 쳤는데, 이것은 발터가 왜 사람들이 거리로 나섰는지를 설명하는 데 사용한 단어였다. 니체의 작품을 결혼선물로 줌으로써 니체와 연관된 울리히는 일이 벌어지면 그 예봉(銳鋒)이 향하게 될 다른 편에 서 있었으니까. 그리고 니체가 그녀에게 막 표시를 하나 주었고 그녀가 이때 '높은 산' 위에 서 있는 자신을 보았다면, 높은 산은 위로 첨예화된 땅이 아니고 무엇이란 말인가?! 이것은 거의 어떤 인간도 설명할 수 없는 매우 독특한 연관성들이었고 심지어 클라리세에게도 분명하지 않았다. 하지만 바로 그 때문에 그녀는 혼자 있고 싶었고 발터를 집 밖으로 쫓아내고 싶었다. 이 순간 그녀의 얼굴에서 이글거리는 거친 증오는 순수한 또는 진지한 증오는 아니었고 인격의 관여가 불확실한, 그냥 육체적으로 미쳐 날뛰는 증오, 발터도 익히 알고 있는 '피아노 분노'였다. 그래서 그도 한동안 얼이 빠져 아내를 바라본 후 갑자기 때늦은 창백함에 뒤덮였으며 이빨을 드러냈고, 그가 싫다는 그녀의 말에 대한 대답으로써 이렇게 소리치는 일이 벌어졌다. "천재로부터

24

너를 지켜! 너나 지켜!"

그는 그녀보다 더 격하게 소리를 질렀고 이 암울한 예언은 그 자신에게 더 소름끼치게 여겨졌다. 이 예언이 그 자신보다 더 강하게 그냥 그의 목구멍을 뚫고 나왔으니까. 그리고 갑자기 일식(日蝕)이라도 일어난 듯 방 안에 있는 모든 것이 검게 보였다.

이는 클라리세에게도 깊은 인상을 남겼다. 그녀는 갑자기 침묵했다.

그것은 일식처럼 강한 감정을 의미했고 분명 단순한 일이 아니었고 어떻게 생겨났든지 간에 그 한가운데서 돌연 울리히에 대한 발터의 질투심이 단번에 폭발했다. 그는 그러면서 왜 그를 '천재'라고 불렀을까? 그건 아마 대충, 곧 산산조각이 날 것임을 모르는 오만과 같은 뜻이었을 것이다. 발터는 갑자기 눈앞에서 옛날의 장면들을 보았다. 유니폼을 입고 집에 온 울리히, 야만인, 그는 벌써 실제 여자들하고 경험이 있었지만 나이가 더 많은 발터는 아직도 공원에 있는 석상 위에 앉아서 시를 짓고 있었다. 나중에는 정확성, 속도, 철의 정신에 관한 새로운 소식을 집으로 가져온 울리히. 하지만 인문주의자 발터에게는 이것도 야만인 무리의 침입이었다. 발터는 늘 이 연하의 친구에게 육체적으로 또 실행력에서 더 나약한 쪽이 갖는 은밀한 불쾌감을 느꼈지만 동시에 자신 속에서는 정신을, 울리히 속에서는 가공되지 않은 의지만을 보았다. 그들의 관계는 늘 이 견해를 강화시키는 것이었고 발터는 미와 선에 감동을 받고 울리히는 고개를 설레설레 흔드는 것이었다. 이런 인상들은 그대로였다. 펼쳐진 그 대목을 ─ 이것 때문에 그는 클라리세와 다투었다 ─ 보았다 해도 발터는 결코 거기 서술된 해체, 생의 의지를 전체에서 세부사항으로 몰아내 버리는 해체를, 클라리세가 이해했듯이, 자신의 예술가적 소심함에 대한 비난으로 인식할 수는 없었으리라. 대신 그는 이것이 경험에 대한 현대의 미신에서 볼 수 있는 세부사항의 과대평가에서 시작해서, 자아에까지 파고드는 그 야만적 붕괴까지 친구 울리히에 관한 탁월한 서술이라고 확신했으리라. 그는 이를 '특성 없는 남자' 혹은 '남자 없는 특성들'이라 명명했고 과대망상에 빠진 울리히는 게다가 이 표현이 좋다고 했다. 발터는 '천재'라는 비방으로 이 모든 것을 의미했다. 누군가가 자신을 고독한 개인이라고 불러도 된다면 그 스스로가 그렇다는 말이니까. 그리고 그는 자연스러운 인간의 과제로 되돌아가기 위해 이를 포기했고 이 점에서 친구보다 한 세대 앞서간다고 느꼈다. 하지만 클라리세가 그의 비방에 침묵하는 동안 그는 생각했다. '그녀가 지금 단 한 마디라도 울리히 편을 드는 말을 하면 참지 않겠어!' 그리고 증오는 그를, 울리히의 팔이 그러는 양, 뒤흔들었다.

지나치게 흥분한 상태에서 그는 자신이 모자를 낚아채 서둘러 집을 나서는 모습을 상상했다. 그는 골목길들을 달렸지만 이들을 인지하지도 못했다. 상상 속에서 집들은 제대로 바람을 받아 한옆으로 굽어졌다. 한참 후에야 발걸음은 느려졌고 그는 이제 스쳐 가는 사람들의 얼굴을 보았다. 친절하게 그의 얼굴을 바라보는 이 얼굴들이 그를 진정시켰다. 그리고 이제 그는 이 환상체험 밖에 머물러 있는 의식으로 클라리세에게 자신의 말이 무슨 뜻인지 이야기하기 시작했다. 하지만 말들은 그의 입이 아니라 눈 속에서 빛났다. 인간들과 형제들 사이에 있는 행복을 어떻게 서술한단 말인가! 클라리세는 그가 개성이 없다고 말하리라. 하지만 클라리세의 가파른 자의식에는 비인간적인 것이 있었고 그는 이것이 그에게 내세운 교만한 요구들을 더 이상 따르려 하지 않았다! 그는 사랑과 개인적 무법(無法)이라는 열려 있는 망상 속을 헤매는 대신 그녀와 함께 하나의 질서에 포함되어 있으려는 쓰라린 갈망을 느꼈다. "현재 나의 상태, 나의 행위에는, 심지어 이것이 다른 사람들에게 반대할 때조차도, 그들을 향한 근본 움직임이 있음을 느껴야 해." 그는 그녀에게 대충 이렇게 대답했으리라. 발터는 항상 인간들과 관계가 좋았으니까. 다툴 때조차도 그들은 그에게 끌렸으며 그는 그들에게 끌렸고 이로써 그의 삶에서는 인간 공동체에는 평준화하는 힘, 유용함에 보답하는 힘, 결국에는 늘 관철되기 마련인 이 힘이 내재해 있다는 약간은 얕은 견해가 확신이 되었다. 새를 유인하는 인간들이 있다는 생각이 떠올랐다. 새들은 기꺼이 그들에게 날아가고 이런 인간들 스스로 새 같은 인상인 경우가 많다. 인간은 각자 설명할 수 없는 방식으로 자신과 연관된 동물이 있다는 것이 그의 확신이었다. 그가 언젠가 이 이론을 생각해 냈다. 과학적 이론은 아니었지만 그는 음악적 인간은 과학 너머에 있는 많은 것들을 예감한다고 생각했고 자신의 동물이 물고기라는 것은 이미 어린 시절부터 확고했다. 전율이 섞이긴 했지만 물고기는 늘 그를 격렬히 매료했고 어느 휴가의 시작 무렵 그는 계속 물고기에 홀린 듯 지냈다. 그는 몇 시간이고 물가에 서서 그들을 그들의 생활환경으로부터 낚았고 그 시체를 자기 옆 풀 위에 놓아두었으며 이 일은 갑자기 일말의 경악이 담긴 거부감이 들고서야 끝이 났다. 그리고 부엌에 있는 물고기는 가장 빨리 나타난 열정 가운데 하나였다. 내장이 꺼내진 물고기의 뼈대는 '너벅선' 안에 넣어 두었는데, 이것은 풀과 구름처럼 초록색과 하얀색 니스 칠이 된 보트 모양의 부엌도구로, 반쯤 물로 채워져 있었다. 뼈대는 부엌나라의 법칙과 관련된 어떤 이유에서, 식사준비가 끝나고 쓰레기 위로 버려질 때까지 그 안에 놓여 있었다. 소년은 은밀히 이 그릇에 이끌렸으며 몇 시간이고 유치한 변명을 늘어놓으며 여기로 되돌아왔고 단호하게 질문을 받으면 할 말을 잃었다. 오늘 그는 아마 이렇게 대답할 수 있으리라. 물고기의 마법은 그들이 두 요소에 속해 있지 않고 전적으로 하나의 요소 속에 정주(定住)하는 데 있다고. 그는 깊은 물의 표면에서 자주 보았던 물고기들을 다시 눈앞에 보았고, 이들은 발터 자신이 땅 위에서 움직이는 것처럼, 즉 땅의 경계선에서 텅 빈 제2의 땅을 향해 움직이지 않았으며('거기서도, 여기서도 고향이 아니다!'라고 발터는 이 사고를 종횡무진 이어 갔다. 우리는 딱 두 발이 딛고 있는 작은 표면만큼만 한 땅에 속하고 전 육체는 공기 중에 솟아 있다. 우리는 공기 중에서는 넘어질 수도 있고 공기를 그 자리에서 밀어낸다!) 물고기들의 땅, 그들의 공기, 그들의 음료, 그들의 음식, 적 앞에서 그들의 놀람, 그들의 사랑의 그림자 같은 진행, 그들의 무덤이 그들을 품고 있었다. 그들은 그들을 움직이게 하는 것 속에서 움직이는데, 인간은 이를 꿈속에서만 체험하거나 아마 자궁의 보호해 주는 애정을 — 이를 믿는 것이 당시 막 유행하고 있었다 — 되찾으려는 갈망 속에서만 체험할 것이다. 그런데 왜 그는 물고기를 죽여서 찢어발겼을까? 그것은 그에게 이루 말할 수 없는 성스러운 향락이었다. 그리고 그는 왜인지 알려 하지 않았다. 그, 발터, 수수께끼로 가득 찬 자! 하지만 클라리세는 한번은 물고기를 그냥 '물속의 부르주아'라고 불렀다! 그는 모욕을 당해 움찔했다. 그리고 그가 — 상상 속 상태에서 이 모든 것을 생각하면서 — 서둘러 거리를 걸어가고 마주치는 사람들의 얼굴을 보는 동안 날씨는 물고기에게 좋은 날씨가 되었다. 아직 본격적으로 비가 오지는 않았지만 보슬비가 내리고 있었고 인도와 도로는, 그가 지금에서야 알아차린바, 이미 한참 전부터 흑갈색이었다. 그 위를 움직이는 인간들은 이제 검은 옷을 입은 듯 보였고 빳빳한 모자를 썼지만 칼라는 착용하지 않았다. 발터는 이를 의아해하지 않고 받아들였다. 어쨌든 그들은 부르주아가 아니었고 공장에서 나온 듯 보였고 느슨하게 무리를 지어 걸어가고 있었으며 아직 퇴근하지 않은 다른 사람들은 그처럼 그들 사이를 헤치고 서둘러 앞으로 나아갔고 그는 아주 행복했다. 드러낸 목들만이 거슬리는, 그다지 편치 않은 뭔가를 생각나게 했다. 갑자기 이 장면에서 비가 쏟아졌다. 인간들이 흩어지기 시작했고 배가 째진 어떤 것이, 하얗게 반짝이는 것이 공중에 있었다. 물고기들이 떨어졌다. 그리고 여기에 전혀 어울리지 않아 보이는 다정하고 떨리는 목소리의 외침 하나가 모든 것 위로 퍼져 나갔는데, 이 목소리는 작은 개를 이름을 부르며 유인하고 있었다.

이 마지막 변화들은 그 자신마저 깜짝 놀랄 정도로 독자적이었다. 그는 그의 사고들이 꿈을 꾸었고 상상할 수 없는 속도로 장면들 위에서 표류했음을 인지하지 못했다. 그는 위를 응시했고 여전히 거부감으로 일그러진 젊은 아내의 얼굴을 보았다. 그는 확신이 없어짐을 느꼈다. 그는 비난을 상세히 늘어놓으려 했음을 떠올렸다. 그의 입은 아직 열려 있었다. 하지만 그는 몰랐다. 그 이후로 몇 분이 흘렀는지, 몇 초 아니면 천 분의 일 초였나? 이때 얼음처럼 차가운 물로 목욕을 하고 난 뒤 피부가 애매한 전율로 뒤덮일 때처럼 약간의 자부심이 그의 몸을 따뜻하게 했다. 그리고 이는 대충 "내가 어떤 능력이 있는지 너희들 보고 있지!"라고 말한다. 하지만 같은 순간 그는 내밀한 것의 이러한 발현이 이에 못지않게 부끄러웠다. 방금까지만 해도 그는 질서에 편입된 것, 자제하는 것, 큰 무리 안에서 겸손한 것이 비정상적인 것보다 정신적으로 훨씬 더 높은 곳에 있다고 말하려 했는데, 이제 그의 확신들은 뿌리를 위로 하고 놓여 있었고 삶의 화산의 진흙이 뿌리에 달라붙어 있었다! 그래서 깨어난 뒤 그가 가진 가장 강한 감정은 사실 경악이었다. 끔찍한 일이 그의 목전에 있음이 확실해 보였다. 이 두려움에는 합당한 내용이 없었다. 그는 아직 반은 이미지로 사고하면서, 클라리세와 울리히가 그를 상상에서 빼내려 애쓰고 있다는 표상을 가졌을 뿐이었다. 그는 이 백일몽을 떨쳐 버리려 생각을 집중했고, 그의 격렬한 반응으로 마비되었던 대화가 이성적으로 진행되도록 도와줄 말을 하려 했다. 무슨 말인가가 벌써 혀 위에 올라왔지만 말들이 이미 때를 놓쳤다는, 그리고 그사이 그도 모르게 벌써 다른 것이 말해졌고 진행되었다는 예감이 그를 저지했고 갑자기 그는 클라리세가 그에게 한 말을 시간상 한 박자 늦게 들었다. "울리히를 죽이고 싶으면 죽여! 넌 너무 양심적이야. 예술가는 양심이 없어야 좋은 음악을 할 수 있어!"

발터는 이를 되도록 오래 이해하지 않으려 했다. 가끔씩 어떤 것을 스스로 거기에 대해 답을 함으로써 비로소 이해하게 되는데, 그는 자신의 부재(不在)가 탄로 날까 두려웠으므로 답을 하기를 망설였다. 그리고 이 불확실성 속에서 그는 자신이 방금 체험한 무서운 사고도 피의 근원인 이 말을 클라리세가 실제로 했음을 파악했거나 억지로 확신했다. 만약 모든 소원이 허락되었다면 발터에게 종종 울리히가 죽은 것을 보는 것 말고 다른 소원이 없었으리라는 점에서 클라리세가 옳았다. 사랑처럼 그렇게 빨리 해체되지 않는 우정이 개인의 가치를 격렬히 흔들어 놓으면 이런 일은 드물지 않게 일어난다. 피비린내 나는 그런 의미는 아니었다. 울리히가 죽었다고 생각하는 순간 당장, 잃어버린 친구에 대한 청소년기의 옛 사랑이 적어도 부분적으로 다시 나타났으니까. 그리고 연극무대에서 범죄에 대한 시민적 저항감이 인위적이고 위대한 감정을 통해 지양되듯, 그는 비극적 해결책을 생각하는 경우 희생자 역할을 하는 사람에게도 뭔가 아름다운 일이 일어난다는 인상을 받을 정도였다. 그는 겁이 많고 피는 보기도 싫었지만 매우 고양된 느낌이 들었다. 그리고 솔직히 울리히의 오만이 한번 꺾이기를 원했지만 결코 그러기 위해 뭔가를 하지도 못했으리라. 하지만 아무리 생각에 논리가 있다고 믿고 싶어도 사실 생각에는 논리가 없다. 현실의 환상 없는 저항이 비로소 인간이라는 시(詩) 속의 모순에 주의를 기울이게 한다. 즉, 시민적 양심의 과잉이 예술가에게는 방해가 될 수 있다는 클라리세의 주장도 아마 옳았을 것이다. 그리고 이 모든 것은 동시에 발터의 내면에도 있었고 그는 우유부단하게, 저항하며 아내를 바라보았다.

하지만 클라리세는 열성적으로 되풀이했다. "그가 너의 작품을 방해하면 넌 그를 제거해도 돼!" 그녀는 이것을 고무적이고 오락적이라고 여기는 듯했다.

발터는 그녀를 향해 두 손을 내밀려 했다. 그의 두 팔은 옴짝달싹 못하는 듯했지만 그래도 그는 그녀에게 다가갔다. "니체와 그리스도는 그들의 반쪽성 때문에 몰락했어!" 그녀가 그의 귀에 대고 속삭였다. 이 모든 것이 터무니없었다. 어떻게 여기서 그리스도를 끌어들이지! 그리스도가 반쪽성 때문에 몰락했다는 건 무슨 뜻이지! 이런 비교는 곤혹스러울 뿐이었다. 하지만 여전히 발터는 뭐라 서술할 수 없이 선동적인 것이 이 입술의 움직임에서 나오고 있음을 느꼈다. 다수 인간들을 따라가려는 힘겹게 다진 그의 결심이 예외적 위치를 차지하려는 격렬하지만 억눌린 욕망에 의해 끊임없이 공격당하고 있음이 명백했다. 그는 온힘을 다해 클라리세를 꽉 붙잡았고 움직이지 못하게 했다. 그녀의 눈은 두 개의 작은 원판처럼 그의 눈앞에 있었다. "어떻게 네게 그런 생각이 들 수 있는지 나는 모르겠어!" 그는 몇 번 연달아 말했지만 답을 듣지는 못했다. 그러면서 그가 의도치 않게 그녀를 자기 쪽으로 끌어당긴 모양이었다. 클라리세가 그의 얼굴이 자신의 얼굴에 더 이상 다가오지 못하도록 열 손가락의 손톱을 마치 새처럼 그의 얼굴을 향해 쫙 펼쳤기 때문이었다. '미쳤어!' 발터는 느꼈다. 하지만 그녀를 놓아줄 수 없었다. 이해할 수 없는 추함이 그녀의 얼굴 위에 있었다. 그는 아직 한 번도 미친 사람을 본 적이 없었다. 하지만 그는 생각했다. 미친 자들은 틀림없이 이런 모습일 거라고.

갑자기 그가 신음하듯 말했다. "그를 사랑해?" 특별히 독창적이지도 않고 그들 사이에 처음으로 논쟁거리가 된 발언도 아니었다. 하지만 클라리세가 아프다는 것을 믿지 않기 위해 그는 차라리 그녀가 울리히를 사랑한다는 것을 감수하고 싶었고 이 희생정신은 어쩌면 클라리세가 처음으로 추하게 여겨졌다는 사실에서 — 지금까지 그는 그녀의 가느다란 입술의 초기 르네상스적 아름다움에 늘 경탄해 왔다 —

조금은 영향을 받았을 것이고 어쩌면 이 추함은 다시, 그녀의 얼굴이 그를 향한 사랑에 의해 애정 어린 보호를 받지 못하고 연적의 야만적 사랑에 의해 들추어졌다는 사실과 관련 있었을 것이다. 이로써 갈등 거리는 충분했고, 갈등은 일반적일 뿐만 아니라 사적인 의미가 있는 새로운 사실인 양 그의 가슴과 눈 사이에서 떨고 있었다. 하지만 "넌 그를 사랑한다"는 문장을 발설하면서 그가 매우 비인간적으로 신음한 것은 자신이 클라리세의 광기에 벌써 전염되었기 때문에 일어났을 테고 이것이 그를 조금 경악하게 했다.

클라리세는 가만히 몸을 빼냈지만 다시 한번 자발적으로 그에게 다가갔고 여러 번, 마치 노래하듯이 대답했다. "네 아이를 낳고 싶지 않아. 네 아이를 낳고 싶지 않아!" 그러면서 그녀는 가볍게 그리고 재빨리 그에게 연달아 키스했다.

그 후 그녀는 나가 버렸다.

그녀가 실제로 "그가 내게 아이를 원해"라고도 말했나? 발터는 그녀가 이렇게 말했는지 확실히 기억할 수 없었지만 흡사 그 가능성을 들은 듯했다. 그는 질투심에 사로잡혀 피아노 앞에 섰고 따뜻한 것과 차가운 것이 일방적으로 불어옴을 느꼈다. 그것은 천재의 기류였나, 광기(狂氣)의 기류였나? 아니면 순종의 기류와 미움의 기류? 아니면 사랑의 기류와 정신의 기류? 그는 클라리세에게 길을 터주고 자신의 심장을 이 길 위에 놓아 그녀가 그 위를 걷게 할 수 있다고 상상할 수 있었다. 그리고 강력한 말들로 그녀와 울리히를 파멸시킬 수 있다고 상상할 수 있었다. 그는 서둘러 울리히에게 가야 할지, 심포니를 쓰기 시작해야 할지 ― 이 심포니는 이 순간 지상과 별들 간의 영원한 전투가 될 수 있었다 — 아니면 그 전에 금지된 바그너 음악의 님프연못 속에서 흥분을 조금 식히는 것이 좋을지 결정할 수가 없었다. 그가 처한, 표현될 수 없는 그 상태는 점차 이 숙고 속에서 해체되기 시작했다. 그는 피아노를 열었고 담배에 불을 붙였으며, 생각이 점점 더 폭넓게 산만해지는 동안 그의 손가락은 건반 위에서 작센 출신 마법사의 굽이치는 척수(脊髓) 음악을 시작했다. 이 느린 발산이 한동안 계속된 후, 그에게는 아내와 그가 책임능력이 없는 상태에 처해 있었음이 명백해졌다. 하지만 이 일이 남긴 곤혹스러운 인상에도 불구하고 그는 이 사실을 이해시키기 위해 클라리세를 찾으러 가는 것이 이 일이 있은 직후인 당장은 소용없을 것임을 알았다. 그리고 갑자기 이것이 그를 인간들 사이로 이끌었다. 그는 모자를 쓰고 시내로 나갔는데, 원래의 의도를 실현하고 일반적 흥분 속에, 그가 이를 발견한다면, 섞이기 위해서였다. 가는 도중 그는 악마적 군대의 힘이 자신 속에 있고 자신이 이 군대 대장으로서 다른 군대와 마주치게 되리라는 인상을 받았다. 하지만 벌써 전차 속에서 삶은 아주 평범해 보였다. 울리히가 반대편에 있을 것이라는 것, 어쩌면 라인스도르프 백작의 궁전이 함락될 수도 있다는 것, 울리히가 가령 가로등에 매달려 있고 몰려드는 발들에 짓밟히는 것, 또는 한번은 발터에 의해 보호를 받고 떨면서 구조되는 것, 이것들은 정해진 요금, 정류장들, 경종을 갖춘 교통편의 환한 질서상태 위를 기껏해야 휙 스쳐가는 낮 그늘들이었다. 이제 다시 더 조용히 숨을 쉬면서 발터는 이 질서상태에 가깝다고 느꼈다.

119
약세측과 유혹

당시 사건들은 하나의 출구로 몰려가는 듯 보였고 아른하임이라는 사안을 두고 참을성 있게 약세측에서 기다리던 레오 피셸 지점장에게도 만족의 시간이 왔다. 유감스럽게도 아내 클레멘티네가 하필 집에 없었으므로 그는 증권가 동향을 잘 보도하는 편인 점심신문을 손에 들고 딸 앞에 등장하는 것으로 만족해야 했다. 그는 편안한 의자에 앉았고 짧은 신문보도를 가리키며 기분 좋게 물었다. "애야, 이제 알겠니? 왜 그 생각 깊은 재정가가 우리나라 한복판에 머무르는지?"

그는 집에서는 아른하임을 절대 달리 부르지 않았는데, 성실한 사업가로서 가족 내 여자들이 그 부유한 수다쟁이에게 보여 주는 감탄에 전혀 동요하지 않는다는 것을 보여 주기 위해서였다. 미움이 혜안(慧眼)을 부여하지는 않을지라도 증권가 소문이 사실인 경우도 드물지 않았고, 이 남자에 대한 피셸의 거부감은 자신이 반쯤 입 밖에 낸 것을 즉시 올바로 보충하게 했다. "이제 알겠니?"그는 반복했고 딸의 눈을 그의 시선이 내뿜는 승리의 광채 속으로 끌어들이려 했다. "그는 갈리치아 유전을 자기 콘체른의 통제 아래 두고 싶어 해!"

그러면서 피셸은 다시 일어섰고 개의 목덜미를 잡듯 신문을 움켜쥐고 방을 나갔는데, 확실히 하기 위해 몇몇 사람에게 전화해야겠다는 생각이 들었기 때문이었다. 그는 방금 읽은 것을 늘 이미 생각하고 있었다는 감정이 들었고(보다시피, 증권가 소식의 작용은 아름다운 문학의 작용과 같다) 아른하임에게 만족했다. 그렇게 이성적인 남자에게 사실 그 밖의 다른 것을 기대할 수 없었다는 듯이. 그 바람에 그는 지금까지 자신이 아른하임을 일개 수다쟁이로만 여겼음을 까맣게 잊었다. 그는 게르다에게 이 소식의 의미를 설명하려는 일말의 노력도 하지 않았다. 한마디라도 더 했다면 사실의 언어가 망가지기만 했을 테니까. "그는 갈리치아 유전(油田)을 자기 콘체른의 통제 아래 두고 싶어 해!", 그는 자신의 혀 위에 얹혔던 이 간단한 문장의 무게를 느끼며 물러났고, '기다림을 견딜 수 있는 자가 늘 이긴다!'라고만 생각했다. 이 말은 증권가의 오랜 규칙으로, 증권가의 모든 진리들이 그렇듯이, 영원한 진리들을 가장 정확하게 보충한다.

그가 나가자마자 게르다에게 격렬한 반응이 나타났다. 그때까지 당황하거나 놀란 모습을 보임으로써 아버지에게 만족감을 안겨 주지 않았지만 이제 그녀는 서둘러 옷장을 열어 외투와 모자를 꺼냈고 거울 앞에서 머리와 옷을 매만졌으며 그대로 거울 앞에 앉아 의구심을 품고 자신의 얼굴을 살폈다. 그녀는 울리히에게 달려가기로 결심했다. 그것은 아버지의 전갈이 있었던 그 순간 일어난 일이었고 이 소식은 다름 아닌 울리히가 가능하면 빨리 알아야 한다. 아버지가 전해준 새 소식이 그에게 얼마나 중요한가를 알 수 있을 만큼은 디오티마 주변의 상황을 알았으니까. 이 결심을 한 순간 그녀는 마치 자신의 느낌 속에서 덩어리 하나가 오랜 망설임 끝에 움직이는 듯한 기분이었다. 지금까지 그녀는 집으로 찾아오라는 울리히의 초대를 잊어버린 듯 행동하려고 스스로에게 강요했지만, 그녀의 느낌의 어두운 덩어리 속에서 첫 번째 덩어리가 천천히 움직이자마자 멀리 떨어져 있는 덩어리들도 걷잡을 수 없이 달려가고 몰려갔으며 그녀는 결심할 수는 없었지만 결정은 그녀와 상관없이 이미 되어 있었다.

"그는 나를 사랑하지 않아!" 거울 속 얼굴을 관찰하는 동안 그녀는 스스로에게 말했다. 그 얼굴은 지난 며칠 동안 더 날카로워져 있었다. "그는 나를 사랑할 수 없어. 이런 모습이면!" 그녀는 맥없이 생각했다. 그리고 같은 순간 반항적으로 덧붙였다. "그는 그럴 가치가 없어! 모두 내 상상일 뿐이야!"

전면적인 낙담이 엄습했다. 최근의 사건들은 그녀의 힘을 소진시켰다. 울리히와 그녀의 관계는 마치 그녀가 아주 간단한 것을 수년에 걸쳐 온갖 주의를 기울여 더 복잡하게 만든 것처럼 여겨졌다. 그리고 한스는 유치한 애정으로 그녀의 신경을 긁어 댔다. 그녀는 그를 과격하게, 최근에는 가끔씩 경멸로 대했지만 한스는 자해하겠다고 위협하는 소년처럼 더 과격하게 이에 답했고 그를 진정시켜야 할 때마다 그녀는 다시 그에게 포옹당하고 어렴풋이 만져졌고 이로 인해 그녀의 어깨는 더 여위었고 피부는 생기를 잃었다. 모자를 꺼내려고 옷장을 열면서 게르다는 이 모든 고통을 마감했고 거울 앞에서 느꼈던 두려움도 재빨리 다시 일어서 달려 나가는 것으로 끝이 났다. 물론 그녀는 이 두려움에서 조금도 벗어나지 못했지만.

그녀가 들어서는 것을 보았을 때 울리히는 모든 것을 알았다. 게다가 그녀는 보나데아가 그를 방문할 때 쓰는 면사포까지 쓰고 있었다. 그녀는 온몸을 떨었고 이를 숨기려고 작위적으로 거리낌 없는 태도를 취했지만 이는 바보처럼 뻣뻣해 보였다.

"내가 온 건 방금 아빠한테서 아주 중요한 이야기를 들었기 때문이야." 그녀가 말했다.

'너무 이상해!' 울리히는 생각했다. '이제 그녀는 갑자기 반말을 한다!' 이 억지스런 반말은 그를 분노케 했고 그는 이를 알아차리지 못하게 하려고, 게르다가 과장된 몸짓으로 자신의 방문에서 재앙의 징조를, 하여튼 특별한 의미를 지우고 이 방문을 약간 지체되긴 했지만 납득할 만한 사건으로 얼버무리려 한다는 것으로 이 반말을 이해하려 했다. 하지만 여기서는 무엇보다도 그 반대를 추론할 수 있었고 소녀는 최후의 것까지 작정했음이 역력했다. "우리는 벌써 오래전부터 서로 반말을 하는 사이였지만 말로는 그러지 않았어. 항상 서로 피해 갔으니까!" 오는 도중 자신의 등장에 대해 숙고했고 이 등장이 야기할 놀라움에 대비했던 게르다가 설명했다.

하지만 울리히는 그녀의 어깨에 팔을 두르고 그녀에게 키스함으로써 다짜고짜 일에 착수했다. 게르다는 부드러운 고양이처럼 순종했다. 그녀의 숨결, 그를 붙잡는 그녀의 손가락은 의식을 잃은 자의 것이었다. 이 순간 유혹자의 잔인함이 그를 엄습했고 그는 추적자의 두 팔에 붙잡힌 포로처럼 자기 자신의 육체에 끌려가는 한 영혼의 우유부단함에 어쩔 수 없이 매료됨을 느꼈다. 창문 근처에서는 겨울 오후의 희미한 빛이 어두워 가는 방 안으로 밀려들었고 그는 이 밝은 단면들 중 한 곳에 서서 한 팔로 소녀를 안았다. 머리는 푹신한 빛 베개 위에서 노랗고 선명하게 두드러졌고 얼굴색은 번들거렸으므로 게르다는 이 순간 거의 죽은 사람처럼 보였다. 그는 천천히 머리카락과 옷 사이 노출된 표면에 전부 키스했고 그러면서 가벼운 혐오감을 극복해야 했다. 결국 그는 그녀의 입술에 닿았고 그 입술은 어른의 목덜미를 휘감은 아이의 약한 두 팔을 떠올리는 방식으로 그의 입술을 맞았다.

그는 육식조(肉食鳥)의 발톱에 잡혀 깃털을 곤두세운 비둘기를 생각나게 했던, 열정에 사로잡힌 보나데아의 아름다운 얼굴과 그가 좋아할 수 없었던 디오티마의 석상 같은 친절을 생각했다. 이 두 여자가 그에게 선사하려 했던 아름다움 대신에 이제 희한하게도, 열정에 일그러진 게르다의 하릴없이 추한 얼굴이 그의 시선 아래 놓여 있었다.

그사이 게르다는 이 깨어 있는 혼절상태에 오래 머무르지 않았다. 그녀는 눈 깜짝할 동안만 두 눈을 감았다고 생각했고, 울리히가 그녀의 얼굴에 키스하는 동안 마치 별들이 무한한 공간과 시간 속에서 멈춰 선 듯 여겨졌으므로 이 과정의 지속과 한계에 대해 아무런 인상도 없었다. 하지만 그의 노력이 느슨해지기 시작하자 그녀는 깨어났고 다시 혼자 두 발로 섰다. 그녀가 막 주었고, 그녀가 느낀 바에 따르면, 또 받기도 했던 그것은 그런 척하거나 상상한 정열이 아닌 진짜 정열의 첫 키스였고 이것이 그녀의 육체 속에 불러일으킨 반향은 이 순간이 벌써 그녀를 여자로 만든 듯 어마어마했다. 그렇지만 이 과정은 이빨 뽑기와 비슷하다. 그 후에 육체가 일부 적어지기는 하지만 그래도 불안의 원인이 마침내 제거되었으므로 더 큰 완전성의 느낌이 들기 때문이다. 이와 비슷한 상태를 겪은 후 게르다는 신선한 결단력으로 가득 차 몸을 곤추세웠다. "내가 무슨 말을 하러 왔는지 넌 아직 전혀 묻지 않았어!" 그녀가 남자 친구에게 설명했다.

"네가 나를 사랑한다는 말!" 울리히가 조금 낮은 소리로 대답했다.

"아니, 네 친구 아른하임이 너의 사촌을 속이고 있다는 말. 그는 사랑에 빠진 척하지만 속내는 아주 다른 데 있어!" 그리고 게르다는 아빠가 발견한 사실을 이야기했다.

이 소식은 그 단순함으로 인해 울리히에게 깊은 인상을 남겼다. 그는 영혼의 날개를 활짝 펼치고 가소로운 실망 속으로 비행하는 디오티마에게 경고할 의무감을 느꼈다. 이 모습을 상상하면서 악의적 만족을 느꼈음에도 불구하고 자신이 아름다운 사촌에게 연민을 품고 있음을 느꼈기 때문이었다. 하지만 이 연민은 아빠 피셸에 대한 진심 어린 인정에 강력히 압도당했고, 바야흐로 울리히는 피셸에게 커다란 걱정거리를 안겨 줄 참이었지만 아름다운 확신들로 치장한 그의 믿을 만한 구식 사업이성에 정말로 감탄했는데, 이 이성은 새로 유행하는 위대한 정신의 비밀을 간단히 밝히는 데 성공했다. 이로 인해 울리히의 분위기는 게르다의 존재가 야기하는 애정 어린 요구에서 상당히 멀어졌다. 며칠 전만 해도 이 소녀에게 마음을 열어 보일 가능성을 생각할 수 있었다는 것이 그를 놀라게 했다. '두 번째 담장을 넘기', 그는 생각했다. '한스는 사랑에 중독된 천사 한 쌍의 이 타락한 상상을 이렇게 불렀지!' 그리고 생각 속에서 그는 삶이 오늘날 레오 피셸과 그의 믿음의 동지들의 이성적인 노력들을 통해 받아들인 냉철한 형상의 놀랍도록 매끄럽고 단단한 표면을 마치 손가락으로 쓰다듬듯 음미했다. 그래서 "너의 아빠는 놀라워!"라는 문장이 그의 유일한 대답이었다.

자신이 가져온 소식의 중요성에 흠뻑 젖어 있던 게르다는 다른 대답을 기대했다. 그녀는 자신의 전갈이 낸 효과에서 무엇을 원하는지 몰랐지만 그것은 대충 오케스트라가 모든 악기들을 한꺼번에 불고 흔드는 순간 같았다. 그리고 울리히가 갑자기 내보이는 듯한 무관심에 그녀는 그가 그녀를 상대로 늘 평균적인 것, 평범한 것, 냉철한 것의 변호인임을 자처했음을 다시 고통스럽게 떠올렸다. 그동안 그녀는 이것은 사랑의 접근의 가시 돋친 형태일 뿐이라고 — 그녀는 이 모범을 다름 아닌 자신의 소녀영혼에서 발견했다 — 스스로 타일렀다면, 지금 — 약간 유치한 표현이지만 그녀의 내면에서 말하듯이, '그들이 벌써 사랑을 나눈' 지금 — 절망적 경고가 분명히 그녀에게 말했다. 그녀가 모든 것을 바치는 이 남자는 그녀를 충분히 진지하게 여기지 않는다고. 그녀가 얻었던 확신은 이로 인해 다시 상당 부분 없어졌지만 다른 한편 이 '진지하게 여겨지지 않기'는 놀랍도록 편안했다. 이것은 한스와의 관계를 유지하기 위해 들이는 모든 수고를 덜어 주었고 울리히가 아버지를 칭찬하면, 물론 어떻게 그럴 수 있는지 그녀는 이해하지 못했지만, 한스 때문에 아빠 레오를 괴롭힘으로써 해친 모종의 질서가 다시 세워짐을 느꼈다. 약간 특이한 방식이지만 자신이 과오를 저지름으로써 가족의 품으로 돌아간다는 이 다정한 감정에 정신이 팔린 나머지 그녀는 울리히의 팔에 부드럽게 저항했고 친구에게 말했다. "우리는 우선 인간적으로 하나가 되려 해. 그러면 나머지는 저절로 이루어질 거야!" 이는 '행위공동체'의 강령에서 나온 말이었고, 현재 한스 젭과 그의 동아리에 남은 마지막 말이었다.

하지만 울리히는 다시 그녀의 어깨 위에 팔을 얹었다. 아른하임에 관한 소식을 들은 이후로 뭔가 중요한 일이 자신을 기다리고 있다고 느꼈지만 그 전에 게르다와의 이 랑데부가 끝을 보아야 했기 때문이었다. 그러면서 그는 거기 딸린 그 모든 일들을 실행해야 한다는 것이 극도로 불쾌하다는 것 말고는 아무 느낌도 없었고 그래서 물리쳐진 팔을 곧장 다시 한번 그녀에게 둘렀는데, 이번에는 추후의 모든 저항이 헛될 것임을 폭력 없이 말보다 더 효과적으로 통고하는 바로 그 말

없는 언어와 함께였다. 게르다는 이 팔이 가하는 남성성의 작용이 등을 타고 내려감을 느꼈다. 그녀는 머리를 숙였고 자신의 품을 고집스럽게 내려다보았다. 마치 화룡점정(畵龍點睛)이 되어야 할 그 일이 일어나기 전 울리히와 '인간적으로 하나가 되는' 데 도움이 될 사고들을 앞치마 속인 양 거기 모아 두기라도 한 것처럼. 하지만 그녀는 자신의 얼굴이 점점 더 멍청해지고 비어 가는 기분이었고 마침내 얼굴은 빈 그릇처럼 위로 떠오르더니 유혹자의 눈 바로 아래 놓였다.

그는 몸을 굽혔고 그 얼굴을 가차 없는 키스로 덮었고 키스는 육체를 움직였다. 게르다는 아무 의지 없이 일어서서 이끌려 갔다. 울리히의 침실까지는 대충 열 걸음이었고 소녀는 심하게 부상당한 사람이나 환자처럼 부축을 받았다. 그녀는 끌려가게 내버려두지 않고 자발적으로 가긴 했지만 한 걸음 한 걸음이 낯설었다. 그토록 큰 흥분에도 불구하고 이토록 큰 공허함을 게르다는 여태 체험하지 못했다. 그녀는 피가 다 빠져나갔다고 생각했다. 얼음처럼 차가웠다. 거울을 하나 지나갔는데, 거울은 그녀의 모습을 너무 먼 거리에서 보여 주는 듯했지만 그럼에도 불구하고 그녀는 거울 속 자신의 얼굴이 구리처럼 빨갛고 군데군데 창백한 얼룩이 있음을 알아보았다. 그리고 불행한 사건들에서 시선이 자주 모든 것들을 동시에 지나치게 민감하게 수용하듯이 갑자기 그녀는 닫힌 남자 침실이 그 모든 개별사항과 함께 자신을 둘러싸고 있음을 보았다. 어쩌면 더 영리하게 계산속을 가지고 아마 여자로서 여기 들어왔어야 했을 거라는 생각이 들었다. 그랬으면 정말 행복했으리라. 하지만 그녀는 이득을 원하는 것이 아니라 그냥 자신을 선물하려 한다고 말하기 위해 말을 찾았다. 그녀는 말을 찾지 못했고 스스로에게 말했다. "그래야만 해!" 그리고 원피스의 옷깃을 열었다.

울리히는 그녀를 놓아주었다. 그는 옷을 벗겨 주는 사랑의 부드러운 조력을 행할 엄두가 나지 않았고 한옆에 서서 자기 옷을 벗어던졌다. 게르다는 폭력성과 아름다움이 잘 균형을 이룬 남자의 날씬하게 곧추선 강력한 육체를 인지했다. 그녀는 경악한 채 자신의 육체가, 아직 속옷을 입고 거기 서 있음에도 불구하고, 소름으로 뒤덮이는 것을 인지했다. 그녀는 다시 도와줄 말을 찾았다. 그녀는 너무나 애처롭게 서 있었다! 그녀가 하려 하는 그 말들이 울리히를 그녀가 상상하는 방식으로, 무한히 달콤한 해체를 통해 그녀의 연인으로 만들어야 했다. 하지만 이 해체를 달성하기 위해서는 그녀가 행할 참인 그것을 해서는 안 되었다. 그것은 멋있었지만 마찬가지로 불분명했다. 그녀는 한순간 끝없는 촛불의 들판에 그와 함께 서 있는 자신을 보았는데, 초들은 죽 늘어선 팬지처럼 바닥에 꽂혀 있었고 단 하나의 신호를 기다리며 그녀의 발치에서 타올랐다. 하지만 한마디도 입 밖에 낼 수 없자 그녀는 소스라치게 추하고 비참한 느낌이었고 두 팔은 떨렸고 그녀는 끝까지 옷을 다 벗을 수 없었으며 핏기 없는 입술은 무시무시하도록 말 없는 움직임을 수행하지 않으려고 꽉 다물려 있었다.

일이 이 지경에 이르자 그녀의 고통과, 여기에 오기까지 너무나 많은 것을 극복하고 추진된 모든 것이 허무하게 끝날 수도 있다는 위험을 알아차린 울리히가 그녀에게 다가갔고 어깨끈을 풀었다. 게르다는 소년처럼 침대 안으로 미끄러져 들어갔다. 한순간 울리히는 벌거벗은 젊은 인간의 동작을 보았다. 그것은 물고기의 번쩍임처럼 사랑과는 더 이상 관계가 없었다. 그는 게르다가 더 이상 피할 수 없는 그 사건을 가능하면 빨리 넘어서기로 결심했다고 짐작했고, 낯선 육체 속으로의 열정적 돌진이 범죄적이고 은밀한 은신처에 대한 어린 아이의 사랑의 연속임이 그녀를 뒤따라가는 이 순간만큼 분명했던 적은 없었다. 그의 두 손은 두려움 때문에 여전히 뻣뻣한 소녀의 피부에 가닿았고 그 자신은 매혹 대신 경악을 느꼈다. 그는 이미 반쯤 시들었고 아직 반쯤 설익은 이 육체를 좋아하지 않았다. 그는 자신이 하고 있는 일이 완전히 무의미하게 여겨졌고 할 수만 있다면 침대로부터 도망치고 싶었다. 이를 막으려 그는 거기에 적합한 생각들을 총동원해야 했다. 그래서 그는 절망적으로 서두르면서, 진지함, 믿음, 배려, 만족감 없는 행동에 대한 오늘날 존재하는 모든 보편적 이유를 들어 가며 스스로를 타이르는 지경이 되었다. 그리고 자신이 아무런 저항 없이 거기에 몸을 맡기고 있다는 사실에서 그는 사랑의 열광이 아니라 아마 살육, 강간살인 또는, 이런 것이 있다면, 강간자살을 상기시키는 반쯤 미친 열광을 보았을 것인데, 이는 삶의 모든 그림 뒤에 거주하는 공허의 악마들에게 사로잡힘이다.

갑자기 그의 상황은 어떤 분명치 않은 연관성을 통해, 어느 날 밤에 있었던 부랑자들과의 싸움을 생각나게 했고 그는 이번에는 조금 더 신속하려 했지만 그 순간 끔찍한 일이 시작되었다. 게르다는 내면에서 얻을 수 있는 것은 모두 의지로 만들었고 그녀를 괴롭히는 창피한 두려움을 억누르는 데 사용했다. 그녀는 처형당해야 하는 기분이었고, 울리히를 생소한 나체로 옆에서 느끼는 순간 그리고 그의 손에 만져진 순간 그녀의 육체는 모든 의지를 내팽개쳤다. 가슴속 깊은 곳

어디선가 아직도 그녀는 여전히 이루 말할 수 없는 우정과 울리히를 포옹하고 그의 머리카락에 키스하고 그의 목소리를 그녀의 입술로 따르려는 떨리도록 애정 어린 소망을 느꼈고, 그의 참된 본질에 닿으면 자신은 따뜻한 손안에 든 한 줌의 눈처럼 녹아 버리리라 상상했다. 하지만 그것은 평소처럼 옷을 입고 부모님 집의 익히 아는 공간에서 움직이는 그 울리히였지 이 벌거벗은 남자가 아니었다. 그는 그녀가 정신을 차리도록 놔두지 않았지만 그녀는 이 남자의 적대감을 알아차렸고 이 남자는 그녀의 희생을 진지하게 여기지 않았다. 그리고 갑자기 게르다는 자신이 소리를 지르고 있음을 알아차렸다. 작은 구름처럼, 비눗방울처럼 비명 하나가 공중에 떠 있었고 다른 비명들이 그 뒤를 따랐다. 그것은 마치 그녀가 뭔가와 다투고 있는 듯 가슴에서 터져 나오는 작은 비명이었고 신음소리였으며, 여기서 높은 '이' 소리가 빚어졌다가 풀어졌다. 그녀의 두 입술은 유연하게 굽어졌고 치명적인 쾌락 속인 듯 젖어 있었고 그녀는 벌떡 일어나려 했지만 몸을 일으킬 수가 없었다. 두 눈은 말을 듣지 않았고 그녀가 허락하지 않은 표시들을 했다. 게르다는 벌을 받거나 의사에게 데려가져야 하지만 비명에 의해 완전히 찢기고 뒤틀려 한 발자국도 뗄 수 없는 아이처럼 살살해 달라고 애원했다. 긴 허벅지를 안간힘을 다해 꽉 붙인 채 그녀는 두 손을 가슴께로 올렸고 울리히를 손톱으로 위협했다. 그녀 스스로를 향한 그녀 육체의 이 분노는 끔찍했다. 그녀는 연극이라는, 그것도 어두운 관람석에 혼자 남았다는 감정이 들었고 비명이 울리는 가운데 그녀의 운명이 거칠게 공연되는 것을, 사실 그녀가 자기도 모르게 함께 공연하는 것을 멈출 수가 없었다.

울리히는 이상하게도 뻣뻣한 시선이 나오고 있는, 베일이 쳐진 두 눈의 작은 동공을 전율에 휩싸여 응시했고 소망과 금지, 영혼과 영혼 없음이 뭐라 표현할 수 없는 방식으로 얽혀 있는 기이한 동작들을 넋을 잃고 관찰했다. 검은 잔털이 난 밝은 금발의 피부라는 인상이 얼핏 그의 눈에 떠올랐다. 이 잔털이 모여 작은 면을 이루는 곳은 붉은색이 되었다. 히스테리 발작을 목격하고 있음이 차츰 분명해졌지만 그는 이에 대항해 무엇을 해야 할지 몰랐다. 그는 끔찍이도 성가신 비명이 더 커질까 두려웠다. 격하게 고함을 지르면 이런 발작을 멈출 수 있다는 것이 기억났다. 아니면 갑작스레 한 방을 날리거나. 끔찍한 것과 관련된, 손에 닿지 않는 모면 같은 것이 그에게 더 젊은 남자라면 게르다에게 더 깊이 밀고 들어가려 시도할 것이라고 생각하라고 명령했다. '그러면 이걸 넘어설 수 있을 거야.' 그는 생각했다. '어리석은 거위가 한 번 이 정도까지 자신을 허락했는데, 지금 굴복해서는 안 될 거야!' 그는 이 가운데 어떤 것도 하지 않았지만 이런 짜증스런 생각들이 어지러이 지나갔다. 그는 자기도 모르게 그리고 끊임없이 게르다에게 위로의 말들을 속삭였고 아무 짓도 하지 않겠다고 약속했고 아직 아무 일도 일어나지 않았다고 설명했고 용서해 달라고 빌고 있었으니까. 그리고 전율 속에서 쓸어 모은 이런 말의 겨들이 너무나 가소롭고 합당치 않게 여겨졌으므로 그는 그냥 한 팔 가득 쿠션을 집어 들어, 소리를 멈추지 못하는 이 입을 막아 버리고 싶은 유혹에 저항해야 했다.

하지만 마침내 발작이 저절로 잦아들었고 육체는 진정되었다. 소녀의 두 눈은 젖어 있었고 소녀는 침대 위에 똑바로 앉았고 작은 두 젖가슴은 아직 다시 의식의 감시하에 들지 않은 육체에 힘없이 매달려 있었다. 울리히는 심호흡을 하며 다시 한번 자신이 넘어서야 했던 체험의 비인간적인 것, 오롯이 육체적인 것에 대해 전적인 거부감을 느꼈다. 이어 평소의 의식이 게르다에게 되돌아왔다. 그녀의 눈 속에서 뭔가가 열렸는데, 잠에서 깨기 전 두 눈을 한동안 뜨고 있을 때와 같았다. 그녀는 1초 더 아무것도 이해하지 못한 채 앞을 응시했고 이어 자신이 벌거벗은 채 앉아 있음을 알아차렸고 울리히를 바라보았으며 피가 그녀의 얼굴로 굽이굽이 되돌아왔다. 울리히는 그녀에게 속삭였던 모든 것을 다시 한번 반복하는 것 말고 더 나은 것을 알지 못했다. 그는 한 팔을 그녀의 어깨에 둘렀고 그녀를 달래면서 가슴 쪽으로 끌어당겼고 이 일에 큰 의미를 두지 말라고 부탁했다. 게르다는 이제 다시 발작이 엄습했던 상황으로 되돌아왔지만 이상하게도 모든 것이 빛이 바래고 황량해진 느낌이었다. 펼쳐진 침대, 열심히 속삭이는 남자의 팔에 안긴 자신의 벌거벗은 몸, 자신을 여기로 데려온 감정들, 그녀는 이것들이 의미하는 바를 잘 알았지만 그녀가 마지못해 어렴풋이 기억할 뿐인 어떤 추악한 일이 그 사이에 일어났다는 것도 알았고, 울리히의 목소리가 지금 더 다정하다는 것을 놓치지는 않았지만 이제 이를 그에게는 그녀가 환자라는 사실과 연관시켰고 그가 그녀를 병들게 했다고 생각했다. 하지만 이 모든 것은 아무려나 상관없이 여겨졌고 한마디 말도 없이 그냥 여기를 떠나고 싶을 뿐이었다. 그녀는 머리를 떨구었고 울리히를 밀쳐 냈고 더듬더듬 슈미즈를 찾아 아이처럼 또는 자신을 더 이상 중요하게 여기지 않는 사람처럼 머리 위로 입었다. 울리히는 그녀를 도와주었다. 심지어 손수 스타킹을 다리 위로 신겨 주었고 그도 아이의 옷을 입힌다는 인상을 받았다. 게르다는 마치 처음으로 다시 두 발로 선 듯 비틀거렸다. 기억은 그녀가 어떤 감정으로 부모의 집을 떠났는지를, 이제 그녀는 거기로 돌아갈 텐데, 말해 주었다. 그녀는 시험에 합격하지 못했다고 느꼈고 깊이 불행했고 수치스러웠다. 그녀는 울리히가 하는 말에 한마디도 대답하지 않았다. 현재의 모든 것에서 아주 멀리 떨어진 곳으로부터, 그가 한번 스스로에 대한 농담으로 했던 말이 그녀의 기억 속으로 들어왔다. 고독이 그를 일탈로 이끈다고. 그녀는 그에게 화가 나 있지 않았다. 그의 말을 다시는 듣고 싶지 않을 뿐이었다. 그는 차를 불러오겠다고 제안했지만 그녀는 설레설레 머리만 흔들었고 헝클어진 머리 위에 모자를 썼고 그를 쳐다보지도 않고 떠났다. 그녀가 지금은 면사포를 손에 들고 떠나는 모습을 보면서 울리히는 자신이 소년처럼 수수방관한다는 느낌이 들었다. 그녀를 이 상태로 가게 해서는 안 되었을 테지만 어떻게 그녀를 붙잡을 수 있을지 뾰족한 수가 없었고 그 자신도 그녀를 돕느라 옷을 절반만 입고 있었다. 이는 그가 처한 진지함에도 미완성이라는 인상을 주었는데, 마치 옷을 다 입어야 그 자신에게 일어난 일에 대해 결정할 수 있다는 듯했다.

120
평행운동이 소요를 야기하다

발터가 시내로 들어섰을 때, 무슨 일이 일어날 조짐이 보였다. 사람들은 평소와 다름없이 걸어갔고 차와 전철도 언제나처럼 달렸다. 어쩌면 여기저기서 보통 때와는 다른 움직임도 보였을 테지만, 이는 제대로 알아차릴 수 있기 전에 다시 해체되었다. 그럼에도 불구하고 모든 것에는 작은 표식이 달려 있는 듯 보였고 그 표식의 끝은 특정한 방향을 가리키고 있었으며 몇 걸음 가자마자 발터는 스스로에게서도 이 표식을 느꼈다. 그는 그 방향을 따라갔고 예술분과의 공무원 — 그게 그였다 — 하지만 싸우는 화가이자 음악가도, 아니 심지어 클라리세의 고통받는 남편도 이 일정한 상태들 속에는 없는 한 인격에게 자리를 내준다는 느낌이 들었다. 활동들, 잔뜩 회칠을 하고 거드름을 피우는 집들로 가득 찬 거리도 이와 비슷한 '전(前) 상태'에 — 그는 자신의 상태를 이렇게 명명했다 — 빠져들었는데, 이는 대충 그 표면이 액화되기 시작해 이전 상태로 되돌아가는 결정체라는 인상을 주었기 때문이었다. 미래의 혁신을 거부하는 것으로 치면 그는 너무나 구식이었지만 자신을 위해 현재의 것에 기꺼이 유죄판결을 내릴 준비가 되어 있었고 그가 느끼는 질서의 해체는 그를 유리하게 자극했다. 큰 무리로 만나는 사람들은 그의 꿈을 상기시켰다. 서둘러 움직인다는 인상은 이들에게서 나왔고 이성, 도덕, 영리한 안전장치를 통해 보장되는 평범한 소속감보다 훨씬 더 근원적으로 여겨지는 소속감은 이들을 자유롭고 느슨한 공동체로 만들었다. 그는 묶은 띠를 떼어 버리자 벌어지긴 했지만 완전히 풀어지지는 않은 커다란 꽃다발을 생각했다. 그리고 옷을 벗겨 버리자 말이 없고 말이 필요하지도 않은 미소 짓는 벌거벗음이 드러나는 육체를 생각했다. 그는 큰 걸음으로 빨리 걷다가 곧 넓게 진을 친 대규모 경찰병력에 부닥쳤지만 이것도 방해가 되지는 못했고 이 광경은 진지(陣地)처럼 그를 황홀하게 했는데, 경보를 기다리는 진지는 붉은색의 수많은 옷깃, 말에서 내린 기병들,

도착 혹은 출발을 보고하는 개별 그룹들의 움직임으로 그의 감각을 전투적으로 자극했다.

아직 완전히 닫히지 않았는데도 이 차단선 뒤에서는 당장 더 어두운 거리풍경이 발터의 눈에 띄었다. 길에서는 여자들을 거의 볼 수 없었고 평소 이 골목들에 활기를 불어넣는 빈둥거리는 장교들의 알록달록한 제복도 이 만연한 불확실성이 삼켜 버린 듯 보였다. 하지만 그 자신처럼 많은 사람들이 도시 안쪽으로 들어가려 했고 그들의 움직임이 만들어 내는 인상은 이제 달랐다. 그것은 강한 바람이 끌고 가는 왕겨나 자잘한 조각들을 생각나게 했다. 그는 또 금방 이것들로 이루어진 첫 그룹들을 보았는데, 이들은 호기심뿐 아니라 이 비상한 자극을 계속 쫓아야 할지 돌아가야 할지 결정하지 못하는 우유부단을 통해 단결된 듯 보였다. 발터는 그가 던진 질문들에 다양한 대답을 들었다. 질문을 하자 어떤 이들은 국가에 대한 대규모 충성선언이 진행 중이라고 대답했고, 어떤 이들은 지나치게 활동적인 특정 애국자들에 반대하는 선언이라고 들었다고 대답했다. 이 만연한 흥분이, 대부분이 믿은 바대로, 슬라브인의 소망을 고분고분 들어주는 정부에 대한 독일민족의 것인가, 아니면 친정부적인 것이며 모든 선의의 카카니아인은 끊임없는 소요에 반대해 행진하라고 요구하는 것인가라는 질문에는 마찬가지로 모두 의견이 분분했다. 그들은 그와 마찬가지로 단순가담자였고 발터는 사무실에서 익히 듣지 못한 이야기는 하나도 더 듣지 못했지만 수다를 떨려는 통제할 수 없는 충동은 그로 하여금 계속 질문을 하도록 했다. 그리고 그가 합류한 사람들이 그들 자신도 무슨 일이 일어나고 있는지 모른다고 말했는지, 웃었는지, 그들 자신의 호기심을 조롱했는지에 상관없이 그는 앞으로 나아갈수록 더욱더 만장일치로 '마침내 무슨 일이 일어나야 한다!'는 진지한 결론을 더 많이 들었지만 그것이 무엇인지 나서서 설명하는 사람은 없었다. 이런 방식으로 앞으로 나아갈수록 그는 점점 더 자주 그가 쳐다보는 얼굴들에서 비이성적으로 넘쳐 나는 것, 이성을 넘어 넘쳐 나는 것을 알아보았고 거기서 무슨 일이 일어나는지, 그것이 모두를 어디로 끌고 가는지는 정말 전혀 상관없어 보였고 그들의 정신을 나가게 하기 위해서는 그것이 비일상적인 것이라는 것만으로 충분해 보였다. 그리고 이 '정신이 나가다!'를 약화된 의미, 즉 아주 평범하고 가벼운 흥분이라는 의미로만 이해한다 해도 이 속에서는 황홀과 변용이라는 잊어버린 상태와의 먼 유사성, 흡사 옷과 피부에서 벗어나려는 점점 더 커져 가는 무의식적 마음가짐이 감지되었다.

발터는 추측을 교환하고 자신에게 어울리지 않는 말들을 지껄이면서 다른 사람들 사이로 섞여 들었는데, 이들은 기다리는 그룹과 미적미적 나아가는 그룹으로 이루어진 행렬을 만들었고 행렬은 현장이라고 짐작되는 곳을 향해 움직였고 특정한 의도 없이 순식간에 밀도와 내구성을 얻었다. 하지만 아직 이 모든 느낌에는 굴 주위를 살금살금 돌다가 여차하면 그 안으로 사라질 만반의 태세를 갖춘 토끼새끼 같은 것이 있었고 더 뚜렷해진 흥분은 여기서는 볼 수 없는 무질서한 행렬의 머리에서 꼬리까지 증식되었다. 벌써 무슨 일인가를 벌인 후 '전투'에서 돌아오는 대학생들 또는 다른 젊은이들 무리가 거기서 큰 무리와 합류했다. 알아들을 수 없는 소리가 들렸고, 앞뒤가 잘려 나간 메시지들, 말 없는 흥분의 파도가 앞에서부터 뒤로 달려갔고 사람들은 천성에 따라 또는 자신이 이해한 바에 따라 분노나 불안, 호전성 또는 윤리적 명령을 느꼈고 이제 너무나 평범한 표상들에 이끌려 가는 상태로 앞으로 나아갔다. 이 표상은 개인마다 달랐지만, 의식을 지배하는 그 위상에도 불구하고 전혀 중요하지 않아서 모두가 공유하는 활력으로 통합되었는데, 이 힘은 머리보다는 근육에 더 많이 작용했다. 지금 행렬 한가운데 서 있는 발터도 이에 전염되었고 곧 도취의 시작과 유사한 흥분된 텅 빈 심적 상태에 빠져들었다. 자기 의지를 가진 인간을 특정 순간들에 하나의 의지를 가진 대중으로 만드는 이 변화가 어떻게 생겨났는지는 정말 알 수가 없다. 이 대중은 선한 일이나 악한 일이나 열광적으로 할 수 있지만 심사숙고는 할 수 없다. 이 대중을 이루는 인간들 대부분이 평생 무엇보다 절제나 신중에 익숙했다 하더라도. 아마 감정을 분출할 출구가 없는 군중의 흥분은 그 해소를 압박하고, 뜻밖에 길이 열리면 어떤 길이든 그리로 옮겨갈 것이며 예상컨대, 이는 모두들 가운데 가장 쉽게 흥분하는 자들, 가장 예민한 자들, 가장 저항력이 없는 자들이 되겠지만 또 가장 극단적인 자들, 갑작스런 폭력행위나 감상적 아량이 가능한 자들이라는 뜻이기도 하다. 이들은 예(例)를 제공하고 길을 연다. 이들은 대중 속에서 저항이 가장 적은 지점을 의미하지만 이들이 내뱉는다기보다는 이들을 뚫고 나오는 외침, 이들의 손에 쥐어진 돌, 이들이 표출하는 감정은 길을 열고, 서로에게서 흥분을 참을 수 없을 정도로 상승시킨 다른 사람들은 아무 생각 없이 이 길로 밀려간다. 그리고 이들은 자신들 주변의 행동들에 대중행동이라는 형식을 부여하고 이는 모든 이들에게 반은 강요, 반은 해방으로 느껴진다.

게다가 경기를 볼 때나 연설을 들을 때도 마찬가지로 벌써 쉽게 관찰되는 이런 흥분에서 오래전부터 발산의 심리학보다 더 의미심장한 것은 '어떤 원인에서 이런 마음가짐이 생기는가'라는 질문이다. 삶의 의미가 정상이라면 삶의 무의미도 정상일 터이며 정신박약이라는 부수현상을 동반하지 않을 테니까. 발터는 이를 누구보다 잘 알았고 내면에 개선제안도 적잖이 있었고 이때 이 제안들이 모두 떠올랐으므로 이런 휩쓸림에 맥 빠지고 불쾌한 감정을 느끼며 계속 저항했지만, 이는 그럼에도 불구하고 그를 열광시켰다. 의식이 밝아지는 한순간, 그는 클라리세를 생각했다. '그녀가 여기 없는 게 다행이야.' 그는 생각했다. '이 압력을 견디지 못할 테니까!' 하지만 그 순간 찌르는 듯한 통증 때문에 그는 이 생각을 이어 갈 수 없었다. 그녀가 그에게 남긴 광기(狂氣)라는 너무나 명백한 인상이 떠올랐기 때문이었다. 그는 생각했다. '어쩌면 나 자신이 미쳤을 거야. 그걸 그렇게 오랫동안 알아차리지 못했으니!' 그는 생각했다. '곧 그렇게 되겠지. 계속해서 그녀와 함께 산다면!' 그는 생각했다. '그럴 리가 없어!' 그는 생각했다. '하지만 그건 정말 확실해!' 그는 생각했다. '그녀의 사랑스런 얼굴이 내 두 손 안에서 흥측하게 일그러져 굳어졌어!' 하지만 그는 이 모든 것을 더 이상 올바로 생각할 수 없었는데, 자포자기와 절망이 그의 의식을 현혹했기 때문이었다. 그는 이런 고통에도 불구하고 클라리세를 사랑하는 것이 여기서 행진하는 것보다 비교할 수도 없이 더 아름다울 것이라고만 느꼈고, 두려움을 피해 그가 행진하고 있는 열 속으로 더 깊이 밀고 들어갔다.

그사이 울리히는 발터와는 다른 길로 라인스도르프 백작 궁에 당도했다. 정문 안으로 들어갔을 때 입구에는 보초가 두 명 서 있었고 안뜰에는 많은 수의 파견경찰이 포진하고 있었다. 각하는 침착하게 그를 맞았고, 자신이 백성의 적개심의 표적이 되었음을 이미 보고받았음을 알 수 있었다. "취소해야 할 말이 있네!" 그가 말했다. "언젠가 자네에게 말했지. 많은 사람들이 어떤 것에 찬성하면 거기서 어떤 유용한 것이 나올 것임을 상당히 확신할 수 있다고. 거기에는 당연히 예외가 있네!"

금방 울리히를 뒤따라 올라온 집사는 데모 행렬이 궁에 접근하고 있다는, 그 사이 아래에 당도한 소식을 전달했고 정문과 창의 덧문들을 닫아야 할 것인가 하는 사려 깊은 질문을 걱정스럽게 덧붙였다. 각하는 머리를 가로저었다. "그런 말 말게!" 그는 상냥하게 결정했다. "그러면 그들이 좋아하기만 할 거야. 우리가 두려워하는 것으로 보일 테니까. 게다가 경찰이 보내 준 경비병들도 있잖나!" 하지만 그는 울리히에게 몸을 돌리더니 도덕적으로 상처 입은 말투로 말했다. "창문을 깨보라지! 영리한 남자들에게서는 아무것도 나오지 않을 거라고 내가 말했잖은가!" 깊은 원한이 내면에서 들끓는 듯 보였지만 그는 품위 있는 침착함으로 이를 숨겼다.

행렬이 당도하자 울리히는 창가로 다가섰다. 거리 가장자리에는 경찰들이 함께 걸어가면서 참가자가 아닌 사람들을, 일사불란한 행진걸음이 불러일으킨 흙먼지인 양, 길 밖으로 흩트리고 있었다. 멀리서는 여기저기서 벌써 차량들이 꼼짝도 못 하고 서 있었고 고압적인 흐름이 끝없는 검은 파도가 되어 차량들 주위를 흘렀는데, 이 파도 위에서 환한 얼굴들의 흩어진 물거품이 춤추고 있음이 느껴졌다. 선두에서 행진하는 사람들의 눈에 궁이 들어오자 어떤 명령이 발걸음을 늦추고 정체의 파도가 뒤쪽으로 달려가고 진격하는 열들이 뒤엉키는 듯 보였다. 그리고 그림이 하나 생겨났고 이는 한순간 가격(加擊) 직전에 뭉치는 근육을 생각나게 했다. 다음 순간 이 가격은 솨 하고 공기를 관통했고 너무나 놀라워 보였는데, 이것이 분노의 외침으로 이루어졌기 때문이었다. 이 외침에서는 소리가 들리기 전에 열려진 입들이 먼저 보였다. 한 방 또 한 방, 얼굴들은 등장하는 그 순간 열렸고 멀리 떨어진 사람들의 외침은 그사이 가까이 다가온 사람들의 외침에 덮였으므로 시선을 멀리 두면, 이 말 없는 연극이 계속해서 반복되는 것을 볼 수 있었다.

"민중의 복수야!" 갑자기 울리히 뒤로 온 라인스도르프 백작이 이것이 일용하는 양식처럼 확고한 단어인 양 아주 진지하게 말했다. "그런데 도대체 뭐라고 외치는 건가? 소음 때문에 알아들을 수가 없어."

울리히는 그들이 주로 "우우"라고 외친다고 말했다.

"그래. 하지만 뭔가가 더 있겠지?"

울리히는 어렴풋이 난무하는 '우우' 소리 가운데 "라인스도르프 물러가라!"라는 길게 끄는 날카로운 외침이 드물지 않게 들린다고 말하지 않았다. 심지어 이와 번갈아 가며 들리는 독일을 향한 "만세!" 가운데서 몇 번인가 "아른하임 만세!"를 들었다고 생각했지만 확신이 없었다. 두꺼운 창유리가 소리를 불분명하게 만들었기 때문이었다.

울리히는 게르다가 떠난 뒤 곧장 여기로 왔는데, 그가 들은 바를, 아른하임의 정체를 기대 이상으로 폭로할 그 소식을 최소한 라인스도르프 백작에게는 알리려는 욕구를 느꼈기 때문이었다. 하지만 아직까지 이에 대해 한마디도 하지 않았다. 울리히는 창문 아래의 어렴풋한 움직임을 바라보았고 장교 시절의 기억 하나가 그를 경멸로 가득 채웠다. 그가 "일개 중대 병력만 있으면 이 광장을 싹 쓸어버릴 텐데!"라고 혼잣말을 했기 때문이었다. 그는 이를 거의 눈앞에서 보았는데, 마치 위협적인 입들이 비방하는 하나의 입이고 이 끔찍한 입속으로 갑자기 경악이 스며든 듯했다. 입 가장자리는 축 늘어졌고 소심해졌고 두 입술은 머뭇머뭇 이빨 위로 내려앉았다. 그리고 갑자기 그의 환상은 위협적인 검은 무리를, 개 한 마리가 그 사이로 달려들자 사방으로 흩어지는 닭 집단으로 변신시켰다! 이 일은 그의 내면에서 일어났는데, 마치 모든 악이 다시 한번 단단히 응축된 듯했다. 하지만 윤리적 동기에 따라 움직이는 인간들이 아무런 감정 없이 폭력적인 인간들 앞에서 후퇴하는 것을 보는 오래된 만족감은 늘 양날의 칼 같은 느낌이었다.

"무슨 일인가?" 라인스도르프 백작이 물었다. 울리히 뒤에서 서성이던 그는 어떤 이상한 동작에서, 울리히가 날카로운 칼에 베인 듯한 인상을 실제로 받았다. 물론 그럴 가능성은 전혀 없었다. 아무 대답도 듣지 못하자 백작은 그 자리에 멈춰 서서 머리를 설레설레 흔들며 말했다. "결국 우리는 나랏일에 어느 정도 참정권을 백성들에게 선사하신 황제폐하의 그 관대하신 결심이 아직 그리 오래전의 일이 아님을 잊어서는 안 되네. 그러니 정치적 성숙이 아직 어디서나 다 이루어지지 않았음은 수긍이 가네. 그게 통치자 편에서 너그럽게 내보이신 신뢰에 어느 모로 보나 합당한 것일 테지만! 내가 첫 회의에서 곧장 이 말을 하지 않았나!"

이 짧은 연설에 울리히는 각하나 디오티마에게 아른하임의 계략을 알리려는 소망을 접었다. 온갖 적대감에도 불구하고 그는 자신이 다른 이들보다 아른하임에게 더 가깝다고 느꼈고, 그 자신이 큰 개가 울부짖는 작은 개를 덮치듯 게르다를 덮쳤다는 기억은⋯. 지금 그는 그 이후로 그녀가 끊임없이 그를 괴롭히고 있음을 알아차렸지만 이 기억은 그가 아른하임이 디오티마를 상대로 저지른 비열함을 생각하자마자 고삐를 늦추었다. 조급하게 기다리는 두 영혼 앞에서 소리를 지르며 소동을 벌인 육체에 대한 이야기에서, 원한다면, 심지어 코믹한 면을 볼 수도 있었다. 그리고 여기 아래에 모인 사람들도, 울리히는 라인스도르프 백작에게는 전혀 신경 쓰지 않고 여전히 넋이 나간 채 그들을 내려다보았는데, 그냥 코미디를 공연하고 있었다! 그로 하여금 그들에게 눈을 떼지 못하게 하는 것이 이것이었다. 분명 그들은 아무도 공격하려 하지 않았고 찢어발기려 하지 않았다. 물론 그렇게 보이기는 했지만. 그들은 아주 진지하게 분노한 듯 보였지만 그것은 발사하는 총을 향해 돌진하는 그런 진지함은 아니었다. 소방관의 진지함조차도 아니었다. '아니야, 그들이 하는 짓은', 그는 생각했다. '차라리 의례적 행위이고 모욕당한 깊은 느낌과의 성스런 유희이며 개인이 마지막 하나까지 정확히 받아들일 필요가 없는 공동체 행동의 문명화되었지만 미개한 잔재야!' 그는 그들이 부러웠다. '그들은 심지어 스스로를 최대한 불쾌한 존재로 만들려는 지금도 얼마나 편안한 존재들인가!' 그는 생각했다. 무리가 주는, 고독으로부터의 안전은 아래에서부터 위로 빛을 발했고 그 자신은 그 안전 없이 여기 위에 서 있어야 한다는 것 — 그는 이를 한순간 너무나 생생하게 느꼈다. 마치 그가 자신의 모습을 거리로부터, 건물 벽에 끼워진 유리 뒤에서 보는 듯했다 ― 그것은 그의 운명의 표현인 듯 여겨졌다. 이 운명은, 그는 느꼈다, 만약 그가 지금 분노에 사로잡히거나 라인스도르프 백작을 대신해 대기 중인 경비병들에게 비상을 발동해 동일한 사람들과 다시 우호적으로 하나가 된다면 더 좋은 운명이었으리라. 동시대인들과 카드놀이를 하고 거래를 하고 다투고 오락을 같이하는 사람은 경우에 따라서는 그들에게서 제외되지 않고서도 그들을 향해 총을 쏘도록 해도 되니까. 삶과의 화합이라는 게 있고 이는 개개 인간으로 하여금, 그가 누구이든, 그의 소임을 하도록 하고 같은 조건으로 그것의 소임을 그에게 행한다. 울리히는 이에 대해 생각했다. 그것은 아마 약간 특이한 규칙이겠지만 본능 못지않게 확실한데, 건강한 인격이라는 친숙한 낌새가 여기서 발산되기 때문임이 명백했다. 그리고 이 타협 능력이 없고 고독하고 가차 없고 진지한 사람은, 애벌레가 그렇듯, 위험하진 않지만 역겨운 방식으로 다른 사람들을 불안하게 한다. 그는 이 순간 고독한 인간의 부자연스러움과 자신의 사고실험에 대한 깊은 거부감에 의기소침해짐을 느꼈는데, 이 거부감을 불러일으킨 것은 하나의 자연스러운 느낌에 선동된 군중의 감동적인 모습이었다.

시위는 그사이 더 격렬해졌다. 라인스도르프 백작은 방의 뒤쪽에서 흥분해서 서성거렸고 가끔씩 두 번째 창문을 통해 밖을 내다보았다. 그는 드러내지 않으려 했지만 아주 괴로워하는 듯 보였다. 튀어나온 두 눈은 돌로 된 두 개의 단단한 공처럼 부드러운 얼굴 주름 속에 박혀 있었고 그는 뒷짐을 진 두 팔을 무거운 시련을 겪고 있는 듯 가끔씩 쭉 폈다. 갑자기 울리히는 줄곧 창가에 서 있는 그를 사람들이 백작으로 여기고 있음을 알아차렸다. 모든 시선들은 아래에서 그의 얼굴로 향했고 막대기들은 힘차게 그를 향해 흔들렸다. 몇 걸음 떨어진 곳, 길이 굽어지고 무대장치에서 사라지는 듯한 인상을 주는 곳에서 대부분의 사람들은 벌써 화장을 지우고 있었다. 관객도 없는데 계속 위협하는 것은 터무니없는 일이었을 테고, 같은 순간, 그들에게 아주 자연스럽게 여겨지는 방식으로 그들의 얼굴에서 흥분이 사라졌다. 심지어 소풍을 나온 듯 웃고 즐거워하는 모습을 보이는 사람들도 적지 않았다. 그리고 이를 관찰한 울리히도 웃었지만 나중에 온 사람들은 저건 웃고 있는 백작이라고 생각했고 그들의 분노는 무시무시하게 커졌고 이제 울리히는 심지어 안면 가득히 웃었다.

하지만 갑자기 그는 역겨움을 느끼며 이를 중단했다. 그의 두 눈이 위협하는 입들과 명랑한 얼굴들을 여전히 번갈아 바라보고 있고 그의 영혼이 이 인상들을 계속 수용하기를 거부하는 동안 그에게 이상한 변화가 일어났다. '나는 더 이상 이 삶을 같이할 수 없고 더 이상 이에 저항할 수 없어!'라고 그는 느꼈다. 하지만 동시에 그는 벽에는 커다란 그림들이 걸려 있고 나폴레옹시대풍의 긴 책상이 있고 초인종 끈들과 창문커튼들이 뻣뻣한 수직선을 이루고 있는 그 방을 등 뒤에서 느꼈다. 그리고 방은 이제 그 자체로 작은 무대 같은 것이 되었는데, 그 무대의 전면에 그가 서 있었고 바깥의 더 큰 무대 위에서는 사건이 행진하고 있었다. 그리고 이 두 무대는 그가 그 사이에 서 있다는 것에 아랑곳하지 않고 독특한 방식으로 하나가 되었다. 그 후 그가 등 뒤에 있다고 알고 있는 그 방의 인상은 수축되더니 밖으로 뒤집혔고 동시에 그를 관통해서, 또는 아주 부드러운 것인 양 그를 빙 둘러 흘

러나갔다. '독특한 공간적 전도(顚倒)군!' 울리히는 생각했다. 인간
들은 그의 뒤에서 지나갔고 그는 그들을 통과해서 무(無)에 다다랐
다. 하지만 아마 그들은 그의 앞에서도, 뒤에서도 지나갔을 것이며
그는 그들에 의해, 마치 늘 바뀌지만 동일한 시냇물에 씻기는 돌처
럼, 씻겼다. 그것은 반만 이해할 수 있는 사건이었고 특히 울리히의
눈에 띈 것은 그가 처한 상태의 유리 같음, 텅 빔, 고요함이었다. '도
대체 우리는 우리 자신의 공간을 벗어나 숨겨진 제 2의 공간으로 들어
갈 수 있나?' 그는 생각했다. 꼭 우연이 비밀 연결문을 통해 그를 데
려간 듯 여겨졌기 때문이었다.

그는 라인스도르프 백작이 놀라서 멈춰 설 정도로 온몸을 격렬히
흔들어 이 꿈들을 떨쳐 버렸다. "오늘 무슨 일 있나?!" 각하가 물었
다. "너무 심각하게 받아들이는군! 내 입장은 변함없네. 우리는 비독
일인들을 통해 독일인을 얻어야 하네. 고통스러워도 할 수 없네!" 이
발언에 울리히는 적어도 다시 미소를 지을 수 있었고 수많은 주름과
굴곡이 새겨진 백작의 얼굴을 감사히 바라보았다. 비행기로 착륙할
때 특별한 순간이 있다. 땅은 몇 시간에 걸쳐 멀어지면서 도달한 카드
같은 평평함에서 둥글고 풍성하게 솟아오르고 현세적인 것들이 다시
얻게 되는 옛 의미는 땅에서 자라나는 듯 보인다. 울리히는 이를 회상
하는 자신을 보았다. 하지만 이해할 수 없는 것은 그 순간 범죄를 저
지르려는 결심이 머리를 스쳤다는 것이었다. 아니면 그저 형체 없는
착상이었나, 그것을 어떤 표상과도 연결시키지 못했으니까. 그 결심
이 모스브루거와 연관되어 있다고 생각할 수도 있었다. 공원에서 두
사람이 같은 벤치 위에 앉게 되듯 운명이 우연히 그와 조우하도록 한

이 바보를 그는 기꺼이 도왔을 테니까. 하지만 사실 그는 이 '범죄'에서, 자신을 제외시키거나 다른 사람들 사이에서 그럭저럭 살아가고 있는 삶을 떠나려는 욕구만을 볼 뿐이었다. 반국가적 또는 반인간적 신조라 부르는 것, 수천 겹으로 정당화된 마땅히 들어야 할 이 감정, 이 감정은 유발되지 않았고 그 어떤 것에 의해서도 입증되지 않았지만 그냥 거기 있었고 울리히는 이 감정이 평생 그를 동반했음을 상기했지만 이런 강도로는 드물었다. 지금까지 지상에서 일어난 모든 변혁에서 늘 정신적 인간이 해를 입었다고 말해도 되리라. 변혁은 새로운 문화를 도입하겠다는 약속으로 시작하고 영혼이 그때까지 이룩해놓은 것을 적의 소유물을 치우듯이 치워 버리지만 옛 수준을 넘어서지 못하고 다음 변혁에 추월당한다. '문화시대'라 불리는 것은 실패한 시도들의 긴 되돌이표 대열에 다름 아니며 이 대열 밖에 서려는 생각은 울리히에게는 새로운 것이 아니었다! 여기서 새로운 것이 있다면 결심이라는, 아니 벌써 생겨나는 듯 보이는 행위라는 특징이 강화되었다는 것뿐이었다. 그는 이 표상들에 내용을 주려는 노력은 조금도 하지 않았다. 이제 다시는 보편적인 것, 이론적인 것을 쫓지 않고 ― 거기에는 벌써 질려 버렸다 ― 피, 두 팔, 두 다리로 참여하는 개인적이고 활동적인 것을 시도하리라는 감정이 잠시 동안 그를 완전히 사로잡았다. 그는 자신의 의식이 여태 파악하지 못한 이 독특한 '범죄'의 순간에 자신이 더 이상 세계에 맞서지 않을 것임을 알았지만 왜 이것이 열정적으로 애정 어린 느낌이었는지는 신만이 아시리라. 이 느낌은 창문 앞의 사건과 창문 뒤의 사건이 섞이는 놀라운 공간기억과 연결되어 ― 이 기억의 약화된 메아리를 그는 언제라도 다시 일깨울 수 있었다 ― 세상과의 어렴풋이 자극적인 관계가 되었다. 더 오래 숙고할 시간이 있었다면 이 관계는 울리히에게, 섬기던 여왕에게 삼켜진 전설 속 영웅들의 쾌락을 연상시켰으리라.

하지만 그는 그 대신 백작의 방해를 받았다. 백작은 그사이 자기 몫의 싸움을 완수했다. "난 이 분노에 맞서기 위해 여기서 버텨야 하네!" 라 하는 말을 시작했다. "그러니 난 떠날 수 없네! 하지만 여보게, 자네는 지금 최대한 빨리 자네 사촌에게 가게나. 그녀가 이 사건에 놀란 나머지 우리 기자들 가운데 한 명에게 지금으로서는 부적절한 말을 하기 전에! 이렇게 말해 주게. …" ― 그는 다시 한번 숙고했고 마침내 결심을 했다 ―"그래, 내 생각에, 이렇게 말하는 게 좋겠어. 강한 치료제가 강한 효과가 있다! 이렇게 말하게. 삶을 개선하려는 사람은 위기에 처해서도 불태우거나 잘라내기를 꺼려서는 안 된다고!" 그는 다시 한번 숙고했다. 그러면서 그는 불안할 정도로 결연한 모습을 보였고 무슨 말을 하려다 다시 한번 숙고할 때면 턱수염이 수직으로 올라갔다가 내려갔다. 하지만 결국 그의 착한 천성이 터져 나왔고 그는 계속했다. "그녀에게 겁먹지 말라고도 말해야 하네! 이 사나운 남자들을 결코 두려워할 필요가 없거든. 그들 안에 정말로 더 많은 것이 들어 있을수록 그들은, 기회만 주어진다면, 실제 상황에 더 빨리 적응하네. 벌써 자네 눈에도 띄었는지 모르겠네만, 권력을 잡고서도 반대하기를 그만두지 않았던 야당은 여태 한 번도 없었네. 이것은 사람들이 생각하듯 그냥 당연한 것이 아니라 아주 중요한 것이네. 이렇게 표현해도 된다면, 정치에서 실제적인 것, 신뢰할 수 있는 것, 지속적인 것이 여기서 생기니까!"

121
담판

울리히가 디오티마의 집에 도착하자 라헬은 문을 열어 주면서 주인마
님은 집에 없지만 아른하임 박사님이 와 계시며 마님을 기다리고 있
다고 알렸다. 울리히는 들어가고 싶다고 말했지만, 그가 보자, 후회
로 가득 찬 그의 작은 여자 친구의 얼굴로 피가 솟구치는 것을 알아차
리지는 못했다.

길거리에는 여전히 소요가 이리저리 넘실대고 있었고 창가에 서 있
던 아른하임은 그에게 다가와 인사했다. 그동안 망설이며 기회를 엿
보던 만남이 뜻밖에도 우연히 성사되자 그의 얼굴은 활기를 띠었지만
그는 조심하려 했으며 어떻게 시작해야 좋을지 몰랐다. 울리히도 곧
장 갈리치아 유전(油田) 이야기를 꺼내야 할지 결심하지 못했고 그래
서 두 남자는 인사말을 나눈 후에는 침묵했고 마침내 같이 창가로 다
가가서서 깊은 곳에서 벌어지는 흥분을 말없이 내려다보았다.

한참 후 아른하임이 말했다. "나는 당신을 이해할 수 없습니다. 글
을 쓰는 것보다 삶에 열중하는 것이 천 배는 더 중요하지 않나요?"

"저는 글을 쓰지 않는데요." 울리히가 짧게 대답했다.

"잘하시는 겁니다!" — 아른하임은 울리히의 대답에 적응했다 —
"글쓰기는 진주처럼, 병입니다. 보십시오⋯." 그는 잘 관리된 두 손
가락으로 거리를 가리켰는데, 빠른 동작이었음에도 약간 교황의 축
복 같았다. "저기 사람들이 개별적으로 그리고 떼를 지어 오고 가끔
씩 내부에서 입 하나가 벌어져 소리칩니다! 다른 경우라면, 그 남자

는 글을 쓰겠지요. 당신 말이 옳습니다!"

"하지만 당신 스스로도 유명한 저술가일 텐데요?"

"오, 그건 아무 의미도 없습니다!" 하지만 사랑스럽게도 모든 것을 열어 놓는 이 대답 후 아른하임은 울리히 쪽으로 천천히 온몸을 돌렸고 울리히를 정면으로 마주보고 서서 단어들 사이에 큰 간격을 두고 말했다. "몇 가지 질문을 해도 될까요?"

여기다 대고 '아니오'라고 말하기는 당연히 불가능했다. 하지만 울리히가 그 전에 자기도 모르게 약간 뒤로 물러섰기 때문에 이 수사학적 공손함은 그를 다시 끌어당기는 올가미처럼 작용했다. 바라건대", 아른하임이 시작했다. "지난번 우리 사이에 있었던 작은 충돌을 나쁘게 여기시지 마시고 당신의 견해에 대해 보여 드린 내 관심을 좋게 여겨 주었으면 합니다. 당신의 견해가, 드물지 않은 일입니다만, 내 견해에 반대하는 듯 보인다고 해도 말입니다. 그럼 당신께 물어봐도 될까요? 당신은 정말로 그 말을 고수하나요? 요약하자면, 우리는 제한된 실제양심으로 살아야 한다? 내가 제대로 표현했나요?"

울리히가 답으로 보여 준 미소는 이렇게 말했다. 나는 모르겠고, 당신이 또 무슨 말을 할지 들어 보겠다.

"당신은 부유(浮游)하도록 내버려 둔 것과 같은 삶에 대해 말했습니다. 두 세계 사이에서 결정하지 못하고 살아간다는 일종의 비유지요? 게다가 당신은 당신 사촌에게 여러 가지 너무나 매력적인 것들을 말씀하셨습니다. 당신이 나를 가령 그런 것은 전혀 이해하지 못하는 프로이센 장사치고 군국주의자라고 여긴다면 내게는 아주 가슴 아픈 일일 겁니다. 하지만 예를 들어, 당신은 우리의 현실과 역사는 우리 자신의 중요하지 않은 부분에서만 생겨난다고 말합니다. 난 그것을 대충 이렇게 이해합니다. 사건의 형식과 유형을 개혁해야 하며 그때까지는, 당신의 견해에 따르자면, 어중이떠중이들이 막 겪고 있는 일들은 별로 중요하지 않다?"

"제 말은", 울리히가 조심스럽게 그리고 마지못해 끼어들었다. "그것은 수천 필씩 기술적으로 완벽하게 생산되지만 옛 패턴에 따라 짠 옷감을 생각나게 한다는 것입니다. 이 패턴의 발전에는 아무도 신경 쓰지 않지요."

"다른 말로 하자면", 아른하임이 끼어들었다. "나는 당신의 주장을 이렇게 이해합니다. 의심할 바 없이 만족스럽지 못한 세계의 현 상태는 세계사를 만들어야 한다는 지도자들의 믿음에서 온다고 말입니다. 권력의 영역을 이념들로 파고드는 데 인간이 가진 온 힘을 쏟는 대신 말입니다. 더 옳게 말하자면, 이는 아무 생각 없이 생산하고, 시장을 조정하는 대신 지향하기만 하는 공장주와 비교할 수 있을 것입니다! 보시다시피, 당신 생각은 내 생각과 일맥상통합니다. 하지만 그렇기 때문에 당신은 이해하셔야 합니다, 이 생각이 내게, 거대 기업이 돌아가도록 끊임없이 결정해야 하는 남자인 내게 이따금씩 거의 무시무시한 작용을 한다는 것을! 예를 들어, 당신이 우리 행위의 실제 의미를 포기하라고 요구해도, 우리의 친구 라인스도르프가 너무나 매력적으로 말하듯이, 우리 행위의 '임시적으로 확정적인' 특성을 포기하라고 요구해도, 이에 아랑곳없이 정말로 그것을 완전히 포기할 수는 없습니다!"

"저는 아무것도 요구하지 않습니다." 울리히가 말했다.

"오, 당신은 그 이상을 요구합니다! 당신은 시도의 의식을 요구합니다!" 아른하임은 활기차고 따뜻하게 말했다. "책임감 있는 지도자는 역사를 만들 필요가 없고 다음 시도의 토대가 될 시도일지를 작성해야 한다고 믿어야 한다! 나는 이 착상에 매료되었습니다. 하지만 예를 들어, 전쟁과 혁명은 어떻습니까? 시도가 이루어지고 작업계획에서 삭제되면 죽은 사람을 다시 살릴 수 있습니까?!"

이제 울리히는 말하고 싶은 유혹에 굴복했고 — 이는 계속하라고 부추기는 흡연의 욕구와 크게 다르지 않다 — 이를 촉진하려면 아마 모든 것에 최고로 진지하게 달려들어야 할 것이라고 대답했다. 실행 후 50년이 지나면 모든 시도가 애쓸 가치가 없었음을 안다고 해도. 하지만 이 '절취선을 가진 진지함'은[1] 안 그래도 아주 비상한 것은 아니다. 삶을 아무것도 아닌 일에 바치는 경우가 허다하니까. 시도하는 삶은 심리학적으로 전혀 불가능한 것을 의미하지는 않는다. 결핍된 것은, 어떤 의미에서는 무한한 책임을 떠안으려는 의지뿐이다. "여기에 결정적 차이가 있습니다"라고 울리히는 말을 맺었다. "옛날에는 가령 특정한 전제에서 출발하면서 연역적으로 느꼈는데, 이 시대는 지나갔습니다. 오늘날은 주도하는 이념 없이, 또 의식적 귀납과정도 없이 살고 있습니다. 원숭이처럼 닥치는 대로 시도하지요!"

"탁월합니다!" 아른하임이 선선히 시인했다. "하지만 마지막으로 하나 더 질문하겠습니다. 당신은, 당신의 사촌께서 내게 여러 번 이

---

1 노트 페이지에 절취구멍을 내 뜯어내기 쉽게 해 놓듯이 어떤 일을 진지하게 하지만 실패하면 없었던 일로 할 수 있는 마음가짐을 말한다. 이하 각주는 모두 역주이다.

야기했던 것처럼, 병적이고 위험한 한 인간에게 지대한 관심을 가집니다. 나는 그걸, 덧붙여 말하는데, 아주 잘 이해합니다. 이런 사람들을 다루는 제대로 된 방법이 아직 없기도 하고 이런 사람들에 대한 인간 사회의 태도는 부끄러울 정도로 태만합니다. 하지만 지금 상황이 이러하고 이 인간이 무고하게 죽임을 당하든가 아니면 무고한 사람들을 죽이든가의 선택만 허용합니다. 그럴 권한이 있다면 당신은 처형 전날 밤에 그를 탈출시키겠습니까?"

"아니요!" 울리히가 말했다.

"아니라고요? 정말로 아닙니까?!" 아른하임이 갑자기 아주 활기차게 물었다.

"모르겠습니다. 저는 아니라고 생각합니다. 물론 저는 잘못 꾸며진 세계에서는 제가 옳다고 생각하는 대로 행동할 수 없다고 핑계를 댈 수도 있을 것입니다. 하지만 그냥 인정하겠습니다. 저는 무엇을 해야 할지 모르겠습니다."

"물론 이 남자가 더 이상 해악을 끼치지 못하도록 해야 합니다." 아른하임은 숙고하면서 말했다. "하지만 그는 발작이 일어나는 시간에는 악마적인 것의 거처고, 악마적인 것은 모든 강력한 세기들에는 신적인 것과 유사하다고 느껴졌습니다. 옛날에는 발작이 시작되면 그 남자를 황야로 보냈지요. 그러면 그는 살인할 수도 있었겠지만 아브라함이 이삭을 죽이려 했던 것처럼 큰 비전을 가지고 그랬을 것입니다! 바로 이겁니다! 오늘날 우리는 그를 어떻게 다루어야 할지 모르고 어떤 것도 더 이상 진솔하게 대하지 않습니다!"

아마 아른하임은 정신없이 이 마지막 말을 쏟아냈을 것이고 스스로도 무슨 뜻으로 한 말인지 정확히 알지 못했다. 울리히가 모스브루거를 구하겠느냐는 질문에 거리낌 없이 '예'라고 대답하기 위해 '영혼과 어리석음'을 많이 들이대지 않았다는 것이 그 자신의 명예욕을 부추겼다. 하지만 울리히가 대화의 이런 전환을 뜻밖에도 라인스도르프 백작의 궁전에서 한 그의 '결심'을 상기시키는 표시라 느꼈다고 해도 그는 아른하임이 모스브루거에 대한 생각들에 부여하는 이 사치스러운 치장에 화가 났고, 이 두 가지는 그로 하여금 호기심을 가지고 건조하게 질문하도록 했다. "당신은 그를 탈옥시키겠습니까?"

"아니오." 아른하임은 미소를 지으며 대답했다. "하지만 난 당신에게 다른 제안을 하나 하려 했습니다." 그리고 울리히에게 저항할 시간도 주지 않고 계속했다. "이미 오래전부터 이 제안을 하려 했습니다. 당신이 나에 대한 불신을 포기하도록 말입니다. 솔직히 말해, 그게 내 마음을 아프게 합니다. 나는 당신을 심지어 내 사람으로 만들고 싶습니다! 대기업 내부가 어떻게 보이는지 상상해 본 적이 있나요? 최고경영층과 이사회라는 두 정점이 있지요. 이 두 꼭대기 위에 보통 제3의 꼭대기가 있는데, 이 나라에서는 '집행위원회'라고 불리지요. 이는 이 두 기관의 일부로 구성되고 매일 또는 거의 매일 모입니다. 이사회는 당연히 대주주가 신임하는 사람들로 구성됩니다……." 그는 울리히에게 이제야 쉴 틈을 주었고 이 휴지기는 지금까지 뭔가가 울리히의 눈에 띄지 않았는지 점검해 보는 모양새였다. "나는 대주주가 자신이 신임하는 사람을 이사회와 집행위원회에 파견한다고 말했습니다." 그는 보충했다. "이 대주주라는 말에서 뭔가 특정한 것을 상상하나요?"

울리히는 그렇지 않았다. 그는 재정에 관해 불특정한 집합표상만 있었고 이는 직원, 창구, 쿠폰, 증명서 비슷한 서류였다.

아른하임이 다시 도움을 주었다. "언제 한번 이사회에 선출된 적이 있나요? 그런 적이 없지요!"—그는 곧 스스로 덧붙였다—"그 생각을 하는 것도 의미가 없을 겁니다. 당신은 결코 한 기업의 대주주가 될 수 없을 테니까요!" 너무나 단호한 말이어서 울리히는 그렇게 중요한 특성이 없다는 것이 부끄러울 지경이었다. 그리고 단 한 걸음으로 그리고 아무런 노고 없이 악마에서 이사회로 옮겨갈 수 있는 것도 진짜 아른하임다운 착상이었다. 그는 미소를 지으며 계속했다. "아직까지 한 사람을 언급하지 않았는데, 어떤 의미에서는 가장 중요한 사람입니다! 내가 '대주주'라고 말했지요. 이는 무해한 다수로 들립니다. 그럼에도 불구하고 이는 거의 항상 한 사람의 개인, 이름 없는 그리고 공공에 크게 알려지지 않는 대지분 소유자지요. 그는 자기 대신에 보낸 사람들에 의해 숨겨집니다!"

이제 울리히는 당연히 이것이 매일 신문에서 읽을 수 있는 것임을 어렴풋이 깨달았다. 하지만 어쨌거나 아른하임은 이것들에 스릴을 부여하는 재주가 있었다. 울리히는 호기심을 가지고 로이드 은행의 대주주가 누구냐고 물었다.

"그건 모릅니다." 아른하임은 조용히 대답했다. "더 정확히 말해서, 당연히 내부자들은 알지만 통상 거기에 대해 이야기하지 않습니다. 차라리 이 일들의 핵심으로 가보겠습니다. 한편에는 의뢰자, 다른 한편에는 집행부라는 이 두 힘이 존재하는 곳이면 어디서든 도덕적인 것이든 아름다운 것이든 상관없이 모든 가능한 증식수단이 동원

된다는 현상이 저절로 생깁니다. 나는 정말로 '저절로'라고 말합니다. 이 현상은 개인적인 것과는 정말 거의 상관이 없으니까요. 의뢰자는 직접 집행에 관여하지 않습니다. 집행기관은 개인적 이유에서가 아니라 직원으로서 행동한다는 사실 때문에 안전합니다. 이 관계를 오늘날 어디서나 보실 수 있고 재정분야만 그런 것이 절대 아닙니다. 우리 친구 투치는 최고의 양심적 평온함을 누리며 전쟁신호를 줄 것이라고 보장합니다. 물론 그는 개인적으로는 늙은 개 한 마리도 쏘아 죽일 수 없을 겁니다. 그리고 수천 명이 당신 친구 모스브루거를 죽음으로 보낼 겁니다. 세 명만 빼고는 아무도 그 일을 자기 손으로 할 필요가 없으니까요! 예술적 기교가 될 정도로 완벽해진 이 '간접성'은 오늘날 개개인 모두와 전체 사회에 깨끗한 양심을 보장해 줍니다. 그들이 누르는 버튼은 늘 하얗고 아름답고, 전화선의 다른 끝에서 일어나는 일은 다른 사람들 소관이고 이들도 개인적으로는 버튼을 누르지 않습니다. 이것이 혐오스럽다고 생각하십니까? 이렇게 우리는 수천 명을 죽게 만들거나 영락하게 하고 고통의 산들을 움직이고 이로써 또 뭔가를 달성합니다! 나는 이 속에, 사회적 분업의 형태 속에 다름 아니라 인간 양심의 오랜 이분화, 즉 승인된 목적과 용인된 수단으로의 이분화가 웅대하고 위험한 방식으로 표현되고 있다고 주장하고 싶을 정도입니다."

울리히는 이것을 혐오하느냐는 아른하임의 질문에 어깨를 으쓱했다. 아른하임이 말한 의식의 도덕적 분열, 오늘날 삶이 가진 너무나도 끔찍한 이 현상은 늘 있어 왔다. 하지만 이는 보편적 분업의 결과로서 비로소 그 소름끼치는 깨끗한 양심에 다다랐고 이로써 그 위대한 불가피성도 갖는다. 울리히는 이 현상에 단순히 분노하는 것이 싫었고 이에 대한 반항으로 내면에 우습고 편안한 감정을 조성했다. 이는 시속 100킬로미터로 달리고 있는데, 먼지를 뒤집어쓴 도덕주의자가 길가에 서서 욕을 하면 드는 감정이었다. 그래서 아른하임이 침묵했을 때 그는 우선 이렇게 말했다. "분업은 어떤 형태든 발전되어야 합니다. 따라서 당신이 제게 제기해도 되는 질문은 제가 '혐오스럽게 생각하느냐?'가 아니라, '뒤돌아가지 않고도 우리가 더 합당한 상태에 도달할 수 있다고 믿느냐?'입니다!"

"당신의 총재고 조사군요!" 아른하임이 끼어들었다. "우리는 활동의 분배를 탁월하게 조직했지만 이때 요약을 위한 심급들을 소홀히 했지요. 우리는 최신 특허들에 따라 도덕과 영혼을 계속해서 파괴하고 종교와 철학의 전통이라는 옛 민간요법들로 이들을 묶어 둘 수 있다고 믿습니다! 나는 이런 방식으로 조소(嘲笑)하는 걸 좋아하지 않습니다." 그는 자신의 말을 고쳤다. "일반적으로 위트는 매우 애매한 것이라고 생각합니다. 하지만 난 라인스도르프와 같이 있을 때 당신이 한 제안, '양심을 새로 조직해야 한다'는 제안을 결코 그냥 농담이라고 여기지 않았습니다!"

"그건 농담이었습니다." 울리히가 쌀쌀맞게 대답했다. "저는 그 가능성을 믿지 않습니다. 오히려 악마가 유럽을 세웠고 신은 자신의 경쟁자가 무엇을 할 수 있는지 보여 보도록 했다고 상상합니다!"

"멋진 생각입니다!" 아른하임이 말했다. 왜 그럼 내가 당신 말을 믿으려 하지 않았을 때 내게 화를 냈지요?"

울리히는 대답하지 않았다.

"방금 당신이 말한 것은 당신이 얼마 전 올바른 삶에 접근하는 과정에 대해 한 진취적 발언과도 모순됩니다." 아른하임은 가만히 그리고 고집스럽게 계속했다. "아무튼 내가 개별사항에서 당신에게 동의할 수 있는지 없는지와는 별개로 당신에게는 활동적 성향과 무관심이 너무 뒤섞여 있다는 점이 눈에 띕니다."

울리히가 이에 대해서도 대답할 필요가 없다고 생각하자, 아른하임은 버릇없음에 대해서는 이것만이 올바른 방법이라는 듯 공손하게 말했다. "오늘날도 여전히 경제적 결정을 할 때, 어쨌든 거의 모든 것이 여기에 달려 있지요, 스스로 얼마나 많은 도덕적 책임감을 갖추어야 하는지 그리고 이로 인해 이 결정들이 얼마나 매력적이 되는지에 당신이 주목하기를 바랐을 뿐입니다." 심지어 이 꾸짖는 겸손함 속에도 가벼운 구애가 스며 있었다.

"죄송합니다." 울리히가 대답했다. "당신 말을 곰곰이 생각해 보았습니다." 그리고 아직도 그렇게 하고 있다는 듯 이렇게 덧붙였다. "제가 알고 싶은 것은 누군가 한 여자의 영혼에 신비로운 감정을 불어넣으면서 반면에 그녀의 육체는 남편에게 맡기는 것이 가장 이성적인 것이라 간주한다면, 당신은 이것도 시대에 맞는 간접성과 의식의 분업으로 간주하는가입니다."

아른하임은 이 말에 약간 얼굴이 붉어졌지만 상황에 대한 지배력을 잃지는 않았다. 그는 조용히 대답했다. "나는 당신이 무슨 말을 하는지 정말 모릅니다. 하지만 당신이 사랑하는 여자를 두고 하는 말이라면 당신은 그런 말을 할 수 없습니다. 현실의 형상은 늘 원칙의 윤곽선보다 더 풍부하니까요." 그는 창문에서 멀어지더니 울리히에게 앉으라고 권했다. "당신은 쉽게 항복하지 않는군요!" 그는 인정뿐 아니라 유감도 담긴 어조로 계속했다. "하지만 당신에게 나는 개인적 적수라기보다는 적대적 원리를 의미한다는 걸 알고 있습니다. 그리고 개인적으로 자본주의의 가장 지독한 적수라 해도 사업에서는 자본주의의 가장 좋은 하인인 경우도 드물지 않습니다. 심지어 나 자신도 조금 거기에 포함시킬 수 있습니다. 그렇지 않다면 당신에게 이 말을 하는 것을 나 스스로 허락하지 않을 테니까요. 무조건적이고 열정적인 사람은 일단 용인의 필연성을 통찰하게 되면 보통 가장 재능 있는 옹호자가 됩니다. 따라서 나는 내 계획을 무슨 일이 있어도 끝까지 실행할 것이고 당신에게 제안합니다. 내 회사로 들어오십시오!"

그는 의도적으로 이 제안을 지나치게 거창하게 하지 않았다. 반대였다. 그는 깜짝 발언의 값싼 효과를, 물론 그는 이를 확신했지만, 강조하지 않고 빨리 말함으로써 완화하려는 듯했다. 그는 울리히의 놀란 시선에 전혀 답하지 않으면서 이제 곧장, 울리히가 회사에 들어오는 경우 처리해야 할 개별사항들을 열거했고, 물론 당장은 거기에 대해 개인적 입장을 표명하려는 것은 아니라고 말했다. "물론 당신은 처음에는 경영자 교육을 받지 않을 것입니다." 그는 부드럽게 말했다. "아마 아직은 그럴 마음도 전혀 없으시겠지요. 그래서 내 곁에 자리를 하나 제안하고 싶습니다. '비서실장'이라고 부릅시다. 내가 개인적으로 당신을 위해 만들 자리입니다. 당신을 모욕한 것이 아니기를 바랍니다. 이 자리에 엄청나게 많은 월급을 줄 생각은 아니니까요. 하지만 업무를 하면서 시간을 두고 당신이 원하시는 만큼의 수입을 올릴 가능성을 찾아보십시오. 1년이 지나면 당신은 지금과는 완전히 다르게 나를 이해하리라고 확신합니다."

이 연설을 마쳤을 때 아른하임은 아닌 게 아니라 자신이 흥분했음을 느꼈다. 사실 이 순간 그는 울리히가 거절하면 자신은 웃음거리가 될 뿐이고 울리히가 받아들여도 어떤 기쁜 목적이 있는 것도 아닌 그런 제안을 울리히에게 지금 정말로 했다는 사실에 놀라고 있었다. 자기 앞에 있는 이 인간이 그 자신이 성취할 수 없는 일을 할 수 있다는 생각은 대화가 진행되면서 사라졌고 이 남자를 유혹해서 자신의 권력 하에 두고 싶다는 욕구는 그것이 표출된 후로는 터무니없어져 버렸기 때문이었다. 그가 이 남자의 '위트'라고 불렀던 것을 두려워했다는 사실이 부자연스러워 보였다. 그, 아른하임은 위대한 남자였고 그런 사람에게 삶은 단순해야 한다! 그는 상황이 허락하는 한, 다른 모든 위대한 것들과 잘 지내고 모든 것을 모험적으로 거부하지도 않고 모든 것을 의심하지도 않는다. 그것은 그의 본성에 반하리라. 하지만 다른 한편, 물론 아름답고 미심쩍은 것들이 있고 이런 것들은 가능하면 많이 끌어들여야 한다. 아른하임은 아직 한 번도 서구문화의 확실성을 이 순간만큼 강하게 느껴 본 적이 없다고 생각했다. 그것은 힘과 제동의 멋진 직조물이었다! 울리히가 이를 통찰하지 못한다면 그는 모험가에 불과했고 자신이 울리히 때문에 그런 잘못된 생각에 빠질 뻔했다는 것은…. 하지만 이 대목에서 아른하임은 말이, 잠자코 숨겨져 있었을 뿐, 나오지 않았다. 그는 울리히를 아들 대신 곁에 두려 생각했다는 이 표상을 끝내 명료하게 분절할 수 없었다. 여기에 큰 의미가 있지도 않으리라. 결국 그것은 책임질 필요가 없는 수많은 다른 사고들과 같은 사고였고, 모든 활동적 삶의 근원에 남겨진 삶의 비애 때문에 드는 생각일 것이다. 우리는 결코 만족스러운 것을 찾지 못하니까. 아마 그는 이 생각을 논란의 여지가 있는 이런 형식으로는 아예 하지도 않았고 이런 형식을 줄 수 있었을 뭔가를 느꼈을 뿐이었다. 그럼에도 불구하고 그는 이것을 기억하려 하지 않았고 그냥 울리히의 나이를 자기 나이에서 빼면 그렇게 큰 차이는 없으리라는 표상만을 머릿속에 소리치듯 뚜렷이 가지고 있었다. 물론 그 뒤에는 울리히가 디오티마에 대한 경고로서 쓸모가 있으리라는 더 그늘진 두 번째 표상이 숨어 있었다! 그는 벌써 여러 번 울리히와 그의 관계가 주 분화구(噴火口)가 준비하는 무시무시한 과정을 인식하게 해주는 부수 분화구 같다고 느꼈음을 상기했다. 그리고 이제 주 분화구에서 폭발이 일어났다는 것이 그를 약간 불안하게 했다. 말들이 흘러나왔고 삶 속으로 길을 뚫었으니까. '무슨 일이 일어날까?'라는 문장이 아른하임의 머릿속을 지나갔다. '이 인간이 내 제안을 받아들이면?' 긴장된 순간들은 이런 식으로 그 종말에 접근하고 있었고 천하의 아른하임은 그가 공상을 통해서만 의미를 부여했던 손아래 남자의 결정을 기다려야 했다. 그는 적대적으로 입술을 벌린 채 아주 뻣뻣하게 앉아 있었고 생각했다. '피할 수 없다면 어떻게든 해결할 수 있을 거야.'

감정과 숙고가 이 길을 가는 동안 상황은 가만히 있지 않았고 질문과 대답이 술술 잇따랐다.

"그런데 무슨 특성 때문에", 울리히가 건조하게 물었다. "장사꾼으로서는 거의 정당화할 수 없는 이 제안을 제가 받게 된 것이지요?"

"당신은 이 질문을 여전히 잘못 생각하시는군요." 아른하임이 대답했다. "내가 서 있는 자리에서는 상업적 타당성을 동전 몇 푼에서 찾지 않습니다. 당신 때문에 내가 잃는 게 있다면, 그건 내가 얻기를 바라는 것에 비하면 아무것도 아닙니다!"

"정말 저를 궁금하게 하시는군요." 울리히가 말했다. "제가 득이 된다니, 정말 드물게 들어 보는 말입니다. 제가 종사했던 학문분야에서 어쩌면 작은 득이 될 수도 있을 테지만 거기서도 저는, 아시다시피, 실망만 안겼습니다."

"당신이 비상할 정도로 많이 오성(悟性)을 소유하고 있다는 사실은", 아른하임이 (겉으로는 여전히 흔들림 없이 고요한 말투를 고수하면서) 대답했다. "당신 스스로 확신하고 있지요. 내가 다시 말할 필요도 없습니다. 하지만 우리 사업체에도 더 예리하고 더 믿을 만한 지성들이 있다는 것도 심지어 가능할 것입니다. 이와 반대로, 내가 특정한 이유로 지속적으로 내 곁에 두고 싶어 하는 것, 그건 당신의 성격, 당신의 인간적인 특성입니다."

"제 특성이요?" 울리히는 미소 짓지 않을 수 없었다. "제 친구들이 저를 '특성 없는 남자'라고 부른다는 것을 아시나요?"

아른하임은 살짝 조급함의 몸짓을 보였는데, 대충 이런 말이었다. "내가 오래전부터 더 잘 알고 있는 것에 대해서 말하지 마십시오!" 얼굴을 넘어 어깨까지 퍼져 간 이 움찔거림 속에 그의 불만이 표출되었지만 그동안에도 말들은 여전히 계획과 의도에 따라 앞으로 달려갔다. 울리히는 이 인상을 포착했고 아른하임에게 너무나도 쉽게 도발된 나머지 이제 지금까지 피해 온 표현들을 대화에서 아주 터놓고 사용하고 말았다. 그들은 그사이 다시 일어서 있었고 울리히는 말의 효과를 더 잘 관찰하기 위해 몇 걸음 상대방에게서 떨어져서 말했다.

"당신이 제게 의미심장한 질문들을 너무나 많이 제기했기에 저도 결정을 하기 전에 알고 싶은 게 있습니다." 아른하임이 그러라는 몸짓을 하자 울리히는 분명하고 객관적으로 말을 이었다. "당신이 여기서 벌어지는 '운동'과 관련된 모든 일에 — 여기서 투치 부인과 소생은 부가물에 불과합니다! — 참여하는 것은 갈리치아 유전(油田)의 대부분을 획득하는 데 유용하기 때문이라는 이야기를 들었습니다."

아른하임은, 어두워져 가는 빛 속에서 알아본 바에 따르면, 창백해졌고 천천히 울리히에게 다가갔다. 울리히는 무례함을 경계해야 한다는 인상을 받았고 경솔한 솔직함으로 인해, 상대방에게 대화가 불편해진 그 순간에 대화를 그만둘 수 있는 가능성을 주어 버린 것이 아쉬웠다. 그래서 그는 최대한 사랑스럽게 말했다. "물론 당신을 모욕한 것이 아니기를 바랍니다만 우리의 대화는 가차 없이 이루어지지 않으면 그 의미가 반감될 테니까요!"

이 몇 마디 그리고 짧은 길을 간 시간은 아른하임으로 하여금 평정을 되찾게 하기에 충분했다. 그는 미소 짓는 동작으로 울리히에게 다가섰고 울리히의 어깨 위에 손을, 아니 팔을 얹고 비난을 담아 말했다. "어떻게 그런 증권가 소문에 기댈 수가 있습니까!"

"소문을 들은 게 아니고 정보를 잘 아는 사람에게 들은 겁니다."

"예, 나도 그런 이야기들을 한다는 걸 들었습니다만 어떻게 당신이 그런 말을 믿을 수 있는지! 물론 나는 여기에 즐기려고 온 것만은 아닙니다. 유감스럽게도 나는 사업을 완전히 제쳐 두는 것을 절대 허락하지 않습니다. 그리고 몇몇 사람들과 이 유전에 관해 이야기한 적이 있다는 것도 부인하지 않겠습니다. 물론 이 고백은 비밀에 부쳐 두시기 바랍니다. 하지만 이 모든 것은 본질적인 것이 아닙니다!"

"제 사촌은", 울리히가 계속했다. "당신의 석유에 대해서는 아무것도 모릅니다. 그녀는 남편으로부터 당신의 체류 목적을 알아보라는 임무를 받았습니다. 여기서는 당신을 차르의 심복으로 여기니까요. 하지만 난 그녀가 이 외교적 임무를 제대로 수행하지 않는다고 확신합니다. 그녀는 당신의 체류 목적이 오로지 자신이라고 확신하고 있으니까요!"

"그렇게 무례하게 굴지 마십시오!" 아른하임의 팔이 울리히의 어깨를 다정하게 살짝 밀었다. "부수적 의미들은 아마 항상 그리고 어디서나 따라다닐 겁니다. 하지만 당신은 방금 풍자를 빙자해 버릇없는 학생처럼 솔직하게 말했습니다!"

어깨에 놓인 팔이 울리히를 불안하게 했다. 안겨 있다는 느낌은 가소롭고 불쾌한 느낌이었고 사실 비참한 느낌이라고도 말할 수 있었다. 하지만 울리히는 오랫동안 친구가 없었고 아마 그 때문에 또 약간 혼란스러웠을 것이다. 그는 이 팔을 떼어내고 싶었고 자기도 모르게 그러려고 애를 썼다. 아른하임은 환영하지 않는다는 작은 표시를 알아차렸고 이를 들키지 않으려 애써야 했고 아른하임의 곤란한 처지를 느낀 울리히는 공손함에서 가만히 있었고 접촉을 견뎌 내고 있었다. 그리고 이제 이 접촉은 마치 느슨하게 쌓은 둑 안으로 내려앉아 둑을 둘로 쪼개 버리는 무거운 추처럼 점점 더 독특한 효과를 내기 시작했다. 이 고독의 담장을 울리히는, 원치 않았지만, 자신의 주위에 높이 쌓아올렸고 이제 그 갈라진 틈으로 삶이, 다른 한 인간의 맥박이 파고들었다. 그리고 그것은 어리석은 감정이었고 가소로웠지만 그래도 약간은 자극적이었다.

그는 게르다를 생각했다. 그리고 벌써 학창 시절 친구 발터가 그의 내면에, 이 넓은 세상 어디에도 호감과 거부감의 차이 말고는 어떤 다른 차이도 없다는 듯이 한번 다시 그리고 아무런 망설임 없이 다른 한 인간과 완전히 일치되고 싶다는 그 욕망을 불러일으켰음을 상기했다. 너무 늦어 버린 지금, 이 욕구는 은색 물결을 일으키며 다시 그의 내면에서 솟아올랐는데, 넓은 강을 따라 물, 공기, 빛의 물결이 단 하나의 은색이 되는 듯했고 너무나 감각을 마비시켰으므로 그는 거기에 굴복하지 않도록, 그가 처한 모호한 처지에서 오해를 불러일으키지 않도록 조심해야 했다. 하지만 그의 근육들이 단단해지자, 보나데아가 했던 말이 떠올랐다. "울리히, 당신은 나쁜 사람이 아니야. 당신 스스로 온갖 어려움을 동원해 선하지 않으려고 할 뿐이야!" 보나데아, 그녀는 그날 놀랄 만큼 영리했고 게다가 이런 말도 했다. "꿈속에서 당신은 사고하지 않아, 거기서 당신은 체험하지!" 그리고 그는 말했다. "난 아이였어, 달밤의 공기처럼 부드러웠지 … ." 그리고 이제 그는 그때 사실 다른 그림 하나가 아른거렸음을 상기했다. 불타는 마그네슘 광(光)의 끝부분이었다. 그는 이 끝부분이 흩어지는 빛으로 찢어지는 모습에서 자신의 심장을 알아보았다고 믿었다. 하지만 그건 오래전 일이었고 그는 이 비교를 입 밖에 낼 용기가 없었으며 다른 비교에 굴복했다. 게다가 그것은 보나데아가 아니라 디오티마와의 대화였음이 막 떠올랐다. '삶의 차이들은 뿌리 근처에서는 다 함께 아주 가까이 놓여 있다!'고 그는 느꼈고, 이해할 수 없는 이유를 대며 친구가 되자고 청한 그 남자를 바라보았다.

아른하임은 팔을 거두었다. 이제 다시 그들은 대화를 시작했던 창문 벽감(壁龕) 속에 서 있었다. 아래 거리에서는 벌써 평화롭게 가로등이 불을 밝히고 있었지만 그 전에 일어난 사건들의 영향이 남아 있는 움직임이 느껴졌다. 가끔씩 여전히 무리를 이룬 한 떼의 사람들이 지나가면서 열띤 대화를 나누었고 이따금 입 하나가 튀어 올라 위협이나 우물쭈물 "후후!"를 내뱉었고 웃음이 그 뒤를 따랐다. 반(半)의식 상태라는 인상이 들었다. 그리고 그는 이 어지러운 거리의 빛 속, 어두워진 방 그림의 액자가 된 수직 커튼 사이에서 아른하임의 형체를 보았고 자신의 형체가 절반은 밝고 절반은 어둡게 그리고 이 명암 대비로 인해 열정적으로 도드라져 서 있음을 느꼈다. 울리히는 그가 들었다고 생각되는 '아른하임 만세!'라는 외침을 떠올렸고, 이자는 이 사건들과 관계가 있을 수도 있고 없을 수도 있지만 그가 생각에 잠겨 거리를 내려다보면서 보여 준 시저 같은 평정 속에서 이 순간의 그림을 지배하는 인물처럼 작용했고, 이 그림 속 자신의 존재를 시시각각 느끼는 듯 보였다. 그의 옆에 있으면 자의식이 무엇인지 알 수 있었다. 의식은 세상에서 우글거리는 것, 빛나는 것에 질서를 줄 수 없다. 의식이 날카로울수록 세상은 적어도 잠정적으로는 무한하기 때문이다. 하지만 자의식은 감독처럼 나서서 거기서 인위적 행복의 통일체를 만들어 낸다. 울리히는 이 남자의 행복이 부러웠다. 이 순간 이 남자에게 범죄를 저지르는 것보다 더 쉬운 일은 없어 보였다. 그림 속 인물 같은 이 남자는 "단도를 빼서 그것의 운명을 실현하라!" 같은 옛 텍스트도 이 장면 속으로 끼어냈으니까! 이 말은 아주 서툰 연극대사 조로 울리히의 귓속에서 울렸지만 그는 자기도 모르게 몸 절반쯤

이 아른하임 뒤로 가도록 섰다. 그는 목과 어깨의 어둡고 넓은 표면을 바라보았다. 구체적으로 목이 그를 자극했다. 그의 손은 오른쪽 주머니에서 주머니칼을 찾았다. 그는 발끝으로 섰고 그의 시선은 아른하임 옆을 지나 다시 한번 거리로 내려갔다. 바깥의 어스름 속에서는 사람들이 모래처럼 파도에 실려 왔고 파도는 그들의 몸을 움직였다. 이 선언으로 무슨 일이 일어나야 했고 이렇게 미래는 파도를 미리 보냈고 인간들의 초개인적이고 창조적인 삼투(滲透) 같은 것이 일어났지만 이것은, 늘 그랬듯이, 최고로 부정확하고 경솔한 삼투였다. 울리히는 자신이 본 것이 이와 유사하다고 느꼈고 잠시 동안 이에 사로잡혀 있었지만 이를 비판하기에는 구역질이 날 정도로 피곤했다. 그는 조심스럽게 다시 발바닥을 딛고 섰고, 물론 특별히 중요하게 여기지는 않았지만 좀 전에 그를 반대방향으로 가게 했던 그 사고유희가 부끄러웠고, 아른하임의 어깨를 두드리며 이렇게 말하고 싶은 커다란 유혹을 느꼈다. '감사합니다. 저는 질렸어요. 저는 새로운 것을 시도하려 하며 당신의 제안을 받아들이겠습니다!'

하지만 울리히가 이 또한 실제로 행하지 않았으므로 두 남자는 아른하임의 제안에 대한 답에서는 벗어났다. 아른하임은 대화를 그 이전의 대목에서 다시 시작했다. "가끔씩 영화를 보시나요? 그래야 합니다!" 그가 말했다. "어쩌면 영화는 지금의 형식으로는 아직 그리 큰 장래가 없지만 더 큰 상업적 이해관계와 — 예를 들어 전기화학이나 염색공업 말입니다 — 연관시켜 보시면, 몇십 년 안에 그 무엇으로도 멈출 수 없는 발전을 보게 될 것입니다. 그러면 모든 증가수단과 상승수단이 동원되는 과정이 시작되고 작가와 미학자가 무엇을 상상하건간에 A. E. G2의 예술 또는 독일 염색공장의 예술이 생겨날 것입니다. 끔찍합니다, 그렇죠! 글을 쓰세요? 아니죠, 이미 좀 전에 한 번 물어보았지요. 그런데 왜 글을 쓰지 않나요? 당신이 옳습니다. 미래의 작가와 철학자는 저널리즘을 발판 삼아 나올 것입니다! 우리 기자들은 점점 더 좋아지고 우리 작가들은 점점 더 나빠지는 것이 눈에 띄지 않았나요? 이것이 합법칙적 발전임은 두말할 것도 없습니다. 뭔가가 진행 중이고 나는 그것이 무엇인지 추호의 의심도 없습니다. 그건 '위대한 개인의 시대는 끝났다'입니다!" 그는 몸을 앞으로 숙였다. "당신이 어떤 얼굴을 하고 있는지 알 수가 없습니다. 총을 조준할 밝기가 아니네요!" 그는 약간 웃었다. "당신은 정신의 총재고 조사를 요구했습니다. 그걸 믿습니까? 삶이 도대체 정신에 의해 조정될 수 있다고 믿나요? 당신은 당연히 아니라고 말했습니다. 하지만 난 당신 말을 믿지 않습니다. 당신은 다른 사람과 비슷하지 않다는 이유에서 악마라도 껴안을 사람이거든요!"

"어디서 인용한 거지요?" 울리히가 물었다.

"《도적떼》3의 검열 삭제된 서문에서죠."

'당연히 검열된 서문이지.' 울리히는 생각했다. '도대체 어떻게 평범한 서문일 수 있는가!'

"혐오스런 악덕을 그것에 딸린 위대함을 미끼로 자극하는 유령들",

2　독일의 화학회사이다.
3　독일 고전주의 작가 프리드리히 실러(Friedrich von Schiller, 1759~1805)의 희곡이다.

아른하임은 광범위한 기억력으로 계속 인용했다. 그는 자신이 다시 상황의 지배자가 되었음을, 무슨 이유에서인지 울리히가 굴복했음을 느꼈다. 그의 옆에 서 있는 것은 더 이상 단단한 적대감이 아니었고 제안에 대해서도 더 이상 말할 필요가 없었다. 그건 다행히도 지나갔다. 하지만 상대방의 피로를 알아차리고 자신의 몸무게를 다 싣는 레슬링 선수처럼 그는 그 제안의 무게가 계속 작용하게 하고픈 욕구를 느꼈고 계속했다. "당신이 지금 나를 처음보다 더 잘 이해하게 되리라 믿습니다. 난 가끔씩 혼자라고 느낀다고 솔직히 고백합니다. '새' 사람들이면, 그들은 너무 경제적으로 생각합니다. 하지만 사업가 가문이 2세대 또는 3세대가 되면 환상을 잃습니다. 그러면 겨우 흠 없는 관리인만 배출할 뿐이지요. 성, 사냥, 장교, 귀족 사위. 나는 전 세계에서 이런 사람들을 압니다. 그 가운데는 영리하고 섬세한 사람들도 있지만 그들은 단 하나의 사고도 내놓을 능력이 없습니다. 내가 실러 인용으로 서술한 이 마지막 불안, 독립성, 불행과 연관이 있는 사고 말입니다."

"죄송하지만 대화를 계속할 수 없습니다." 울리히가 대답했다. "투치 부인은 친구 집에서 다시 조용해지기를 기다려도 됩니다만 전 가야 합니다. 당신은 경제에 대해 아무것도 모르는 제가, 경제에서 너무 경제적인 것을 없앰으로써 경제에 유용한 이 불안을 갖고 있다고 보는 겁니까?" 그는 작별을 하려고 불을 켰고 답을 기다렸다. 아른하임은 황제폐하의 친절함으로 그의 어깨 위에 팔을 얹었고 — 이는 이미 효과가 입증된 몸짓이었다 — 이렇게 대답했다. "내가 말을 너무 많이 했다면 용서하세요. 그건 고독의 분위기였습니다! 경제가 권력을 잡을 것이고 '권력으로 우리는 무엇을 하나?'라고 난 가끔씩 자문을 합니다! 나를 나쁘게 생각하지 마십시오!"

"아니, 그 반대입니다!" 울리히가 장담했다. "당신의 제안을 진지하게 숙고해 보려 합니다!" 그는 재빨리 이 말을 했고 이 서두름은 흥분으로 해석될 수 있었다. 그래서 여전히 디오티마를 기다리던 아른하임은 약간 어리둥절한 채 뒤에 남았고, 울리히로 하여금 이 제안을 명예롭게 단념하게 하는 것이 그리 간단치 않을까 봐 걱정이었다.

122
귀갓길

울리히는 걸어서 집으로 갔다. 아름답지만 어두운 밤이었다. 빈틈없이 우뚝 솟은 집들은 위로 열린 독특한 공간인 거리를 만들었고 그 공간 위 공중에는 무엇인가가, 어둠, 바람, 또는 구름이 흘러갔다. 조금 전의 소요가 이제 깊은 졸음을 남긴 듯 길은 너무나 인적 없이 텅 비었다. 보행자 한 명을 마주칠 때마다 발걸음의 울림만이 한참 동안이나, 마치 중요한 소식인 양, 다가왔다. 이런 밤에는 극장에서처럼 사건이라는 감정이 들 수 있었다. 그는 자신이 이 세계 속에서 하나의 현상이라고 느꼈다. 실제보다 더 큰 효과를 내는 어떤 것. 그것은 메아리를 남겼고, 불빛이 비치는 표면 옆을 지나갈 때면 강력하게 움찔거리는 바보 같은 그림자를 동반했다. 이 바보는 몸을 곧추세웠다가 다음 순간 다시 겸허하게 뒤꿈치로 살금살금 움직인다. '우리는 얼마나 행복해질 수 있는지!' 그는 생각했다.

그는 도로 옆으로 난 폭이 열 보 정도 되고 포석이 깔린 인도를 걸어 아치형 성문을 통과했다. 인도는 굵은 말뚝으로 도로와 분리되어 있었다. 어둠이 모퉁이에서 튀어나왔고 반쯤 빛이 비치는 통로에는 습격과 살인이 횃불처럼 날름대고 있었다. 고대의 피비린내 나는 축제 같은 격렬한 행복이 그의 영혼을 사로잡았다. 아마 이것은 너무 과했으리라. 갑자기 울리히는 그가 아니라 아른하임이라면 얼마나 큰 자기만족과 내적 '연출'을 가지고 지금 이 길을 갈까 상상했다. 이제 그는 자신의 그림자와 메아리가 더 이상 기쁘지 않았고 담장들 사이를 유령처럼 떠도는 음악도 꺼졌다. 그는 자신이 아른하임의 제안을 받아들이지 않을 것임을 알았다. 하지만 지금 자신은 그냥 여전히 삶의 회랑을 헤매지만 너무나 당황한 나머지, 숨어들어가야 할 문을 찾지 못하는 유령처럼만 여겨졌다. 그리고 길이 금방 다시 조금 덜 암울하고 훌륭한 지역으로 이어지자 뛸 듯이 기뻤다.

넓은 거리와 광장은 어슴푸레 열렸고 불 켜진 창문을 평화롭게 층층이 두른 평범한 집들은 더 이상 마법적인 것이 없었다. 열린 곳으로 나오면서 그는 이 평화로운 공기를 감지했고, 왜 그런지 제대로 몰랐지만, 얼마 전에 다시 본 아이 사진 몇 장을 떠올렸다. 일찍 죽은 어머니와 함께 찍은 사진들이었는데, 그는 사진 속 작은 소년 하나를 낯설게 바라보았다. 구식으로 옷을 입은 아름다운 부인이 소년에게 행복한 미소를 짓고 있었다. 그것은 착하고 사랑스럽고 영리한 작은 소년에 대한 극도로 강력한 표상이었고 사람들이 그에 대해 품었던 표상이었다. 하지만 아직 그 자신의 것은 결코 아니었던 희망이었다. 그것은 명예롭게 소망했던 미래에 대한 불확실한 기대였고 이는 황금색 그물의 펼쳐진 날개처럼 그를 향해 손을 뻗치고 있었다 …. 이 모든 것은, 그 당시에는 눈에 보이지 않았다고 해도, 수십 년이 지난 지금도 낡은 건판 위에서 아주 선명하게 읽을 수 있었고, 아주 쉽게 현실이 될 수도 있었을 이 '가시적 불가시성'의 한가운데서 연약하고 텅 빈 아이 얼굴이 부동자세로 인해 약간 당황한 표정으로 그를 바라보고 있었다. 그는 이 소년에게는 일말의 호감도 없었고 아름다운 어머니가 조금 자랑스러웠지만 전체는 무엇보다, 끔찍한 사건을 모면했다는 인상만 남겼다.

자기만족의 한순간에 감싸인 자신의 과거 인격이 옛 사진들로부터, 마치 접합제가 말라 버렸거나 떨어져 버린 듯 자신을 마주 보는 이 인상을 한번 경험해 본 사람이라면, 그가 도대체 이 접합제가 어떻게 생겨 먹었길래 다른 사람들에게서는 제대로 작동할까 자문하면서 느낀 감정을 이해할 것이다. 그는 이제 나무들이 서 있는 녹지에 다다랐는데, 링 거리4를 끊는 이 녹지는 이전에 해자(垓字)가 있던 선을 따라 뻗어 있었다. 몇 걸음이면 녹지를 가로지를 수 있었지만 나무들 위로 길게 뻗은 커다란 하늘자락은 길을 꺾어 자신의 방향을 따르라고 유혹했다. 이때 그는 자신이 가로지르는 겨울 녹지의 아득히 먼 하늘 위를 떠도는 지나치게 사적인 느낌을 주는 별들의 화관(花冠)에 계속해서 접근하는 듯했지만 가까이 다가가지는 못했다. "이 밤의 평화를 가능케 하는 것은", 그는 혼잣말을 했다. "오성의 원근법적 감소 같은 것이다. 이 평화는 하루하루 뻗어 나가면서, 스스로와 동의하는

---

4 빈 중심가를 둘러싼 환상(環狀) 도로이다.

삶이라는 지속적인 감정을 생기게 한다. 수적으로 보면, 행복의 주된 전제조건은 결코 모순을 해결하는 것이 아니라 긴 가로수 길에서 틈이 사라지듯 그것을 사라지게 하는 것이다. 도처에서 눈에 보이는 상황들이 눈을 위해 위치를 바꾸고 그래서 눈이 지배하는 그림이 생겨나고 여기서는 절박한 것과 가까이 있는 것은 크게 보이지만 멀리 떨어지면 끔찍한 것조차도 작아 보이고 틈은 닫히고 마침내 전체는 매끄럽게 제대로 마무리되는 것처럼, 눈에 보이지 않는 상황들도 이런 작업을 하고 이성과 감정에 의해 너무나 많이 위치를 바꾸어 무의식적으로 뭔가가 생겨나게 하고 이 속에서 우리는 자기 집에 있는 듯 편안함을 느낀다. 바로 이 성과", 울리히는 자신에게 말했다. "이것이 내가 바람직한 방식으로 해내지 못하는 것이다."

순간 그는 길을 막는 커다란 물구덩이 앞에 멈춰 섰다. 이 순간 갑자기 거리와 마을을 마법처럼 불러내고 성취와 무상함 사이에 놓인 영혼의 단조로움을 그의 내면에 일깨운 것은 아마 발밑의 이 웅덩이였을 것이고 또 그의 양편에 서 있는 빗자루처럼 앙상한 나무들이었을 것이다. 이 단조로움은 이 나라의 고유한 특징이며 그가 청소년기에 감행한 첫 '도피여행' 이후 이를 반복하라고 여러 번 그를 유혹했었다. '모든 것은 너무나 단순해질 거야!' 그는 느꼈다. '감정은 나른하게 졸린다. 사고는 악천후 뒤 구름처럼 흩어지고 텅 빈 아름다운 하늘이 갑자기 영혼으로부터 밝아 온다! 이제 이 하늘을 향해 암소 한 마리가 길 한가운데서 빛을 발할 것이다. 그것은, 마치 그 밖에는 세상에 아무것도 없는 듯 강렬한 사건이다! 두루 방랑하는 구름 하나가 같은 일을 전 지역에 걸쳐 할 수 있으리라. 그러면 풀은 어두워지고 한참 후 주변의 풀은 습기에 번쩍이고 그 밖에는 아무 일도 일어나지 않지만 이는 한 해안에서 다른 해안으로 차를 타고 가는 것과 같다! 늙은 남자 한 명이 자신의 마지막 이빨을 잃고 이 작은 사건은 그의 이웃들의 삶에서는 그들의 기억을 매달 수 있는 중요한 분기점이다! 이렇게 새들은 매일 저녁 마을에서 노래하고, 가라앉는 태양 뒤로 고요함이 오면 늘 같은 방식으로 노래하지만, 이것은 매번 마치 세상이 아직 7일도 되지 않은 양 새로운 사건이다! 시골에서는 신들이 아직도 인간들에게 온다.' 그는 생각했다. '우리는 누군가이고 뭔가를 체험한다. 하지만 수천 배나 체험이 많은 도시에서는 더 이상 체험을 자신과 관계시킬 수가 없고 이렇게 아마 그 악명 높은 삶의 추상화가 시작될 것이다.'

하지만 이런 생각을 하면서 그는 이것이 인간의 힘을 수천 배 확장시킨다는 것을, 개별적으로는 인간을 10배 희석한다고 해도 전체적으로는 100배 확대한다는 것을 알았고 그 역(逆)교환은 진지하게 고려할 수 없었다. 그리고 그의 삶에서 너무나 자주 직접적 의미를 얻었던 유별나고 추상적인 듯 보이는 그 사고 가운데 하나로서 그에게 떠오른 것은 우리가 부담에 힘겨워하며 그리고 단순함을 꿈꾸며 동경하는 이 삶의 법칙은 다름 아니라 이야기의 질서의 법칙이라는 것이었다! 이것은 '그것이 일어났을 때 저것이 일어났다!'고 말할 수 있다는 단순한 질서다. 이것은 압도적인 삶의 다양성을, 수학자는 이렇게 말하리라, 일차원적 다양성으로 묘사하는 단순한 나열이며 우리를 진정시키는 것이다. 이것은 시간과 공간 속에서 일어나는 모든 일을 한 가닥 실 위에, 바로 그 유명한 '이야기의 실' 위에 배열하는 것이며 삶의 실도 이것으로 이루어진다. '그때', '그 전에', '그 후에'라고 말할 수 있는 사람은 행복하다! 그는 나쁜 일을 겪었을 수도 있고 상처를 입고 고통스러웠을 수도 있지만 사건을 그 시간적 경과의 순서대로 재현할 수 있게 되자마자 마치 태양이 위장 위로 비치는 듯 편안해진다. 소설이 인위적으로 이용한 것이 이것이다. 방랑자는 퍼붓는 빗속에서 말을 타고 시골길을 달리거나 영하 20도의 추위에 눈을 바삭바삭 밟으며 걷겠지만 독자는 안락한 느낌이고 이는 유모가 아이를 달랠 때 사용하는 그 영원한 서사 기술, 그 검증된 '오성의 원근법적 감소'가 삶 자체에 속하지 않는다면 이해하기 어려우리라. 대개의 인간은 자신과의 기본관계에서 화자다. 그들은 서정시를 사랑하지 않거나 어쩌다 잠시 사랑한다. 그리고 삶의 실 속으로 약간의 '왜냐하면' 과 '그래서'가 엮여 들어가면 그들은 이를 넘어서는 모든 숙고를 혐오한다. 그들은 사실의 정돈된 배열을, 이것이 필연성과 비슷하므로, 사랑하며 그들의 삶이 '진행'한다는 인상을 통해 아무튼 혼돈 속에서도 안전하다고 느낀다. 그런데 이제 울리히는 비록 공적으로는 모든 것이 벌써 비(非)서사적이 되어 버렸고, 하나의 '실'을 쫓지 않고 무한히 뒤얽힌 표면 속에서 확장된다 할지라도 사적 삶이 아직도 매달려 있는 이 원시적 서사가 그에게서 없어졌음을 알아차렸다.

하지만 이를 인식하면서 다시 걸어가기 시작했을 때 그는 괴테가 예술관찰에서 쓴 말을 떠올렸다. "인간은 가르치는 존재가 아니라 살아 있고 행동하며 작용하는 존재다!" 그는 존경을 담아 어깨를 으쓱했다. '기껏해야 배우가 무대와 화장을 의식하지 않고 행동한다고 믿는 것처럼 오늘날 인간은 자신의 활동이 의존하는 학설의 불확실한 배경을 잊어도 된다!' 그는 생각했다. 하지만 괴테에 대한 이 생각은 끊임없이 괴테를 조력자로 오용한 아른하임에 대한 생각과 아마 조금은 섞였을 것이다. 같은 순간 울리히는 이 남자가 그의 어깨에 팔을 얹었을 때 이 팔이 그의 내면에 불러일으킨 이례적인 당혹감을 불쾌하게 상기했으니까. 그는 그사이 나무 밑을 벗어나 거리 가장자리에 다다랐고 집 방향으로 가는 길을 찾았다. 하지만 골목 이름을 살피던 그는 하마터면 갑자기 나타난 그림자와 부딪힐 뻔했고 그를 막아선 창녀와 부딪히지 않으려고 급히 발걸음을 멈추어야 했다. 이제 그녀는 거기 서 있었고 그가 황소처럼 그녀를 짓밟고 갈 뻔했다는 데 분노하는 대신 미소를 지었고 갑자기 울리히는 이 사업적 미소가 이 밤에 가벼운 온기를 퍼뜨린다고 느꼈다. 그녀는 몇 마디 말을 했다. 그녀는 닳아빠진 단어들로 말을 걸었는데, 이 단어들은 유혹하려 했고 모든 남자들의 더러운 잔재 같았다. 그녀는 "같이 가, 귀염둥이!" 뭐 그 비슷한 말을 했다. 그녀의 어깨는 아이의 어깨처럼 축 처졌고 모자 아래로는 살짝 금발기가 있는 머리카락이 삐져나와 있었고 가로등 불빛 속에서 그녀 얼굴의 창백함과 불규칙한 사랑스러움이 보였다. 아직 어린 소녀의 주근깨투성이 피부는 요란한 밤 화장 아래 숨겨져 있으리라. 그녀는 그를 올려다보았고 울리히보다 한참이나 작았지만 다시 한번 그에게 "귀염둥이"라고 말했고 무관심 때문에, 저녁마다 수백 번이나 내뱉는 이 소리조합의 부적절함을 알아차리지 못했다.

울리히는 이에 감동을 받았다. 그는 그녀를 옆으로 밀치지 않았고 그 자리에 멈춰 서서 잘 들리지 않는다는 듯 그녀가 청을 반복하도록 내버려두었다. 여기서 뜻밖에도 그는 작은 사례에 완전히 자신을 내

맡길 여자 친구 한 명을 발견했다. 그녀는 애교를 부리고 그의 마음에 들지 않는 것은 전부 피하려 애쓰리라. 그가 허락한다는 표시를 하면 그녀는 그의 팔짱을 끼리라. 친했던 두 사람이 서로 아무 잘못 없이 헤어졌다 처음으로 다시 만났을 때 보이는 그런 애정 어린 신뢰와 가벼운 망설임으로. 그가 그녀에게 정상가보다 몇 배 더 주겠다고 약속하고 곧장 탁자 위에 놓아서 그녀가 수지맞는 거래 뒤에 오는, 아무런 근심 없이 기분 좋은 상태가 되어 더 이상 돈 생각을 할 필요가 없어지면 순수한 무관심도 모든 순수한 느낌이 가지는 장점, 즉 개인적 불손 없이, 허영기 있는 혼란 없이 감정의 요구에 이바지한다는 장점을 가진다는 사실이 드러나리라. 이런 생각이 반은 진심으로 반은 농담으로 그의 머릿속을 지나갔고 그는 그가 거래에 응하리라 기대하는 이 작은 인간을 완전히 실망시킬 용기가 없었다. 그는 자신이 그녀의 호의를 얻고 싶어 함을 알아차렸다. 하지만 그는 너무 서툴렀다. 그냥 그녀 직종의 전문 언어로 몇 마디 말을 나누는 대신 그는 호주머니에 손을 넣었고 대충 한 번의 방문에 해당하는 지폐 한 장을 소녀의 손에 쥐어주었고 계속 걸어갔다. 이때 그는 특이하게도 놀라서 방어하는 그 손을 한동안 자신의 손으로 꽉 붙잡고 있었고 한마디 친절한 말을 했다. 이어 그는 각오가 된 소녀를 뒤에 남겨 두었고 그녀가 이제 한옆 어둠 속에서 속삭이는 동료들에게 돌아가서 돈을 보여 주고 결국에는 자신이 타당한 의견을 가질 수 없는 어떤 것을 조롱하면서 화풀이를 하리라 확신했다.

이 만남은 1분간 지속된 사랑스런 전원풍경인 양 한동안 생동감을 잃지 않았다. 그는 일시적 여자 친구의 잔혹한 가난에 대해 자신을 기만하지 않았다. 하지만 그녀가 약간 시선을 피하고, 적절한 순간에 끼워 넣으라고 배운 짧고 서투른 한숨을 내뱉는 모양을 상상해 보면, 합의된 액수의 돈을 위해 하는 이 너무나 천박하고 재능 없는 연기도 감동적인 것을 발산했는데, 왜 그런지는 그도 몰랐다. 이것이 삼류 소극장에서 상연된 인간희극이었기 때문이리라. 그리고 울리히가 소녀와 이야기하는 동안 벌써 매우 타당한 사고연결이 그에게 모스브루거를 떠올리게 했다. 모스브루거, 병든 코미디언, 창녀사냥꾼이자 제거자, 그는 그 불운의 밤을 오늘밤 그처럼 꼭 그렇게 걸어갔다. 거리 벽들의 무대장치 같은 불확실성이 잠시 멈추었을 때 그는 그 살인의 밤, 다리 근처에서 그를 기다리던 낯선 존재와 부딪혔다. 머리에서 발끝까지 얼마나 놀라운 인식이었을까. 울리히는 한순간 이를 상상할 수 있다고 생각했다! 무엇인가가, 파도가 그러듯이, 그를 높이 들어 올리는 느낌이 들었다. 그는 균형을 잃었지만 움직임에 들려 가는 와중에 균형은 필요하지도 않았다. 그의 심장은 쪼그라들었지만 상상은 무한히 확장되면서 길을 잃었고 곧 거의 사람을 무력화시키는 일종의 쾌락 속에서 중단되었다. 그는 정신을 차리려 했다. 분명 그는 너무 오랫동안 내적 통일성 없이 삶에 매달려 왔으므로 이제 심지어 정신병자의 강박적 상상과 자기 역할에 대한 믿음을 부러워하고 있었다! 하지만 모스브루거는 그뿐만 아니라 다른 사람들도 모두 유혹하지 않았나? 그는 내면에서 "당신은 그를 석방시키겠습니까?"라고 묻는 아른하임의 목소리를 들었다. 그리고 스스로에게 대답했다. "아니. 그러지 않을 거야." "천 번이라도 아니!" 그는 이렇게 덧붙였고 그럼에도 불구하고 행위의 그림을 현혹처럼 느꼈다. 이 그림 속에서 최고의 흥분에 따르는 움켜잡음은 뭐라 서술할 수 없는 공동의 상태에서 사로잡힘과 하나가 되었다. 욕구와 강요, 의미와 필연성, 최고의 활동성과 행복한 수용이 구별되지 않았다. 언뜻 이런 불행한 창조물은 우리 모두가 가진 억압된 충동의 체현이며 사고 속 살인과 환상 속 강간의 육화(肉化)라는 견해가 떠올랐다. 이를 믿는 사람들은 그에게 싫증이 난 후에는 나름의 방식으로 그를 처리하고 그들의 도덕을 재건하기 위해 그를 옹호할 것이다! 하지만 그의 분열은 다른 것이었고 다름 아니라, 그가 아무것도 억압하지 않는 동시에 살인자의 그림보다 세상의 다른 그림들이 더 낯설게 그를 바라본다는 것을 스스로가 안다는 분열이었다. 세상의 그림들은 모두, 그의 옛 사진들이 그렇듯, 반쯤 완성된 의미, 반쯤 다시 솟아오르는 헛소리였다! 질서의 탈주한 비유, 그에게 그것은 모스브루거였다! 갑자기 울리히는 "이 모든 것은 … !"이라고 말했고 뭔가를 손등으로 밀어 옆으로 내동댕이치는 동작을 했다. 그것은 혼잣말이 아니었고 그는 큰 소리로 말했고 입술을 굳게 다물었으며 이 문장을 그냥 말없이 이렇게 끝맺었다. "이 모든 것은 결정되어야 한다!" 그는 '이 모든 것'이 무엇인지 더 이상 세세히 알고 싶지 않았다. '이 모든 것'은 그가 '휴가'를 낸 이후 그를 몰두시키고 괴롭히고 또 가끔씩은 행복하게 했으며, 일어나서 움직이는 것만 빼고는 모든 것이 가능한 꿈꾸는 자처럼 그를 꽁꽁 묶었다. 이 모든 것은, 첫날부터 이 밤의 귀갓길의 마지막 순간까지, 불가능으로 귀결되었다! 울리히는 이제 마침내 다른 모든 사람들처럼 도달할 수 있는 목표를 위해 살거나 이 '불가능'을 진지하게 받아들여야 함을 느꼈고 이제 집 주변에 당도했으므로 그는 뭔가가 임박했다는 특이한 감정을 가지고 마지막 골목길을 서둘러 걸어갔다. 그것은 날개를 달아 주고 행위로 흘러가지만 내용은 없고 그리고 이로 인해 다시 독특하게 자유로운 감정이었다.

어쩌면 이것도 다른 많은 것들과 마찬가지로 지나갔으리라. 하지만 그가 사는 거리로 몇 걸음 접어들었을 때 그는 집의 창들이 불을 밝히고 있음을 알았고 잠시 후 정원의 창살대문 앞에 서자 이는 의심할 바 없이 확실했다. 오늘 늙은 하인은 다른 지역에 사는 친척집에서 외박하도록 허락해 달라고 청했고 그 자신은 아직 낮이 환할 때 일어났던 게르다와의 체험 이후 집에 없었다. 아래층에 사는 정원사 가족은 절대 그의 공간에 들어가지 않았다. 그런데 여기저기 환하게 불이 켜져 있었고 낯선 사람들이, 그가 이제 놀라게 해줄 도둑들이 그의 집에 있는 듯했다. 울리히는 너무나 혼란스러웠지만 이 이례적인 감정에서 벗어날 생각도 없었으므로 망설임 없이 집으로 다가갔다. 그는 특정한 것을 기대하지는 않았다. 그는 창문에서 그림자를 보았는데, 이는 창문 뒤에 단 한 사람이 움직이고 있음을 추론하게 했다. 하지만 여러 명일 수도 있었고 그는 집 안으로 들어가면 그를 향해 총이 발사될까 아니면 그 스스로 총을 쏠 준비를 해야 할까 자문했다. 다른 상태였다면 울리히는 경찰을 부르거나 적어도 뭔가를 결심하기 전에 상황을 살폈을 테지만 그는 이 체험과 혼자 있고 싶었고 부랑자들에게 두들겨 맞았던 밤 이후로 가끔씩 지니고 다니는 권총조차 꺼내지 않았다. 그의 의도는… 그는 그것을 몰랐다. 두고 볼 일이었다!

하지만 현관문을 열자, 그토록 불분명한 감정으로 기대했던 도둑은 그냥 클라리세임이 드러났다.

123
전환

어쩌면 처음부터 울리히의 태도에는 모든 게 별일 아닌 것으로 판명나리라는 확신, 위험을 무릅쓸 때 항상 갖는, 최악의 것을 믿지 않으려는 경향이 있었을 것이다. 하지만 홀에서 뜻밖에도 늙은 하인을 맞닥뜨렸을 때 울리히는 하마터면 그를 때려눕힐 뻔했다. 다행히 마지막 순간에 멈추었으므로 그는 하인의 보고를 받았다. 전보가 왔고 클라리세가 그것을 받았고 경애하는 젊은 부인께서는 이미 약 한 시간 전, 막 그가 퇴근하려던 차에 왔고 돌아가려 하지 않았기 때문에 자신이 집에 머무르면서 오늘은 휴가를 포기하는 편을 택했다고. 너그러우신 주인께서 이런 발언을 용서해 주길 바라지만, 젊은 부인이 아주 흥분해 있다는 인상을 주었기 때문이라고.

울리히가 고맙다는 말을 하고 방에 들어서자 클라리세는 몸을 약간 옆으로 돌리고 두 다리를 몸 쪽으로 끌어당긴 채 데이 베드 위에 누워 있었다. 허리가 없는 날씬한 몸매, 소년 같은 헤어스타일, 그가 문을 열자 한 팔을 고이고 그를 바라보던 사랑스런 긴 얼굴, 모든 것이 너무나 유혹적이었다. 그는 그녀를 도둑이라고 여겼다고 이야기했다. 클라리세는 브라우닝 권총의 속사(速射) 같은 눈을 했다. "아마 난 도둑일 거야!" 그녀가 대답했다. "널 섬기는 그 영리한 늙은이는 어떻게든 날 돌려보내려 했어. 난 자러 가라고 했지만 그가 아래 어딘가에 숨어 있었다는 걸 알아! 여기는 참 멋져!" 그러면서 그녀는 일어서지도 않고 그에게 전보를 내밀었다. "혼자라고 믿을 때 네가 어떻게 귀가하는지 한번 보고 싶었어." 그녀가 계속했다. "발터는 연주회에 갔어. 자정이 지나야 돌아올 거야. 하지만 난 그에게 너한테 간다고 말하지 않았어."

울리히는 클라리세의 말을 반쯤 흘려들으면서 전보를 펼쳤고 읽었다. 그는 놀랍도록 창백해졌고 믿을 수 없다는 듯 다시 한번 그 특이한 문장들을 읽었다. 평행운동과 감소된 책임능력에 관한 여러 가지 문의에 답을 하지 않았는데도 그는 벌써 한참 동안이나 아버지로부터, 이 사실이 그의 눈에 띄지 않았을 리 만무했지만, 어떤 경고 편지도 받지 못했다. 그런데 전보는 반쯤 억누른 비난과 한껏 펼쳐진 죽음의 장엄함이 멋지게 섞인 방식으로 — 이 방식은 아버지 당신이 가장 정확히 조절해서 적용했음이 분명했다 — 상세하게 그의 생산자의 별세를 알렸다. 그들은 서로에게 별 애정이 없었고 사실 울리히에게 아버지에 대한 생각은 거의 늘 불쾌했다. 그럼에도 불구하고 기묘하고도 섬뜩한 전보문을 두 번째로 읽는 동안 그는 생각했다. '이제 난 이 세상에 완전히 혼자야!' 그가 말하고자 한 바는 이 단어들의 말 그대로의 의미, 이제 끝이 난 관계에 그다지 적당한 의미는 아니었다. 오히려 그는 닻이 끊어진 듯 놀랍게도 떠오르는 느낌이었거나 아버지를 통해 아직 연결되어 있던 한 세계에서 이제 이방인의 상태가 온전해짐을 느꼈다.

"아버지가 돌아가셨어!" 그는 클라리세에게 말했고 전보를 든 손을 자기도 모르게 약간 엄숙하게 들어올렸다.

"아!" 클라리세가 대답했다. "축하해!" 그리고 잠시 숙고하더니 이렇게 덧붙였다. "그럼 넌 이제 아주 부자겠네?" 그녀는 호기심에 차

주위를 둘러보았다.

"아버지 형편이 넉넉함 이상이었다고는 생각지 않아." 울리히가 반박했다. "여기서 난 내 형편 이상으로 살았어!"

클라리세는 이 꾸짖음을 아주 작은 미소로 받아들였는데, 오른발을 살짝 뒤로 빼면서 하는 절과 같은 미소였다. 그녀가 하는 명시적 동작들은 많은 경우 너무 성급했고 사회적 의무에 교육공물을 바쳐야 하는 소년의 절처럼 아주 세세한 부분까지 과장되어 있었다. 울리히가 여행준비를 시키려고 잠시 자리를 떴으므로 그녀는 혼자 방 안에 남았다. 심하게 다툰 후 발터를 두고 집을 나왔을 때 그녀는 멀리 가지 않았다. 현관 문 앞에는 다락으로 올라가는 잘 사용하지 않는 계단이 있었는데, 그녀는 그곳에서 남편이 집을 떠나는 소리가 들릴 때까지 숄을 두르고 앉아 있었다. 그녀는 무대장치가 있는 극장 다락을 좀 알았다. 그 위에서, 줄들이 움직이는 그곳에서 그녀는 발터가 계단을 내려가는 동안 앉아 있었다. 그녀는 여배우들이 할 일이 없는 휴식시간에 숄을 걸치고 무대 위 서까래 속에 앉아 무대를 바라보는 모습을 그려 보았다. 그녀도 지금 그런 배우였고 모든 사건은 그녀의 발아래서 진행되고 있었다. 이때 다시 그녀가 가장 좋아하는 옛 사고 하나가 떠올랐는데, '삶은 연극 같은 과제'라는 것이었다. 확실히 삶은 이성으로 이해할 필요가 없다고 그녀는 생각했다. 도대체 삶에 관해, 물론 누군가 그녀보다 더 많이 안다 해도, 무엇을 안단 말인가. 하지만 바다제비처럼 삶을 위해 올바른 본능은 가져야 한다! 두 팔을 — 이는 지금 그녀에게는 말, 키스, 눈물이라는 뜻이었다 — 날개처럼 펼쳐야 한다! 이 상상 속에서 그녀는 더 이상 믿을 수 없는 발터의 미래를 대신할 대체물을 발견했다. 그녀는 방금 발터가 내려간 가파른 계단을 내려다보며 두 팔을 펼쳤고 가능한 한 오랫동안 이 자세로 들고 있었다. 어쩌면 이렇게 해서 그녀는 그를 도울 수 있으리라! '가파르게 위로, 가파르게 아래로, 강하다는 면에서 이 적수들은 닮았고 한편이다!' 그녀는 생각했다. '환호하는 세계 경사(傾斜)'라고 그녀는 펼친 두 팔과 깊은 곳을 향한 시선을 명명했다. 그녀는 시내에서 진행되는 선언을 몰래 구경하려는 계획을 버렸다. 개개인의 무시무시한 드라마가 시작된 판국에 '무리'가 무슨 상관인가!

이렇게 클라리세는 울리히에게 왔다. 그녀는 오는 도중 간간이 교활한 미소를 보였는데, 그녀가 그들 두 사람의 상태에 대한 수준 높은 통찰을 약간 내비치자마자 발터가 그녀를 미쳤다고 여긴다는 생각을 할 때마다 그랬다. 그녀에게서 아이를 얻는 것을 그가 두려워하고 있고 그런 기대를 거의 할 수도 없다는 사실이 그녀를 우쭐하게 했다. 그녀는 '미쳤다'는 말을 번쩍이는 번갯불과 비슷하다는 것으로 또는 다른 사람을 경악시킬 정도로 건강상태가 좋다는 것으로 이해했고 이것은 결혼생활을 하면서 그녀의 우월성과 지배적 위치가 커졌듯이 한 걸음 한 걸음 발전된 특성이었다. 하지만 어쨌든 그녀는 가끔 다른 사람들이 그녀를 이해하지 못한다는 사실을 알았고, 울리히가 다시 들어오자 그의 삶의 큰 전환점인 사건에 합당한 말을 해야 한다는 감정이 들었다. 그녀는 재빨리 데이 베드에서 튀어 일어났고 몇 번 방 안과 이웃 공간들을 돌아다닌 후 말했다. "깊은 애도를, 오랜 벗이여!"

신경이 날카로워질 때마다 보이는 그녀의 이런 어조를 울리히는 이미 알았지만 깜짝 놀라 그녀를 바라보았다. '그러면 그녀는 가끔씩 너무나 갑작스레 관습적이 돼.' 그는 생각했다. '어떤 책에 실수로 다른 책의 한 페이지가 끼워 넣어진 듯하지.' 예를 들어 그녀는 그녀의 문장을 통상적인 표정으로 외치지 않았고 측면에서 어깨 너머로 외쳤는데, 이로 인해 울리히는 더욱 더 강하게, 어조가 틀린 것이 아니라 텍스트의 내용이 바뀌었다고 믿었고 그녀 자체가 여러 개의 텍스트 층으로 이루어진 듯한 섬뜩한 인상을 받았다. 울리히가 대답하지 않자 그녀는 이제 그 앞에 멈춰 서서 말했다. "너와 이야기해야 해!"

"차가운 음료수 한 잔 줄게." 울리히가 말했다.

클라리세는 거부한다는 표시로 어깨 높이로 쳐든 손을 그냥 재빨리 저었다. 그녀는 생각들을 불러 모아 말하기 시작했다. "발터는 무조건 내게 아이를 원해. 그게 이해가 돼?" 그녀는 대답을 기다리는 눈치였다.

울리히가 뭐라고 대답해야 했을까?

"하지만 난 아니야!" 그녀가 격렬하게 외쳤다.

"그렇게 금방 화내지 마." 울리히가 말했다. "네가 원하지 않으면 그런 일은 아무튼 일어나지 않아."

"하지만 그러면 **그는** 파멸할 거야!"

"당장 죽을 거라고 생각하는 사람이 오래 살아! 너나 내가 오래전에 쪼글쪼글해진 뒤에도 백발이 성성한 기록보관소 소장 발터는 소년 얼굴일 거야!"

클라리세는 생각에 잠겨 발뒤꿈치로 몸을 돌렸고 울리히에게서 멀어졌다. 조금 떨어진 곳에서 그녀는 다시 자세를 잡았고 '눈으로' 그를 '붙잡았다'. "대를 뽑아 버린 우산이 어떻게 보이는지 알아? 내가 등을 돌리면, 발터는 무너질 거야. 나는 그의 우산대야. 그는 ….."
그녀는 '우산'이라고 말하려다 훨씬 더 나은 말이 떠올랐다. "그는 나의 우산 남자5야." 그녀는 말했다. "그는 나를 보호해야 한다고 생각하지. 게다가 우선 내가 산만 한 배를 갖는 걸 보고 싶어 해. 그 후 나를 설득하겠지. 자연스런 어머니는 아이에게 모유를 준다고. 그 후에는 그 아이를 자기 뜻대로 교육하려 하겠지. 그건 너도 알 거야. 그는 그냥 권리를 차지하고 그럴듯한 변명으로 우리 둘을 속물로 만들려 해. 하지만 지금까지 그랬듯 내가 계속 거부하면, 그는 끝이야! 그에게 난 그냥 전부거든!"

울리히는 이 포괄적 주장에 믿을 수 없다는 미소를 지었다.

"그는 너를 죽이려 해!" 클라리세가 재빨리 덧붙였다.

"뭐? 난 네가 그에게 그러라고 충고했다고 생각했는데?"

"난 너의 아이를 갖고 싶어!" 클라리세가 말했다.

울리히는 놀라서 이빨 사이로 휘파람 소리를 냈다.

그녀는 버릇없는 요구를 한 아주 어린 인간처럼 미소를 지었다.

"나는 발터처럼 내가 너무나 잘 아는 사람을 속이고 싶지 않아. 거부감이 들어." 울리히가 천천히 말했다.

"그래? 넌 아주 바르다는 거지?" 클라리세는 울리히가 이해하지 못하는 의미를 여기에 부여하는 듯 보였다. 그녀는 생각에 잠겼고 한참 후에야 공격을 이어갔다. "하지만 네가 날 사랑한다면 그가 널 손아

---

5   우산 (*Schirm*) 과 신사 (*Herr*) 가 결합된 'Schirmherr'는 보호자, 후원자라는 뜻이
있다.

귀에 넣지!?"

"왜?"

"그건 아주 명백해. 내가 제대로 말할 수 없을 뿐이지. 넌 어쩔 수 없이 그를 배려하는 널 보게 될 거야. 우리는 그가 매우 불쌍하겠지. 물론 넌 그를 그냥 단순히 기만할 수는 없고 그 대신에 뭔가를 주려 할 거야. 뭐, 기타 등등. 가장 중요한 것은 그가 최선을 다하도록 네가 강요한다는 거야. 넌 우리가 바위에 조각된 인물처럼 우리 속에 박혀 있다는 걸 부인하진 않을 거야. 우리는 우리 자신으로부터 작업해 나와야 해! 그렇게 하도록 서로 강요해야 해!"

"좋아." 울리히가 말했다. "하지만 넌 그 일이 일어나리라고 너무 빨리 전제해."

클라리세는 다시 미소를 지었다. "아마 성급하겠지!" 그녀가 말했다. 그녀는 그에게 다가왔고 친절하게 한 팔을 그의 팔에 걸었는데, 그 팔은 그녀에게 조금도 자리를 내주지 않고 그의 몸에 힘없이 매달려 있었다. "내가 마음에 들지 않아? 나를 좋아하지 않아?" 그녀가 물었다. 울리히가 대답하지 않자 그녀는 계속해서 말했다. "내가 네 마음에 든다는 걸 알아. 우리 집에 오면 네가 나를 어떻게 바라보는지 난 충분히 보았거든! 내가 언젠가 널 악마라고 했던 거 기억나? 내겐 그래. 오해하지는 마. 나는 가엾은 악마라고는 말하지 않아. 그건 악을 더 잘 이해하지 못하기 때문에 악을 원하는 놈이지. 너는 '위대한 악마'야. 넌 뭐가 선한지 알지만 네가 원하는 것의 정반대를 하지! 너는 우리 모두가 영위하는 삶은 혐오스럽다고 생각하고 그 때문에 반항심에서 말하지, 그 삶을 계속해서 살아야 한다고. 그리고 넌 끔찍이도 바르게 '난 내 친구들을 기만하지 않는다!'고 말하지만 그냥 벌써 수백 번이나 '클라리세를 갖고 싶다!'고 생각했기 때문에 그 말을 하는 거야. 하지만 네가 악마기 때문에 네 속에는 신적인 것도 있어, 울로! 위대한 신과 같은 뭔가가! 사람들이 자신을 알아보지 못하도록 거짓말을 하는 신이지! 넌 나를 원해 ⋯."

그녀는 이제 그의 한 팔 대신에 양팔을 붙잡았고 얼굴을 치켜든 채, 살짝 꽃을 건드리면 식물이 그렇듯 몸을 뒤로 젖히고 그의 앞에 섰다. '이제 곧 그녀의 얼굴 위로 다시 전류가 흐를 게다, 그때처럼!' 울리히는 두려웠다. 하지만 그 일은 일어나지 않았다. 아름다운 얼굴은 그대로였다. 그녀가 평소에 보여 주는 가느다란 미소는 없었고 스스로를 방어하듯 입술의 살과 함께 이빨을 약간 보여 주는 열린 미소가 나타났고 입은 사랑의 신의 두 번 굽어진 활 모양이었는데, 이 활은 이마의 언덕들에서 반복되었고 그 위로는 반짝이는 머리카락 구름 속에서 다시 한번 나타났다.

"넌 오래전부터 나를 너의 거짓말하는 입의 이빨로 물어 데려가고 싶어 해. 있는 그대로의 너를 내게 보여 줄 용기만 있으면 돼!" 클라리세가 계속했다. 울리히는 부드럽게 그녀에게서 몸을 뺐다. 그녀는 데이 베드 위에, 그가 그녀를 거기에 앉히기라도 한 듯, 앉았고 그를 끌어당겼다.

"너무 과장하지 마!" 울리히가 그녀의 말을 나무랐다.

클라리세는 그를 놓아주었다. 그녀는 눈을 감았고 두 팔로 머리를 받쳤고 팔꿈치는 무릎 위에 댔다. 두 번째 공격도 격퇴되었고 이제 그녀는 차가운 논리로 울리히를 납득시킬 참이었다. "말에 집착할 필요

없어."그녀가 대답했다. "내가 악마나 신이라고 말하면 그건 상투어
야. 하지만 혼자 집에 있고, 보통 하루 종일 그렇지, 집 주변을 어슬
렁거릴 때면 예전에는 자주 생각했어. 지금 왼쪽으로 가면 신이 온
다, 오른쪽으로 가면 악마가 온다. 또는 뭔가를 손으로 받아야 하는
데 왼손으로도 오른손으로도 할 수 있을 때면 그런 감정이 들었어. 발
터에게 그걸 보여 주면 그는 두려움에 두 손을 호주머니에 찔러 넣었
어! 그는 꽃을 보면 기뻐하고 달팽이를 보고도 기뻐해. 하지만 말해
봐, 우리가 사는 이 삶이 끔찍이도 슬프지 않아? 신도 악마도 오지 않
아. 이렇게 난 벌써 몇 년 동안 어슬렁거리고 있어. 도대체 무엇이 올
수 있을까?! 아무것도 오지 않아. 그게 다야, 기적을 통해 예술에 아
무런 변화가 일어나지 않는다면!"

그녀는 이 순간 너무나 잔잔하게 슬픈 표정을 지었으므로 울리히는
그녀의 부드러운 머리카락을 손으로 건드리고 말았다. "너는 개별적
인 것에서는 옳을지도 몰라, 클라리세!", 그가 말했다. "하지만 난 네
결론의 맥락과 비약을 이해할 수 없어."

"간단해."여전히 좀 전과 같은 자세로 그녀가 대답했다. "그사이
아이디어가 하나 생겼어. 들어 봐!"이제 그녀는 몸을 일으켰고 갑자
기 다시 활기를 띠었다. "너 스스로 언젠가 말했잖아. 우리가 살고 있
는 상태에는 균열이 있고 거기서 이른바 불가능한 상태 하나가 내다
본다고. 대답할 필요 없어. 난 그걸 오래전부터 알았어. 인간은 누구
나 질서 있는 삶을 원하지만 그런 삶을 가진 사람은 없어! 난 연주하
거나 그림을 그리지. 하지만 그건 담에 난 구멍 앞에 병풍을 세우는
것과 같아. 게다가 너나 발터는 이념들이 있지. 난 그것들을 잘 이해

하지 못하지만 거기서도 뭔가가 맞지 않고 넌 우리가 나태함과 습관 때문에 이 구멍을 쳐다보지 않거나 나쁜 일을 저지르면서 한눈판다고 말했어. 자, 그 다음은 간단해. 우리는 이 구멍을 통해 빠져나가야 해! 그리고 난 그럴 수 있어. 내가 나로부터 빠져나오는 날이 있어. 그러면 ─ 이걸 어떻게 말해야 할까? ─ 껍질이 벗겨진 듯, 역시 더러운 껍질이 벗겨진 물건들 사이에 서 있어. 또는 거기 있는 모든 것과 공기를 통해, 몸이 붙은 쌍둥이처럼 연결되어 서 있어. 전대미문의 멋진 상태야. 모든 것이 음악적이고 다채롭고 율동적이 되고, 그러면 난 세례명이 '클라리세'인 시민이 아니고 아마 엄청난 행운 속으로 파고드는 반짝이는 파편일 거야. 하지만 너도 이 모든 걸 알아! 네가 한 말들은 그런 뜻이었어. 현실은 불가능한 상태 하나를 품고 있다, 자신의 체험들을 상투적으로 표현해서는 안 된다, 이것들을 개인적인 것, 현실적인 것이라 여겨서는 안 된다, 노래되거나 그려진 듯 이것들을 밖으로 뒤집어야 한다, 기타 등등. 난 이 모든 걸 아주 정확히 되풀이할 수 있어!" 이 '기타 등등'은 클라리세가 서둘러 말을 이어가는 동안 거친 각운(脚韻)처럼 되돌아왔고, 거의 매번 그녀는 다음과 같은 주장을 여기에 잇대었다. "넌 그럴 힘이 있지만 그러려고 하지 않아. 네가 왜 그러는지 모르겠지만 난 너를 흔들어 깨울 거야!"

울리히는 그녀가 말하도록 내버려두었다. 그는 그녀가 있을 법한 일에서 너무 멀리 간 뭔가를 그가 한 말이라고 주장할 때면 가끔씩 침묵으로 부인했지만 이의를 제기하려는 의지를 내면에서 발견하지 못했고, 자신의 손이 그녀의 머리카락 위에 머물도록 내버려두었는데, 그 아래에서 뛰고 있는 이 사고의 어지러운 박동이 거의 손가락 끝에서 느껴질 정도였다. 그는 지금껏 클라리세가 이렇게까지 감각적으로 흥분된 것을 본 적이 없었고 그녀의 가늘고 단단한 육체 속에도 달아오른 여성성이 전부 이완되고 부드럽게 퍼져나갈 자리가 있다는 게 놀라울 지경이었다. 그러면서 모든 것에 닫혀 있다고만 알았던 한 여자가 갑자기 자신을 연다는 이 영원한 깜짝사건은 이번에도 여지없이 그 효과를 냈다. 하지만 그녀의 말들은, 비록 이성을 모욕하긴 했지만, 그를 밀쳐 내지는 않았다. 말들이 그의 내면에 접근했다가 다시 터무니없는 말이 될 때까지 멀어짐으로써 이 지속적인 재빠른 움직임은 윙윙거림이나 웅얼거림처럼 작용했기 때문이었다. 이 소리의 아름다움 또는 추함은 격렬한 진동 옆에서는 아무런 효과가 없었다. 그는 자신의 결심들이 거친 음악처럼 그가 그녀의 말에 귀 기울이는 것을 용이하게 했음을 느꼈고, 그녀 스스로가 말에서 빠져나올 출구와 끝을 찾지 못한다고 여겨질 때만 그의 넓은 손으로 그녀의 머리를 약간 흔들었는데, 그녀를 다시 불러오고 경고하기 위해서였다.

하지만 이때 그의 의도와는 정반대의 일이 일어났다. 클라리세가 갑자기 그에게 몸을 들이댔기 때문이었다. 그녀는 그가 방어할 수 없을 정도로 그리고 정말 당황할 정도로 잽싸게 그의 목에 팔을 감았고 입술을 그의 입술 위에 눌렀으며 재빠른 동작으로 두 다리를 굽히고 그를 향해 미끄러져 그의 품 안에서 무릎을 꿇게 되었고 그는 그녀 젖가슴의 작은 공 하나를 어깨에서 느꼈다. 그는 그녀의 말을 전혀 이해하지 못했다. 그녀는 자신의 구원하는 힘에 관해, 그의 비겁함에 관해 뭐라고 중얼거렸는데, 그가 이해하기로는, 그가 "야만인"이며 그래서 그녀는 발터가 아니라 그에게서 세계의 구원자를 수태(受胎)하겠다는 것이었다. 하지만 그녀의 말은 사실 그의 귓가에서 벌어지는 거친 유희, 반쯤 내뱉은 성급한 웅얼거림, 의사전달이라기보다는 혼잣말일 뿐이었고 가끔씩 이 속삭이는 개울에서 "모스브루거"나 "악마의 눈" 같은 개별 단어를 알아들을 수 있었다. 그는 자신을 지키기 위해, 이 덤벼드는 작은 적을 팔 위쪽에서 붙잡아 데이 베드 위에 내리눌렀고 이제 그녀는 두 다리로 그의 몸 여기저기를 건드렸고 머리카락을 그의 얼굴에 눌러 댔고 다시 그의 목덜미에 팔을 감으려고 시도했다. "복종하지 않으면 널 죽일 거야!" 그녀는 큰 소리로 분명히 말했다. 그녀는 애정과 분노가 섞인 가운데 자신을 물리치지 못하게 하려는, 점점 더 흥분하는 소년과 비슷했다. 이때 그녀를 제압하려 안간힘을 쓰느라 그녀의 사지 속 쾌락의 흐름은 아주 약하게만 감지되었다. 그럼에도 불구하고 울리히는 그녀의 몸을 팔로 꽉 감고 그녀를 내리누르던 순간을 강렬하게 느꼈다. 꼭 그녀의 육체가 그의 감정 속으로 파고든 것 같았다. 그는 너무나 오래 그녀를 알았고 자주 약간 그녀와 뒤엉켜 싸우기도 했지만 거칠게 튀어 오르는 심장을 가진 이 친밀하고도 낯선 작은 존재를 여태 한 번도 이렇게 머리에서 발끝까지 건드린 적은 없었고, 클라리세의 동작이 이제 그의 손에 붙들려 순해지고 이 사지의 풀림이 그녀의 눈 속에서 다정하게 가물거리기 시작했을 때 하마터면 그가 원하지 않았던 일이 일어날 뻔했다. 하지만 이 순간 그는 게르다를 떠올렸는데, 마치 지금 비로소 그에게, 그 스스로와 끝을 보라는 요구가 제기된 듯했다.

"싫어, 클라리세!" 그가 말했고 그녀를 놓아주었다. "이제 혼자 있고 싶어. 여행을 떠나기 전에 정리해야 할 일이 많아!"

클라리세가 그의 거부를 깨달았을 때 마치 그녀의 머릿속에서 또 다른 톱니바퀴가 몇 번 삐걱대며 돌아가기 시작한 듯했다. 그녀는 울리히가 고통스럽게 찌그러진 얼굴로 그녀 앞 몇 걸음 떨어진 곳에 서 있는 것을 보았고 그가 말하는 것을 보았고 아무것도 이해하지 못하는 듯했다. 하지만 그의 입술의 움직임을 쫓는 동안 그녀는 점점 더 커지는 반감을 느꼈고 이어 치마가 무릎 위로 밀려 올라갔음을 알아차렸고 벌떡 몸을 일으켰다. 뭔가를 기억하기도 전에 그녀는 두 다리로 섰고 풀 속에 누워 있었던 듯 머리카락을 털고 옷매무새를 가다듬으며 말했다. "물론 짐을 꾸려야지. 더 붙잡아 두지 않을게!" 그녀는 평소의 미소를 되찾았는데, 이 미소는 조소를 머금은 채 슬금슬금 가느다란 틈새로 삐져나왔고 그녀는 잘 다녀오라고 말했다. "네가 돌아오면 우리 집에 마인가스트가 와 있을 거야. 오겠다고 했거든. 사실 이 말을 하러 왔어!" 그녀는 지나가는 투로 덧붙였다.

울리히는 머뭇거리며 그녀의 손을 잡았다.

그녀의 손가락 하나가 그의 손가락을 장난치듯 줄질했다. 대체 그에게 무슨 말을 했는지 그녀는 평생토록 알고 싶으리라. 그걸 잊어버릴 정도로 흥분해 있었으므로 온갖 말을 다 했을 테니까! 무슨 일이 있었는지 그녀는 대충 알았고 이에 개의치 않았다. 그녀의 감정은 그녀가 용감했고 희생적이었고 울리히가 반항적이었다고 말했으니까. 그녀는 정말 동지답게 그와 작별하고 이로써 그가 이를 의심하지 않게 하려는 소망 밖에 없었다. 불쑥 그녀가 말했다. "발터에게 내가 찾아왔다는 말은 하지 않는 게 좋겠어. 우리가 나눈 이야기는 다음에 만날 때까지 비밀이야!" 그녀는 정원 문에서 다시 한번 손을 내밀었고 더 이상의 배웅을 거절했다.

방에 돌아온 울리히는 특이한 일을 겪었다. 그는 라인스도르프 백작과 디오티마에게 몇 통의 작별 편지를 써야 했고 그 밖에도 갖가지 일을 처리해야 했다. 유산상속이 꽤 오래 그를 붙잡아 놓으리라 예상했으니까. 그 후 그는 소소하게 사용되는 잡다한 물건들과 책들을 벌써 하인이 ― 그는 하인을 자러 보냈다 ― 꾸려 놓은 트렁크에 집어넣었고 이 일을 다 끝냈을 때 그는 더 이상 자러 가고 싶은 마음이 들지 않았다. 많은 일이 일어난 하루의 여파로 그는 맥이 풀렸고 지나치게 흥분해 있었는데, 이 두 상태는 약해지지 않고 번갈아 가며 최고조에 달해서 그는 무척 피곤했음에도 불구하고 졸리지가 않았다. 아무 생각 없이 그냥 이리저리 흔들리는 회상을 쫓으며 울리히는 우선 클라리세는 단순히 이상한 존재가 아니라 정신병이 있는 존재라는 이미 몇 번 은밀히 받았던 인상에 더 이상 의심의 여지가 없다고 고백했다. 그런데 발작 중, 그녀가 좀 전에 처했던 상태를 뭐라고 부르든, 그녀는 그 자신의 발언과 무섭도록 비슷한 발언들을 했다. 따라서 그것을 새삼 그리고 철저히 숙고할 수도 있었을 테지만 그는 불쾌한 그리고 그가 처한 반수면 상태의 본성에 반대되는 방식으로, 아직 할 일이 많다는 사실에만 주목하게 되었다고 느꼈다. 예정된 한 해에서 벌써 절반 가까이가 지났지만 그는 어떤 질문도 해결하지 못했다. 게르다가 그에게 요구한 것, 그것에 관해 책을 쓰라는 요구가 불현듯 떠올랐다. 하지만 그는 현실 부분과 그림자 부분으로 분열되어 살고 싶지 않았다. 그는 투치 국장과 이에 관해 이야기한 순간을 회상했다. 그는 디오티마의 살롱에 서 있는 자신과 투치를 보았는데, 거기에는 드라

마틱한 것, 연기 같은 것이 있었다. 그는 책을 쓰거나 자살해야 할 것이라고 되는 대로 말했음을 상기했다. 하지만 죽음에 대한 생각 역시 지금 이른바 가까이에서 숙고해 보면 그의 상태의 진짜 표현은 절대 아니었다. 그가 이 상태에 계속 빠져들었고 여행을 떠나는 대신 내일이 오기 전에 정말 자살할 수도 있다고 상상해 보았을 때, 아버지의 사망전보를 받은 이 순간에 이는 적절치 못한 동시성으로만 여겨졌으니까! 그는 반쯤 잠든 상태였고 이 상태에서 상상력의 형성물들이 꼬리에 꼬리를 물기 시작했다. 그는 눈앞에서 권총의 총신을 보았고 그 어두운 터널을 들여다보았고 그 속에서 그늘진 무(無), 심연을 차단하는 그늘을 인지했다. 그리고 장전된 무기라는 이 동일한 그림이 비상(飛上)과 목표를 기다리는 그의 청소년 시절의 의지를 나타내 주는, 그가 가장 사랑하는 그림이었다는 것은 이상한 일치이며 독특한 동시성이라고 느꼈다. 그리고 갑자기 그는 권총, 투치와 같이 있는 자신의 모습 등 이런 그림들을 수없이 보았다. 이른 아침 풀밭 풍경. 기차에서 바라본, 짙은 저녁안개에 휩싸인 길고 구불거리는 계류(溪流)의 모습. 유럽의 다른 끝자락에 있는, 그가 사랑하는 연인과 작별했던 장소. 사랑하는 여인의 모습은 잊어버렸지만 비포장도로와 갈대지붕 집들은 어제처럼 생생했다. 다른 연인의 겨드랑이 털, 그녀에게서 남은 유일한 것. 멜로디의 개별 부분들. 어떤 동작의 독특함. 흥분한 영혼의 심연에서 나온 격렬한 말들 때문에 그때는 전혀 주의를 끌지 못했던 화단의 향기가 오늘 이 잊힌 것들보다 오래 살아남았다. 여러 길 위에 있는, 바라보기가 민망할 지경인 한 인간, 그. 속에 든 용수철이 오래전에 망가진 일련의 인형들처럼 뒤에 남았다. 이런 그림들이 세상에서 가장 찰나적인 것이라고들 말하지만, 한순간 삶 전체가 이 그림들로 해체된다. 이것들만이 삶의 길 위에 있고 그는 그저 이것들에게서 이것들에게로 달려간 듯 보이고 운명은 결심과 이념이 아니라 이 신비롭고 반쯤 터무니없는 그림들에 순종했다.

하지만 그가 칭송했던 모든 노력들의 이 무의미한 무기력이 눈물이 날 정도로 그를 감동시키는 동안, 그가 처한 밤샘상태에서 기적 같은 감정이 펼쳐졌다, 또는 거의 이렇게 말해야 하리라, 그의 주위에서 일어났다. 모든 방에는 클라리세가 혼자 있을 때 켜놓은 등이 여전히 켜져 있었고 넘치는 빛은 벽과 물건들 사이에서 이리저리 흘러갔고 그 사이에 놓인 공간을 살아 있다시피 한 무언가로 채웠다. 그것은 아마 고통 없는 피곤함에 늘 들어 있는 다정함이었을 것이고 이는 그의 몸의 전체 감정을 변화시켰다. 비록 주목받지는 못하지만 항상 존재하는 이 몸의 자기감정은, 안 그래도 경계가 부정확한데, 더 부드럽고 더 넓은 상태로 넘어갔으니까. 그것은 묶인 매듭이 풀어지는 것과 같은 해체였다. 그리고 벽에도, 사물에도 실제로 변한 것이 없었고 신이 이 믿음 없는 자의 방 안에 들어오지도 않았고 울리히 스스로가 명증한 판단력을 절대 포기하지 않았으므로 (피곤이 그를 속인 것이 아니라면) 변한 것은 그와 그의 주변 환경의 관계뿐이었다. 그리고 이 관계에서는 다시 대상적 부분이나 여기에 말짱한 정신으로 응하는 감각과 오성이 아니라 지하수처럼 깊은 곳에 퍼져 있는 감정이 변한 듯했다. 평소에는 이 감정 위에 객관적 인지와 사고라는 기둥들이 서 있는데, 이제 이것들은 부드럽게 서로 떨어지거나 섞여들었다. 말하자면, 그 순간 이 구별도 의미를 잃었다. '이건 다른 태도야. 나는 달라질 것이고 그래서 나와 관계된 것도 달라질 거야!' 스스로를 잘 관찰한다고 믿으며 울리히는 생각했다. 하지만 이렇게 말할 수도 있었으리라, 그의 고독이 — 그의 내면뿐만 아니라 그의 주변에 퍼져 있는, 그래서 그 둘을 연결하는 상태 — 이렇게 말할 수 있었으리라, 이 고독이 점점 더 짙어지거나 점점 더 커졌다고. 그리고 그 스스로도 이를 느꼈다. 고독은 벽을 통과해서 걸어갔고 사실 전혀 확장되지 않으면서도 도시 속으로 자라났고 세계 속으로 자라났다. '어느 세계지?' 그는 생각했다. '세계가 없는데!' 이 개념은 더 이상 의미가 없는 듯 여겨졌다. 하지만 여전히 자기감시를 소홀히 하지 않았던 터라 울리히는 너무나 높이 상승한 이 표현이 같은 순간 그를 불쾌하게 함을 인지했다. 그는 더 이상 어떤 다른 말도 찾지 않았다. 아니, 그 반대였다. 그는 이때부터 다시 완전히 잠이 깬 상태에 접근했고 몇 초가 지난 후 벌떡 일어났다. 날은 회색으로 밝아 오고 있었고 그 창백한 빛을 빨리 시들어 가는 인공 불빛의 밝음 속으로 섞어 넣었다.

울리히는 침대에서 일어났고 기지개를 켰다. 몸 안에 뭔가가 남아 있었지만 떨쳐 버릴 수 없었다. 그는 손가락으로 눈을 비볐지만 그의 시선은, 닿으면 푹 빠지는 사물들의 무름을 간직하고 있었다. 갑자기 그는 서술하기 어려운, 물이 빠져나가는 방식으로, 마치 더 오래 이를 부인할 힘이 없어지기라도 하듯, 그렇게 간단히 알아차렸다. 자신이 여러 해 전 이미 한번 있었던 거기에 다시 서 있음을. 그는 미소를 지으며 머리를 가로저었다. 그는 자신의 상태를 조롱조로 '소령부인의 발작'이라 불렀다. 그의 이성의 견해에 따르면, 위험은 없었다. 그 어리석음을 반복할 상대가 없었으니까. 그는 창문을 열었다. 바깥 공기는 무심했는데, 이제 막 시작되는 도시의 소음을 품은 평범한 공기였다. 서늘함이 그의 관자놀이를 씻는 동안, 감상에 대한 유럽인의 거부감이 그 명증한 단단함으로 그를 채우기 시작했고 그는 이 이야기를, 그래야 한다면, 엄중한 정확성으로 마주하자고 결심했다. 한참이나 그렇게 창가에 서서 아무 생각 없이 아침을 바라보는 그때에도 그의 내면에서는 여전히 모든 느낌들이 번쩍이며 미끄러져 나가는 듯했다.

갑자기 하인이 일찍 기상한 사람의 장엄한 표정으로 그를 깨우기 위해 등장했을 때, 그는 깜짝 놀랐다. 그는 목욕을 했고 재빨리 몇 번 몸을 활기차게 움직였고 역으로 갔다.

제 3 부

천년왕국으로(범죄자들)

1
잊고 있던 누이

그날 저녁 무렵 울리히가 … 에 도착해서 역을 나섰을 때 그의 앞에는 넓고 얕은 광장이 펼쳐져 있었고 광장은 양쪽 끝에 나 있는 도로에서 끝이 났는데, 이미 여러 번 보았지만 그 후 잊어버린 풍경이 원래 그렇듯이, 그의 기억에 거의 고통스럽다고 할 작용을 했다.

　"수입이 20퍼센트 줄었고 생활비가 20퍼센트 비싸져 총 40퍼센트라는 것은 확실합니다!" "6일간의 달리기는 민족들을 하나로 뭉치는 사건입니다!" 이때 이런 목소리들이 그의 귀에서 흘러나왔다. 객차 목소리들이었다. 이어 아주 또렷한 말이 들렸다. "그럼에도 불구하고 제게는 오페라가 제일 중요합니다!" "그건 당신에겐 스포츠겠군요?" "아닙니다. 열정이지요." 그는 귀에 든 물을 흔들어 빼려는 듯 머리를 기울였다. 기차는 만원이었고 여행은 길었다. 여행 도중 그의 내부로 뚫고 들어온 일반적 대화의 물방울들이 도로 흘러나왔다. 울리히는 수도관 주둥이처럼 역 정문이 조용한 광장에 쏟아낸 도착의 기쁨과 서두름의 한가운데서 이것들이 찔끔찔끔 떨어질 때까지 기다렸다. 이제 그는 소음에 이은 정적의 진공상태 속에 서 있었다. 동시에 이로 인해 야기된 청각의 불안 때문에 눈앞에 펼쳐진 낯선 평온함이 그의 이목을 끌었다. 눈에 보이는 것은 모두 이 평온함 속에서 평소보다 더 강했고 광장 위를 바라보니 건너편에는 아주 평범한 창문의 십자창살이, 창백하게 빛나는 유리 위에 비치는 저녁 빛 속에서 골고다 언덕 위 십자가인 양 겸게 서 있었다. 움직이는 것도 아주 큰 도시에서는 일어나지 않는 방식으로 거리의 평온에서 분리되었다. 움직이는 것이나 멈춰 있는 것이나 여기서는 자신의 중요성을 확장할 수 있는 공간이 있음이 분명했다. 그는 재회로 인한 약간의 호기심으로 이를 알아냈고 짧은 기간이었지만 그다지 편안하지 않았던 삶을 보낸 큰 지방도시를 관찰했다. 이 도시의 본질 속에는, 그가 매우 잘 알고 있었듯, 고향 없는 식민지적인 것이 있었다. 수백 년 전 슬라브인의 땅에 당도한 독일 시민계급의 가장 오래된 핵심은 여기서 풍화되었고 몇몇 교회와 가족 이름을 제외하고는 그들을 상기시키는 것은 거의 없었다. 나중에 반납해야 했지만 유서 깊은 신분제 의회 소재지에서도, 아직 보존되고 있는 아름다운 성 하나를 제외하면 거의 볼 게 없었다. 하지만 이 과거를 넘어 절대왕정이 지배하던 시대에는 제국 총독관저의 대규모 인원이 지방의 중앙 관청들, 고등학교, 대학교, 병영, 법원, 감옥, 주교관, 무도회장, 극장, 거기에 속한 모든 인간들, 그들이 끌어들인 상인들과 수공업자들과 함께 상주했고 그래서 마침내 이주해 들어온 기업가들의 산업이 그 뒤를 이었고 그들의 공장은 한 집 한 집 근교를 채웠으며, 지난 세대에는 이 땅의 운명에 그 어느 것보다 더 강하게 영향을 미쳤다. 이 도시는 역사가 있었고 얼굴도 있었지만 눈은 입과 어울리지 않거나 턱은 머리카락과 어울리지 않았고 모든 것 위에는, 내적으로는 텅 비었지만 강하게 동요된 삶의 흔적이 놓여 있었다. 이것이 특별한 개인적 환경에서는 커다란 비범함을 장려했을 수도 있다.

흠잡을 데가 없지는 않은 다른 말로 하면, 울리히는 약간 '영적 실체 없음'을 느꼈고 이 속에서, 고삐 풀린 공상으로의 경향이 깨어날 정도로 생각에 골몰했다. 그는 주머니에 아버지의 그 특이한 전보를 갖고 있었고 암기할 수 있었다. "네게 내가 이미 세상을 떠났다고 알린다"고 노인네는 그에게 알리게 했고 — 아니면 알렸다고 해야 하나? — 편지에 그것이 벌써 표현되어 있었다. 그 아래에 "너의 아버지"라는 서명이 있었으니까. 현실의 추밀고문관 각하는 진지한 순간에 절대 농담을 하지 않는다. 그래서 이 전갈의 괴팍한 구조는 또 지독하게 논리적이었다. 그가 자신의 죽음을 기다리면서 한 자 한 자 적었거나 누군가 받아쓰도록 했다면 그리고 이렇게 해서 생겨난 서류가 그가 마지막 숨을 내쉰 그 순간 효력을 발휘하도록 정했다면, 아들에게 소식을 전하게 한 사람이 바로 그였으니까. 사실 이 정황은 아마 이보다 더 올바르게 표현될 수는 없었을 것이다. 그렇지만 현재가 스스로는 더 이상 체험할 수 없는 미래를 지배하려는 이 과정에서, 분노하며 썩어 갔던 의지의 무시무시한 시체입김이 펄럭거리며 되돌아왔다!

또 어떤 연관성에서인지, 주도면밀하다고까지 할 정도로 세련되지 못한 소도시 취향을 떠올리게 한 이 태도에서 울리히는 약간은 근심스럽게, 결혼해서 이 지방에 사는 누이동생을 생각했다. 이제 아마 몇 분 안에 그녀를 만나게 될 터였다. 그는 차를 타고 오면서 벌써 그녀를 생각했다. 그녀에 대해 많이 알지 못했으니까. 가끔씩 아버지의 편지와 함께 가령 "네 누이 아가테가 결혼했다" 같은 정례적인 가족소식이 당도했다. 당시 울리히가 집에 갈 수 없었기 때문에 보충하는 설명도 이어졌다. 1년쯤 후 벌써 그는 젊은 신랑의 부고를 받았다. 그리고 3년 후, 그가 틀리지 않다면, "너의 누이 아가테가 다시 결혼하기로 결심해서 내가 참 흡족하구나"라는 전갈이 도착했다. 5년 전에 있었던 이 두 번째 결혼식에는 그도 참석했고 며칠간 누이를 보았다. 하지만 그가 기억하는 것이라고는 이 날들이 수많은 흰색 천으로 이루어진 쉴 틈 없이 도는 거대한 바퀴 같았다는 것이다. 그리고 신랑이 마음에 들지 않았던 게 기억났다. 아가테는 당시 스물두 살, 그는 스물일곱 살이었을 것이다. 그가 막 박사학위를 받았을 때니까. 그러니까 이제 누이는 스물일곱 살이었고 그 시기 이후 그는 그녀를 다시 보지 못했고 편지도 주고받지 않았다. 그는 그저 아버지가 나중에 자주 이렇게 썼음을 기억했다. "네 누이의 결혼생활은, 신도 무심하시지, 모든 것이 바라는 대로는 아닌 것 같구나. 사위가 탁월한 사람이라도." 또 이런 구절도 있었다. "네 누이 아가테의 남편이 최근에 거둔 성공에 난 매우 기뻤다." 어쨌거나 이와 비슷한 것이 편지에 적혀 있었지만 그는 유감스럽게도 한 번도 여기에 주의를 기울이지 않았다. 하지만 한 번은 — 이를 울리히는 아주 정확히 기억했다 — 누이가 아이가 없음을 꾸짖는 언급에, 그럼에도 불구하고 그녀가, 물론 성격상 그녀는 결코 인정하려 하지 않겠지만, 결혼생활을 잘하고 있다는 희망이 연결되어 있었다. '그녀는 지금 어떻게 보일까?' 그는 생각했다. 너무나 신중하게 그들에게 서로에 대한 소식을 보낸 노인네의 독특함은 어머니가 죽은 직후 둘을 어린 나이에 집에서 내보낸 것이었다. 그들은 서로 다른 기숙학교에서 교육을 받았고 행실이 방정치 못한 울리히는 자주 휴가를 얻지 못했으므로 그는 사실 그들이 서로를 아주 사랑했던 어린 시절부터 벌써, 아가테가 열 살이었을 때 단 한 번 긴 시간을 함께 보낸 것을 제외하고는, 누이를 더 이상 제대로 볼 수 없었다.

이런 상황에서 그들이 편지도 교환하지 않았음이 울리히는 자연스럽게 여겨졌다. 서로 무슨 말을 쓴단 말인가?! 아가테가 처음 결혼했을 때, 지금 기억하건대, 그는 소위였고 결투에서 입은 총상으로 병원에 누워 있었다. 맙소사, 그는 얼마나 멍청이였던가! 근본적으로 보아, 심지어 얼마나 가지각색의 멍청이였던가! 총상을 입은 소위 시절의 기억은 전혀 다른 일이라는 생각이 들었기 때문이었다. 오히려 그는 거의 이미 공학도였고 '중요한 일'을 하고 있어 가족축제에 참가할 수 없었다! 누이에 대해서는 그녀가 첫 남편을 아주 사랑했다고 나중에 들었다. 누구를 통해 이 말을 들었는지 기억할 수가 없었지만, '그녀가 아주 사랑했다'는 게 결국 무슨 뜻인가?! 통상 그렇게들 말한다. 그녀는 재혼했고 울리히는 두 번째 남편을 참아 낼 수 없었다. 이것만이 유일하게 확실한 것이었다! 개인적 인상을 보아서뿐만 아니라 그가 읽어 본 그의 저서 몇 권을 보아서도 그를 좋아하지 않았고 그 이후로 그가 누이를 조금은 의도적으로 기억에서 잃어버렸다는 것이 맞을 것이다. 잘한 짓은 아니었다. 하지만 그는 심지어 작년에, 그렇게 많은 것을 생각했던 해에 단 한 번도 누이를 떠올리지 않았고 부고를 받았을 때에도 그러지 않았다고 인정하지 않을 수 없었다. 하지만 역에서 그는 마중 나온 늙은이에게 누이가 벌써 도착했느냐고 물었고, 하가우어 교수가 장례식에나 당도한다는 말을 들었을 때 기뻤으며, 장례식까지는 기껏해야 이틀이나 사흘이 남았을 뿐이었지만, 그들이 세상에서 가장 친밀한 사람들인 양 자신이 누이 옆에서 시간을 보내게 될 이 시간이 무한히 지속되는 은둔처럼 여겨졌다. 그가 이게 무슨 관련이 있느냐고 자문했더라도 답은 없었으리라. 아마 '미지의 누이'라는 생각이 다름 아닌, 어디에서도 올바로 정주하지 못하는 많은 감정들이 자리를 잡는 그 폭넓은 추상 가운데 하나일 테니까.

　이런 질문에 골몰하면서 울리히는 자신 앞에서 열리는 낯설게 친밀한 도시 안으로 천천히 들어갔다. 그는 출발 전 마지막 순간에 상당히 많은 책을 더 집어넣었던 가방과 늙은 하인을 실은 마차를 뒤따라오게 했다. 그를 마중 나온 하인은 벌써 그의 어린 시절 기억의 일부였고 집의 관리인과 집사와 대학직원을 겸하고 있었는데, 이 직책들의 내적 경계는 해가 지나면서 불분명해졌다. 울리히의 아버지가 사망전보를 받아 적게 한 사람이 아마 이 겸손하고 감정을 드러내지 않는 남자였을 것이다. 울리히의 발이 놀랄 만큼 편안하게 집으로 가는 길을 가는 동안 이제 그의 감각들이 깨어났고 오랫동안 보지 못했던 성장하는 도시들이 선사하는 신선한 인상을 호기심을 느끼며 받아들였다. 그보다 발이 먼저 기억해 낸 특정 지점에서 울리히의 발은 그를 데리고 큰길에서 벗어났고 잠시 후 그는 두 개의 정원 담장으로만 이루어진 좁은 골목길에 서 있었다. 접근하는 그와 대각선으로 마주보고 서 있는 것은 중앙부가 더 높고 측면에 오래된 마구간을 거느린 2층 건물과 정원 담장에 여전히 딱 붙어서 서 있는, 하인이 아내와 함께 살고 있는 작은 집이었다. 엄청난 신뢰에도 불구하고 노친네가 이들을 최대한 자신에게서 멀리 밀어내어 버리긴 했지만 그래도 자신의 담장들로 빙 둘러싸고 있는 듯 보였다. 울리히는 생각에 잠긴 채 닫힌 정원 입구에 당도했고 오래되어 검어진 낮은 문에 종 대신 매달린 커다란 문고리를 두드렸는데, 그때 그의 동행자가 달려오더니 잘못을 고쳐주었다. 그들은 담장을 돌아, 마차가 멈춘 정면 출입구로 되돌아가야 했고 그곳에서 집의 열리지 않은 표면을 눈앞에서 본 순간 비로소 울리히는 누이가 역으로 마중을 나오지 않았다는 생각이 들었다. 하인은 아씨께서는 편두통이 있어 식사 후 방으로 물러가셨고 박사님이 오시면 깨우라고 했다고 알렸다. 누이가 자주 편두통이 있느냐고 울리히는 계속해서 물었지만 아버지 집의 늙은 심복 앞에서 자신의 낯섦을 다 드러내고, 침묵하는 편이 나은 가족관계를 건드린 자신의 서투름을 곧장 후회했다. "아씨께서는 30분쯤 후에 차를 내오라고 하셨습니다." 예의 바른 늙은이는 자신의 의무를 넘어서는 것은 아무것도 이해하지 못한다는 보증을 신중히 내비치는 눈먼 하인의 얼굴로 공손히 대답했다.

울리히는 자기도 모르게 창문을 올려다보았고 아가테가 그 뒤에 서서 그의 도착을 살펴보고 있으리라 추측했다. 그녀에게 호감을 느낄까 하고 그는 자문했고 그녀가 그의 마음에 들지 않으면 체류가 상당히 힘들어질 것임을 언짢은 마음으로 확인했다. 물론 그녀가 역으로도, 현관으로도 나오지 않았다는 것은 신뢰를 일깨우는 행보로 보였고 이 점에서는 느낌의 유사성 같은 것이 있었는데, 정확히 보면, 울리히 스스로가 도착하자마자 아버지의 관으로 달려가고 싶지 않았던 것과 꼭 마찬가지로 서둘러 그에게 달려올 이유가 없었을 테니까. 그는 30분 후에 준비를 마치겠다고 전하게 했고 약간 몸단장을 했다. 그가 묵을 방은 집 중간 부분의 다락같은 2층에 있었고 그가 어린 시절에 쓰던 방이었는데, 지금은 어른들의 편의를 위해 긁어모은 것이 분명한 몇 개의 가구들이 놀랄 만큼 잘 보태져 있었다. '망자가 집에 있는 한, 달리는 안 될 거야.' 울리히는 생각했고 어린 시절의 폐허

위에 어렵사리 짐을 풀었지만 안개처럼 이 방바닥에서 피어오르는 약간의 편안한 감정도 없지 않았다. 그는 옷을 갈아입으려 했고 그러면서, 짐을 풀 때 손에 잡혔던 파자마 모양의 실내복을 입어야겠다는 착상이 떠올랐다. '그녀는 적어도 집에서는 곧장 나를 맞아야 했어!'라고 그는 생각했고 그가 아무렇게나 이 의상을 고른 것에는 약간의 비난이 담겨 있었다. 그래도 누이가 그렇게 한 것에는 아마 그의 마음에도 들 무슨 이유가 있으리라는 감정은 그대로였고 이는 옷을 갈아입는 것에 자연스런 신뢰의 표현이 보여 주는 공손함 같은 것을 부여했다.

그가 입은 것은 커다랗고 부드러운 모(毛) 파자마였는데, 검은색과 회색 체크무늬가 쳐져 있고 허리, 손, 발 부분이 묶인 일종의 피에로 복장이었다. 그는 편안함 때문에 이 옷을 좋아했고 한잠도 자지 못한 밤과 긴 여행 후라 이 편안함을 기분 좋게 느끼며 계단을 내려갔다. 누이가 기다리는 방에 들어섰을 때 그는 자신의 옷차림에 깜짝 놀랐다. 비밀스런 우연의 지시에 따라 연회색과 적갈색의 줄무늬와 체크무늬 속에 감싸인 키 큰 금발 피에로를 마주했기 때문이었다. 이 피에로는 첫눈에 그 자신과 매우 닮아 보였다.

"난 우리가 쌍둥이인 줄 몰랐어!" 아가테가 말했고 그녀의 얼굴은 명랑하게 밝아졌다.

2
신뢰

그들은 환영의 키스는 하지 않았고 그냥 다정하게 마주보고 서 있었으며 그 후 자세를 바꾸었고 울리히는 누이를 관찰할 수 있었다. 그들은 키에서 서로 잘 어울렸다. 아가테의 머리카락은 그보다 밝았지만 피부는 그와 똑같이 향기롭게 건조했는데, 이것은 그가 유일하게 자신의 몸에서 사랑하는 것이었다. 그녀의 가슴팍은 젖가슴에서 사라지지 않았고 날씬했고 다부졌으며 누이의 팔다리는 자연스런 성능과 아름다움을 두루 갖춘 길고 가는 실패 모양으로 보였다.

"편두통이 사라졌기를 바라. 편두통 기미는 안 보이는데." 울리히가 말했다.

"편두통은 없었어. 그게 간단하니까 그냥 그렇게 말하라고 시킨 거야." 그녀는 설명했다. "하인을 통해서는 복잡한 전갈을 할 수 없었거든. 난 그냥 게을렀어. 난 잠을 잤어. 여기서는 시간 날 때마다 잠을 자는 버릇이 생겼어. 난 전반적으로 게을러. 절망 때문인 것 같아. 오빠가 온다는 소식을 들었을 때 난 지금 졸리는 것이 마지막이면 좋겠다고 나 자신에게 말했고 일종의 치유의 잠에 빠졌어. 면밀하게 숙고한 후 난 이 모든 것을 편두통이라고 불렀지, 하인이 사용하도록 말이야."

"운동은 전혀 안 해?" 울리히가 물었다.

"테니스를 약간 쳐. 하지만 스포츠는 싫어."

그는 그녀가 말하는 동안 다시 한번 그녀의 얼굴을 관찰했다. 그 얼굴은 그의 얼굴과 그다지 닮지 않은 것으로 여겨졌다. 하지만 아마 그가 틀렸을 것이다. 파스텔과 목판화처럼 그 얼굴은 그의 얼굴과 비슷했을 것이며 이런 재료의 상이함 때문에 선과 면의 일치점이 간과되었을 뿐이었다. 이 얼굴은 뭔가를 통해 그를 불안하게 했다. 한참 후 그는 이 얼굴이 무엇을 표현하는지 알 수 없었다는 것을 깨달았다. 보통 그 인물에 대한 추론을 허락하는 그것이 이 얼굴에는 없었다. 내용이 풍부한 얼굴이었지만 그 안 어디에도 강조점은 없었고 보통의 방식대로 성격의 특징들로 요약되는 얼굴도 아니었다.

"왜 그렇게 옷을 입었어?" 울리히가 물었다.

"분명한 이유가 있어서 그런 건 아니야." 아가테가 대답했다. "그냥 좋다고 생각했어."

"아주 좋아!" 울리히가 웃으며 대답했다. "하지만 정말 우연이라는 마술사의 작품이야! 아버지의 죽음은 네게 전혀 충격을 주지 않은 듯 보이네?"

아가테는 천천히 발끝으로 몸을 세웠고 다시 같은 방식으로 내려놓았다.

"네 남편도 벌써 왔니?" 뭔가 말을 하려고 오빠가 물었다.

"하가우어 교수는 장례식에나 올 거야." 그녀는 이 이름을 이렇게 형식적으로 내뱉을 수 있고 낯선 것인 듯 자신에게서 떼어 놓을 수 있는 기회를 기뻐하는 듯 보였다.

울리히는 어떻게 대답해야 할지 몰랐다. "응, 나도 들었어!" 그가 말했다.

그들은 다시 서로를 바라보았고 그 후 관습이 지시하는 대로 망자가 안치된 작은 방으로 갔다. 이 방은 벌써 하루 종일 인위적으로 어둡게 되어 있었다. 검정 일색이었다. 방 안에는 꽃과 불타는 초가 빛을 발했고 냄새를 풍겼다. 두 명의 피에로가 망자 앞에 우뚝 서서 그를 바라보는 듯 보였다.

"나는 하가우어에게 돌아가지 않을 거야!" 아가테는, 말해 두어야 한다는 듯, 말했다. 아버지도 이 말을 들어야 한다고 생각한다고 짐작할 수 있었다.

아버지는 스스로 지시한 바대로 단 위에 누워 있었다. 연미복을 입었고 가슴 절반 높이까지 천이 덮여 있었고 그 위로는 빳빳한 셔츠가 보였으며 두 손은 십자가 없이 포개져 있었고 훈장이 얹혀 있었다. 호를 그리는 작고 단단한 눈, 푹 꺼진 두 뺨, 입술. 이것들은 눈이 없는 섬뜩한 망자 피부 속에, 아직 그의 존재의 일부지만 이미 낯설어진 피부 속에 기워 넣어져 있었다. 삶의 여행 보퉁이였다. 울리히는 자기도 모르게, 감정도 생각도 없는, 존재의 뿌리에 충격을 받음을 느꼈다. 물론 이것들은 그 밖의 어디에도 없었다. 이 사실을 입 밖에 내어 말해야 했다면 그는 사랑 없는 성가신 관계 하나가 끝이 났다고만 말할 수 있었으리라. 나쁜 결혼이 거기서 해방될 수 없는 인간들을 나쁘게 만들 듯이, 영원할 거라고 산정되고 무겁게 짓누르는 모든 결합이 그 아래에 있는 유한성이 줄어들면 그렇다.

"오빠가 좀더 일찍 왔으면 했어." 아가테가 다시 보고했다. "하지만 아빠가 그걸 허락하지 않았어. 아빠는 당신의 죽음과 관계된 모든 것을 직접 지시했어. 오빠 눈앞에서 죽는 게 창피했던 거야. 난 벌써 2주 전부터 여기 있었어. 끔찍했지."

"아버지가 적어도 너는 사랑했구나?" 울리히가 물었다.

"아빠는 모든 지시사항을 늙은 하인에게 전달했고 그때부터 아무 할일이 없고 사명이 없다고 느끼는 인간이라는 인상을 주었어. 하지만 대충 15분마다 머리를 들어 내가 방 안에 있는지 확인했어. 처음 며칠은 그랬어. 그 후에는 30분 간격으로 그러다가 나중에는 그만두었어. 끔찍했던 마지막 날에는 기껏해야 두세 번 그랬어. 그 기간 내내 내가 뭔가 물어볼 때를 제외하고는 내게 한 마디도 하지 않았어."

울리히는 그녀가 이야기하는 동안 생각했다. '그녀는 사실 단단해. 아이 때에 이미 조용한 방식으로 유별나게 제 뜻대로 했지. 그럼에도 불구하고 순종적으로 보였나?' 갑자기 그는 눈사태를 떠올렸다. 언젠가 그는 숲에서 눈사태에 휩쓸려 거의 목숨을 잃을 뻔한 적이 있었다. 눈사태는 부드러운 눈 먼지 구름으로 이루어졌지만, 멈출 수 없는 폭력에 사로잡히자 이 구름은 무너지는 산처럼 단단해졌다.

"네가 전보를 보냈어?" 그가 물었다.

"물론 늙은 프란츠가 보냈지! 모든 게 벌써 지시되어 있었어. 아빠는 내가 간호도 못 하게 했어. 그는 분명 나를 사랑하지 않았고 난 그가 왜 나를 불렀는지 모르겠어. 난 몸 상태가 좋지 않아서 되도록이면 내 방에 처박혀 있었어. 그런데 그런 시간에 아빠가 돌아가신 거야."

"어쩌면 그렇게 해서 아버지는 네가 실수했다는 것을 증명하고 싶었을 거야. 이리 와!" 울리히는 씁쓸히 말했고 그녀를 데리고 나갔다. "하지만 아버지는 네가 당신의 이마를 쓰다듬어 주기를 바랐을 거야? 아니면 그의 침대 옆에 무릎을 꿇거나? 아버지의 임종 시에 으레 그렇게들 한다고 그가 늘 책에서 읽었다는 것 말고 다른 이유가 없다 해

126

도. 그런 청을 입 밖에 내서 하셨어?!"

"아마." 아가테가 말했다.

그들은 다시 한번 멈춰 섰고 아버지를 바라보았다.

"사실 모든 게 무서워!" 아가테가 말했다.

"그래", 울리히가 말했다. "이에 대해 아는 바가 너무 없어."

그들이 방을 떠났을 때 아가테는 다시 한번 멈춰 섰고 울리히에게 말을 걸었다. "난 당연히 오빠에겐 전혀 중요하지 않을 일로 오빠를 기습했어. 하지만 아버지가 아픈 그 시기에 결심했어. 절대로 남편에게 돌아가지 않겠다고!"

오빠는 그녀의 완고함에 자신도 모르게 미소를 지었다. 아가테가 미간에 수직 주름을 지으며 격렬히 말했기 때문이었다. 그녀는 그가 자기 편을 들지 않을까 봐 두려워하는 듯 보였고, 겁을 잔뜩 먹고서는 용감하게 공격으로 넘어가려는 고양이를 생각나게 했다.

"남편이 동의했어?" 울리히가 물었다.

"남편은 아직 아무것도 몰라." 아가테가 말했다. "하지만 동의하지 않을 거야!"

오빠는 물음을 담아 누이동생을 바라보았다. 하지만 그녀는 격렬히 머리를 가로저었다. "오, 아니야, 오빠가 생각하는 그런 건. 제3자는 없어!" 그녀가 대답했다.

이로써 이 대화는 일단은 끝이 났다. 아가테는 울리히의 허기와 피로에 더 많이 신경 쓰지 않았음을 사과했고 차가 준비된 방으로 그를 데리고 갔으며 뭔가가 빠져 있어 그녀가 직접 필요한 것을 찾으러 갔다. 혼자 남겨진 틈을 타 울리히는 최대한 그녀의 남편을 눈앞에 그려

보았다. 그녀를 더 잘 이해하기 위해서였다. 남편은 투박하게 구부정한 자세, 싸구려로 재단된 바지 속에 둥글게 꽂힌 두 다리, 뻣뻣한 콧수염 아래 약간 두툼한 입술에, 평범한 교장이 아니라 미래를 지향하는 교장임을 보여 주려는 듯 큰 무늬의 넥타이를 좋아하는 중키의 남자였다. 울리히는 아가테의 선택에 대한 이전의 불신이 되살아남을 느꼈지만 고틀립 하가우어의 이마와 두 눈에서 숨김없이 반짝이는 광채를 떠올려 보면 이 남자가 은밀한 악덕을 숨기고 있을 법하진 않았다. '그냥 계몽되고 유능한 인간이고 자기 분야에서 인류의 진보를 촉진하고 자신과 관계없는 분야에는 개입하지 않는 착실한 사람이지.' 울리히는 단정했고 그러면서 하가우어가 쓴 글들도 다시 떠올렸고 아주 편치는 않은 사고 속으로 빠져들었다.

이런 인간들은 원래 이미 학창 시절부터 알아볼 수 있다. 그들은 ― 원인과 결과를 혼동하며 사람들이 흔히 말하듯이 ― 양심적으로라기보다는 제대로 그리고 실용적으로 학습한다. 그들은 다음 날 아침 실수 없이 빨리 몸단장을 하려고 다음 날 입을 옷을 전날 저녁에 단추까지 채워 준비해 놓아야 하듯이 그들의 과제를 우선 잘 정돈해 놓는다. 그들이 다섯에서 열까지 준비된 이런 단추들을 이용하여 자신들의 마음에 단단히 매달 수 없는 사고과정은 없다. 그리고 그 결과가 나중에 눈에 보이고 철저한 검토를 견뎌 낸다는 것은 인정해야 한다. 이를 통해 그들은 동급생들에게 도덕적 불편함을 주지 않으면서도 모범생이 되고, 울리히처럼 천성상 때로는 가벼운 과잉, 때로는 사소한 결핍으로 흐르는 인간들은 그들보다 재능이 많아도, 운명처럼 살금살금 기어들어오는 어떤 방식으로 인해 그들보다 뒤처진다. 그는 자

신이 이런 모범생 타입의 인간을 사실 은밀히 기피해 왔음을 알아차
렸다. 그들 사고의 정확성이 정확성에 대한 그 자신의 몽상을 약간 허
황되게 보이게 했기 때문이었다. '그들은 영혼의 흔적이 없어.' 그는
생각했다. '선한 인간들이지.' 젊은 사람이 열여섯 살이 지난 후에도
정신적 문제에 열을 올리면 그는 다른 사람들보다 약간 뒤처지고 새
로운 사고와 감정을 이해할 능력을 올바로 가지지 못한다. 하지만 이
때도 그들은 열 개의 단추를 가지고 작업하고 늘 모든 것을 이해했음
을, '물론 걷잡을 수 없는 극단은 전혀 없이', 입증할 수 있는 날이 오
지. 결국 그들은 새로운 이념이 삶으로 들어오도록 문을 만들어 주는
자들이기도 해. 이 이념들이 다른 사람들에게는 오래전에 사그라든
젊음이나 고독한 과장이 되어 버렸다 해도!' 누이가 다시 방에 들어섰
을 때, 울리히는 그녀가 대체 무슨 일을 겪었는지 여전히 상상할 수
없었지만 남편에 대항한 싸움은, 그것이 부당한 싸움이라 해도, 그에
게 만족감은 주지만 아주 고상하지 못한 성향을 가진 어떤 것이리라
느꼈다.

아가테는 자신의 결심을 이성적으로 설명할 가망이 없다고 여기는
듯했다. 그녀의 결혼은 완벽한 외적 질서 속에서 유지되었는데, 하가
우어 같은 타입에게서 다른 것을 기대할 수도 없었다. 다툼도 없었고
의견차이도 거의 없었다. 아가테가 이야기한 바에 따르면, 그녀가 어
떤 문제에서도 자신의 의견을 그에게 털어놓지 않았기 때문이기도
했다. 물론 방종도 없었고 술도, 도박도 없었다. 총각 시절의 나쁜
버릇조차 없었다. 수입은 공정히 분배했다. 가계(家計)도 질서가 있
었다. 여럿이 하는 사교 모임, 둘이서 하는 비사교 모임도 평온하

게 진행되었다. "아무 까닭 없이 그를 떠나면", 울리히가 말했다. "이혼귀책사유는 네게 있게 돼. 그가 소송한다고 가정하면."

"소송하라지!" 아가테가 쉽게 말했다.

"그가 합의안에 동의하면, 그에게 조그만 재산상의 이익을 주는 게 좋지 않을까?"

"내가 가져온 짐은", 그녀가 대답했다. "3주간의 여행에 필요한 것과 하가우어와 결혼하기 전부터 가지고 있던 두어 개 유치한 물건들과 기억이 전부야. 그 외 다른 건 전부 그가 가져도 돼. 내가 좋아하는 건 아무것도 없어. 대신 그는 앞으로는 아무리 작더라도 내게서 이익을 봐서는 안 돼!"

그녀는 이 문장들을 다시 깜짝 놀랄 정도로 격렬하게 외쳤다. 이는 아가테가 이 남자에게 이전에 너무 많은 이익을 취하게 한 것을 앙갚음하려 한다고 이해할 만했다. 이제 울리히의 전투욕, 스포츠 감각, 어려움을 극복할 때의 발명재능이 깨어났는데, 그는 이를 보는 것이 즐겁지 않았다. 이는 내면의 감정은 아직 전혀 건드려지지 않았는데 외적인 감정을 불러일으키는 흥분제의 작용 같았기 때문이었다. 그는 대화를 다른 방향으로 유도했고 주저하며 전체를 보려 했다. "나는 그가 쓴 글을 몇 편 읽었고 그에 관한 이야기를 들었어." 그가 말했다. "내가 알기로 그는 수업과 교육 분야에서는 심지어 미래의 남자로 통해!"

"그래, 그렇지." 아가테가 대답했다.

"그의 저술에서 알아낸 바에 따르면, 그는 온갖 분야에 정통한 선생일 뿐 아니라 일찍부터 우리 고등교육기관의 개혁에 발 벗고 나섰어. 언젠가 그의 책을 한 권 읽은 게 기억 나. 그 책은 한편으로는 윤리적 교양에 있어 역사적이며 인문주의적인 수업의 둘도 없는 가치에 대해 논했고, 마찬가지로 다른 한편으로는 정신적 교양에 있어 자연과학적이며 수학적인 수업의 둘도 없는 가치에 대해 논했고, 세 번째로는 행동을 위한 교양에 있어 스포츠와 군사 교육의, 삶에 대한 집약적인 감각이 갖는 대체불가한 가치에 대해 논했어. 맞아?"

"맞을 거야." 아가테가 말했다. "그가 어떻게 인용하는지 봤어?"

"어떻게 인용하는지? 기다려 봐. 정말 뭔가가 눈에 띄었는지는 분명치 않아. 그는 아주 많이 인용해. 옛 대가들을 인용하고 현재의 대가들도 인용하지. 이제 알겠어, 그는 선생으로서는 거의 혁명적이게도 교과서 위인들뿐 아니라 비행기 설계자, 오늘날의 정치가, 예술가를 인용해 … . 하지만 그건 결국 내가 좀 전에 이미 말했던 거지 … ?" 그는 소리 낮은 종결감정으로 마무리를 지었는데, 그것은 선로를 벗어난 기억 하나가 열차정지용 구조물과 충돌할 때 드는 감정이었다.

"그가 인용하는 방식은", 아가테가 보충했다. "예를 들어, 음악에서는 거리낌 없이 리하르트 슈트라우스까지 가고 회화에서는 피카소까지 가. 하지만 잘못된 것에 대한 예라 할지라도 절대 이름을 거론하지는 않을 거야. 신문들이 이 이름을 나무라면서 언급함으로써 그것이 신문들에서 이미 일종의 주택 불가침권을 획득하지 않았다면!"

그랬다. 울리히는 이를 찾아 기억 속을 더듬었다. 그는 위를 쳐다보았다. 아가테의 대답은 그 속에 발설된 취향과 관찰로 그를 기쁘게 했다. "그는 시간이 흐르면서 지도자가 되었어. 첫 번째 사람들 가운데 한 사람으로서 시대를 뒤쫓아 들어감으로써." 그가 웃으며 보충했다. "더 나중에 온 이들은 모두 그가 벌써 앞에 있는 것을 보지! 하지만 넌 대체 우리의 첫 번째 사람들을 좋아하니?"

"모르겠어. 아무튼 난 인용하지 않아."

"어쨌거나, 겸손하자." 울리히가 말했다. "네 남편의 이름은 오늘날 벌써 많은 이들에게 최고로 통하는 프로그램을 의미해. 그의 작용은 굳건한 작은 진보지. 그의 외적인 상승은 더 이상 오래 지체되지 않을 거야. 고등학교 선생이라는 생업을 질질 끌고 오긴 했지만 그는 조만간 적어도 대학교수가 될 거야. 그리고 난, 보다시피, 나의 직선로 위에 놓인 것 말고는 아무것도 상관 않는 나는 오늘날 너무 멀리 와서 아마 대학 강사도 못 되겠지. 그러니 그는 벌써 뭔가를 해낸 거야!"

아가테는 실망했고, 아마 이것이 사랑스럽게 답변하는 동안 그녀의 얼굴이 도자기 같은, 아무것도 말하지 않는 귀부인의 표정을 지은 원인이었을 것이다. "난 모르겠어. 오빠는 하가우어를 배려해야 하는 거야?"

"그가 언제 도착한다지?" 울리히가 물었다.

"장례식에나. 시간을 더 내지는 않아. 하지만 그는 결코 여기 이 집에 묵어서는 안 돼. 그건 내가 허락하지 않아!"

"네 뜻대로 해!" 울리히는 뜻밖에도 이렇게 결정했다. "내가 그를 마중 나가 호텔 앞에 내려 줄 거야. 그리고 네가 원하는 대로, '당신을 위한 방은 여기에는 준비되지 않았습니다!'라고 말할게."

아가테는 놀랐고 갑자기 열광했다. "그건 그를 끔찍이도 화나게 할 거야. 돈이 드니까. 그는 우리 집에서 묵기를 기대하고 있을 게 분명해!" 그녀의 얼굴이 순간 싹 바뀌었고 아이들이 못된 짓을 할 때처럼 약간 유치한 야성이 되돌아왔다.

"모든 것이 대체 어떻게 정리되었지?" 오빠가 물었다. "이 집은 네 소유야, 내 거야 아니면 우리 둘 거야? 유언장이 있어?"

"아빠는 내게 큰 상자 하나를 전달하게 했는데, 그 안에 우리가 알아야 할 모든 것이 적혀 있대." 그들은 망자의 맞은편에 있는 서재로 갔다.

그들은 다시 번쩍이는 촛불, 꽃향기, 더 이상 아무것도 보지 못하는 그 두 눈의 권역을 통과해 미끄러져 갔다. 깜박거리는 어스름 속에서 아가테는 1초 동안 그냥 가물거리는 황금색, 회색, 분홍색 안개일 뿐이었다. 유언장은 있었고 그들은 서류를 가지고 차 탁자로 돌아왔지만 서류 상자를 열기를 잊었다.

그들이 자리에 앉았을 때 아가테가 오빠에게 한 지붕 아래 살아도 남편과 헤어진 것이나 다름없이 산다고 알렸기 때문이었다. 벌써 얼마나 오래 그런지는 말하지 않았다.

이는 처음에는 울리히에게 나쁜 인상을 남겼다. 결혼한 여자들 다수는 어떤 남자가 자신의 연인이 될 수 있을 거라고 믿으면 이 동화를 털어놓곤 한다. 어떻게든 대화의 계기를 마련하겠다며 어설프게 결심한 동생이 당황하며, 심지어 사실 더듬거리며 이 보고를 입에 올렸다 해도 — 이는 줄곧 분명히 느껴졌다 — 그는 더 그럴듯한 거짓말이 그녀에게 떠오르지 않은 것이 싫었고 이를 과장이라 여겼다. "난 네가 어떻게 그런 남자와 결혼할 수 있었는지 전혀 이해하질 못했어!"

아가테는 아버지가 원했다고 말했다. 아버지에 반대해서 뭘 했어야 했느냐고 그녀가 물었다.

"하지만 넌 당시 벌써 과부였고 미성년 처녀도 아니었어!"

"바로 그 때문이야. 난 아빠에게 돌아갔지. 혼자 살기에는 내가 아직 너무 어리다고 당시에는 일반적으로 말했거든. 과부였다 해도 겨우 열아홉 살이었으니까. 그 후 난 그냥 여기서 견딜 수가 없었어."

"하지만 왜 다른 남자를 찾지 않았지? 아니면 대학엘 가든가, 그래서 그런 식으로 독립적 삶을 시작하든가?" 울리히가 가차 없이 물었다.

아가테는 그냥 머리만 설레설레 흔들었다. 잠시 쉰 후에야 그녀는 대답했다. "이미 말했잖아, 난 게으르다고."

울리히는 그것은 대답이 아니라고 느꼈다. "하가우어와 결혼한 특별한 이유가 있었어?"

"응!"

"다른 사람을 사랑했는데, 그를 얻지 못했어?"

아가테는 망설였다. "난 죽은 남편을 사랑했어."

울리히는 자신이 사랑이라는 이 말을, 마치 이 말이 나타내는 사회적 설비의 중요성을 범할 수 없는 것으로 간주하듯, 평범하게 사용한 것이 아쉬웠다. '위로를 하려면 즉시 무료급식소 스프를 떠 줘!' 그는 생각했다. 그럼에도 불구하고 그는 계속 같은 식으로 말하고 싶은 유혹을 느꼈다. "그 후 넌 네게 무슨 일이 일어났는지 알았고 하가우어를 힘들게 했구나." 그가 말했다. "그래." 아가테가 확인했다. "하지만 곧장은 아니었어. 나중에야 그랬어." 그녀가 덧붙였다. "심지어 아주 나중에야."

이 고백을 하기 위해 아가테가 엄청난 극기를 해야 했음이 보였다. 물론 그녀는 이 고백을 자발적으로 했고 그녀 나이에 걸맞게 성 생활

설계를 누구에게나 중요한 대화 소재로 보았음은 명백했다. 그녀는 당장 첫 시도에서 이해 또는 몰이해의 추이를 지켜보려는 듯했고 신뢰를 구했고 오빠를 정복하겠다고, 솔직함과 열정을 가지고 결심했다. 하지만 여전히 도덕적으로 베푸는 자의 분위기에 있던 울리히는 곧장 그녀에게 다가설 수 없었다. 그는 영혼의 힘을 가졌지만 그럼에도 그의 정신이 비난하는 선입견에서 자유로울 수 없었다. 그가 너무나 자주 삶은 되는 대로, 정신은 다르게 방치했으니까. 그리고 너무나 자주 여자에 대한 자신의 영향력을 사냥꾼이 포획하고 관찰할 때 느끼는 쾌감을 느끼며 악용했고 오용했기 때문에 그는 거의 항상 그에 딸린 이미지와도 마주쳤는데, 이 속에서 여자는 남자의 사랑의 창에 찔려 쓰러지는 야생동물이었다. 사랑에 빠진 여자가 빠져드는 굴복의 쾌락이 그의 기억 속에 자리를 잡았던 반면 남자는 이와 비슷한 헌신과는 한참 거리가 멀다. 여성의 나약함이라는 이 남성적 권력의 표상은, 물론 연달아 따라오는 젊은이들의 파도와 함께 더 새로운 견해들이 나란히 생겨났다 하더라도, 오늘날도 여전히 평범한 것이다. 아가테가 하가우어에 대한 자신의 의존성을 다룰 때 보여 준 그 자연스러움은 오빠에게 상처를 입혔다. 울리히는 누이가 그의 마음에 들지 않는 남자의 영향력 아래로 들어가 수년간 그 아래서 버텨야 했을 때 누이가, 스스로 제대로 의식하지는 못했지만, 굴욕을 겪은 듯 여겨졌다. 그는 이를 발설하지 않았지만 아가테는 이와 비슷한 것을 그의 얼굴에서 읽었음이 분명했다. 그녀가 갑자기 이렇게 말했으니까. "한번 결혼한 이상 곧장 그에게서 도망칠 수는 없었어. 그랬다면 상식 밖이었을 거야!"

울리히는 — 여전히 오빠 입장으로 그리고 베푸는 교육자의 개념빈 곤 상태에서 — 격렬히 몸을 일으키더니 소리쳤다. "혐오감을 느끼고 그래서 당장 결단을 내리는 게 정말로 상식 밖일까?!" 이어 그는 미소 를 짓고 누이를 최대한 상냥하게 바라봄으로써 이를 완화시키려 했다.

아가테도 그를 바라보았다. 그녀의 얼굴은 그의 표정을 살피려 안간 힘을 쓴 탓에 완전히 열려 있었다. "건강한 인간은 곤혹스러움에 그렇 게 민감하지 않지?" 그녀는 되풀이했다. "결국 그게 뭐가 중요해!"

그 결과 울리히는 자제를 하고 자신의 사고를 더 이상 '자신의 일부 분'에 맡기려 하지 않았다. 그는 이제 다시 기능적으로 이해하는 남자 였다. "네 말이 옳아", 그가 말했다. "결국 그런 과정들이 뭐가 중요 해! 그 과정들을 관찰하는 표상 체계와 이들이 편입되어 있는 개인적 체계가 관건이야."

"무슨 뜻이지?" 아가테가 의심쩍어하며 물었다.

울리히는 추상적 표현방식을 사과했지만 쉽게 이해되는 비교를 찾 는 동안 오빠의 질투심이 되돌아와 그의 선택에 영향을 끼쳤다. "우 리와 상관없지 않은 한 여자가 강간을 당했다고 가정해 보자." 그가 설명했다. "영웅적 표상 체계에 따르면, 우리는 분명 복수나 자살을 기대할 거야. 냉소적, 경험적 표상 체계에 따르면, 그녀가 이 사건을 암탉처럼 떨쳐 버릴 것을 기대하겠지. 그리고 오늘날 실제로 일어나 는 일은 이 둘의 혼합일 거야. 하지만 이 내적 무지는 그 모든 것보다 더 추해."

하지만 아가테는 이 질문에도 동의하지 않았다. "그게 그렇게 끔찍 하게 여겨져?" 그녀가 간단히 물었다.

"모르겠어. 사랑하지 않는 인간과 같이 산다는 게 굴욕적일 것 같아. 하지만 지금은 … 네 마음대로 해!"

"이게 이혼한 후 3개월이 되기 전에 다시 결혼하려는 여자가 간통 때문에 임신했는지 알아보려고 국가의 지시에 따라 공중보건의에게 자궁검사를 받는 것보다 더 나빠? 이런 게 있다는 걸 읽었어!"

아가테의 이마는 방어의 분노 속에서 둥글어지는 듯했고 미간에는 다시 조그만 수직 주름이 생겼다. "불가피하다면, 누구나 이를 견뎌 내!" 그녀는 경멸을 담아 말했다.

"네 말에 반대하지 않아." 울리히가 대답했다. "모든 사건들은 한 번 실제로 있고 난 후에는 비나 햇볕처럼 지나가. 이걸 자연스럽게 보는 넌 아마 나보다 훨씬 더 이성적일 거야. 하지만 남자의 본성은 자연스럽지 않고 자연을 변화시키고 그 때문에 가끔씩 비상식적이지."

그의 미소는 우정을 구했고 눈은 그녀의 얼굴이 얼마나 젊은지를 보았다. 그 얼굴은 흥분되면 거의 주름 하나 없었고 그 뒤에서 일어나는 일로 인해 팽팽해져서 더 매끈해졌다. 주먹을 불끈 쥔 장갑처럼.

"나는 여태 한 번도 그렇게 일반적으로 거기에 대해 생각해 보지 않았어." 그녀가 이제 대답했다. "하지만 오빠 말을 듣고 나니 내가 끔찍이도 부당하게 살아온 듯해!"

"모든 것의 원인은 단지", 오빠는 농담으로 이 쌍방의 자백을 갈음했다. "네가 이미 자발적으로 너무 많은 것을 말했지만 아직 결정적인 것은 말하지 않았다는 데 있어. 네가 마침내 하가우어를 버리는 원인이 된 그 남자에 대해 털어놓지 않는데 어떻게 내가 올바른 판단을 내리겠어!"

아가테는 아이처럼 또는 교수에게 상처를 받은 대학생처럼 그를 바라보았다. "그게 도대체 남자여야 해? 그냥 그러면 안 돼? 정부(情夫) 없이 이혼하면 내가 뭔가 잘못한 거야? 한 번도 정부가 없었다고 주장하려 했다면 오빠를 속이는 걸 거야. 난 그렇게 가소롭고 싶지는 않아. 하지만 난 정부가 없고, 하가우어를 떠나려면 정부가 한 명 필요하다고 생각한다면 오빠에게 화를 낼 거야!"

오빠는 이제 별 수 없이 정열적인 여자들은 정부 없이도 남편을 떠나며 심지어 자신의 의견으로는 이것이 더 품위 있다고 보장했다. 그들이 함께한 티타임은 평소와 다르게 앞당겨진 저녁식사로 넘어갔는데, 울리히가 너무 피곤했고 온갖 사무적 잡일이 기다리는 다음 날을 생각해서 푹 자기 위해 일찍 자러 가고 싶다고 부탁했기 때문이었다. 헤어지기 전 그들은 담배를 피웠고 그는 누이를 잘 몰랐다. 그녀는 미지의 오빠를 맞았던 폭넓은 바지 차림으로 거기 앉아 있었지만 여성해방적인 면도, 보헤미안적인 면도 없었다. 지금 그에게는 오히려 자웅동체적인 면이 있다고 여겨졌다. 가벼운 남자 옷은 대화의 움직임 속에서 거울 같은 수면의 반투명성으로 그 아래의 부드러운 형태를 예감하게 했고 그녀는 자유로이 독립적인 다리에 아름다운 머리카락을 여성스럽게 위로 틀어 올리고 있었다. 하지만 이 분열된 인상의 중심은 여전히 그 얼굴이었는데, 그 얼굴은 여자의 매력이 철철 넘쳤지만 그럼에도 어떤 감점요소 또는 유보요소가 있었고 그는 그 얼굴의 본질을 알아낼 수 없었다.

그녀에 대해 아는 게 너무나 적었음에도 그녀와 이렇게 친밀하게, 그렇지만 또 그가 남자로서 마주하는 여자와는 다르게 앉아 있다는 것, 이것은 이제 밀려들기 시작하는 피로 속에서 아주 편안했다.

'어제 이후로 생긴 큰 변화다!' 그는 생각했다.

그는 이에 감사했고 아가테에게 작별인사로 다정하게 오빠다운 말을 하려고 애를 썼지만 익숙하지 않은 일이었으므로 아무 말도 생각나지 않았다. 그래서 그는 그냥 한 팔로 그녀를 껴안았고 키스했다.

3
상갓집의 아침

다음 날 아침 울리히는 일찍 그리고 물고기가 재빨리 물 밖으로 튀어오르듯 매끄럽게 잠에서 빠져나왔다. 꿈 없이 중단 없이 푹 잔 덕분에 어제의 피곤함이 가신 결과였다. 그는 아침을 먹으려고 집 안을 가로질러 갔다. 집안의 애도는 아직 제대로 가동되고 있지 않았고 애도의 향기만이 모든 방들에 매달려 있을 뿐이었다. 이는 거리에는 아직 인적이 없는데 아침 일찍 문을 열어 놓은 상점을 생각나게 했다. 그 후 그는 트렁크에서 학문적 일거리를 꺼내 들고 아버지의 서재로 갔다. 서재는 그가 한가운데 앉고 벽난로에 불이 타오르자 전날 저녁보다 인간적으로 보였다. 비록 지나치게 꼼꼼하고 이편저편을 다 살피는 정신이 서재를 책 선반 높이에 좌우대칭으로 서로 마주 서 있는 석고 흉상만 남겨두고 해체했지만 그래도 남아 있는 수많은 작은 개인적 물건들은 — 연필, 안경, 온도계, 펼쳐진 책 한 권, 펜 통 등 — 이 공간에 주인이 막 떠나 버린 삶의 거주지가 갖는 감동적 공허함을 부여했다. 울리히는 그 한가운데, 창문 근처이긴 하지만 이 공간의 오르간포인트인 책상 앞에 앉았고 독특한 의지의 피로를 느꼈다. 벽에는 조상들의 초상화가 걸려 있었고 일부 가구는 그들 시대의 것이었다. 여기 살았던 그 남자는 조상들의 삶의 껍데기로 자신의 삶의 알을 빚었다. 이제 그는 죽었지만 그의 가재도구는, 마치 공간에서 줄로 파낸 듯, 너무나 선명하게 거기 서 있었다. 하지만 이미 질서는 후임자에게 순종하기 위해 다시 부서져 내렸고 사물들의 더 긴 생명이 경직된 애도의 표정 뒤에서 거의 눈에 띄지는 않지만 새롭게 솟아오르기 시작하는 것이 느껴졌다.

이 분위기에서 울리히는 여러 주와 여러 달 전에 중단했던 그의 일거리를 펼쳤고 그의 시선은 처음에 곧장, 그가 넘어서지 못했던 물의 물리학적 등가물 대목에 가 꽂혔다. 새로운 수학적 가능성을 보여 주기 위해 물의 3가지 주요 상태에서 예를 하나 만들었을 때 그가 클라리세를 생각했음이 어렴풋이 기억났다. 그 후 클라리세는 그의 주의를 딴 데로 돌리게 했었다. 하지만 말이 아니라 그 말이 내뱉어진 공기를 다시 불러오는 회상이 있다. 울리히는 갑자기 '탄소 …'라고 생각했고 동시에 뜬금없이, 탄소가 얼마나 많은 상태로 등장하는지를 알기만 한다면 더 멀리 나갈 수 있으리라는 인상을 받았다. 하지만 아무것도 떠오르지 않았으므로 그 대신 그는 생각했다. '인간은 두 종류로 출현한다. 남자와 여자로.' 그는 한참 동안이나 이 생각을 했는데, 놀라서 꼼짝도 못하는 것 같았다. 마치 인간이 두 개의 서로 다른 지속적 상태로 살아간다는 것, 이 발견이 기적이라도 되는 듯. 그러나 그의 사고의 이 정지상태 밑에는 다른 현상이 하나 숨겨져 있었을 뿐이었다. 그는 가혹할 수 있고 이기적일 수 있고 노력파일 수 있고, 말하자면, 외향적일 수 있지만 갑자기 동일한 울리히 모모씨로서 그 반대로도 느낄 수가 있으니까. 즉, 주변의 사물들이 모두 말로 표현할 수 없이 민감하고 또 어째서인지 몰아적인 상태인 가운데, 몰아적으로 행복한 존재로서 내면으로 가라앉혀졌다고. 그는 자문했다. '내가 그것을 마지막으로 느꼈던 것이 얼마 전이지?' 놀랍게도 24시간도 지나지 않았다. 울리히를 둘러싼 정적은 상쾌했고 그가 회상해 보고 있는 그 상태는 평소처럼 그렇게 이상하게 여겨지지 않았다. '우리 모두는', 그는 안심하며 생각했다. '불친절한 세계에서 온 힘과 욕망을 다해 상대방을 이겨야 하는 유기체들이다. 하지만 각자는 적과 희생자와 더불어 이 세계의 작은 일부이며 아이이기도 하다. 어쩌면 각자 상상하는 것만큼 그렇게 그들에게서 분리되고 자립적이지는 않을 것이다.' 이를 전제하면, 가끔씩 세상에서 통일성과 사랑의 예감이 솟아오른다는 것이 아주 불가해하게 보이지는 않았고, 평범한 환경에서 드잡이를 하는 삶의 욕구는 존재의 전체 연관성의 반쪽만을 인식하게 한다는 것이 거의 확실했다. 여기에 수학적, 자연과학적으로 느끼는 그리고 정확하게 느끼는 한 인간에게 상처를 주는 것은 아무것도 없었다. 이를 통해 울리히는 심지어 그가 개인적으로 관계를 맺고 있는 한 심리학자의 논문을 떠올렸다. 서로 대립되는 두 개의 큰 표상그룹이 있고 이 중 하나는 체험의 내용에 사로잡힘, 다른 하나는 사로잡음에 바탕을 둔다는 것이 논문의 내용이었다. 논문은 이런 '어떤 것 속에 들어 있기'와 '어떤 것을 외부에서 보기', '양각적 느낌'과 '음각적 느낌', '공간적 존재'와 '대상적 존재', '통찰'과 '관조'가 수많은 다른 체험 대립쌍들과 이들의 언어그림에서도 반복되므로 인간체험의 태초의 이중형식이 그 뒤에 있으리라 추측할 수 있다는 확신을 피력했다. 엄격히 객관적인 연구는 아니었고 매일의 과학적 작업 외부에서 자극을 받아 이루어진, 약간 주제에서 벗어난 환상적 연구였지만 토대가 확고했고 추론은 커다란 개연성이 있었는데, 추론은 태초의 안개 뒤에 숨겨진, 느낌의 통일성 위에서 움직였다. 이제 울리히는 다양하게 혼동된 이 통일성의 잔해에서 결국 오늘날의 태도가 생겨났다고 가정했다. 이 태도는 남성적 체험방식과 여성적 체험방식의 대립 쌍 주위에 막연히 정렬하고 이 태도 위에 옛 꿈들이 신비롭게 그늘을 드리운다.

여기서 그는 — 말 그대로, 위험한 등반지점 위를 내려올 때 로프와 하켄이 필요한 것처럼 — 안전을 확보하려 했고 다음 숙고를 시작했다.

'가장 오래되고 우리가 벌써 거의 이해할 수 없을 정도로 어려운 철학적 전통은 자주 남성적 '원리'와 여성적 '원리'에 대해 말한다!' 그는 생각했다.

'태초의 종교들에서 남성 신 옆에 있던 여성 신들은 사실 우리의 느낌으로는 더 이상 도달될 수 없다.' 그는 생각했다. '초인간적으로 강력한 이 여자들에 대한 우리의 관계는 마조히즘이리라!'

'하지만 자연은', 그는 생각했다. '남자에게는 젖꼭지를, 여자에게는 퇴화된 남성 성기를 준다. 여기서 우리 조상이 자웅동체였다고 추론할 수는 없으리라. 영적으로도 그들은 남녀추니가 아니었을 것이다. 그 후 주는 시선과 받는 시선이라는 이 이중의 가능성이 언젠가 외부에서 수용되었음이 틀림없다. 자연의 이중얼굴로서. 어쨌든 모든 것은 성의 구분보다 훨씬 더 오래되었고 각각의 성은 나중에 그들

의 영적 의상으로 보완되었다 … .'

그는 이렇게 생각했지만 그 결과 어린 시절의 세부사항 하나를 회상하게 되었고, 회상한다는 것이 즐거웠는데, 이는 한참이나 없었던 일이었으므로 그는 딴 생각을 하게 되었다. 옛날에 아버지는 승마를 했고 승마용 말을 소유했음은 미리 말해 두어야 하겠다. 울리히가 도착했을 때 제일 먼저 본 정원 담장 옆 텅 빈 마구간이 오늘날도 여전히 그 증거였다. 아마 이것이 아버지가 봉건적 친구들을 경탄하면서 감히 스스로 가진 유일한 귀족적 취향이었을 것이다. 하지만 울리히는 당시 작은 소년이었고 키 큰 말의 근육질 몸이 경탄하는 아이에게서 갖는 흡사 무한한 것, 어쨌든 측정할 수 없는 것이 지금 동화 속 무시무시한 산맥처럼 털 황무지로 뒤덮여 그의 느낌 속에 다시 형성되었고 피부의 경련이 바람의 파도처럼 이 황무지를 뚫고 내달렸다. 그는 이것이 소망을 실현할 수 없는 아이의 무기력에서 그 광채를 얻는 그런 기억임을 알아차렸다. 하지만 거의 초현세적이었던 이 광채의 크기와 비교해 보면, 또는 작은 울리히가 나중에 첫 광채를 찾아 손가락 끝으로 건드린, 그에 못지않게 놀라운 광채와 비교해 보면, 이는 별 의미가 없는 말이다. 이 시기 도시에 서커스 공연을 한다는 광고가 붙었고 거기에는 말뿐 아니라 사자, 호랑이, 그들과 우정을 나누고 사는 크고 멋진 개들이 그려져 있었다. 그는 이 광고를 한참이나 뚫어지게 바라본 후 곧 이 알록달록한 종이 한 장을 얻는 데 성공했고 거기서 동물들을 오려 냈으며 이들에게 작은 나무 지지대를 만들어 주어 구부러지거나 넘어지지 않게 했다. 하지만 그 후에 일어난 일은 아무리 마셔도 갈증을 해소하지 못하는 음주와만 비교될 수 있다. 그것은 멈추지도 않았고 수 주 동안이나 진행되었지만 진전도 없었으며 이 놀라운 창조물들 속으로의 지속적인 이끌림이었으니까. 그들을 바라볼 때면 그는 지금도 그 외로운 아이의 이루 말할 수 없는 행복을 느끼면서 이 창조물을 소유하고 있다고 강하게 착각했지만 마찬가지로 거기에는 그 무엇으로도 충족될 수 없는 최후의 것이 결핍되었다고 느꼈고, 이로 인해 이 갈망은 끝없이 온몸으로 발산하는 어떤 것이 되었다. 하지만 이 독특하게 무한한 기억과 함께 아주 자연스런 방식으로, 조금 뒤에 있었던 어린 시절의 또 다른 체험 하나가 망각에서 솟아올랐고 그 유치한 허약함에도 불구하고, 뜬 눈으로 꿈꾸는 커다란 육체를 사로잡았다. 그것은 작은 소녀체험이었는데, 그 소녀는 두 가지 특성이 있었다. 그의 소유여야 한다는 특성과 그 때문에 그가 다른 소년과 싸운다는 특성이었다. 그리고 이 둘 가운데 싸움만이 사실이었다. 그 작은 소녀는 없었으니까. 그가 말을 달리는 기사처럼 미지의 적수들의 가슴에 달려들어 기습을 당한 그들과 싸우던 별난 시절이었다! 이 적수가 그보다 키가 크고, 인적이 드물고 비밀이 보장되는 가능한 거리에서 마주치면 최상이었다. 그는 그 때문에 적지 않게 얻어맞았고 가끔씩 큰 승리를 쟁취하기도 했지만 어떤 결과든 싸움이 끝나면 만족감을 뺏겼다고 느꼈다. 그리고 그의 감정은 그가 실제로 알던 작은 소녀들이 그가 몸을 바쳐 싸우는 그 소녀들과 동일한 창조물이라는 당연한 생각을 이해하지 못했다. 그 나이의 모든 소년들처럼 그도 여자가 같이 있으면 그냥 멍청해지고 경직되었으니까. 물론 그러던 어느 날 예외가 되는 일이 발생했다. 이제 울리히는 그 그림이 세월을 들여다보는 망원경 속에 있기라도 하듯 너무나 선명하게 어느 날 저녁을 떠올렸다. 어린이 축제를 위해 동생 아가테에게 옷을 입힐 때였다. 그녀는 벨벳 원피스를 입고 있었고 머리카락이 밝은 벨벳 물결처럼 그 위에 흘러내렸다. 이 광경을 본 그는 갑자기, 물론 그 자신은 끔찍한 기사복장이긴 했지만, 뭐라 설명할 순 없지만 서커스 광고판의 동물들을 향한 동경과 완전히 동일한 방식으로, 소녀가 되고 싶은 동경을 느꼈다. 당시 그는 남자와 여자에 대해 아는 것이 너무나 없어서 이를 아주 불가능한 것으로 보지는 않았지만 벌써, 아이들이 보통 그렇듯, 곧장 자신의 소망을 억지로 성사시키려는 시도를 하지 않을 정도로는 알았다. 오늘 이에 대한 표현을 찾아보면 둘 다, 가령 어둠 속에서 문을 찾아 더듬거리다가 피처럼 따뜻한 또는 따뜻하고도 달콤한 저항에 부딪히고 그것에 거듭 몸을 부딪치는 그런 상태에 상응했다. 이 저항은 뚫고 들어가려는 그의 갈망에 자리를 내주지는 않았지만 다정하게 호응했다. 아마 그것은 동경하는 존재를 자신 속으로 빨아들이는 일종의 무해한 흡혈귀적 열정과 비슷했을 것이다. 하지만 그 작은 남자는 그 작은 여자를 자기 쪽으로 끌어당기려 하지 않았고 그녀의 자리를 온전히 차지하려 했고 이 일에는 초기의 성 체험에만 나타나는 그런 황홀한 애정이 함께했다.

울리히는 자신의 몽상에 놀라 자리에서 일어났고 두 팔을 쭉 뻗었다. 열 발자국도 떨어지지 않은 곳, 벽 뒤에 아버지의 시신이 누워 있었고 그는 그제야 둘 주위에 벌써 한참 동안이나 사람들이 땅에서 솟아오른 듯 우글거리고 있음을 알아차렸다. 그들은 주인은 죽었지만 계속해서 살아가는 집에서 바쁘게 움직였다. 늙은 여편네들은 양탄자를 깔았고 새 초를 켰고 계단 위에서는 망치질이 있었고 꽃들이 들여

왔고 바닥이 씻겼으며 이제 이 분주함이 그 자신에게도 접근했는데, 아주 일찍 일어난 사람들이 뭔가를 가지거나 알고자 했으므로 그를 찾아왔기 때문이었다. 그리고 이 순간부터 사람들의 사슬은 더 이상 끊어지지 않았다. 대학은 장례식 때문에 소식을 들으려고 사람을 보냈고 고물장수가 와서는 옷가지들을 얻을 수 있느냐고 소심하게 물었고 한 독일회사의 위탁을 받은 이 도시의 골동품상이 죄송하다는 말을 거듭하면서 찾아와서는 고인의 도서관에 소장된 것으로 짐작되는 희귀한 법률서 하나를 사겠다며 가격을 제안했다. 목사관의 위탁을 받은 한 사제는 분명치 않은 사항이 있었으므로 울리히와 이야기하기를 청했고, 생명보험회사 직원은 긴 질문서를 가지고 왔고, 누군가는 피아노를 싸게 사겠다고 했고, 부동산업자는 집을 팔고 싶을 경우를 대비해 명함을 주었고, 한 퇴직공무원은 편지봉투 쓰는 일을 달라고 했다. 이렇게 이 유리한 아침시간에 끊임없이 사람들이 오고 가고 묻고 원했고 객관적으로 사망을 언급하면서 문서로, 구술로 존재권을 요구했다. 늙은 하인이 사안의 중요도에 따라 사람들을 떨쳐내 버리는 대문 옆에서, 그럼에도 불구하고 울리히가 대문을 통과한 모든 것들을 맞아야 하는 위에서. 그는 이렇게 많은 인간들이 공손하게 다른 사람들의 죽음을 기다려 왔으며 한 인간이 본인의 심장이 멈춘 그 순간 이렇게 많은 심장들을 움직이게 만드는지 상상도 하지 못했다. 그는 어느 정도 놀랐고, 죽은 딱정벌레가 숲 속에 누워 있고 다른 딱정벌레, 개미, 새, 팔랑거리는 나비들이 그것에 접근하는 것을 보았다.

이득을 보려는 사업의 분주함에는 늘 숲처럼 깊은 어둠의 깜박거림과 팔랑거림도 첨가되어 있었으니까. 상복(喪服)과 사무용 양복의 중간쯤 되는 검은 옷 위에 검은 상장을 단 신사 한 명이 들어섰을 때, 슬픔에 젖은 눈의 유리창을 통해 사욕이 환한 대낮에 밝혀 놓은 가로 등처럼 내다보고 있었다. 그는 문 옆에 멈춰 섰고 그나 울리히가 흐느 끼기 시작하는 것을 기대하는 듯 보였다. 하지만 둘 가운데 아무도 그 러지 않았고 몇 초가 지난 뒤에는 그도 그것으로 충분한 듯 보였는데, 그는 이제 완전히 방 안으로 들어섰고 평범한 사업가들이 모두 하는 방식으로 자신을 장의사 주인이라고 소개했으며 울리히가 지금까지 의 일처리에 만족하는지 물었기 때문이었다. 그는 앞으로의 모든 일 도 돌아가신 아빠께서도, 아시다시피, 쉽게 만족하시지 않는 분이시 지만, 무조건 동의하실 그런 방식으로 진행될 것이라고 장담했다. 그 는 수많은 서식과 사각형이 그려져 있는 종이 한 장을 울리히의 손에 쥐어주었고 다양한 등급의 주문을 위해 작성된 계약서 초안에서 단어 들을 하나하나 읽을 것을 강요했다. … 팔두마차와 쌍두마차 … 꽃마 차 … 숫자 … 풍의 말장구 … 선두의 기마병, 은도금된 … 풍의 수행 행렬 … , 마리엔부르크식 횃불들 … 아드몬트식으로 … . 수행자 숫 자 … 조명방식 … 조명시간 … 관의 목재 … 식물장식 … 이름, 생년 월일, 성별, 직업 … 예기치 못한 사고배상 일절 거부. 울리히는 부 분적으로는 이 고풍스런 표현들이 어디서 왔는지 몰랐다. 그는 질문 했고 사장은 놀라서 그를 바라보았는데, 그도 몰랐기 때문이었다. 그 는 울리히 앞에 인류 뇌의 반사궁(反射弓)인 양 서 있었는데, 그 활을 통해 자극과 행동은 연결되어 있었지만 의식은 생기지 않았다. 이 장 의사는 수백 년 된 이야기에 통달했고 그것을 상품 명칭으로 사용했 으며 울리히는 잘못된 나사를 풀었다는 느낌이 들었고 재빨리 배달

효율성으로 소급되는 언급을 함으로써 이를 되감으려고 애썼다. 그는 이 모든 구별은 유감스럽게도 제국 장의사협회 표준계약서에 규정되어 있다, 그렇지만 지키지 않으면 앞으로는 아무 의미가 없을 것이고, 어쨌거나 아무도 그렇게 하지 않는다고 설명했다. 울리히가 서명한다면 ─ 누이분께서는 어제 오빠 없이는 서명을 하시지 않으려 했다 ─ 이것은 그냥 선생님께서 아버지가 한 위탁에 동의함을 의미하며 최고급 장례식에 빠진 것은 아무것도 없을 것이다.

서명하면서 울리히는 이 남자에게 여기 이 도시에서 덮개에 도축업자조합의 수호자인 성 루카스가 새겨진 전동 소시지기계를 본 적이 있느냐고 물었다. 그러면서 울리히 자신은 브뤼셀에서 한 번 보았다고 말했지만 대답을 기다리지 못했는데, 벌써 이 남자 대신, 그에게서 뭔가를 원하는 다른 사람이 거기 서 있었기 때문이었다. 그는 도의 주(主) 소식지에 실릴 부고(訃告)를 위해 정보를 원하는 기자였다. 울리히는 정보를 주었고 장의사와 작별했다. 하지만 아버지의 삶에서 가장 중요한 것이 무엇이냐는 질문에 대답하기 시작하자마자 벌써 무엇이 중요하고 무엇이 중요하지 않은지 알 수 없었고 방문객이 그에게 도움을 주어야 했다. 알 가치가 있는 것에 직업적으로 훈련된 호기심의 질문 집게에 붙잡힌 그때서야 일이 진척되었고 울리히는 세계의 창조에 함께하는 듯한 감정이 들었다. 기자는 젊은 남자였는데, 노인의 죽음이 오랜 병고 후에 온 것인지 아니면 예기치 않게 온 것인지 물었고, 울리히가 아버지는 마지막 주까지 강의했다고 대답하자 그는 거기서 '일할 정도로 정정했고 생생함'이라는 표현을 빚어냈다. 이어 노인의 삶에서 '1844년 프로티빈 출생', '무슨 무슨 학교 졸업', ' … 로

임명', ' … 에 임명'과 같은 몇 개의 갈비뼈와 마디만 빼고 톱밥은 날아갔다. 다섯 개의 직함과 훈장과 함께 가장 본질적인 것은 이미 거의 다 소진되었다. 그 사이 결혼, 두 권의 책. 한번은 법무부 장관이 될 뻔했지만 어느 한 편의 반대로 무산되었다. 기자는 썼고 울리히는 그것을 감정했고 승인했다. 기자는 만족했다. 필요한 행수를 채웠으니까. 울리히는 삶에서 남은 잿더미가 자그마한 것에 놀랐다. 기자는 그가 얻은 모든 정보에 대해 여섯 내지는 여덟 필의 말이 끄는 공식을 이미 가지고 있었다. 위대한 학자, 열린 세계감각, 신중하지만 창조적인 정치인, 보편적 재능 등등. 이미 한참 동안이나 아무도 죽지 않았음이 분명했다. 이 단어들이 오랫동안 사용되지 않았고 사용에 굶주려 있었으니까. 울리히는 숙고했다. 그는 아버지에 대해 좋은 말을 더 하고 싶었지만 확실한 사항은 지금 필기도구를 챙겨 넣고 있는 이 연대기 작가가 이미 조회했고, 나머지 사항은 마치 컵 없이 물컵의 내용물을 손으로 잡으려는 것과 같았다.

그사이 왕래는 뜸해졌다. 전날 아가테는 모든 사람들을 오빠에게 보냈고 이 초과분이 이제 다 빠져나갔기 때문이었다. 기자가 물러가자 울리히는 혼자 남았다. 그는 어째서인지 씁쓸한 분위기에 빠졌다. 그가 지식의 자루들을 질질 끌며 지식의 알곡더미를 조금 팠을 뿐 그 밖에는 그냥 그가 강력하다고 믿는 그 삶에 예속되어 있다고 한 아버지의 말이 옳지 않았나!? 그는 손도 대지 않은 채 책상 속에 들어 있는 그의 일거리를 생각했다. 아마 그에 대해서는 그의 아버지에 대해서처럼 여기저기 삽질하는 사람이었다고도 말할 수 없으리라! 울리히는 아버지가 안치된 작은 방으로 들어갔다.

어수선한 분주함 한가운데 있는 이 경직되고 네모난 작은 방은 분주함의 근원지였지만 환상적이리만치 섬뜩했다. 작은 나무토막처럼 뻣뻣한 아버지는 일의 홍수 사이에서 떠다녔다. 하지만 한순간 이 그림은 뒤집힐 수 있었다. 그러면 살아 있는 것이 경직되어 보였고 아버지는 섬뜩하도록 유유한 동작으로 미끄러져 가는 듯 보였다.

"여행하는 자들에게 도시들이 무슨 상관인가." 그가 말했다. "정박지에 남은 도시들. 나는 여기서 살았고 요구대로 행동했지만 이제 다시 떠난다!" … 사람들 사이에서 그들과는 다른 것을 원하는 인간의 불확실성이 울리히의 심장을 압박했다. 그는 아버지의 얼굴을 보았다. 자신의 개인적 특별함이라 여겼던 모든 것은 그냥 이 얼굴에 종속된 모순으로서 언젠가 어린 시절에 얻게 된 것일까? 그는 거울을 찾았지만 거울은 없었고 빛을 반사하는 것이라고는 이 눈먼 얼굴뿐이었다. 그는 그 안에서 자신과 닮은 점을 찾아보았다. 아마 닮은 점이 있었을 것이다. 아마 이 속에 인종, 구속, 비개인적인 것, 유전의 흐름 — 이 속에서 우리는 잔물결일 뿐이다 — 좌절, 영원한 반복, 그가 가장 깊은 삶의 의지로 증오했던 정신의 쳇바퀴돌기 등 모든 것이 들어 있었을 것이다!

갑자기 이 좌절에 엄습당한 그는 여행가방을 싸서 장례식 전에 벌써 떠나야 할지 숙고했다. 그가 정말로 아직 뭔가를 삶에서 주문할 수 있다면, 여기서 무슨 할 일이 또 있단 말인가!

하지만 문을 열고 옆방에 들어섰을 때 그는 그를 찾으러 온 누이와 마주쳤다.

4
나는 동지가 있었다

울리히는 처음으로 그녀가 여자옷을 입고 있는 것을 보았고 어제 받은 인상 탓에 사실 그녀가 변장했다는 인상을 받았다. 열린 문을 통해 인공 빛이 이른 오전의 떨리는 회색빛 안으로 떨어졌고, 빛나는 광채가 흐르는 공기동굴 속에 금발의 검은 형체가 서 있는 듯 보였다. 아가테의 머리카락은 머리에 딱 붙어 있었고, 얼굴은 이로 인해 전날보다 더 여성스러워 보였고, 부드럽고 여성적인 가슴은 깃털처럼 가벼운 진주의 단단함이 가지는, 순종과 저항의 그 완벽한 균형을 이루며 엄격한 검은색 옷 안에 들어 있었으며 어제 그가 본 날씬하고 긴, 그의 것과 유사한 다리 앞으로 치마가 드리워져 있었다. 이 모습이 오늘 전체적으로 그와 덜 닮았으므로 그는 얼굴의 유사성을 알아차렸다. 그는 거기 문으로 들어서서 그를 향해 걸어오는 사람이 그 자신인 듯 여겨졌다. 단지 그보다 더 아름다웠고 그가 결코 빠져 보지 못한 광채 속에 잠겨 있었다. 그때 처음으로 누이가 그의 꿈같은 반복이며 변화된 그 자신이라는 생각이 그를 사로잡았다. 하지만 이 인상은 아주 짧게만 지속되었으므로 그는 이를 다시 잊었다.

아가테는 그녀 스스로 거의 잊고 잠들 뻔한 의무를 가능하면 빨리 오빠에게 상기시키려고 왔다. 그녀는 손에 유서를 들고 있었고 시간을 다투는 지시사항들에 그의 주의를 환기시켰다. 그 가운데 특히 하인 프란츠도 알고 있는, 노인의 훈장에 관한 약간 복잡한 지시가 고려

되어야 했다. 아가테는 유언장의 이 대목에 의욕적으로, 물론 약간 경건하지 못하게, 붉은색 밑줄을 쳐 놓았다. 아버지는 그가 적잖이 소유한 훈장과 함께 묻히기를 원했지만, 허영심에서 이것들과 함께 묻히기를 원한 것은 아니었으므로 거기에는 길고 심오한 이유가 적혀 있었고 딸은 그 시작부분만을 읽었으며 나머지는 오빠에게 설명을 일임했다.

"내가 어떻게 네게 그걸 설명하라는 거지?!" 울리히가 보고를 받은 후 말했다. "아빠는 개인주의적 국가이론이 잘못되었다고 여기기 때문에 훈장과 함께 묻히기를 원했어! 아빠는 우리에게 보편적 국가이론을 추천했어. 인간은 국가라는 창조적 공동체로부터 비로소 자신의 선과 정의라는 초개인적 목적을 부여받는다. 인간은 혼자서는 아무것도 아니며 그 때문에 군주제는 정신적 상징이다. 간단히 말해, 인간은 죽을 때 이른바 자신의 훈장에 감싸여야 해. 죽은 선원을 깃발에 감싸서 바다에 가라앉히듯이!"

"하지만 난 훈장을 돌려줘야 한다고 읽었는 걸?" 아가테가 물었다.

"훈장은 상속자들이 황실의 내각사무국에 돌려주어야 해. 그래서 아빠는 복사본을 만들었어. 하지만 귀금속상에서 산 건 진짜 훈장 같지 않았나 봐. 아빠는 관이 닫힐 때 비로소 우리가 그의 가슴 위에서 그것들을 교환하길 원했어. 그게 어려운 거야! 모르긴 몰라도 그건 규정에 대한 말 없는 항변일 테고 아빠는 그것을 달리 표현할 수 없었던 거지."

"하지만 그때까지는 100명 가까운 사람들이 여기 올 테고 우리는 그걸 잊어버릴 거야!" 아가테가 염려했다.

"지금 당장 할 수도 있어."

"지금은 시간이 없어. 오빠는 다음 걸 읽어야 해. 슈붕 교수에 대해 쓴 거야. 슈붕 교수가 언제 들이닥칠지 몰라. 난 어제 벌써 하루 종일 그를 기다렸어!"

"그럼 슈붕 교수가 간 후에 하자!"

"아버지 소원을 들어주지 않는 것이", 아가테가 이의를 제기했다. "너무 불편해!"

"아버지는 더 이상 모르는 걸."

그녀는 의구심을 품고 그를 바라보았다. "확실해?"

"오?" 울리히는 웃으며 외쳤다. "그럼 너는 확실하지 않다고 여기는 거야?"

"내겐 아무것도 확실하지 않아." 아가테가 대답했다.

"아빠가 한 번도 우리에게 만족해 본 적이 없었다는 것도 확실하지 않으면 좋겠어!"

"맞아." 아가테가 말했다. "그럼 나중에 하자. 하지만 지금 하나만 말해 줘" 그녀가 덧붙였다. "오빠는 사람들이 오빠에게 요구하는 것에 전혀 신경 쓰지 않아?"

울리히는 망설였다. '그녀는 좋은 가게에서 옷을 맞추는군.' 그는 생각했다. '그녀가 소도시스러울 거라는 쓸데없는 걱정을 할 필요가 없었어!' 하지만 어째서인지 이 말에 어제 저녁 전체가 연결되어 있었기 때문에 그는 번복하지 않을, 그녀에게 도움이 될 대답을 하고 싶었다. 하지만 그는 그녀가 자신의 말을 오해하지 않게 하려면 어떻게 시작해야 할지 몰랐고 결국 뜻하지 않게 청소년처럼 이렇게 말했다.

"아버지만 죽은 게 아니야. 그를 둘러싼 의례도 죽었어. 그의 유언도 죽었어. 여기 오는 사람들도 죽었어. 못된 말을 하려는 게 아니야. 누가 알까, 대지의 단단함에 기여하는 존재들에 우리가 얼마나 감사해야 하는지. 하지만 이 모든 것은 바다가 아니라 삶의 석회에 속하지!" 그는 누이의 갈팡질팡하는 눈길을 알아챘고 자신이 얼마나 두서없이 지껄였는지 알았다. "사회의 미덕은 성자에게는 악덕이야!" 그는 웃으며 보충했다.

그는 약간 후원자처럼 또는 거만하게 두 팔을 그녀의 어깨 위에 올려놓았다. 순전히 당황해서였다. 하지만 아가테는 진지하게 뒷걸음질 쳤으며 이에 대답하지 않았다. "오빠가 생각해 낸 거야?" 그녀가 물었다.

"아니, 내가 사랑하는 남자가 한 말이야."

그녀는 숙고가 괴로운 아이의 짜증을 섞어 울리히의 대답을 한 문장으로 요약했다. "오빠는 습관적으로 진실한 사람을 선하다고 말하지 않겠다는 거지? 하지만 처음 도둑질하면서 심장이 가슴에서 터져 나올 듯한 도둑놈을 선하다고 할 거야?!"

울리히는 약간 독특한 이 단어들에 놀랐고 이로 인해 더 진지해졌다. "난 정말 모르겠어." 그는 간단히 말했다. "물론 나 자신은 경우에 따라서는, 어떤 것이 옳다고 여겨지든 그르다고 여겨지든 상관없어. 하지만 난 네게 이때 따라야 할 규칙을 줄 수는 없어."

아가테는 구하는 시선을 천천히 그에게서 떼었고 다시 유언장을 집어 들었다. "우린 계속 읽어야 해. 여기도 밑줄이 쳐져 있어!" 그녀는 스스로를 타일렀다.

노인은 자리보전을 하기 전 일련의 편지를 썼고 그것이 무엇인지, 어디로 발송해야 할지를 유언장에 설명해 놓았다. 그중 특히 밑줄이 쳐져 있는 것은 슈붕 교수와 관련 있었는데, 슈붕 교수는 두 남매의 아버지 삶의 마지막 해를 감소된 책임능력이라는 법조항을 둘러싼 싸움으로 씁쓸하게 만든 바로 그 옛 동료였다. 울리히는 당장 표상과 의지, 법의 예리함과 자연의 불확정성에 관한 이미 잘 알려진 긴 논쟁을 알아보았는데, 아버지는 돌아가시기 전 다시 한번 이에 관한 요약문을 그에게 보냈고 생의 마지막 이 며칠 동안, 그가 가입한 사회적 학파를 프로이센 정신의 소산이라고 밀고한 사건만큼 그를 몰두시킨 것은 없는 듯 보였다. 〈국가와 법 또는 책임과 밀고〉라는 제목을 갖게 될 소책자를 막 손보기 시작했을 때 그는 몸이 약해지는 것을 느꼈고 적수가 전장을 혼자 차지하는 것을 씁쓸히 지켜보았다. 그는 임박한 죽음, 평판이라는 성스러운 재산을 얻기 위한 투쟁만이 줄 수 있는 장엄한 말들로 자식들에게 그의 작품이 사장되게 하지 말 것을 지시했고 특히 아들에게는 아버지의 지칠 줄 모르는 경고 덕분에 얻게 된 영향력 있는 사람들과의 관계를 이용해서, 원하는 바를 실현시키려는 슈붕 교수의 희망을 철저히 꺾어 버릴 의무를 지웠다.

글은 이렇게 썼지만, 이미 이루어졌거나 앞으로 이루어질 작품에 따라, 한때 친구였던 자의 저급한 허영심 탓에 생긴 오류를 용서하려는 욕구가 생기는 것도 배제할 수는 없다. 고통이 심해지고 속세의 껍데기의 솔기가 슬며시 터짐을 살아 있는 몸에서 감지하자마자, 용서하고 용서를 구하려는 쪽으로 마음이 기운다. 그러다가 몸 상태가 좋아지면 이를 다시 물린다. 건강한 몸에는 천성적으로 늘 화해 불가

한 것이 있으니까. 노인은 죽기 전 몸 상태가 오락가락하는 와중에 분명 이 둘을 알게 되었을 것이고 이것이나 저것이나 너무나 정당해 보였을 터였다. 하지만 저명한 법학자는 이런 상태를 참을 수 없었고, 잘 훈련된 논리를 동원하여, 정서의 추가적 반대 속삭임 없이 유언이 그의 마지막 뜻으로서 전혀 약화되지 않은 상태로 실현될 수 있도록 유언을 남기는 방책을 하나 생각해 냈다. 즉, 그는 용서를 구하는 편지를 썼으나 서명하지 않았고 날짜도 쓰지 않았으며 울리히에게, 죽어 가는 자가 서명할 힘이 없어 구두로 유언할 때처럼, 자신이 죽은 날의 날짜를 기입하고 누이와 함께 유언증인으로서 서명하라는 임무를 맡겼다. 아버지는 사실 본인은 인정하지 않으려 했지만 은근한 괴짜였고 작은 노인네였고 현존재의 순위질서에 복종했고 열렬한 하인으로서 이것을 방어했지만 내면에는 도처에 저항을 숨기고 있었고, 자신이 선택한 삶의 여정에서 이를 표현할 방법을 찾을 수 없었을 뿐이었다. 울리히는 그가 받았던, 아마 동일한 정신상태에서 작성되었을 사망전보를 생각하지 않을 수 없었고 심지어 자신과의 유사성을 이 안에서 발견할 정도였지만 이번에는 분노하지 않았고 연민을 느꼈는데, 적어도, 이 굶주린 표현을 감안하여, 가당찮은 자유로 삶을 용이하게 한 아들에 대한 미움을 이해했다는 의미에서였다. 아들들의 삶의 해결책은 아버지들에게는 언제나 이렇게 보이니까. 그리고 그 자신에게 내재해 있는 해결되지 않은 것을 생각하자 경건의 감정이 울리히를 엄습했다. 하지만 그는 아가테도 이해할 수 있는 타당한 형식을 갖출 시간이 더 이상 없었고, 막 이 일에 착수했을 때, 어스름한 공간이 한 인간을 성큼 방 안으로 데려왔다. 이 사람은 스스로의 움직임에 의해 안으로 내동댕이쳐져 양초 빛이 비치는 곳까지 걸어 들어왔고 관대에서 한 걸음 떨어진 곳에서 커다란 동작으로 손을 눈앞에 들어올렸고, 그제야 그가 밀치고 들어온 아버지의 하인이 손님이 오셨다는 전갈을 들고 서둘러 뒤따라 들어왔다. "존경하는 친구여!" 방문자는 장엄한 목소리로 외쳤고 작은 노인네는 턱을 꽉 다물고 그의 적수 슈붕 앞에 누워 있었다.

"젊은 친구들, 별이 빛나는 장엄한 하늘은 우리 위에, 장엄한 도덕률은 우리 안에 있네!" 슈붕은 계속해서 말했고 대학동료를 물기 어린 눈으로 바라보았다. "이 차가워진 가슴 속에 장엄한 도덕률이 살아 있었다!" 그 다음에야 그는 몸을 돌려 오누이와 악수했다.

하지만 울리히는 이 첫 기회를 자신의 임무를 완수하는 데 이용했다. "궁정자문위원님과 제 부친께서는 유감스럽게도 최근에는 적이셨지요?" 그가 넌지시 떠보았다.

흰색 수염을 한 자는 이 말을 이해하기 전 먼저 생각해 보아야 한다는 인상을 주었다. "그건 의견차였고 말할 가치도 없어요!" 그는 사자(死者)를 다정하게 관찰하며 관대하게 대답했다. 하지만 울리히가 정중하게 고집을 부리며 지금 유언이 문제라는 것을 암시하자 방안의 상황은 갑자기 긴장되었다. 이제 한 사람이 탁자 아래서 칼을 뺐고 다음 순간 일이 벌어질 것임을 온 가게가 다 아는 추잡한 술집처럼. 노인네는 죽음의 순간에도 동료 슈붕에게 불쾌감을 줄 방법을 제대로 알았던 것이다! 물론 이런 오랜 적대감은 오래전에 더 이상 감정이 아니라 사고습관이 되었다. 뭔가가 적대감이라는 정서를 막 새로 자극하지 않으면 이는 더 이상 거기에 없었고 과거의 수많은 불쾌한 과정들의 내용물이 모여 상대방을 무시하는 판단의 형태로 뭉쳐졌지만 이 판단은 선입견 없는 진리처럼 감정의 왕래와는 무관했다. 슈붕 교수는 이를 지금은 죽은 그의 공격자가 느꼈듯이 꼭 그렇게 느꼈다. 용서는 완전히 유치하고 불필요해 보였다. 죽음 전에 드는 관대한 충동은 — 게다가 이는 감정일 뿐 어떤 학문적 철회도 아니다 — 수년간의 다툼의 경험에 비하면 아무것도 입증하지 않았고 슈붕이 볼 때는 승리를 맘껏 이용하는 자신을 부당하게 보이게 하는 데 염치없이 이바지할 뿐이었으니까. 물론 이와 매우 다른 것은 슈붕 교수가 죽은 친구와 작별을 하고 싶은 마음이 들었다는 것이었다. 맙소사, 대학강사, 총각 시절부터 알고 지낸 사이였다! 자네, 부르크가르텐¹에서 저녁 태양에 건배하고 헤겔에 대해 토론했던 게 기억나나? 얼마나 많은 태양이 그 이후 가라앉았을까. 하지만 난 특히 이 태양이 기억나네! 자네, 우리의 첫 번째 학문적 논쟁을 기억하는가, 그게 벌써 그 당시에 우리를 적으로 만들 뻔했지? 얼마나 아름다웠던가! 이제 자네는 죽었고 나는 기쁘게도 아직 여기 서 있네. 비록 자네 관 옆이지만! 알다시피, 늙은이들이 같은 나이의 사람이 죽을 때 느끼는 감정은 이렇다. 얼음이 어는 나이가 되면 문학이 터져 나온다. 17세 이후로 시를 짓지 않은 인간이 77세에 유언장을 작성하게 되면 갑자기 시를 쓰는 경우가 많다. 최후의 심판 때 죽은 자들이 하나하나 호명되는 것처럼

---

1   빈 시내의 황궁인 호프부르크에 딸린 정원으로 지금은 공원으로 쓰인다.

— 비록 그들은 침몰한 배 안의 화물처럼 시간의 바닥에서 그들의 세기들과 함께 쉬고 있지만! — 유언장에서 사물들이 호명되고, 사용될 때 잃어버린 사적 특성을 돌려받는다. 이런 마지막 원고에는 "내 서재에 있는, 시가 불에 구멍이 난 부카라 양탄자", 또는 "내가 1887년 존넨샤인 & 빈터 가게에서 구입한 무소뿔 손잡이가 달린 우산"이라고 적혀 있다. 심지어 서류상자도 하나하나 번호를 붙여 호명된다.

개개의 대상들이 모두 마지막으로 이렇게 조명받는 것과 더불어, 몰락 언저리에서 다시 한번 솟아오른 이 예기치 못한 다수를 강력한 문구로 논해 줄 도덕, 경고, 축복, 법칙을 이와 연결하려는 욕구가 깨어나는 것은 우연이 아니다. 그래서 유언시간의 시와 더불어 철학도 깨어나는데, 이것이 대개 50년 전 잊어버렸다가 다시 불러낸, 먼지가 잔뜩 앉은 옛 철학임은 이해가 된다. 갑자기 울리히는 이 두 노인네 중 아무도 지려 하지 않았음을 이해했다. 몇 달 후 또는 몇 년 후 원칙들이 자신들보다 더 오래 살 것임을 알면, '삶이 하고 싶은 대로 하라지. 원칙들만 끄떡없이 남는다면!'은 아주 이성적인 욕구다. 이 늙은 궁정자문위원의 내면에서 이 두 개의 충동이 여전히 싸우고 있음이 분명히 보였다. 즉, 그의 낭만주의, 그의 젊음, 그의 시는 위대하고 아름다운 몸짓, 고상한 말을 요구했다. 반대로 그의 철학은 죽은 적이 덫으로 놓은 갑작스런 감정 착상과 일시적 감정 약화를 뚫고 이성법칙의 불가침성을 표현할 것을 요구했다. 벌써 이틀 전부터 슈붕은 상상했다. 적은 이제 죽었고 감소된 책임능력에 관한 슈붕파 견해에는 장애물이 없다고. 그래서 그의 감정은 큰 호를 그리며 옛 친구에게로 흘렀고 그는 면밀하게 수립되어 실행신호만 기다리는 군사동원계획처럼 작별 장면을 그려보았었다. 그런데 이 장면에 식초가 한 방울 떨어졌고 정화작용을 했다. 슈붕은 힘찬 움직임으로 시작했지만 이제 그에게는, 시 한가운데서 이성적이 되어 마지막 행이 더 이상 생각나지 않을 때와 같은 일이 일어났다. 이렇게 그들은 서로 마주보고 있었다. 백발의 짧은 수염을 한 자와 백발의 수염이 까칠하게 돋은 자, 둘 다 턱을 완고하게 꽉 다문 채.

'이제 그가 어떻게 할까?' 흥미진진하게 그의 연기를 관찰하던 울리히가 자문했다. 결국 궁정자문위원 슈붕의 내면에서 이제 형법 318조가 그의 제안에 따라 수용될 것이라는 기쁜 확실성이 분노에 맞서 관철되었다. 그리고 나쁜 생각에서 해방되었으므로 그는 "나는 동지가 있었지 …"라고 노래하고 싶었으리라. 지금부터 자신의 선하고 하나뿐인 감정만을 표현하려고. 그런데 그럴 수가 없자 그는 울리히에게 말했다. "나를 믿으세요, 내 친구의 젊은 아들이여, 도덕적 위기, 이것이 앞서갑니다. 사회적 타락이 그 뒤를 따르지요!" 이어 그는 아가테에게 계속했다. "부친의 위대한 점은 이상주의적 견해가 법의 토대 속에 발현되도록 거들 준비가 늘 되어 있었다는 겁니다." 이어 그는 아가테와 울리히의 손을 잡고 흔들며 외쳤다. "부친께서는 오랜 공동 작업에서 가끔씩은 불가피한 작은 의견차에 너무 큰 비중을 두었어요. 나는 예민한 법 감각을 가진 그가 스스로를 비난하지 않기 위해 그렇게 해야 했다고 늘 확신했어요. 내일 많은 교수들이 그와 작별을 하겠지만 그들 가운데 그와 같은 사람은 없을 겁니다!"

이렇게 이 사건은 화해로 끝났고 슈붕은 집을 떠나면서 울리히에게

160

학계에 발을 들여놓을 결심이라면 아버지의 친구들을 믿어도 된다고 강조했다.

아가테는 눈을 크게 뜨고 귀를 기울였고 삶이 인간에게 주는 무시무시한 마지막 형태를 관찰했다. "그건 석고나무 숲 같았어!" 그녀는 나중에 오빠에게 말했다.

울리히는 미소를 짓고 대답했다. "난 달밤의 개처럼 감상적인 느낌이었어!"

5
부당한 짓을 하다

"기억나?" 아가테가 한참 후 물었다. "오빠가 아직 아주 어렸을 때 다른 남자애들과 놀다가 엉덩이까지 물에 빠진 적이 있었어. 오빤 그걸 숨기고 싶어 했고 상체는 젖지 않기 때문에 식탁에 앉았지만 이빨이 덜덜거리는 바람에 하체가 들통나고 말았어."

소년 울리히는 방학 때 기숙학교에서 집에 올 때면, ─ 사실 한참 그런 일이 없다가 그때만 일어난 일이었지만 ─ 그리고 작게 쪼그라든 그 시체가 두 사람에게 여전히 거의 전지전능한 남자였을 때, 울리히가 자신의 잘못을, 물론 부인할 수는 없었지만, 고백하지 않고 뉘우치기를 거부하는 일이 드물지 않게 일어났다. 이런 식으로 그는 당시에도 열이 심했고 서둘러 침대에 눕혀져야 했다. "그리고 오빠는 스프만 먹어야 했어!" 이제 아가테가 말했다.

"맞아!" 오빠도 미소를 지으면서 확인했다. 지금은 더 이상 자신과 상관없는 일 때문에 벌을 받았다는 기억은 이 순간 그냥, 역시 더 이상 자신과 상관없는 작은 아이 신발이 바닥에 놓여 있는 것을 보는 듯했다.

"오빠는 열 때문에라도 스프 말고는 아무것도 먹어서는 안 되었을 거야." 아가테가 되풀이했다. "그럼에도 불구하고 그건 오빠에게 내려진 벌이기도 했어!"

"맞아!" 울리히가 다시 한번 확인했다. "물론 미움 때문이 아니라 이른바 의무이행 때문에 일어난 일이야." 그는 누이가 무슨 말을 하려는지 몰랐다. 그 자신은 여전히 아이 신발을 보고 있었다. 아니 보지 못했다. 마치 보는 것처럼 그렇게 보고 있었다. 마찬가지로, 어른이 되면서 작아져 버린 그 모욕감도 느꼈다. 그는 생각했다. '이 '더 이상 상관없다'에는 어쨌든 삶의 어느 시기에도 우리가 온전히 우리 자신 속에 들어 있을 수 없음이 표현되어 있다!'

"하지만 오빠는 안 그래도 스프 말고는 아무것도 먹어서는 안 되었을 거야!!" 아가테가 다시 한번 반복했고 이렇게 덧붙였다. "난 평생 겁이 났어, 내가 그걸 이해할 수 없는 유일한 사람일까 봐!"

서로 잘 아는 과거를 이야기하는 두 사람의 기억은 서로 보충할 뿐 아니라 발설되기도 전에 벌써 하나로 용해될 수 있을까? 이 순간 이와 비슷한 일이 일어났다! 공동의 상태는 오누이를 놀라게 했고 심지어 혼란스럽게 했다. 마치 외투 아래 예기치 않았던 곳에서 불쑥 솟아올라 뜻밖에 서로 맞잡은 손처럼. 갑자기 그들은 과거에 대해 각자 안다고 믿었던 것보다 더 많이 알게 되었고 울리히는 당시 바닥에서 벽을 타고 오르던 열의 빛을 다시 느꼈는데, 이것은 지금 그들이 서 있는 이 방에서 초들의 번쩍임이 벽을 타고 오르는 것과 유사했다. 그 후 아버지가 왔고 탁상 램프의 원추형 불빛을 첨벙첨벙 건너 침대 옆에 앉았다. "네 의식이 행위의 작용반경에 의해 본질적으로 침해를 받았니? 그러면 행위는 아마 더 온화한 빛 속에서 나타났을 게다. 하지만 넌 이를 사전에 고백해야 했다!" 아마 그것은 유언장이나 318조에 관한 편지에서 나와 그의 기억에 밀어 넣어진 말들이었을 것이다. 그 외에는 세부사항도, 단어도 기억나지 않았다. 그래서 전체 문장그룹이 갑자기 그의 기억 속에 모습을 나타냈다는 것은 아주 비상한 일이었고 이는 그의 앞에 서 있는 누이와 연관되어 있었는데, 마치 그의 내면에 이 변화를 불러온 것이 그녀가 옆에 있음인 듯했다. "네게 강요된 모든 필연성과 무관하게 네가 자발적으로 악한 일을 하도록 할 힘이 네게 있었다면 넌 네가 죄를 지었다는 것도 통찰해야 한다!" 울리히는 계속해서 말했고 이렇게 주장했다. "아빠는 틀림없이 네게도 이렇게 말했을 거야!"

"완전히 똑같이는 아닐 거야." 아가테가 수정했다. "아빠는 내게는 '내 내적 기질에서 연유하는 사죄'를 허용했거든. 아빠는 항상 의욕이 사고와 연결된 행위이지 본능적인 행동은 아니라고 훈계했어."

"그건 의지다." 울리히가 인용했다. "의지는 오성과 이성이 매우 발달한 경우에는 욕망 내지는 충동을 숙고와 그에 따르는 결심의 형태로 굴복시켜야 한다!"

"그게 사실이야?" 누이가 물었다.

"왜 묻는 거야?"

"아마 내가 멍청해서."

"넌 멍청하지 않아!"

"나는 늘 배우는 게 힘들었고 올바로 이해하지 못했어."

"그건 증거가 아니야."

"그럼, 내가 아마 못된 걸 거야. 이해한 것을 내 속에 수용하지 않으니까."

그들은 슈붕 교수가 나가면서 열어 놓은 옆방으로 난 문의 문설주에 나란히 기대어 마주보고 서 있었다. 낮의 빛과 초의 빛이 그들의 얼굴 위에서 유희했고 그들의 목소리는 응답가처럼 교차했다. 울리히는 계속 문장들을 선창했고 아가테의 입술이 뒤따르도록 놔두었다. 이해력이 없는 어린 시절의 부드러운 뇌 속으로 가혹하고 낯선 질서가 주입될 때 느꼈던 훈계의 고통은 그들에게 만족감을 주었고 그들은 그것을 가지고 유희했다.

그 전에 직접적 계기가 될 만한 말이 없었는데도 갑자기 아가테가 소리쳤다. "그걸 그냥 모든 것으로 확장시켜 생각해 봐. 그게 고틀립 하가우어야!" 그리고 그녀는 어린 학생처럼 남편을 흉내 내기 시작했다. "오류로 가득 찬 수천 년간의 고된 작업을 통해 한 걸음 한걸음 인류를 오늘날의 인식 상태로 데려온 귀납(歸納)이라는 동일한 힘든 과정을 충실한 지도자의 손에 이끌려 거치지 않고 어떻게 우리가 전진할 수 있나!" "사랑하는 아가테, 당신은 사고가 도덕적 과제이기도 함을 통찰할 수 없어? 집중한다는 것은 자신의 편안함을 끊임없이 극복한다는 것을 의미해." "정신적 훈육은 정신의 훈련을 의미하고 이 훈련 덕분에 인간은 일련의 긴 사고를 자신의 착상에 대해 끊임없이 회의하면서 이성적으로, 즉 완벽한 삼단논법을 통해, 추론사슬과 연쇄

추론을 통해, 귀납이나 방증추론을 통해 철저히 연구하고 종국에 얻은 판단을 모든 사고가 서로 들어맞을 때까지 검증할 수 있는 위치에 있게 돼!" 울리히는 누이의 기억력에 놀랐다. 교사가 말할 법한 문장들을 어디선지는 모르겠지만 아마 책에서 습득해서 말하고 흠잡을 데 없이 암송하는 것이 아가테에게 걷잡을 수 없는 즐거움을 주는 듯했다. 그녀는 하가우어가 이렇게 말한다고 주장했다.

울리히는 그 말을 믿지 않았다. "어떻게 그냥 대화 중에 나온 그렇게 길고 복잡한 문장을 기억할 수 있지!?"

"그건 내게 새겨졌어." 아가테가 대답했다. "난 원래 그래."

"알기나 해", 울리히가 놀라서 물었다. "방증추론이나 검증이 무엇인지?"

"몰라!" 아가테가 웃으면서 시인했다. "그도 그걸 그냥 어디서 읽었을 거야. 하지만 그는 이렇게 말해. 난 그걸 그의 입에서 듣고 일련의 의미 없는 단어처럼 암기했지. 분노 때문이라고 생각해. 그냥 그가 그렇게 말했기 때문이지. 오빠는 나와는 달라. 내 속에서는 사물들이 머물러 있어. 내가 그것들로 무엇을 해야 할지 모르기 때문이야. 그건 내 좋은 기억력이야! 난 멍청하기 때문에 기억력은 끔찍이도 좋지!" 신이 나서 계속 말하려면 떨쳐 버려야 하는 슬픈 진실이 그 안에 놓여 있다는 듯한 태도였다. "하가우어는 심지어 테니스에서도 그래. '내가 테니스를 배울 때 그때까지 만족스런 궤적을 그린 공을 특정한 방향으로 보내기 위해 처음으로 의도적으로 특정한 모양으로 라켓을 잡으면 나는 현상의 진행과정에 개입한다. 즉, 나는 실험을 한다!'"

"그가 테니스를 잘 쳐?"

"내가 6 대 0으로 이겨."

그들은 웃었다.

"너 아니?", 울리히가 말했다. "하가우어의 말이 객관적으로는 모두 옳다는 걸! 그냥 우스울 뿐이지."

"옳을 수 있겠지." 아가테가 대답했다. "난 그걸 이해하지 못하니까. 하지만 한번은, 있잖아, 그의 학교의 소년 하나가 셰익스피어 한 대목을 단어 그대로 이렇게 번역했어.

'비겁자는 죽음 전에 여러 번 죽는다

용감한 자는 죽음을 한 번 말고는 결코 맛보지 않는다.

내가 들은 온갖 놀라운 일들 가운데

인간이 두려워해야 한다는 것이 내게는 너무나 이상해 보인다

죽음, 필연적 종말이

오고 싶을 때 오리라는 것을 볼 때.'

그는 이것을 이렇게 고쳤어. 내 눈으로 노트를 보았거든.

'비겁자는 죽기 전에 벌써 여러 번 죽는다!

용감한 자는 한 번만 죽음을 맛본다.

내가 일찍이 들은 온갖 놀라운 일들 가운데

내게 가장 큰 ⋯ .' 슐레겔 번역의 딸랑이에 따라 이렇게 계속돼!

그런 대목을 또 하나 알아! '핀다르'라고 생각되는데, 이런 내용이야. '자연의 법칙, 모든 유한한 것과 무한한 것의 왕이 지배한다, 가장 폭력적인 것을 승인하면서, 전지전능한 손으로!' 그는 여기에 '마지막 손질'을 했어. '모든 유한한 것과 무한한 것을 지배하는 자연의 법칙

은 전지전능한 손으로 주재한다. 가장 폭력적인 것도 승인하면서.'"

"그런데 아름답지 않아?"—그녀가 물었다—"하가우어가 만족하지 못했던 그 어린 학생이 흩어진 돌무더기마냥 놓여 있는 그 단어들을 말 그대로 그리고 소름끼치게 번역했다는 게?" 그녀는 되풀이했다. "비겁자는 죽음 전에 여러 번 죽는다, 용감한 자는 죽음을 한번 말고는 결코 맛보지 않는다, 내가 들은 온갖 놀라운 일들 가운데, 인간이 두려워해야 한다는 것이 내게는 너무나 이상해 보인다, 죽음, 필연적 종말이, 오고 싶을 때 오리라는 것을 볼 때 … !"

그녀는 한 손으로 문설주를 나무둥치인 양 감쌌고 이 거칠게 깎인 시구를 있는 그대로 너무나 야성적이고 아름답게 외쳤다. 왜소해진 고인이 젊음의 자부심을 반사하는 그녀의 두 눈길 아래 있다는 것에는 전혀 아랑곳하지 않고.

울리히는 이마를 찌푸린 채 누이를 응시했다. '옛 시를 매끄럽게 펴지 않고 풍화되어 반쯤 파괴된 의미 그대로 두는 인간은 코가 없는 옛 조각상에 절대 새 대리석 코를 붙이지 않을 사람과 같은 사람이다.' 그는 생각했다. '그걸 멋에 대한 감각이라 부를 수도 있을 테지만 그건 아니야. 빠진 부분이 전혀 거슬리지 않을 정도로 상상력이 활발한 사람도 아니야. 오히려 완전함에 아무런 가치도 두지 않고 그래서 또 느낌이 '완전하기'를 바라지도 않는 인간이지. 그녀는 키스도', 그는 갑작스레 방향을 바꾸어 추론했다. '곧장 온몸으로 허물어져 내리지 않으면서 했을 거야!' 이 순간 그녀가 결코 '어떤 것 속에 완전히 들어 있지 못하다'는 것을, 그녀가 그와 마찬가지로 '열정적 미완성작'의 인간이라는 것을 아는 데 이 열정적 시구 말고는 누이에 대해 아무것도 알 필요가 없는 듯 보였다. 이에 그는 심지어 자신의 본성의 다른 절반, 절제와 자제를 요구하는 절반마저 잊었다. 지금 그는 누이에게 확실히 말할 수 있었으리라. 그녀의 행동 중 어떤 것도 그녀의 주변 환경과 어울리지 않고 모두 최고로 의심스러운 매우 넓은 환경에, 심지어 정말 시작도 끝도 없는 환경에 달려 있다고. 그리고 이로써 첫날 저녁의 모순에 가득 찬 인상들은 유리한 해명을 얻게 될 터였다. 하지만 습관이 된 그의 신중함이 훨씬 더 강했고 그는 호기심에 찬 채, 심지어 의심의 여지를 두고서, 아가테가 그녀가 올라간 그 높은 가지에서 어떻게 내려올지를 지켜보았다. 그녀는 여전히 팔을 문설주에 대고 높이 쳐든 채 거기에 서 있었는데, 한순간만 더 길어도 전 과정을 망칠 수 있었다. 그는 화가나 감독에 의해 태어난 듯 행동하거나, 아가테의 것과 같은 흥분이 지나가면 지극히 기교적인 약주(弱奏)로 끝을 맺는 여자들을 혐오했다. '아마 그녀는', 그는 숙고했다. '깨어난 영매처럼 갑자기 약간 멍청하고 몽유병자 같은 표정을 지으면서 열광의 정상에서 미끄러져 내려올 거야. 그 밖에 다른 방법이 없을 것이고 이것도 약간 창피할 거야!' 하지만 아가테 스스로 이를 아는 듯했다. 또는 자신을 노리는 위험을 오빠의 시선 속에서 짐작한 듯했다. 그녀는 높은 가지에서 유쾌하게 뛰어내려 두 발로 섰고 울리히에게 날름 혀를 내밀었다.

하지만 그 후 그녀는 진지하고 말이 없어졌고 더 이상 한마디도 하지 않았고 훈장을 가지러 갔다. 이렇게 오누이는 아버지의 마지막 뜻에 반하는 행동을 개시했다.

아가테가 그 일을 실행에 옮겼다. 울리히는 무방비로 누워 있는 노인네를 건드리는 것에 혐오감을 보였지만 아가테는 부당한 짓을 하지만 부당하다는 생각 자체가 들지 않게 하는 방식이 있었다. 이때 그녀의 시선과 손의 움직임은 병자를 돌보는 여자와 비슷했고, 때로는 주인이 보고 있는지 확인하려고 놀이를 멈추는 어린 동물의 감동적 천진함도 있었다. 주인은 떼어낸 훈장을 받아들었고 대체물을 건네주었다. 그는 심장이 가슴에서 튀어나오는 도둑이 떠오른다고 느꼈다. 그러면서 별들과 십자가가 그의 손안에서보다 누이의 손안에서 더욱 생기 있게 빛을 발하고 심지어 곧장 마법의 물건이 된다는 인상을 받았다면 이는 커다란 관엽식물들의 반사광으로 가득 찬 암녹색의 방안에서 실제로 그랬을 수도 있지만 그가 머뭇머뭇 앞서가는 누이의 의지를 느꼈다는 데서 연유했을 것이다. 누이의 의지는 그의 의지를 혈기왕성하게 사로잡았다. 그리고 그 속에서 어떤 의도도 인식할 수 없었기 때문에, 그 무엇과도 섞이지 않은 감동의 이 순간 다시 그들 둘의 존재에 대한 거의 확장되지 않는 그리고 그 때문에 아무런 특성 없이 강렬한 감정이 생겨났다.

그때 아가테는 하던 일을 중단했고 그것으로 끝이었다. 아직 어떤 일 하나만 일어나지 않았는데, 잠시 숙고한 후 그녀는 미소를 지으며 말했다. "각자 아름다운 말을 쪽지에 적어 그의 호주머니에 넣지 않을래?" 울리히는 이번에는 곧장 그녀의 말을 이해했고 — 이런 공동의 기억이 많지는 않았으니까 — 그녀가 특정한 나이에 슬픈 시구(詩句)나, 누군가가 죽거나 모두에게서 잊히는 이야기를 매우 좋아했다는 것이 생각났다. 이를 유발한 것은 아마 그들이 어린 시절에 겪었던 외로움이었을 테고 그들은 종종 함께 이야기를 지어내기도 했다. 하지만 당시에도 이미 아가테는 또 이런 이야기를 실행에 옮기기를 좋아했던 반면 울리히는 더 남자다운 모험, 무모하고 잔인한 일에만 앞장을 섰다. 그래서 각자 손톱을 잘라 정원에 묻기로 한 그들의 결심은 아가테에게서 시작되었고 그녀는 또 그들의 금발 머리카락 몇 올을 손톱에 보탰다. 울리히는 100년이 지나 누군가 이를 발견하고 누가 그랬을까 하고 놀라서 물을 것이라고 자랑스럽게 설명했는데, 후세에 뭔가를 남기려는 의도에 영향을 받은 탓이었다. 이에 반해 작은 아가테는 그런 것보다 매장이 더 중요했다. 그녀는 자신의 일부를 숨기고 세상의 감시에서 지속적으로 벗어난다는 감정을 가졌다. 아가테는 세상의 교육적 요구를 중요하게 여기지 않으면서도 이에 주눅이 든다고 느꼈다. 마침 당시에 하인들을 위한 작은 살림집이 정원 가장자리에 지어지고 있었으므로 그들은 뭔가 특별한 것을 하기로 약속했다. 그들은 멋진 시구를 두 장의 쪽지에 쓰고 그들이 누구인지를 덧붙이기로 했고 이것은 집의 벽 안에 들어갈 예정이었다. 하지만 특별히 아름다워야 할 시구를 쓰기 시작했을 때 하루가 지나고 이틀이 지나도 아무것도 떠오르지 않았고 벽은 벌써 기초 위에서 자라고 있었다. 마침내 시간이 촉박하자 아가테는 산수 책에서 한 문장을 베껴 썼고, 울리히는 "나는 …"이라고 썼고 그 다음에 그의 이름이 왔다. 그럼에도 불구하고 그들이 정원에서 공사 중인 두 미장이에게 접근했을 때 그들의 심장은 지독히도 뛰었고 아가테는 자신의 쪽지를 그냥 그녀가 서 있던 구덩이에 던지고는 도망쳤다. 키가 더 컸고 남자였던 울리히는 당연히, 미장이들이 그를 제지하고 뭘 하려는 것이냐고 놀라서 물을까 봐 더 두려웠고 흥분 때문에 팔도, 다리도 전혀 움직일 수가 없었다. 결국, 아무 일도 당하지 않아 더 용감해진 아가테가 되돌아와 그의 쪽지도 가져갔다. 그녀는 이제 별 생각없는 산책자인 척하면서, 누군가가 나가라고 하기 전에, 막 쌓아진 줄의 맨 끝에 있는 벽돌 하나를 살펴보았고 그것을 들추었고 울리히의 이름을 벽 속에 밀어 넣었다. 그 사이 울리히 본인은 머뭇머뭇 그녀를 뒤쫓았고 행위의 순간에 무섭게 그를 조인 답답함이 날카로운 칼이 달린 바퀴로 변하는 것을 느꼈는데, 이 바퀴는 그의 가슴 속에서 너무나 빨리 돌아서 다음 순간, 터지는 폭죽처럼 사방으로 불꽃을 내뿜는 태양이 되었다. 아가테는 이 사건을 암시했던 것이고 울리히는 한참동안 대답하지 않았고 그냥 거부하는 미소만 지었다. 죽은 자를 두고 그런 놀이를 되풀이하는 것이 허용되지 않은 듯 여겨졌기 때문이었다.

그때 아가테는 이미 허리를 숙였고, 허리띠에 무리를 주지 않기 위해 다리에 차고 있던 넓은 비단 스타킹밴드를 벗었고 화려한 관 뚜껑을 열었고 그것을 아버지의 주머니에 밀어 넣었다.

울리히? 그는 다시 살아난 이 기억에 우선은 자신의 눈을 믿지 못했다. 그렇지 않았다면 거의 그쪽으로 몸을 날려 그 일을 막았으리라. 그건 그냥 모든 질서에 전적으로 반했으니까. 하지만 그 후 그는 누이의 눈 속에서 낮에 벌어지는 일의 혼탁함이 아직 떨어지지 않은 이른 아침 이슬의 깨끗한 신선함이 번쩍이는 것을 보았고 이것이 그를 제지했다. "무슨 짓을 하는 거야?!" 그는 나지막하게 경고하며 말했다. 고인에게 부당한 일이 일어났기 때문에 그녀가 그와 화해하려는 것인지 아니면 고인 자신도 너무 많은 부당한 일을 했으므로 그녀가 그에게 뭔가 좋은 것을 주려는 것인지 그는 몰랐다. 그녀에게 물어볼 수도 있었을 테지만 싸늘하게 식은 고인에게 딸의 다리에서 따뜻해진 스타킹밴드를 준다는 야만적 표상은 안에서부터 그의 목구멍을 막았고 그의 뇌 속에 온갖 무질서를 야기했다.

6
노인네가 마침내 안식을 얻다

장례식까지 남은 짧은 시간은 수없이 많은 자잘한 비일상적 과제들로 채워졌고 재빨리 전진했고 결국 고인이 출발하기 전 마지막 30분은 검은 실처럼 매시간 오는 조문객들로 인해 검은 축제가 되었다. 장의사 직원들은 이전보다 더 많이 망치질을 했고 파헤쳤고 — 일단 목숨을 맡기면 그 후부터는 참견해서는 안 되는 외과의사처럼 진지하게 — 장엄한 감정의 판자다리를 집의 나머지 부분의 범접할 수 없는 일상성을 관통해 깔았는데, 이 다리는 대문에서 계단을 거쳐 고인이 안치된 방으로 이어졌다. 꽃, 관엽식물, 검은색 천 휘장과 크레이프 휘장, 은색 촛대, 떨리는 불꽃의 작은 황금색 혓바닥, 이것들이 조문객을 맞았고 이것들이 자신들의 과제를 울리히와 아가테보다 더 잘 알았다. 그들은 고인에게 마지막 예를 취하러 온 모든 방문객을 집의 이름으로 맞아야 했는데, 아버지의 늙은 하인이 특별히 지위가 높은 손님들을 넌지시 알려주지 않으면 이들이 누구인지도 거의 몰랐다. 모습을 보인 이들은 모두 그들 옆으로 미끄러져 다가왔고 미끄러져 물러갔고 공간 속 어딘가에 개별적으로 또는 작은 무리를 이루어 닻을 내렸고 움직임 없이 오누이를 관찰했다. 진지한 극기(克己)의 표정이 오누이의 얼굴 위로 뻣뻣하게 번져 갔고 마침내 운구차 책임자 또는 운구회사 소유주가 ― 서식용지를 들고 울리히를 알현했고 이 마지막 30분 동안 최소한 스무 번은 계단을 오르내렸던 그 남자 ― 울리히에게 접근하더니 중대성을 신중하게 내비치면서 모든 것이 준비되었다고 보고했다. 분열 행진 시에 부관이 장군에게 하듯이.

장례행렬이 장엄하게 시내를 통과해 지나가도록 되어 있기 때문에 차는 나중에서야 탔다. 울리히는 맨 앞에 서서, 귀족원 회원의 영면에 경의를 표하기 위해 몸소 모습을 나타낸 황실 대리인을 옆에 대동하고 나머지 사람들을 이끌어야 했고 울리히의 다른 편에는 역시 지위가 높은 신사, 즉 세 명으로 구성된 귀족원 사절단의 가장 연장자가 걸어갔다. 그 뒤로는 다른 계급을 대표하는 두 명의 신사가 걸어갔고 그 다음에 대학총장과 평의회가 왔으며 이들 뒤에야 비로소, 하지만 앞에서부터 뒤에까지 천천히 품위가 낮아지는 다양한 공적 인물들의 끝없는 실크해트 행렬 전에, 아가테가 관청의 높은 인물들 사이에서 검은 여자들에 둘러싸여, 분배된 사적 고통이 점하는 그 지점을 표시하며 걸어갔다. '그냥 같이 슬퍼하는 자'의 격식 없는 참가는 공적 성격의 참가자 뒤에서야 비로소 시작되었으며 심지어 참가자가 늙은 하인 부부 뿐이었다고도 할 수 있는데, 이들은 외로이 행렬 뒤에서 걸어갔다. 이렇게 주로 남자들의 행렬이었고 아가테 옆에는 울리히가 아니라 남편 하가우어 교수가 걸어갔고 입술 위에 뻣뻣한 송충이가 붙은, 붉은 사과 같은 그의 얼굴은 그사이 그녀에게 낯설어졌고 그를 몰

래 엿볼 수 있게 해주는 그녀의 두꺼운 검정 베일 뒤에서 암청색으로
보였다. 그동안 많은 시간 늘 누이와 함께였던 울리히 자신은 대학 설
립 당시부터 전해 내려오는 태고의 장례절차가 자신에게서 그녀를 빼
앗았다는 감정이 들었고 그녀가 그리웠지만 한번 뒤돌아볼 수도 없었
다. 그는 그녀를 다시 보면 건넬 농담을 하나 생각해 냈지만 그의 생
각은 황실 대리인 탓에 자유를 빼앗겼다. 대리인은 침묵하며 위풍당
당하게 그의 옆에서 걸어갔지만 그래도 가끔씩 나지막이 그에게 말을
건넸고 그는 이를 들어야 했다. 이 모든 각하들에서 총장과 학장에 이
르기까지 모두가 그에게 주의를 기울였는데, 그가 라인스도르프 백
작의 그림자로 통했고 점차 도처에서 백작의 애국운동에 보내는 불신
이 그에게 명성을 부여했기 때문이었다.

　게다가 도로변이나 창문 뒤에 호기심 어린 사람들이 모여 서 있었
고 그는 그냥 연극공연 때처럼 한 시간 안에 모든 것이 지나갈 것임을
알았지만 그래도 이날 사건들을 특히 더 생생하게 실감했고 그의 운
명에 대한 일반의 관심은 무거운 가장자리 장식이 달린 외투처럼 그
의 어깨 위에 얹혀 있었다. 처음으로 그는 전통의 곧은 자세를 느꼈
다. 도로변에 모인 대중의, 파도처럼 장례행렬을 앞질러 간 충격, ―
그들은 수군거렸고 입을 다물었고 다시 안도의 숨을 내쉬었다 ― 성
직자의 마법, 흙덩이가 목재 위에서 둔중하게 덜거덩거리는 소리, ―
이것이 다가오는 것이 느껴졌다 ― 행렬의 정체된 침묵, ― 이것은 육
체의 갈빗대를 태고의 악기인 양 켰다 ― 그리고 울리히는 내면에서
뭐라 서술할 수 없는 반향을 느끼며 경탄했는데, 그 반향의 진동 속에
서 그의 몸이, 마치 그가 그를 둘러싼 장중함에 실제로 들어 올려진

듯, 곧추섰기 때문이었다. 그리고 그는 자신이 이날 다른 사람들에게 평소보다 더 근접한 것처럼 곧장, 절반은 잊힌 채 현재에 수용된 허례의 원래 의미에 걸맞게 이 순간 실제로 위대한 권력의 상속자로서 걸어간다면 어떻게 다를까 상상했다. 이 생각을 하자 슬픈 것은 사라졌고 죽음은 끔찍한 사적 일이 아니라 공공의 축제에서 벌어지는 통과의례가 되었다. 늘 존재하던 인간이 사라진 후 처음 며칠간 뒤에 남겨진 그 끔찍하게 노려보는 구멍은 더 이상 벌어지지 않았고 벌써 후계자가 고인 대신 걸어갔고 대중은 그를 향해 숨을 쉬었으며 장례식은 동시에, 이제 칼을 넘겨받고 처음으로 전임자 없이 혼자 그 자신의 종말을 향해 나아가는 자를 위한 성년식이었다. '난', 울리히는 자기도 모르게 생각했다. '아버지의 눈을 감겨 드려야 했어! 그를 위해서나 나를 위해서가 아니라 ….' 그는 이 생각을 끝까지 이어갈 수 없었지만 그가 아버지를 좋아하지 않았고 아버지도 그를 좋아하지 않았다는 사실은 이 질서에 비하면 개인의 중요성을 자잘하게 과대평가하는 것으로 여겨졌으며 도대체 죽음 앞에서 사적인 사고는 무의미함이라는 김빠진 맛이 난 반면, 이 순간 의미심장한 것은 전부 인간골목을 천천히 나아가는 행렬이 만든 거대한 육체에서 연유하는 듯했다. 물론 이 육체에는 게으름, 호기심, 생각 없는 동참도 섞였지만.

그래도 음악은 계속 연주되었고 밝고 맑고 멋진 날이었고, 울리히의 감정은 축제행렬에서 성소(聖所) 위에 드리운 천막덮개처럼 이리저리 흔들렸다. 가끔씩 울리히는 그의 앞에서 달리는 운구차의 유리창을 보았고 그 속에서 모자를 쓴 자신의 머리와 어깨를 보았으며 때때로 문장(紋章)으로 장식된 관 옆 차량바닥에서 제대로 닦아 내지 않은 작고 오래된 이전 장례식의 왁스비늘을 알아보았다. 그러자 아버지가 그냥 아무 생각 없이 불쌍해졌다. 거리에서 차에 치여 죽은 개처럼. 이어 그의 시선은 촉촉해졌고 수많은 검정색을 넘어 길가에 선 구경꾼들에 닿자 그들은 다발로 묶인 알록달록한 꽃처럼 보였으며, 모든 날들을 여기서 살았고 게다가 장엄함을 그보다 훨씬 더 좋아했던 그 남자가 아니라 그, 울리히가 지금 이 모든 것을 본다는 표상은 너무나 독특해서 아버지가 당신이 일반적으로 좋다고 여긴 세상에서 물러나 여기 없다는 것이 참으로 불가능하게 여겨졌다. 그것은 진심으로 감동적이었지만 울리히는 가톨릭 행렬을 묘지로 이끌고 질서를 유지한 장례업자가 키가 크고 건장한 30대 유대인이라는 것도 놓치지 않았다. 그는 긴 금발 턱수염으로 멋을 냈고 여행 가이드처럼 주머니에 서류들을 갖고 있었고 앞뒤로 서둘러 움직였으며 여기서는 마구(馬具)를 손가락으로 살짝 정돈했고 저기서는 음악가들에게 뭔가를 속삭였다. 이에 울리히는 아버지의 시체가 마지막 날 집에 있지 않고 매장 바로 직전에 집으로 돌아왔음을 떠올렸다. 학문을 위해 자신의 몸을 쓰도록 한, 자유로운 연구정신에 고취된 유언에 따른 것이었는데, 노인네를 이 해부 집도 직후 대충 다시 꿰매 놓았을 것임은 의심의 여지가 없었다. 거기, 그러니까 울리히의 모습을 반사한 유리창 뒤에 엉터리로 꿰맨 물건이 위대하고 아름답고 장엄한 상상력의 중심점으로서 함께 굴러가고 있었다. '훈장 없이 아니면 훈장과 함께!' 울리히는 당황해서 자문했다. 그는 더 이상 거기에 대해 생각해 보지 않았고 닫힌 관이 집으로 돌아오기 전 해부실에서 아버지에게 다시 옷을 입혔는지 몰랐다. 아가테의 스타킹밴드의 운명도 불분명했다. 사람들이 그것을 발견했을 수도 있었고 그는 학생들의 농담을 상상할 수 있었다. 이 모든 것은 너무나 창피했고 현재의 항변들이, 한순간 살아 있는 꿈의 매끄러운 껍데기로 거의 완성되었던 그의 느낌을 다시 수많은 세부사항들로 해체했다. 그는 그냥 부조리만을, 인간적 질서와 그 자신의 질서의 혼란스런 동요만을 느꼈을 뿐이었다. '나는 이제 세상에서 완전히 혼자야 ⋯ .' 그는 생각했다. '닻이 끊어졌어. 난 솟아올라!' 지금 인간담장 사이를 걸어가는 동안 그의 감정은 아버지의 부고를 받았을 때 처음으로 받은 인상에 대한 기억이라는 옷을 입었다.

7
클라리세의 편지가 당도하다

울리히가 지인 아무에게도 주소를 남기지 않았지만 클라리세는 발터를 통해 주소를 알아냈다. 발터에게 그것은 자신의 어린 시절만큼이나 친숙했다.

그녀는 이렇게 썼다.

"나의 사랑스런 **자**, 나의 비겁한 **자**, 나의 **자**!

넌 **자**가 무엇인지 아니? 난 그걸 알아내지 못했어. 발터는 아마 약한 **자**일 거야('자'라는 음절에는 전부 두꺼운 밑줄이 쳐져 있었다).

내가 술에 취해 네게 갔다고 생각해?! 난 취할 수가 **없어**! (나보다 먼저 남자들이 취하지. **특**이한 일이야.)

하지만 난 네게 무슨 말을 했는지 모르겠어. 기억할 수가 없어.

내가 말하지 않은 것을 말했다고 상상하지는 마. 난 그걸 말하지 않았어.

하지만 그건 편지가 될 거야, 곧! 그 전에. 넌 꿈이 어떻게 열리는지 알지. 꿈을 꾸면 너는 알아, 가끔씩. 넌 벌써 거기 있었고 그 인간과 이미 한 번 이야기했다는 걸, 또는… 그건 마치 네가 기억을 되찾기라도 한 것 같아.

난 내가 깨어났음을 깨어 있는 상태에서 알아.

(난 잠 친구들이 있어.)

넌 대체 모스브루거가 누군지 지금도 알고 있니? 네게 얘기를 하나 해주어야 해.

갑자기 그의 이름이 다시 등장했어.

음악적인 세 음절.

하지만 음악은 현기증이야. 음악 혼자 있으면. 하지만 음악이 얼굴과 연결되면 담장들이 흔들리고 현재의 무덤에서 미래의 사람들이 일어나. 난 이 음악적인 세 음절을 그냥 듣기만 한 건 아니야. 보기도 했어. 그것들은 기억에서 **솟아올랐어.** 넌 순식간에 알게 돼, 그것들이 솟아오른 거기에 여전히 뭔가 다른 게 있다는 걸! 나는 한번은 모스브루거에 관해 너의 백작에게 편지를 썼지. 그런 걸 어떻게 잊을 수가 있어! 이제 나는 사물들이 서 있고 인간들이 걸어가는 세상을 들으면서 봐. 네가 항상 알고 있는 세상이지만 **소리가 눈에 보이지.** 난 그걸 분명히 서술할 수가 없어. 그 가운데 우선 세 음절만 솟아올랐으니까. 이해하겠어? 이에 대해 말하는 게 아직은 너무 이를 거야.

나는 발터에게 말했어. '난 모스브루거를 알고 싶어!'

발터가 물었어. '모스브루거가 대체 누구지?'

난 대답했어. '울로의 친구, 살인자.'

우리는 신문을 읽고 있었어. 아침이었고 발터는 벌써 사무실로 가야 했어. 기억 나, 우리 셋이 모두 한번 신문을 읽었다는 걸? (넌 기억력이 **나빠**, 넌 기억하지 **못할 거야!**) 난 발터가 준 신문의 일부를 펼쳤지, 한 팔은 왼쪽에서, 한 팔은 오른쪽에서. 갑자기 난 단단한 나무토막을 느끼고 십자가에 못 박혀 있어. 난 발터에게 물어. '부트바이스 근처에서 난 열차사고 기사가 어제서야 신문에 나지 않았어?'

'응' 그가 대답해. '왜 묻지? 작은 사고였어, 한 명인가 두 명이 죽었어.'

한참 후 내가 말했어. '미국에서도 사고가 났거든. 펜실베이니아가 어디에 있지?'

그는 몰라. '미국에', 그가 말해.

난 말하지. '기관사는 절대 의도적으로 열차를 충돌하게 하지는 않아!'

그는 나를 바라보지. 그가 내 말을 이해하지 못한다는 걸 알 수 있었어. '물론 아니지'라고 그가 말해.

나는 왜 지그문트가 우리에게 오느냐고 물어. 그는 분명하게는 알지 못해.

그런데 봐, 물론 기관사는 기차를 악한 의도에서 충돌하게 하지 않아. **하지만 그게 아니라면 왜 그렇게 하지?** 내가 말해 줄게. 전 지구에 퍼져 있는 선로, 전환기, 신호의 무시무시한 그물 속에서 우리 모두는 양심의 힘을 잃어. 다시 한번 우리를 점검하고 다시 한번 우리의 과제에 주의를 기울일 유능함이 있다면 우리는 늘 꼭 필요한 것은 행하고 불행은 피할 테니까. **불행은 우리가 마지막 걸음을 떼기 전에 멈추는 거야**!

물론 발터가 그걸 당장 이해했으리라 기대해서는 안 돼. 난 내가 이 무시무시한 양심의 힘에 다다를 수 있다고 생각해. 그리고 난 눈을 감아야 했어. 발터가 그 속에서 번개를 알아차리지 못하도록.

이 모든 이유로 난 모스브루거를 알게 되는 것이 내 의무라고 생각해.

내 오빠 지그문트가 의사라는 거 알지. 그가 날 도와줄 거야.

난 그를 기다렸어.

일요일에 그가 우리 집에 왔어.

누군가에게 소개되면 그는 말하지. '하지만 전 … 도 아니고 음악적이지도 않습니다.' 그의 위트야. 지그문트라는 이름 때문에 유대인으로도, 음악적이라고도 간주되고 싶지 않은 거지. **그는 바그너 황홀경 속에서 잉태되었어**. 그가 이성적 대답을 하도록 하는 건 불가능해. 내가 설득하는 동안 그는 터무니없는 말만 웅얼거렸어. 그는 새에게 돌을 던졌고 지팡이로 눈〔雪〕을 찔렀어. 또 삽으로 눈을 치워 길을 내려 했어. 그는 우리 집에 자주 일하러 와. 아내와 아이들이 있는 집에 있고 싶지 않기 때문이라고 말하지. 네가 그를 한 번도 만나지 못했다는 게 이상해. '너희는 악의 꽃과 채소밭이 있어!'라고 그는 말해. 난 그의 귀를 잡아당기고 갈빗대를 쿡쿡 찌르지만 소용이 없어.

그 후 우리는 집 안으로 들어가서 발터에게 가. 물론 그는 피아노 옆에 앉아 있어. 지그문트는 외투를 팔 아래 끼고 있었고 손은 온통 더러웠어.

'지그문트', 나는 발터 앞에서 그에게 말했어. '오빠는 언제 음악을 이해하지?'

그는 히죽히죽 웃었고 이렇게 대답했어. '전혀 안 하지.'

'오빠 자신이 내면에서 음악을 **연주하면 돼.**' 나는 말했어. '언제 오빠는 한 인간을 이해하지? 그 인간과 함께하면 돼.' **함께한다!** 이건 커다란 비밀이야, 울리히! 너는 그 사람과 같아야 해. 하지만 너는 그 사람 안으로 **들어가는** 게 아니라 그가 네 안으로 **넘어와야** 해! 우리는 **넘어오도록** 구원해. 이건 **강한 형식이야!** 우리는 인간들의 행동에 **간섭하지만** 그 행동을 **완수하고** 그걸 넘어서지.

미안해! 너무 많이 적어서. 하지만 기차는 양심이 마지막 발걸음을 떼지 않기 때문에 충돌해. 끌어당기지 않으면 세계들은 솟아오르지 않아. 이에 대해서는 다음번에 더 이야기할게. **천재적 인간은 공격할 의무가 있어!** 그럴 수 있는 불가사의한 힘이 있어! 하지만 지그문트, 그 비겁자는 시계를 보았고 저녁 먹을 시간이라고 했어. 집에 가야 한다고. 봐, 지그문트는 늘 자기 직업의 능력을 그다지 좋게 생각하지 않는 경험 많은 의사의 권태와, 정신적 전통의 피안에서 벌써 단순함의 위생과 정원일로 되돌아온 이 시대 인간의 권태 중간에 머물러. 하지만 발터가 외쳤어. '맙소사, 왜 너희는 그런 일에 대해 이야기하지? 도대체 이 모스브루거에게 뭘 원하지!' 그게 도움이 되었어.

이제 지그문트가 말했거든. '정신병자거나 범죄자거나, 그건 맞아. 하지만 클라리세가 그를 개선할 수 있다고 상상한다면? 난 의사고, 병원 성직자에게도 그런 공상을 허락해야 해! 그녀가 '구원한다'

고 말하지? 그런데, 왜 그를 보는 것도 안 되지?'

그는 바지의 먼지를 털었고 짐짓 평온한 태도를 취했으며 손을 씻었어. 그 후 저녁을 먹으면서 우리는 약속을 다 정했어.

우리는 이미 프리덴탈 박사에게도 갔어. 그가 아는 조수야. 지그문트는 나를 거짓 직함으로 들여보내는 데 책임을 지겠다고 드러내놓고 말했어. 내가 저술가고 그 남자를 보고 싶어 한다고.

하지만 그건 실수였어. 그렇게 털어놓고 물으면 상대방은 안 된다고 말할 수밖에 없거든. '만약 당신이 셀마 라겔뢰프2라면 당신의 방문이 몹시 기쁘겠지만 말입니다. 물론 당신의 방문도 기쁩니다만, 여기서는 유감스럽게도 학문적 관심만 인정됩니다!'

저술가로 여겨지는 건 아주 멋있었어. 나는 그를 단단히 응시하며 말했지. '이 경우 난 라겔뢰프 이상입니다. 연구목적이 아니기 때문이죠!'

그는 나를 바라보더니 말했어. '병원장에게 보내는 파견추천서를 가지고 오시는 게 유일한 방법입니다.' 그는 나를 외국 저술가로 여겼고 내가 지그문트의 누이임을 이해하지 못했어.

우리는 결국 내가 병든 모스브루거가 아니라 갇힌 모스부르거를 보는 것으로 합의를 보았어. 지그문트는 내게 복지단체의 추천서와 지방법원의 허가서를 마련해 주었어. 이어 지그문트는 프리덴탈 박사

---

2 셀마 라겔뢰프(Selma Lagerlöf, 1858~1940) : 스웨덴의 여류작가로 1908년 여성으로서는 처음으로 노벨문학상을 수상하였으며 대표작은 《닐스의 신기한 여행》(1906/1907)이 있다.

는 정신병동을 반쯤 예술적인 학문으로 여긴다고 이야기하면서 그를 '악마서커스단 단장'이라고 불렀어. 하지만 나라면 그렇게 불리는 게 마음에 들 거야.

가장 좋았던 건 병원이 옛 수도원에 있었다는 거야. 우리는 복도에서 기다려야 했고 강의실은 예배당 안에 있었어. 강의실에는 큰 교회 창문이 나 있었고 난 안뜰 너머로 그 안을 들여다볼 수 있었어. 병자들은 흰 옷을 입고 교탁 옆 교수 곁에 앉아 있어. 그리고 교수는 아주 친절하게 그들의 안락의자 위로 몸을 숙이지. 난 생각했어, 지금 그들이 모스브루거를 데리고 올 거야. 난 높은 유리창문을 통해 강의실 안으로 날아 들어갈 거라는 감정이 들었어. 너는 내가 날 수 없다고 말하겠지, 그러니 창문을 통해 뛰어들 거라고? 하지만 분명 뛰어들지는 않았을 거야. 내가 그걸 느끼지 못했으니까.

네가 곧 돌아오면 좋겠어. 우리에게 일어난 일들은 **결코** 표현될 수 없어. 편지로는 제일 안 되지."

그 아래에는 두껍게 밑줄이 쳐져 적혀 있었다. "클라리세".

8
두 명의 가족

울리히가 말한다. "남자 두 명 또는 여자 두 명이 오랜 시간 한 공간을 같이 써야 하면, ─여행 중 기차 침대칸 또는 만원인 여관에서─ 그러면 서로 놀랍도록 친해지는 일이 드물지 않아. 각자 입을 헹구거나 신발을 벗으려 몸을 굽히거나 침대로 들어가려고 한쪽 다리를 굽히는 방식이 다르지. 속옷과 옷은 전체적으로는 똑같지만 개별적으로는 수많은 작은 차이점들을 보여 주고 이것들은 눈앞에 드러나지. 처음에는 — 아마도 지나치게 팽배해진 오늘날의 개인주의적 삶의 방식 탓이겠지 — 가벼운 혐오 비슷한 저항이 있고 이것이 너무 가까이 다가감, 고유의 개인성의 손상을 거부하지만 결국에는 극복이 돼. 그러면 흉터처럼 평범하지 않은 근원을 보여 주는 공동체가 형성돼. 많은 인간들은 이 변화 후 평소보다 더 명랑한 모습을 보여. 대부분은 더 순진해져. 많은 이들은 말이 더 많아지고 거의 모든 이들이 더 친절해지지. 인격이 변했는데, 피부 아래에서, 덜 고유한 인격과 교환되었다고 말할 수 있을 정도야. 분명히, 불쾌하게, 그리고 감소로 느껴지기는 하지만 그래도 저항할 수 없는 '우리'의 첫 단초가 '나' 대신에 들어서지."

아가테가 대답한다. "밀접한 공동생활에서 느껴지는 이 거부감은 특히 두 여자 사이에 있어. 나는 결코 여자들에게 익숙해질 수 없었어."

"남자와 여자 사이에도 있어." 울리히가 말한다. "즉각적 관심을 요구하는 연애의 책무에 가려 있을 뿐이지. 하지만 당사자가 갑자기 깨어나고 — 그가 어떤 사람이냐에 따라 놀람, 아이러니 또는 도피충동을 느끼면서 — 완전히 낯선 존재가 자기 옆에 자리를 잡은 것을 보는 경우도 절대 드물지 않아. 사실 대부분의 인간들에게는 몇 년이 지난 후에도 여전히 그래. 그러면 그들은 무엇이 더 자연스러운지 말할 수가 없어. 다른 사람과의 연결인지 또는 그들의 '나'가 이 연결에서부터 재빨리 벗어나 자신은 유일무이하다는 공상 속으로 되돌아가는 것인지. 하지만 둘 다 우리의 본성이야. 그리고 둘 다 가족이라는 개념

속에서 헤매지! 가족 내에서의 삶은 완전한 삶이 아니야. 젊은 인간들은 가족의 영역 안에 있으면 약탈당하고 약화되고 본연의 모습이 아니라고 느끼지. 노처녀인 딸을 봐. 그녀들은 가족에게 피를 빨리지. 그들은 '나'와 '우리'의 아주 독특한 잡종이 돼."

울리히는 클라리세의 편지가 방해가 된다고 느꼈다. 그 속에서 보이는 비약적 감정폭발보다는, 미친 짓임이 분명한 계획을 위해 그녀가 내면 깊숙한 곳에서 행하는 조용하고 거의 이성적으로 보이는 작업이 그를 훨씬 더 불안하게 했다. 귀향 후 발터와 이에 관해 이야기했어야 했다고 그는 스스로에게 말했지만 그 이후로 의도적으로 다른 말만 하고 있다.

아가테는 데이 베드 위에 몸을 뻗고 누워 한쪽 무릎을 끌어당겨 세웠고 그의 말에 활기차게 대답한다. "오빠가 말한 것이 왜 내가 다시 결혼해야 했는지에 대한 설명이야!" 그녀가 말한다.

"그래도 이른바 '가족이라는 성스러운 감정', 이 서로에게 열림, 서로에게 봉사함, 폐쇄된 영역 안에서의 몰아적 움직임에 뭔가가 있어." 울리히는 그녀의 말에 아랑곳없이 계속했고 아가테는 그의 말이 아주 가까이 다가왔다가도 너무나 자주 벌써 다시 그녀에게서 멀어진다는 데 놀란다. "보통 이 집단적 '나'는 그냥 집단 이기주의자일 뿐이고 그러면 강한 가족감각은 상상할 수 있는 것 가운데 가장 참기 힘든 것이지. 하지만 나는 이 '무조건 서로를 위해 뛰어들기', 이 '함께 싸우고 함께 상처 입기'가 또 원초적으로 편안하고 인류의 역사에 깊이 뿌리박고 있고 심지어 동물무리에서도 뚜렷이 보이는 감정이라고 생각할 수 있어." 그녀는 그가 이렇게 말하는 것을 듣는다. 그리고 이때 많은 생각을 할 수가 없다. 그 다음 문장에서도 그럴 수가 없다. "이 상태는 근원을 잃어버린 옛 상태들이 다 그렇듯 쉽게 변질되거든." 그리고 그가 "개개인이 만드는 전체가 의미 없는 왜곡상이 되지 않으려면 우리는 개개인이 벌써 특히 제대로 된 것이기를 요구해야 해!"라는 말로 문장을 끝낼 때에야 비로소 그녀는 다시 그의 곁에서 편안함을 느끼고, 그를 바라보는 동안 자신의 눈이 감기는 것을 허용하고 싶지 않다. 그 사이에 그가 사라질까 봐. 그가 거기 앉아서, 나뭇가지 사이에 걸린 공처럼, 공중으로 사라졌다가 갑자기 다시 떨어지는 것들을 말하는 것이 너무나 놀라우니까.

오누이는 늦은 오후 거실에서 만났는데, 장례식이 끝나고 며칠이 지난 후였다.

장방형의 이 살롱은 취향뿐만 아니라 가재도구들도 진짜 시민적 제국 풍으로 꾸며져 있었다. 창문 사이에는 매끄러운 황금색 액자에 끼워진 높은 사각거울이 매달려 있었고 적당히 딱딱한 의자들이 벽에 기대 세워져 있었다. 그래서 텅 빈 마룻바닥은 그 어두운 사각형 광채가 넘쳐흘러 얕은 대야를 채운 듯 보였으므로 이 안으로 발을 들여놓기가 머뭇거려졌다. 살롱의 이 고상한 황량함 가장자리에 — 서재는 첫날 아침에 자리를 잡은 울리히 차지였으므로 — 대충, 귀퉁이 벽감 속에 근엄한 기둥처럼 벽난로가 그 머리에 화병을 (그리고 그 전면의 중앙선에, 엉덩이 높이에 빙 둘러 놓은 선반 위에는 촛대 하나를) 이고 서 있는 거기에 아가테는 최고로 개인적인 반도(半島)를 마련했다. 그녀는 오토만 소파를3 놓게 하고 그 발치에 양탄자를 깔았는데, 양탄자의 낡은 적청색과 의미 없이 무한히 반복되는 소파의 터키색 무늬

186

는 조상의 의지에 따라 이 공간에 거하고 있는 부드러운 회색과 이성적으로 배열된 선에 대한 무성한 도전이었다. 나아가 그녀는 이 기강이 선 고상한 의지를 어른 키 높이의 초록색 관엽식물로 모욕했는데, 집을 꾸몄던 장례용품에서 이 식물을 돌려주지 않고 대형 화분과 함께 '숲'으로서 머리맡에, 커다랗고 밝은 전기스탠드 반대편에 세워 두었다. 스탠드는 누워서 독서하는 것을 수월하게 해줄 용도였고 방의 고전적 풍경 속에서 탐조등 또는 안테나 기둥 같은 작용을 했다. 구획된 천장, 필라스터, 기둥 모양의 거실장이 있는 이 살롱은 별로 사용되지 않았고 나중의 소유주들의 삶에 제대로 포함된 적이 한 번도 없었기 때문에 100년 전부터 거의 변하지 않았다. 조부모 시대에 벽은 지금과 같은 밝은 페인트칠 대신에 부드러운 천으로 도배되어 있었을 테고 의자의 천도 약간 다르게 보였을 테지만 아가테는 이 살롱을 지금 모습 그대로 어린 시절부터 알았고 이렇게 꾸민 이들이 증조부모였는지 낯선 사람들이었는지도 몰랐다. 그녀는 이 집에서 성장했고 그녀가 아는 단 하나 특별한 것은 그녀가 늘 이 공간에, 쉽게 망가뜨리거나 더럽힐 수 있는 것을 두고 아이들에게 주입된 그 혐오감을 느끼며 들어섰다는 기억이었으니까. 하지만 이제 그녀는 과거의 마지막 상징인 상복을 벗고 다시 파자마를 입었고 반항적으로 여기에 침입한 데이 베드 위에 누워 벌써 이른 오전부터, 그녀가 끌어 모은 좋은 책, 나쁜 책을 읽었다. 먹고 자기 위해 가끔 중단하기도 했지만. 이렇게 보낸 하루가 끝나 갈 때 그녀는 어두워지는 방 안을 가로질러,

---

3 등받이와 팔걸이가 없고 쿠션을 넣은 터키식 긴 소파를 말한다.

창가에서 벌써 어스름에 잠긴 채 돛처럼 팽팽하게 부푼 밝은 커튼 쪽을 바라보았고, 램프의 가혹한 빛 바퀴 안에서 뻣뻣하고도 부드러운 공간을 여행하다가 막 멈춘 느낌이었다. 그녀는 이런 자세로 오빠에게 발견되었고 오빠는 그녀의 불 켜진 보금자리를 한눈에 파악했다. 그도 이 살롱을 알았고 심지어 집의 원래 소유주가 부유한 상인이었지만 나중에 형편이 나빠지자 황제의 공증인이었던 증조부가 이 아름다운 집을 손쉽게 구입할 상황이 되었다는 얘기도 해줄 수 있었다. 울리히는 자세히 살펴본 후 이 살롱에 대해 그 밖에도 많은 것을 알았고 증조부 시대에는 이런 경직된 실내장식을 특히 자연스러운 것으로 여겼다는 설명으로 누이에게 특별한 인상을 남겼다. 그녀는 그 말을 쉽게 이해할 수 없었는데, 이 실내장식이 기하학 수업의 화신처럼 여겨졌기 때문이었다. 한참이 지나서야 그녀는 한 시대의 표상방식을 어렴풋이 깨달았다. 그 시대는 바로크의 추근대는 형식에 질린 나머지 스스로의 대칭적이고 약간 경직된 몸짓을, 순수하고 장식이 없으며 이성적이라고 여겨진 자연에 충실한 행동이라는 다정한 상상으로 감쳤다. 지금까지 그녀는 평생의 경험을 바탕으로 '많이 안다'는 것을 경멸했었다. 하지만 울리히가 보탠 개별사항까지 다 포함하여 이런 개념변화를 마침내 눈앞에 그려 보자 이것이 멋있게 느껴졌다. 오빠가 그녀가 무엇을 읽는지 알고 싶어하자 그녀는 나쁜 책을 읽는 것을 좋은 책을 읽는 것만큼이나 좋아한다고 뻔뻔스럽게 주장하긴 했지만 재빨리 몸으로 자신의 책 비축물을 가렸다.

울리히는 오전에는 일을 했고 그 후 집 밖으로 나갔다. 집중하고 싶다는 희망은 이날까지도 이루어지지 못했고 습관적 삶의 중단으로 기대되었던 촉진작용은 새로운 상황이 몰고 온 주의력 분산으로 상쇄되었다. 장례식이 끝난 후, 너무나 활발히 가동되던 외부세계와의 관계가 단번에 끊어지자 비로소 변화가 생겼다. 며칠 동안 아버지의 대리인이라는 방식으로만 세간의 관심의 중심이었고 자신들의 직책과 연관된 다양한 접촉을 느꼈던 오누이는 이제 이 도시에, 그들이 방문했으면 좋았을 발터의 늙은 아버지를 빼면, 아는 사람이 아무도 없었고 애도에 대한 배려 덕분에 누구의 초대도 받지 않았고 슈붕 교수만이 장례식뿐 아니라 그 다음 날에도 모습을 보여 죽은 친구가 감소된 책임능력 문제에 관해 사후 출판이 기대되는 유고를 남겨 두지 않았는지 물었다. 끊임없이 거품을 냈던 부산함이 그에 뒤따르는 납 같은 고요함으로 이렇게 갑작스레 넘어간 것은 이제 육체에까지 충격을 가했다. 게다가 집에 손님방이 없었으므로 그들이 아직도 예전의 아이방에서, 망사르드식 다락방의 간이침대에서 어린 시절의 옹색한 물건들에 둘러싸여 잔다는 것도 이에 보태졌다. 이 방은 발작병 환자의 방처럼 가구가 부족했고, 방수 식탁보의 몰염치한 광채, 한때 석조건물이 그 건축술의 고정관념을 뱉어놓은 황량한 리놀륨 장판과 함께 꿈에 나타나기까지 했다. 그들이 대비해야 했던 삶처럼 너무나 무의미하고 무한했던 이 기억들 때문에 오누이는 그들의 침실이 옷과 잡동사니 방을 사이에 두고 적어도 나란히 있음이 반갑게 여겨졌다. 욕실이 한 층 아래에 있었기 때문에 그들은 잠에서 깨고 나서도 서로에게 의존했고 아침부터 텅 빈 계단과 집에서 마주쳤고 서로 배려해야 했고 갑자기 그들에게 맡겨진 낯선 살림살이가 제기하는 모든 질문에 함께 답해야 했다. 물론 이런 식으로 그들은 예기치 못한 이 친밀한 결탁에 빠지지 않는 코믹도 느꼈다. 이는 그들을 어린 시절의 고도(孤島)에 내던진 난파(難破)라는 모험적 코믹과 비슷했다. 그 결과 그들은 아무 영향도 줄 수 없었던 처음 며칠이 지난 후 곧 독립을 추구했지만 각자 자신보다는 상대방에 대한 배려에서 그렇게 했다.

그래서 울리히는 아가테가 살롱에서 그녀의 반도를 구축하기 전에 벌써 기상했고 조용히 서재로 스며들었고 거기서 자신의 중단 없는 수학적 연구를 계속했지만 성공하려는 의도에서라기보다는 시간을 때우기 위해서였다. 하지만 이어 그는 몇 달 동안 손대지 않고 내버려 두었던 모든 것을 오전의 몇 시간 안에 대수롭지 않은 세부사항만 빼고 끝내서 적잖이 놀랐다. 이 예기치 않은 해결이 성사되는 데 도움을 준 것은 규칙 밖에 놓인 사고였는데, 이러한 사고는 더 이상 기대되지 않을 때 비로소 생긴다기보다는, 오히려 오래전부터 이미 다른 여자 친구들 사이에 있었던 연인의 번쩍임을 상기시킨다고 말할 수 있었다. 그러면 당황한 청혼자는 그녀를 다른 여자들과 동렬에 세울 수 있었음을 이해할 수가 없다. 이런 착상에는 오성뿐 아니라 늘 어떤 열정의 조건도 관여한다. 울리히는 이 순간 끝을 내고 자유로워졌어야 했으리라는 기분이었고 원인도 목적도 알 수가 없었으므로 사실, 심지어 너무 일찍 끝낸 듯 여겨졌고 이는 남은 에너지를 이제 몽상 속으로 밀어냈다. 그는 자신의 과제를 풀어 준 사고를 훨씬 더 큰 질문에 사용할 가능성을 보았고 놀이 삼아 이런 체계적 접근법의 첫 환상을 설계했고 행복한 이완의 이 순간 심지어, 이제라도 직업으로 돌아와 명망과 영향력을 안겨 줄 길을 찾으라는 슈봉 교수의 속삭임에 유혹당하는 듯 느꼈다. 하지만 이 지적 즐거움의 몇 분이 지난 후, 명예욕에

굴복해서 이제 낙오자로서 학문적 길을 걷게 된다면 어떤 결과가 초
래될 것인지 다시 냉정하게 그려 보았을 때 그는 처음으로 자신이 어
떤 일을 도모하기에는 너무 늙었다고 느낀다는 사실에 직면했다. 소
년 시절 이후로 그는 세월이라는 이 반쯤 비개인적인 개념을 독립적
인 내용을 가진 어떤 것으로 느끼지 않았고 여태 '너는 더 이상 뭔가를
할 수 없다!'는 생각은 알지도 못했다.

늦은 오후 울리히가 뒤늦게 이 이야기를 누이에게 했을 때 그는 대
충 운명이라는 단어를 사용했고 이것이 그녀의 관심을 끌었다. 그녀
는 '운명'이 무엇인지 알고 싶어 했다.

"'나의 치통'과 '리어왕의 딸들'의 중간 것이지!" 울리히가 대답했
다. "나는 이 단어를 즐겨 사용하는 인간은 아니야."

하지만 젊은 사람들에게 그것은 삶의 노래다. 그들은 운명을 갖고
싶어 하고 그것이 무엇인지 알고 싶어 한다.

울리히는 그녀에게 대답했다. "정보가 더 많은 나중 시대에 운명이
라는 단어는 아마 통계적 내용을 얻게 될 거야."

아가테는 스물일곱 살이었다. 처음에 형성된 공허한 감정형식 가
운데 몇 개를 보존할 만큼은 젊었지만 현실이 채우는 다른 내용들을
예감할 만큼은 나이가 들었다. 그녀는 "나이 든다는 것, 그 자체가 벌
써 운명일 거야!"라고 대답했고 이 대답에 매우 만족했는데, 이 속에
자신의 청소년 시절의 침울함이 무의미해 보이는 방식으로 표현되었
기 때문이었다.

하지만 오빠는 이에 주목하지 않았고 예를 하나 들었다. "수학자가
되었을 때", 그는 이야기했다. "난 학문적 성공을 원했고 온 힘을 쏟

앉어. 물론 이를 뭔가 다른 것을 위한 예비단계로만 여겼지만. 나의
첫 작업들은 실제로도 — 물론 불완전하지, 시작이 항상 그렇듯이 —
그 당시 새로운, 눈에 띄지 않았거나 심지어 저항에 부딪힌 사고를 담
고 있었어. 물론 나는 그 밖의 것들과 함께 잘 받아들여졌어. 이 쐐기
이후로 계속해서 나의 온 힘을 쏟을 인내심을 곧 잃어버렸다는 걸 어
쩌면 운명이라고 부를 수 있을 거야."

"쐐기?" 이 남성적이고 직업적인 단어의 발설이 무조건 불쾌감을
유발한다는 듯 아가테가 그의 말을 중단시켰다. "왜 그걸 쐐기라고
불러?"

"그게 내가 처음에 하려 했던 것이니까. 난 그것을 쐐기처럼 추진
하고 싶었고 그 후 그냥 인내심을 잃었어. 그 시간으로 거슬러 올라가
는 나의 마지막 작업을 아마 마무리했을 오늘 내게 분명해진 건, 그
당시 내가 운이 좀더 좋았거나 지구력이 조금 더 있었다면 나는 나를
어떤 운동의 선구자로 간주할 이유가 전혀 없지는 않았다는 거야."

"아직 만회할 수 있어!" 아가테가 이제 다시 말했다. "남자는 여자
처럼 그렇게 쉽게, 무슨 일을 하기에 너무 늙지는 않아."

"아니야." 울리히가 대답했다. "나는 만회하지 않을 거야! 그런다
고 해서 객관적으로 — 사물의 진행에도, 학문의 발전 자체에도 — 아
무것도 바뀌지 않았을 거라는 건 놀라운 일이지만 사실이니까. 나는
내 시대를 대충 10년 정도 앞섰을 거야. 하지만 조금 천천히 다른 길
을 거쳐 다른 사람들이 나 없이도 거기로 왔어. 난 기껏해야 그들을
조금 더 빨리 거기로 데려갔을 거야. 반면 내 삶의 그런 변화가 나 자
신을 그 사이에 그 목표를 넘어 또 다시 앞서가게 할 정도였는지는 아

직도 의문이야. 거기서 넌 개인적 운명이라고 부르는 걸 한 조각 갖고 있지만 결과는 눈에 띄게 비개인적인 것이야."

"아무튼", 그는 계속했다. "나이가 들수록 더 자주 경험하는 건, 내가 뭔가를, 나중에 여러 돌림길을 거치지만 그럼에도 불구하고 나 자신의 길과 같은 방향으로 흘러가서 내가 그 존재의 정당성을 갑자기 더 이상 인정하지 않을 수가 없는 뭔가를 미워했다는 거야. 또는 내가 열성을 보였던 이념이나 사건이 손상당하는 일도 일어나지. 멀리 내다보면, 우리가 흥분하는지, 어떤 의미에서 이 흥분이 시작되었는지는 전혀 중요하지 않은 듯 보여. 모든 것은 같은 목적지에 오고, 모든 것은 꿰뚫어볼 수는 없지만 오류 없는 발전에 이바지하지."

"옛날에는 이를 그 뜻을 규명할 수 없는 신의 탓으로 돌렸어!" 아가테가 이마를 찌푸리며 대답했고 스스로 경험한 것을 말하는 사람의 어조였지만 공손하지는 않았다.

울리히는 그녀가 수도원에서 교육받았음을 상기했다. 그녀는 아랫부분이 묶인 긴 바지를 입고 데이 베드에 누워 있었고 그 발치에 그가 앉아 있었으며 스탠드가 그들을 함께 비추고 있어 바닥에는 빛이 만든 커다란 잎사귀가 생겼고 그 위 어둠 속에 그들은 앉아 있었다. "오늘날 운명은 차라리 더 상위인 대중의 움직임이라는 인상을 줘." 울리히가 말했다. "우리가 그 속에 들어 있고 같이 굴러가거든." 그는 오늘날 모든 진실은 반쪽으로 나뉘어 세상에 나오지만 그럼에도 불구하고 각자가 진지하게 그리고 외로이 의무에 매진한다면 이 유연하고 역동적인 방식으로 더 큰 총 성과가 생겨날 수 있다는 이 생각을 이미 한번 했음을 상기했다. 그는 자신의 자부심 속에 갈고리처럼 자리 잡은, 그럼에도 불구하고 위대함의 가능성이 없지는 않은 이 사고를 심지어 이미 한번 '누구나 하고 싶은 일을 하면 된다!'는 결론으로 개진한 적도 있었다. 물론 이를 진지하게 여긴 것은 아니었다. 이것만큼 그와 동떨어진 것도 없었고 그의 운명이 그를 내려놓은 듯 보이고 그에게 아무것도 할 일을 남겨 두지 않은 바로 지금, 특이하게도 추진력을 얻어 옛 시절과 그를 연결시켜 준 마지막 것인 이 낙오자의 작업까지 마무리해서 그의 명예욕이 위태로운 이 순간, 그가 개인적으로 아주 벌거벗은 바로 이 순간, 그는 자신을 내려놓는 대신, 여행을 떠난 이후 생겨난 새로운 긴장감을 느꼈으니까. 이것은 이름이 없었다. 우선은, 그와 친척인 젊은 인간이 그의 충고를 구한다고 말할 수도 있었고 마찬가지로 다른 것을 말할 수도 있었다. 하지만 그는 방의 암녹색 위에 빛이 만든 밝은 황금색 매트, 아가테의 광대복 위의 부드러운 마름모꼴, 자기 자신, 어둠에서 떼어내 그 가장자리가 지나치게 선명한 그들 모임의 우연을 바라보았다.

"무슨 말이야?" 아가테가 물었다.

"오늘날도 여전히 개인적 운명이라 불리는 그것은 결국 통계적으로 파악 가능한 집단적 사건들에 의해 밀려났어." 울리히가 되풀이했다.

아가테는 곰곰이 생각했고 웃지 않을 수 없었다. "난 물론 그걸 이해하지 못하지만, 통계에 의해 우리가 해체된다면 멋지지 않을까. 사실 사랑은 오래전부터 더 이상 그럴 수가 없거든!" 그녀가 말했다.

그리고 이에 오도된 울리히는 갑자기 누이에게, 작업이 끝난 후 그에게 남은 무(無) 목적성을 뭔가로 채우기 위해 집을 나와 도심으로 걸어 들어갔을 때의 경험을 이야기했다. 너무 개인적인 일로 여겨졌기 때문에 그는 이 이야기를 하지 않으려 했었다. 여행하다 일과 관련이 없는 도시에 들릴 때마다 그는 거기서 생겨나는 고독이라는 특별한 감정을 아주 사랑했기 때문이었다. 그리고 이 감정이 이번처럼 강한 적은 드물었다. 그는 전철, 자동차, 진열된 상품들, 대문의 색, 교회탑, 얼굴들, 집 전면의 형태 등을 보았고 이것들이 일반적인 유럽적 유사성을 보였음에도 불구하고 시선은 그 위로 날아갔다. 낯선 색으로 유혹하는 들판 위를 헤매다 내려앉고 싶어도 내려앉지 못하는 곤충처럼. 목적지도, 확실한 목표도 없이, 활기차게 바쁜 도시 속을 이렇게 걸어가는 것, 한 사람이 아니라 이 얼굴들의 총합, 육체에서 떨어져 나가 팔, 다리, 이빨의 군대로 뭉친, 미래의 주인인 이 움직임이 중요하다는 확신을 통해 더 강화되는 낯설음이 커질 때 늘어난 체험의 긴장감, 이것은 여전히 배타적인 전체로서 방랑하는 인간에게 스스로가 벌써 비사회적이고 범죄적으로 여겨진다는 감정을 일깨울 수 있었다. 하지만 그 후 이 감정에 더 굴복하면 뜻밖에도 여기서 너무나 한심한 육체적 편안함과 무책임이 생겨날 수도 있다. 마치 육체가 더 이상, 감각적 '나'가 작은 신경섬유 다발과 신경관 안에 들어 있는 세계가 아니라 잠의 달콤함이 넘쳐나는 그런 세계에 속한 것처럼. 울리히는 아마 이 단어들로 누이에게 목표나 명예욕이 없는 상태의 결과 또는 개인성에 대한 공상이 줄어든 결과, 어쩌면 또 다름 아니라 그가 마침내 사냥꾼처럼 쫓고 있는 그 '신들의 원(源) 신화', 그 '자연의 이중 얼굴', 그 '주면서' '받는 응시'를 서술했을 것이다. 그는 이제 아가테가 동의의 표시를 할지, 그녀도 그런 인상을 알고 있다는 것을 보여 줄지 호기심을 갖고 기다렸고 그 일이 일어나지 않자 다시 한번 설명했다. "그것은 가벼운 의식분열과 같아. 우리는 포옹을 당하고 둘러싸이고 무의지의 편안한 의존성이 심장까지 침투하는 것을 느끼지. 하지만 다른 한편, 깨어 있고 미적 비평을 할 수 있고 심지어 숨 막히는 오만불손으로 가득 찬 이 일들과 인간들과 다툼을 벌일 준비도 돼 있어. 마치 평소에는 깊이 균형을 유지하는 두 개의 비교적 독립적인 삶의 층이 우리 안에 있는 듯해. 운명에 대해 이야기했으니까 말인데, 마치 두 개의 운명이 있는 듯해. 활동적이지만 중요하지 않은 운명, 이건 일어나고, 비활동적이지만 중요한 운명, 이걸 우리는 절대 경험하지 못하지."

그때 갑자기 장시간 미동도 않고 듣고만 있던 아가테가 말했다. "그건 하가우어에게 키스하는 것과 같아!"

그녀는 팔꿈치를 괴었고 웃었다. 다리는 여전히 그녀의 보금자리 위에 길게 뻗고 있었다. 그녀가 덧붙였다. "물론 그건 오빠가 서술한 것처럼 그렇게 아름답지 않았어!"

울리히는 같이 웃었다. 왜 그들이 웃었는지는 정말 분명치 않았다. 아무튼 이 웃음은 공중이나 집에서 두 사람 위로 왔거나 쓸데없이 피안을 건드리는 며칠간의 장엄한 사건들이 그들의 내면에 남긴 놀라움과 불쾌감의 흔적에서 왔거나 그들이 대화에서 받은 이례적인 호의에서 왔다. 극도로 발달된 인간의 관습은 전부 변화의 맹아를 품고 있고 습관적인 것을 넘어서는 흥분에는 곧 슬픔, 부조리, 포만의 입김이 서리기 때문이다.

이런 방식으로 그리고 이런 에움길을 돌아 그들은 마침내 휴식을 취하려는 듯, '나'와 '우리', 가족에 대한 좀더 무해한 대화로 넘어갔

196

고 그들 둘이 가족이라는, 조소와 놀라움을 오가는 발견을 했다. 울리히가 공동체를 향한 욕구에 관해 말하는 동안 — 자신의 본성에 형벌을 가하는 남자의 열성이 다시 보이지만 이 형벌이 그의 참된 본성을 향한 것인지, 추측된 본성을 향한 것인지는 모른다 — 아가테는 그의 말들이 어떻게 그녀에게 접근했다가 다시 멀어지는지에 귀를 기울이고, 울리히는 밝은 빛 속에 변덕스런 옷차림으로 그 앞에 아주 무방비로 누워 있는 그녀의 모습에서 거부감을 느끼게 할 수 있는 뭔가를 한참 동안이나 찾았지만 — 이건 유감스럽게도 그의 습관이었는데 — 아무것도 발견할 수 없었음을 알아차리고 평소에는 결코 느끼지 못한 순수하고 단순한 호감으로 이에 감사한다. 그리고 그는 대화에 아주 매료되어 있다. 대화가 끝나자 아가테가 솔직하게 묻는다. "그럼 오빠는 오빠가 가족이라 부른 것에 찬성하는 거야, 반대하는 거야?"

울리히는 그건 중요하지 않다고 대답한다. 사실 그는 세상의 우유부단에 대해 말했을 뿐, 그 개인의 우유부단에 대해 말한 것은 아니라고.

아가테는 이를 곰곰이 생각한다. 하지만 마침내 그녀는 단도직입적으로 말한다. "난 그걸 판단할 수 없어! 하지만 난 한 번은 아주 나 자신과 하나가 되고 나 자신과 동의하고 싶고⋯. 이제 어떻게든 그렇게 살고 싶어! 오빠도 한번 시도해 보지 않을래?"

9

아가테, 그녀가 울리히와 이야기할 수 없으면

아가테가 기차에 올라 아버지에게로 예기치 않은 여행을 시작한 그
순간, 갑작스런 떼어냄과 유사한 어떤 일이 일어났고 출발의 순간 깨
어져서 생긴 이 두 조각은 결코 하나였던 적이 없었던 것처럼 서로 멀
리 떨어져 나갔다. 남편은 그녀를 역까지 바래다주었고 그녀가 출발
하는 동안 모자를 살짝 들어 올렸고 빳빳하고 둥글고 점점 작아지는
검은색의 모자를 작별할 때 으레 그러듯이 비스듬히 앞에서 쳐들었는
데, 그녀는 역사(驛舍)가 기차가 앞으로 굴러가는 것만큼 빨리 뒤로
굴러가는 것처럼 여겨졌다. 방금 전까지만 해도 피치 못할 상황이 아
니라면 오래 머무르지 않으리라 생각했지만, 그 순간 그녀는 돌아오
지 않겠다고 작정했고 그녀의 의식은 그때까지 몰랐던 위험에서 갑자
기 벗어난 것을 보는 심장처럼 불안해졌다.

　나중에 이 일을 숙고할 때마다 아가테는 결코 완전히 이에 만족하
지 못했다. 그녀가 자신의 태도에서 비난한 것은 그 태도의 모양새가
그녀가 막 입학한 아이였을 때 겪은 놀라운 병을 상기시켰다는 점이
었다. 당시 그녀는 올라가지도 내려가지도 않는 경미하지 않은 열에
1년 넘게 시달렸고 너무 여위어 의사들의 걱정을 샀지만 그들은 그 원
인을 찾을 수 없었다. 이 병은 나중에도 결코 설명되지 않았다. 지혜
로 가득 차 위엄 있게 처음 방에 들어섰던 위대한 대학병원 의사들이
한 주 한 주 지날 때마다 자신감을 잃었다는 사실이 어쩌면 아가테의
마음에 들었을 것이다. 처방된 약을 다 고분고분 먹었고 심지어 그녀

가 정말로 건강해지고 싶었을 수도 있었지만 — 그렇게 요구받았으니까 — 그녀는 의사들이 처방전으로 자신을 건강하게 만들 수 없다는 것이 기뻤고 자신이 초자연적인 또는 적어도 비상한 상태라고 느꼈지만 그러는 동안 그녀에게 남은 것은 점점 더 적어졌다. 그녀는 위대한 이들의 질서가 그녀가 아픈 동안에는 아무 권력도 휘두르지 못한다는 데 자부심을 느꼈고 그녀의 작은 육체가 어떻게 그럴 수 있었는지 몰랐다. 하지만 결국 육체는 자발적으로 회복되었는데, 외견상으로는 역시 비범한 방식이었다.

지금 그녀는 이에 대해 하인들이 나중에 이야기해 준 이상으로는 알지 못했는데, 그들은 그녀가 자주 집에 왔지만 한번은 문 앞에서 거칠게 쫓겨났던 여자거지의 마법에 걸렸다고 주장했다. 아가테는 이 이야기에 얼마만큼의 진실이 들어 있는지 결코 알아내지 못했다. 집안사람들은 암시는 좋아했지만 결코 설명은 하지 않았다. 아가테의 아버지가 내린 엄한 금지령이 무서웠기 때문이었다. 그녀 자신은 이 시기에서 단 하나의 장면만을, 그렇지만 아주 생생히 기억했다. 거기서 그녀는 아버지를 눈앞에서 보았는데, 그는 분노로 이글거리며, 혐의가 있어 보이는 여자의 뺨을 여러 차례 손바닥으로 후려쳤다. 그녀는 평소에는 고통스러울 정도로 공정한 그 작은 이성의 남자가 그렇게 돌변해서 정신이 나간 것을 평생 단 한 번 이때 보았다. 하지만 그녀의 기억으로는 이 일은 그녀의 발병 전이 아니라 병중에 일어났다. 이때 그녀가 침대에 누워 있었고 침대는 아이 방이 아니라 한 층 아래 '어른들 곁에' 있었음을 안다고 믿었으니까. 그것은 거실 공간 중 하나였고 하인들은 거기에 여자거지를 들여보내서는 안 되었다. 식당이나 계단참에서 그 여자거지는 낯선 사람이 아니었지만. 사실 아가테에게는 이 사건이 오히려 병의 끝 무렵에 일어났음이 틀림없다고 생각되었다. 그 후 며칠 지나지 않아 그녀가 갑자기 건강해졌고 이상한 조바심에 쫓겨 침대에서 일어났고 이로써 그 병은 시작될 때만큼이나 예기치 않게 끝이 났다고.

물론 그녀는 이 모든 기억이 현실에서 온 것인지, 열이 지어낸 것인지 몰랐다. '이상한 건', 그녀는 언짢아하며 생각했다. '이 장면들이 내 내면에서 진실과 공상 사이에서 보존될 수 있었다는 거야, 내가 그 특이한 점을 발견하지도 못한 채!' 포석이 울퉁불퉁하게 깔린 골목길을 달리는 택시의 덜컹거림이 대화를 막았다. 울리히는 이 건조한 겨울날씨를 소풍에 이용해 보자고 제안했고 목적지도 알았지만 사실 그것은 목적지도 아니었고 반쯤 기억하는 풍경 속으로의 진격이었다. 지금 그들은 그들을 도시 외곽으로 데려다줄 차 안에 있었다. "확실히 이것만이 이상한 걸 거야!" 아가테는 막 생각한 것을 혼잣말로 되뇌었다. 사실 그녀가 학교에서 배우는 방식도 이와 비슷했으므로 그녀는 자신이 멍청한지, 영리한지, 순한 아이였는지, 반항적인 아이였는지 결코 알지 못했다. 그녀는 사람들이 요구하는 대답을 쉽게 마음에 새겼지만 이 시험문제의 목적이 무엇인지는 이해하지 못했고 깊은 내적 무관심을 통해 이 목적에서 보호받고 있다고 느꼈다. 병을 앓고 난 후 그녀는 예전과 똑같이 기꺼이 다시 학교에 갔고, 의사 한 명이 그녀가 부친 집의 고독에서 벗어나 또래아이들과 같이 있는 것이 좋을 거라고 충고했기 때문에 종교 시설에 맡겨졌다. 그녀는 거기서도 명랑하고 유순하다고 통했고 나중에 인문계 고등학교에 진학했다. 무엇이 필요하다거나 사실이라는 말을 들으면 그녀는 그 말을 따랐고 그녀에게 요구하는 것을 모두 순순히 받아들였는데, 그것이 가장 힘이 덜 든다고 여겨졌기 때문이었다. 그리고 그녀와는 아무 관련이 없고 분명 아버지와 선생들의 뜻에 따라 세워진 세계의 확고한 설비에 반대해 뭔가를 감행한다는 것은 그녀에게는 터무니없는 일로 여겨졌으리라. 하지만 그녀는 배운 것을 한마디도 믿지 않았고 유순해 보이는 행동거지에도 불구하고 결코 모범생은 아니었으며 자신의 소망이 자신의 신념에 어긋날 경우에는 태연히 자신이 원하는 것을 했으므로 급우들의 존경을 받았고 심지어 편안해지는 방법을 아는 자가 학교에서 누리는 그 호의적인 경탄을 받기도 했다. 심지어 어린 시절의 그 기이한 병도 그녀가 그렇게 설계했을 수도 있었다. 사실 그녀는 그 단 한 번의 예외를 제외하고는 늘 건강했고 덜 예민했으니까. '그냥 게으르고 무가치한 성격이야!' 그녀는 확신 없이 단정했다. 그녀는 그녀의 여자 친구들이 경직된 기숙학교의 훈육에 대항해서 자주 그녀보다 더 활발히 반란을 일으켰음을, 질서에 대항한 진격을 위해 어떤 분노의 원칙으로 무장했는지를 기억했다. 하지만 그녀가 관찰한 바로는, 개별사항에 대항해 가장 열정적으로 반항했던 바로 그 아이들이 나중에는 삶의 전체와 가장 잘 타협했고 이 소녀들은 나중에 유복한 여자들로 자랐으며 자신의 아이들을 스스로 경험한 것과 별반 다르지 않게 교육했다. 그래서 그녀는 스스로에 대한 불만에도 불구하고, 활동적이고 좋은 성격이 더 나은 것인지 확신할 수 없었다.

아가테는 남자에게 둥지를 공급하게 하는 여성의 알 품기 욕구를 경멸했듯이 여성해방도 혐오했다. 그녀는 젖가슴이 처음으로 옷 아래서 팽팽해지는 것을 느끼고 불타는 입술로 거리의 차가운 공기 속을 걷던 시절을 즐겨 회상했다. 하지만 분홍색 망사 옷 밖으로 둥근 무릎이 드러나듯 소녀 시절의 은폐에서 벗어난 여자의 성숙한 성적 활동은 평생 그녀의 내면에 경멸을 불러일으켰다. 그럼 그녀가 도대체 무엇을 확신하느냐고 자문해 보면, 감정은 그녀가 비범하고 색다른 것을 체험하도록 선택되었다고 대답했다. 아직 세상에 대해 거의 아무것도 모르고 몇 안 되는 가르침도 믿지 않았던 당시에도 그랬다. 그리고 어쩔 수 없다면 일단은 무슨 일이 일어나든 곧장 그것을 과대평가하지 않고 내버려두는 것, 이것은 늘 이 인상에 맞는 은밀한 활동으로 보였다.

아가테는 측면에서 울리히를 바라보았는데, 그는 진지하고 뻣뻣하게 차 안에서 흔들리고 있었다. 그녀가 신혼 첫날밤 좋아하지도 않는 남편에게서 도망치지 않았다는 것을 울리히가 처음 만난 저녁 얼마나 이해하기가 어려워했는지를 그녀는 떠올렸다. 오빠의 도착을 기다릴 때까지만 해도 그에게 끔찍한 존경심을 느꼈었지만 이제 그녀는 미소를 지었고 처음 몇 달 동안 하가우어의 두꺼운 입술이 그녀에게 남긴 인상을 은밀히 소환했다. 입술이 수염 아래에서 사랑에 겨워 둥글어지면 두꺼운 가죽에 주름이 잡히며 얼굴 전체가 입꼬리 쪽으로 당겨졌고 그녀는 포만감 같은 것을 느꼈다. 오! 이 인간은 얼마나 추한가! 부드러운 교사의 허영심과 친절도 그녀는 그냥 육체적 메스꺼움처럼 참아냈는데, 이 메스꺼움은 내적이라기보다는 외적인 것이었다. 이 첫 놀라움이 지난 후 그녀는 가끔씩 바람을 피웠다. '그걸 그렇게 불러야 한다면.' 그녀는 생각했다. '감각이 아무 말도 해주지 않는, 경힘 없는 피조물에게 남편이 아닌 남자의 구애는 처음에는 문에 부딪치는 천둥처럼 여겨진다!' 그녀는 바람을 피울 재주가 별로 없음을 입증했던 것이다. 애인들은, 사귀게 되자마자, 남편들보다 더 확신을 심어주는 것 같지 않았고 그녀는 곧 흑인부족의 춤 가면을 유럽 남자들이 착용하는 사랑의 가면처럼 진지하게 여길 수도 있겠다고 생각했다. 그녀가 제정신을 잃은 적이 없다는 말은 아니지만 첫 번째 재시도가 이미 실패였다! 실행에 옮겨진 표상세계와 사랑의 연극은 그녀를 도취시키지 못했다. 가혹한 삶에는 가끔씩 나약한 시간이 — 침몰, 사멸, 사로잡힘, 헌신, 굴복, 미침 등 약해짐의 아종(亞種)을 포함해서 — 있다는 결과로 귀결되는, 주로 남성에 의해 구축된 이 모든 영혼의 연출규정이 그녀는 번지르르하게 과장된 듯 여겨졌는데, 강한 남성들에 의해 너무나 탁월하게 지어진 세계에서 단 한 시간도 약하다는 것 말고 다른 것을 느끼지 못했기 때문이었다.

아가테가 이런 식으로 얻은 철학은 스스로를 속이려 하지 않고 남성 인간의 속임수를 자기도 모르게 관찰하는 여성 인간이 가진 철학일 뿐이었다. 사실 그것은 전혀 철학도 아니고 반항적으로 은폐한 실망일 뿐이었다. 이 실망은 여전히 미지의 해결책에 대한 소극적인 대기태세와 섞여 있었고 이때 이 태세는 외적 반항의 감소에 비례하여 심지어 커졌을 것이다. 책은 많이 읽었지만 천성 탓에 이론으로 넘어가는 것을 좋아하지 않았기 때문에 그녀는 자주, 자신의 체험을 책과 연극의 이상들과 비교해 보고 그녀의 유혹자들도 덫이 야생동물을 옭아매듯 — 이는 당시 남자가 여자와 불륜에 빠지면 취하곤 했던 돈후안적 자화상에 상응했으리라 — 그녀를 옭아매지 못했을 뿐 아니라 남편과의 동거도 스트린드베리식으로4 성의 투쟁이 되지 않았음에 의아해할 기회가 있었다. 이 투쟁에서는 포로로 잡힌 여자가 간계와 약점을 이용하여 고압적이고 비협조적인 지배자에게 죽도록 고통을 주는 것이 유행이었다. 하가우어와의 관계는 그에 대한 더 깊은 감정들과는 반대로 항상 매우 좋았던 편이었다. 울리히는 첫날 저녁 이에 경악, 충격, 강간과 같은 거창한 단어들을 사용했는데, 전혀 맞지 않는 것들이었다. 아가테는 이를 회상하며 반항적으로 생각했다. 그녀가 천사인 척할 수 없음을 한탄한다고, 오히려 이 결혼생활에서 모든 것은 자연스럽게 진행되었다고. 아버지는 이 남자의 구혼을 이성적 근거를 대며 지지했고 그녀 자신도 재혼하기로 결심했다. 좋아, 그렇게들 해. 그래야 하는 일은 일어나야지. 딱히 좋지도 않지만 지나치게 불쾌하지도 않아! 심지어 그녀는 하가우어를 의식적으로 마음 아프게 하는 일이 무조건 그러려고 하는 지금도 여전히 가슴 아팠다! 그녀는 사랑을 원하지 않았다. 어떻게든 될 거라고 생각했었다. 그가 선한 인간이니까.

물론 그는 아마 오히려 항상 선하게 행동하는 그런 인간이었을 것이다. '하지만 그들의 내면에는 선(善)이 없어!'라고 아가테는 생각했다. 선은 선한 의지나 선한 행위가 되는 정도에 비례하여 인간의 내면에서 사라지는 듯하다! 울리히가 뭐라고 말했지? 공장을 돌리는 하천

---

4 아우구스트 스트린드베리(August Strindberg, 1849~1912): 스웨덴의 극작가이자 소설가. 인간의 삶과 사회문제를 있는 그대로 충실하게 묘사하는 것에 중점을 둔, 19세기 말 프랑스를 중심으로 일어난 자연주의를 대표하는 작가이다.

은 낙차를 잃는다고. 그래, 이 말도 했다. 하지만 그건 그녀가 찾던 말은 아니었다. 지금 그녀는 그 말을 찾았다. '사실 선을 많이 행하지 않는 인간만이 그의 전체 선을 보존할 수 있는 듯하다'였다! 하지만 그녀가 찾은 순간 이 문장은 울리히가 말한 그대로 명료했음에도 너무나 터무니없이 여겨졌다. 잊어버린 대화의 맥락에서 이 문장만 따로 끄집어낼 수는 없었다. 그녀는 단어들을 달리 배열하려 시도했고 비슷한 말로 바꾸어 보았다. 하지만 첫 번째 문장이 옳은 것으로 드러났다. 다른 문장들은 바람에게 속삭인 듯했고 남은 것이 없었으니까. 울리히는 그렇게 말했지만, '나쁘게 행동하는 인간을 어떻게 선하다고 할 수 있어?'라고 그녀는 생각했다. '그건 정말 헛소리야!' 그녀는 그가 말하는 동안 알았다. 이 주장은 더 많은 내용이 없어도 멋있었음을! '멋있다'는 적합한 말이 아니었다. 이 문장을 들었을 때 그녀는 행복에 겨워 토할 지경이었다! 이런 문장들은 그녀의 전 삶을 설명했다. 예를 들어, 이 문장은 지난번 긴 대화 도중에 나왔는데, 장례식 후 하가우어 교수가 이미 떠난 후였다. 갑자기 그녀는 자신이 늘 얼마나 태만하게 행동했는지를 의식하게 되었다. 하가우어와도 그가 '선한 인간'이므로 '어떻게든' 될 거라고 단순히 생각했던 그 당시에도 그랬다! 울리히는 이런 언급들을 자주했고 그녀를 한순간 행복 또는 불행으로 가득 채웠다. 물론 이 순간들을 '보관해 둘' 수는 없었지만. 언제, 아가테는 자문했다, 예를 들어 그는 상황에 따라서는 도둑을 사랑할 수 있을 테지만 절대 습관적으로 정직한 인간을 사랑할 수는 없을 거라고 말했지? 그것이 언제였는지 당장 생각해 낼 수는 없었지만 곧 그녀는 이 주장을 한 것이 울리히가 아니라 그녀 자신이라는 것을 깨닫고 근사한 기분에 빠졌다. 사실 그녀는 그가 말한 것 가운데 많은 것을 스스로도 생각했다. 그냥 말로 하지 않았을 뿐. 그런 특정한 주장들을 그녀는 예전에 그랬듯 혼자서는 결코 내세울 수 없었을 테니까! 울퉁불퉁한 교외도로를 달리는, 말할 기력도 없는 두 사람을 기계적 충격의 그물로 덮어 버린 차의 튕김과 덜컹거림 사이에서 지금까지 아주 편안했던 아가테는 사고 한가운데서 남편의 이름도 별다른 감정 없이 오직 사고를 위한 시간 및 내용규정으로서 사용했다. 하지만 이제 특별한 계기도 없이 끝없는 경악이 천천히 그녀를 관통했다. 그래도 하가우어가 정말 육체적으로 그녀 곁에 있었다! 그러자 그녀가 지금까지 그를 생각하던 정당한 방식은 사라졌고 그녀의 목구멍은 쓰디쓰게 오그라들었다.

그는 장례식 날 아침에 당도했고 너무 늦었음에도 불구하고 장인을 보겠다고 사랑스럽게 보챘고 해부실로 갔으며 관이 닫히는 것을 늦추었고 눈치 있게, 솔직하게, 딱 적절한 만큼만 깊은 슬픔에 잠겼다. 장례식 후 아가테는 지쳤다고 핑계를 댔고 울리히는 매제와 외식을 해야 했다. 나중에 이야기한 바에 따르면, 하가우어의 지속적인 동석이 꽉 조이는 칼라처럼 그를 사납게 만들었고 그 때문에라도 울리히는 가능하면 그가 빨리 떠나게 하려고 온갖 수를 다 썼다. 하가우어는 수도로 가서 교육 관련 학회에 참석하고 하루를 더 할애해 교육부에서 면담하고 관광할 작정이었다. 그리고 그 전에 사려 깊은 남편으로서 아내 곁을 지키고 그녀의 유산을 돌볼 요량으로 이틀을 잡았다. 하지만 울리히는, 누이와 약속한 대로, 하가우어가 집에서 묵는 것이 불가능해 보이게 하는 이야기를 하나 꾸며 냈고 시에서 제일 좋은 호텔에 숙소를 예약해 두었다고 통보했다. 예상대로 하가우어는 망설였다. 호텔은 불편하며 비싸고 예의상 그 자신이 숙박비를 지불해야 했을 테니까. 다른 한편 아마 또 이틀을 수도에서 면담과 관광으로 보내야 할 것이었고 야간기차를 타면 숙박비를 절약할 수 있었다. 그래서 하가우어는 깊은 유감을 보이며 울리히의 배려를 받아들이기가 심히 어렵다고 말했고 마침내 저녁에 떠나겠다는 거의 변경할 수 없는 결정을 내비쳤다. 이렇게 해서 이제 유산문제만 정리되면 되었고, 이때 아가테는 다시 미소를 지었는데, 그녀의 소망에 따라 울리히가 유언장은 며칠이 지나서야 열 수 있다고 남편에게 이야기했기 때문이었다. 그의 권리를 지키기 위해서는 아가테가 있지 않느냐고, 법적으로도 통지를 받을 거라고, 게다가 가구, 기념품 등과 관련해서는 총각인 울리히는 청구권을 행사할 생각이 전혀 없고 누이의 원에 따를 참이라고 말했다. 마지막으로 그는 하가우어에게 물었다. 아무도 사용하지 않을 집을 팔 경우 동의하느냐, 물론 법적 구속력은 없다, 그들 중 아직 누구도 유언장을 보지 못했으니까. 하가우어는, 물론 법적 구속력 없이, 설명했다. 당장은 이의를 제기할 게 없지만 실제로 실행될 경우에 그가 취할 입장은 물론 아직 유보해야 한다고. 이 모든 것을 아가테가 오빠에게 제안했고 울리히는 아무 생각도 하지 않고 이를 그대로 말했다. 하가우어를 떨쳐 버리고 싶었기 때문이었다. 하지만 갑자기 아가테는 새삼 비참해졌다. 그들이 일을 너무나 잘 처리한 후에 남편이 그녀와 작별하려고 오빠와 함께 왔으니까. 아가테는 최대한 불친절하게 행동했고 언제 돌아갈지 말할 수 없다고 선언했다. 그를 잘 아는 그녀는 하가우어가 이런 일을 예비하지 못했고 그가

이제 즉시 떠나려는 결심을 한 냉정한 사람이 되어 거기에 서 있음을
불쾌하게 여겼음을 당장 알아차릴 수 있었다. 게다가 호텔에서 자야
한다는 데 대해 그리고 그가 받은 냉랭한 영접에 대해 갑자기 뒤늦게
화가 났지만 계획적 인간인 그는 아무 말도 하지 않았고 나중에 아내
에게 모든 것을 따지겠다고 결심했고 모자를 벗은 후 규정대로 그녀
의 입술에 키스했다. 울리히가 바라본 이 키스는 이제 아가테를 파멸
시키려는 듯 보였다. "어떻게 그런 일이 일어날 수 있었지?" 그녀는
당황해서 스스로에게 물었다. "그렇게 오랫동안 그 남자 옆에서 버티
는 일이? 하지만 난 사실 나의 전체 삶을 저항 없이 감수하지 않았
나?!" 그녀는 격정적으로 자신을 비난했다. "내가 조금이라도 가치가
있다면 그런 일까지 일어날 수는 없었을 거야!"

아가테는 여태 관찰해 오던 울리히에게서 얼굴을 돌려 창밖을 내다
보았다. 교외의 낮은 집들, 얼어붙은 도로, 온통 옷으로 몸을 감싼
인간들, 이것들은 스쳐 가는 추한 황무지의 인상이었고, 그녀가 태만
함으로 인해 빠져들었다고 느꼈던 삶의 황량함을 그녀에게 들이댔
다. 그녀는 이제 더 이상 꼿꼿하게 앉지 않았고 더 편안하게 창밖을
내다보기 위해 낡은 냄새가 나는 택시의 쿠션 속으로 약간 미끄러져
들어갔고 이 아름답지 못한 자세를 더 이상 바꾸지 않았는데, 이 자세
로 그녀는 차의 덜컹거림을 거칠게 배 부근에서 느꼈고 흔들렸다. 넝
마조각처럼 세게 털리고 있는 이 육체는 그녀에게 섬뜩한 감정을 불
러일으켰다. 이것이 그녀가 가진 유일한 것이었으니까. 하숙을 하던
소녀 시절, 아침의 어스름 속에서 깨어날 때면 가끔씩 그녀는 자신의
육체 속에서, 마치 카누의 양 뱃전 사이에서인 듯, 미래를 향해 나아

간다는 인상을 받았다. 지금 그녀는 그때보다 대충 두 배나 더 나이가 들었다. 그리고 차 안은 그때와 마찬가지로 반쯤 어두웠다. 하지만 그녀는 아직도 여전히 자신의 삶을 상상할 수 없었고 그것이 어떠해야 할지 알 수 없었다. 남자들은 그녀 육체의 보충이었고 완성이었지 영적 내용은 아니었다. 그들은 그녀가 그를 취하듯 그녀를 취했다. 그녀의 육체는 그것이 몇 해 지나지 않아 벌써 아름다움을 잃기 시작할 것이라고 그녀에게 말했다. 직접적으로 자기 확신에서 오기 때문에 말이나 사고를 통해서는 아주 작은 부분밖에 표현되지 않는 감정들을 잃을 것이라고. 그 후 아무것도 존재하지 않았던 듯 모든 것은 지나갈 것이라고. 그녀는 울리히가 그가 하는 스포츠의 무용성에 대해 이와 비슷한 방식으로 말했던 것이 생각났고 얼굴은 계속 창 쪽으로 돌린 채로 그를 심문하기로 결심했다.

10
스웨덴 요새 소풍의 계속적 진행.
다음 발걸음의 도덕

오누이는 도시 경계에 있는 나지막하고 벌써 완전히 시골스러운 마지막 집들에서 차에서 내렸고 골이 패인 넓고 긴 오르막 국도를 한참이나 걸어 산으로 올라갔으며 얼어붙은 바퀴자국들은 그들의 발아래서 부서져 먼지가 되었다. 그들의 신발은 곧 그들의 우아한 도시풍 옷과 심한 대조를 이룬, 이 마차와 농부의 무도장의 초라한 회색으로 덮였고 추운 날씨는 아니었지만 위로부터 매우 매서운 바람이 그들을 향해 불어 왔고 바람 속에서 그들의 두 뺨은 달아오르기 시작했으며 유리같이 차갑게 메마른 입은 말문을 열지 못하게 했다.

하가우어에 대한 기억은 아가테로 하여금 오빠에게 자신을 해명하도록 몰아갔다. 그녀는 그가 이 잘못된 결혼을 어떤 식으로든, 심지어 가장 단순한 사회적 요구들에 따라서도 이해할 수 없다고 확신했다. 그래도 그녀는, 비록 그녀의 내면에서는 말들이 이미 준비되어 있었지만, 오르막, 추위, 그녀의 얼굴에 와 부딪히는 공기의 저항을 극복하려는 결심을 할 수 없었다. 울리히는 앞장서서 발을 끌어 넓은 흔적을 남기며 걸었고 그녀는 이를 길로 삼았다. 그녀는 그의 넓고 날씬한 어깨를 보았고 주저했다. 그녀는 그를 늘 엄하고 굽힐 줄 모르며 약간 모험적이라고 상상했는데, 아마 아버지나 가끔씩은 하가우어가 그를 비난하는 말을 들은 탓이었을 것이며 가족에게 낯설어진, 가족에게서 도망친 오빠 앞에서 그녀가 삶에서 보여 준 순종이 부끄러웠다. '그가 나를 돌보지 않은 것은 옳았어!' 그녀는 생각했고, 적절치 못한 처지를 너무나 자주 참고 견뎠다는 데 대한 경악이 반복되었다. 하지만 사실 그녀의 내면에 있는 이와 동일한, 폭풍 같고 모순적인 열정은 그녀로 하여금 아버지의 영안실 문설주 사이에서 바로 그 거친 시구를 외치게 했었다. 그녀는 울리히 가까이 몸을 붙였고 이로 인해 숨이 가빠졌고 갑자기 이 농로(農路)가 여태 한 번도 들어 보지 못했을 질문들이 울려 퍼졌고 바람은 이 시골 언덕의 모든 형제 바람들 속에 아직 울려 펴져 본 적이 없는 말들에 의해 찢겼다.

"기억하지 … ." 그녀는 이렇게 외쳤고 몇몇 유명한 문학의 예를 댔다. "오빠는 도둑을 용서할 수 있을지 말해 주지 않았어. 하지만 이 살인자들을 선하다고 여길 거지!"

"물론이야!" 울리히가 되받아쳤다. "그 말은…. 아니, 기다려 봐. 아마 그건 그냥 선한 성향의 인간일 거야. 소중한 인간들이지. 나중에 범죄자가 되어도 이건 그대로야. 하지만 그들이 늘 선한 건 아니야!"

"하지만 그럼 오빠는 왜 범죄행위 후에도 여전히 그들을 사랑하지? 확실히 이전의 선한 성향 때문은 아닐 테고 그들이 여전히 오빠 마음에 들기 때문이야!"

"항상 그래", 울리히가 말했다. "이 인간이 행위에 성격을 부여해. 그 반대가 아니야! 우리는 선과 악을 분리하지만 이것들이 하나의 전체라는 걸 속으로는 알아!"

추위로 빨개진 아가테의 볼이 더 빨개졌는데, 말 속에 표현되는 동시에 숨겨진 열정적 질문을 위해서는 책을 끌어낼 수밖에 없었기 때문이었다. '교양 질문'을 가지고 자행되는 이런 오용은 너무나 비열해서, 바람이 불고 나무가 서 있는 곳에서는 인간의 교양이 모든 자연적 형성물의 요약이 아니라는 듯 이 질문들이 설 자리가 없다는 감정이 들 정도였다! 하지만 그녀는 이를 이겨 냈고 오빠의 팔 안에 자신의 팔을 놓았고 이제 그의 귀 가까이에서 대답했으므로 더 이상 소리칠 필요가 없었고 얼굴에는 그녀 특유의 떨리는 만용이 담겨 있었다. "그래서 아마 우리는 나쁜 인간들을 죽이겠지만 그래도 그들에게 친절하게 마지막 만찬을 베풀지!"

그의 옆에서 뿜어져 나오는 열정을 조금 예감한 울리히는 누이에게 몸을 굽혔고 좌우간 매우 큰 소리로 누이의 귀에 대고 말했다. "누구나 자신은 선한 인간이므로 나쁜 짓을 할 수 없다고 쉽게 믿지!"

그들은 이런 말을 하면서 위에 당도했는데, 여기서 국도는 더 이상 오르막이 아니었고 나무 없이 굽이굽이 광대하게 펼쳐진 고원으로 인해 끊겼다. 갑자기 바람이 잦아들었고 더 이상 춥지 않았지만 편안한 고요함 속에서 대화는 싹둑 잘린 듯 멈추었고 더 이상 계속되지 않았다.

"넌 어떻게 그 바람 속에서 도스토옙스키와 스탕달 생각을 하게 되었지?" 한참 후 울리히가 물었다. "누군가 우리를 관찰했다면 우리는 바보같이 보였을 거야!"

아가테가 큰 소리로 웃었다. "그는 우리가 하는 말을 새소리만큼이나 이해할 수 없었을 거야! … 그런데 오빠는 최근에 모스브루거 이야기를 했어."

그녀는 성큼성큼 발걸음을 옮겼다.

한참 후 아가테가 말했다. "하지만 나는 그를 좋아하지 않아!"

"나도 이미 그를 거의 잊었어." 울리히가 대답했다.

그들은 다시 한참 침묵하며 걸어갔고 아가테가 멈춰 섰다. "그건 어떤 거지?" 그녀가 물었다. "오빠는 확실히 무책임한 행동을 많이 했지? 예를 들어, 한번은 총상을 입고 병원에 누워 있었다는 걸 난 기억해. 오빠도 확실히 모든 걸 제때 숙고하지는 않지 … ?"

"그런데 넌 오늘 이상한 질문들을 하는구나!" 울리히가 말했다. "이제 내가 뭐라고 대답해야 하지?!"

"오빠는 오빠가 한 일을 절대 후회하지 않아?" 아가테가 재빨리 물었다. "난 오빠가 결코 후회하지 않는다는 인상을 받았어. 그 비슷한 말을 언젠가 한번 오빠 입으로 하기도 했어."

"맙소사!" 이제 다시 성큼성큼 걸어가면서 울리히가 대답했다. "모든 마이너스에는 플러스가 숨어 있어. 아마 이 말을 했을 거야. 하지만 이걸 너무 말 그대로 받아들일 필요는 없어."

"모든 마이너스에는 플러스가?"

"모든 나쁜 것 속에는 선한 것이 있어. 아니면 적어도 많은 나쁜 것 속에는. 보통 마이너스 인간유형 속에는 아직 알려지지 않은 플러스 유형이 들어 있어. 난 이걸 말하려고 했을 거야. 그리고 네가 뭔가를 후회한다면, 그래도 바로 그 속에서 평소에는 불가능했던 선한 것을 할 힘을 발견할 수 있어. 우리가 행하는 것은 결코 결정적이지 않아. 늘 그 다음에 하는 것이 비로소 결정적이야!"

"살인했다면, 그 다음에 오빠는 뭘 할 수 있어?!"

울리히는 어깨를 으쓱했다. 그는 논리적으로 일관되게만 대답하고픈 욕구를 느꼈다. "수천 명에게 내면의 삶을 주는 시를 쓸 능력이 생길 수도 있고 위대한 발명을 할 수도 있어!" 하지만 그는 말을 멈추었다. '이 일은 결코 일어나지 않을 거야!'라는 생각이 들었다. "정신병자만이 그런 상상을 할 수 있어. 열여덟 살짜리 유미주의자(唯美主義者)나. 이건, 왜 그런지는 아무도 모르지만, 자연의 법칙을 거스르는 생각이야. 게다가⋯." 그는 말을 고쳤다. "원시인은 그랬을 거야. 인간제물이 위대한 종교적 시였기 때문에 살인을 했으니까!"

그는 이런저런 할 말이 더 있었지만 아가테가 계속했다. "어리석은 이의제기일 수 있지만, 이미 떼어놓은 첫 발걸음이 아니라 항상 그 다음 발걸음이 중요하다고 오빠가 말하는 걸 처음 들었을 때 난 이렇게 상상했어. 한 인간이 내적으로 날 수 있다면, 이른바 도덕적으로 날 수 있고 엄청난 속도로 지속적으로 향상될 수 있다면, 그는 후회를 모를 거라고! 난 오빠가 무지무지 부러워!"

"그건 아무 의미도 없어." 울리히가 힘주어 대답했다. "난 잘못된 한 걸음이 중요한 게 아니고 그 다음 발걸음이 중요하다고 말했어. 하지만 이 다음 발걸음 이후에는 무엇이 중요하지? 분명 그 다음 발걸음이? 그리고 n번째에는 n 플러스 발걸음이? 이런 인간은 끝도 없이, 결정 없이, 정말 현실 없이 살아야 할 거야. 그렇지만 사실 늘 다음 발걸음만 중요해. 진실은 우리가 이 끝없는 대열을 올바르게 다룰 방법이 없다는 거야. 아가테!", 그는 갑자기 이렇게 결론을 맺었다. "난 가끔 내 생 전체를 후회해!"

"바로 그걸 오빠는 할 수 없어!" 누이가 대답했다.

"도대체 왜? 왜 도대체 그럴 수 없다는 거지?!"

"난", 아가테가 대답했다. "한 번도 뭔가를 하지 못했고 그래서 항상 나의 몇 안 되는 시도를 후회할 시간이 있었어. 난 오빠는 그걸 모른다고 확신해, 그 조명 받지 못한 상태를! 그러면 그늘이 드리우고, 일어난 일이 내게 권력을 행사해. 그건 가장 작은 세부사항까지 생생하고 나는 아무것도 잊을 수가 없고 아무것도 이해할 수가 없어. 그건 불쾌한 상태야 … ."

그녀는 이 말을 아무런 동요 없이 아주 겸손하게 했다. 울리히는 정말 그것을 몰랐다, 삶의 이 역류를. 그의 삶은 늘 확장을 지향했으니까. 그리고 누이가 벌써 여러 번 눈에 띄게 스스로에 대해 한탄했다는 것만 떠올랐다. 하지만 그는 질문을 할 기회를 놓쳤는데, 그사이 그들이 그가 도보여행의 목적지로 계획했던 언덕에 도달했기 때문이었다. 그들은 언덕 가장자리를 향해 걸어갔다. 그것은 거대한 융기지

반이었고 전설은 이를, 요새처럼 보였기 때문에, 30년 전쟁 중에 있었던 스웨덴인의 포위공격과 연결시켰다. 물론 요새치고는 너무 큰 초록색 천연 방벽으로, 관목이나 나무가 없었고 도시를 향한 쪽은 높고 밝은 바위벽으로 끝이 났다. 깊고 텅 빈 언덕 세계가 이 장소를 감싸고 있었다. 마을도, 집도 보이지 않았고 구름이 만든 그늘과 회색 목초지뿐이었다. 울리히는 청소년 시절의 기억으로부터 알던 이 장소에 다시 매료되었다. 먼 앞쪽 저지대에는 여전히 도시가 잔뜩 겁을 먹은 채 두어 개 교회 주위에 몰려 있었고 교회는 병아리를 품은 어미 닭들처럼 보여서 단숨에 달려가 그들 사이로 들어가 앉거나 거인의 손아귀로 그들을 붙잡겠다는 소망이 저절로 느껴졌다. "수 주 동안 말을 달린 후 이 장소에 당도해 안장 위에서 처음으로 전리품을 바라보았을 때 이 스웨덴 모험가들에게는 틀림없이 멋진 감정이 들었을 거야!" 누이에게 이 장소의 의미를 설명한 후 그가 말했다. "삶의 무거움 — 우리는 모두 죽어야 하고 모든 것이 너무나 짧고 아마 너무나 헛될 거라는, 은밀히 우리를 내리누르는 이 불쾌감! — 이건 사실 이런 순간에만 사라지지!"

"어떤 순간을 말하는 거야?!" 아가테가 물었다.

울리히는 뭐라고 대답해야 할지 몰랐다. 그는 전혀 대답하고 싶지 않았다. 그는 젊은 인간이었을 때 매번 이 지점에서 이빨을 꼭 다물고 침묵하고픈 욕구를 느꼈음을 상기했다. 마침내 그가 대답했다. "사건이 우리를 데리고 날아가는 모험적 순간들이지. 사실 의미 없는 순간들이야!" 그러면서 그는 머리를 목에 걸린 빈 호두처럼 느꼈는데, 그 속에는 '대부(代父)인 죽음' 또는 '사상누각'(沙上樓閣)과 같은 옛 격언들이 들어 있었다. 동시에 그는 삶의 기대와 삶 사이의 경계가 아직 허물어지지 않았던 해들의, 이제는 멎어버린 포르티시모를 느꼈다. 그는 생각했다. '그 후 나는 명료하고 행복한 체험들을 했나? 하나도 없어.'

아가테가 대답했다. "나는 항상 의미 없이 행동했고 그건 날 불행하게만 해."

그녀는 가장자리로 바싹 다가갔다. 오빠의 말은 그녀의 귀를 멍하니 파고들었고 그녀는 그것을 이해하지 못했고 진지하고 헐벗은 풍경을 보았는데, 그 풍경의 슬픔은 그녀 자신의 슬픔과 일치했다. 돌아서면서 그녀는 "자살할 환경이야!"라고 말했고 미소를 지었다. "내 머리의 공허가 끝없이 부드럽게 이 광경의 공허로 해체되는 것 같아!" 그녀는 몇 걸음 울리히에게로 되돌아왔다. "살아오면서 내내", 그녀는 계속해서 말했다. "난 의지가 없다고, 아무것도 사랑하지 않고 아무것도 존경하지 않는다고, 한마디로, 살기로 결심한 인간이 아니라고 비난을 받았어. 아빠는 나를 꾸짖었고 하가우어는 나를 비난했어. 이제 오빠가 말해 줘, 제발, 이제 말해 줘, 어떤 순간에 우리에게 삶의 뭔가가 필연적으로 보이는지?!"

"침대에서 돌아누울 때!" 울리히가 무뚝뚝하게 설명했다.

"무슨 뜻이야?!"

"미안해." 그가 말했다. "평범한 예야. 하지만 사실이 그래. 현재의 처지가 만족스럽지 못하면 우리는 끊임없이 그걸 바꾸겠다고 생각하고, 실행하지도 못하면서 이런저런 계획을 세우고 결국은 포기하지. 그런데 갑자기 돌아누웠어! 사실 이렇게 말해야 할 거야. 돌려 눕혀졌다고. 열정에서나 오래 계획된 결심에서나 이와 다른 견본에 따라 행동하는 게 아니야." 그러면서 그는 그녀를 바라보지 않았고 스스로에게 대답했다. 그는 여전히 이렇게 느끼고 있었다. "나는 여기 서 있었고 뭔가를 원했지만 그건 결코 충족되지 않았다."

아가테는 지금도 미소를 지었지만 이는 고통스런 움직임처럼 그녀의 입술 위로 퍼져 나갔다. 그녀는 다시 원래 자리로 돌아갔고 말없이 모험적 원경을 바라보았다. 그녀의 모피 외투는 하늘을 배경으로 어둡게 도드라졌고 날씬한 몸매는 풍경의 광활한 고요함, 그 위를 날아가는 구름 그늘과 뚜렷한 대조를 이루었다. 울리히는 이 광경에, 사건이라는 이루 서술할 수 없이 강한 감정을 느꼈다. 안장이 얹힌 말 옆이 아니라 한 여자와 같이 있다는 것이 부끄러울 지경이었다. 그리고 이 순간 누이에게서 나오는 조용한 그림의 작용이 그 원인임을 분명히 의식했지만 그는 자신에게 무슨 일이 일어나고 있는 게 아니라 세상 어디에선가 무슨 일이 일어나고 있고 자신은 그것을 놓치고 있다는 인상을 받았다. 그는 스스로가 가소롭다고 느꼈다. 그래도 자신의 삶을 후회한다는, 생각 없이 내뱉은 주장에는 뭔가 옳은 것이 있었다. 그는 가끔씩 격투기에서처럼 사건 속에 얽혀들기를 동경했고 사건들은 무의미하든지 범죄이든지 간에 아무튼 유효해야 했다. 인간이 체험보다 우위에 있는 경우 체험이 갖게 되는 지속적인 임시성 없이 최종적이어야 했다. '그 자체로 끝까지 유효한'이라고 울리히는 이제 진지하게 이를 표현할 말을 찾으며 숙고했고 뜻밖에도 이 사고는 더 이상 상상 속 사건으로 흐르지 않았고 이 순간 아가테 스스로가 다름 아니라 그녀 자신의 거울로서 제공하는 이 광경에서 끝이 났다. 이렇게 오누이는 한참 동안이나 서로 떨어진 채 따로따로 서 있었고 모순으로 가득 찬 망설임은 그들에게 어떤 변화도 허용하지 않았다. 하지만 특이했던 것은 울리히가 이 계기에, 최근에 이미 어떤 일이 일어났다는 데 대해 전혀 생각하지 않았다는 것이었다. 그는 아무것도 모르는 매제에게, 아가테의 위임을 받아 그리고 그를 떨쳐 버리겠다는 바람 속에서, 며칠 있으면 개봉될 미공개 유언장이 있다고 거짓말을 했고 아가테가 그의 청구권을 지킬 것이라고, 역시 양심의 가책을 느끼며 보장했는데도 말이다. 나중에 하가우어는 이를 방조(傍助)라고 불렀다.

아무튼, 서로 아무 말도 하지 않았지만 그들은 함께, 각자 내면으로 침잠한 이 지점을 떠나 계속 걸었다. 바람은 새로이 신선하게 불었고, 아가테가 피로해 보였기 때문에 울리히는 근처에 양치기집이 있을 테니 찾아가자고 제안했다. 그들은 곧 돌로 만든 오두막을 발견했고 들어서면서 머리를 숙여야 했고 양치기의 아내는 당황하며 거절하는 눈으로 그들을 뚫어지게 바라보았다. 울리히가 이 지방에서 통용되는 아직도 어렴풋이 기억하는 독일어와 슬라브어 혼혈어로 집 안에서 몸을 좀 데우고 뭘 좀 먹게 해달라고 청하고 자진해서 동전을 한 닢 쥐어 주자, 기꺼워하지 않던 안주인은 깜짝 놀라며, 역겨운 가난 탓에 '이토록 아름다운 손님'을 더 잘 대접할 수 없다고 한탄하기 시작했다. 그녀는 오두막 창가에 놓인 기름때에 전 탁자를 닦았고 아궁이에 잔가지 불을 피웠고 염소젖을 그 위에 올려놓았다. 하지만 아가테는 어디선가 피난처를 찾는 것이 당연하다는 듯, 그게 어디인지 상관없다는 듯 주변 환경에는 전혀 개의치 않고 탁자 옆을 지나 곧장 창문

218

가로 나아갔다. 그녀는 네 장의 탁한 유리로 된 작은 사각창문 밖으로 그 지역을 내다보았는데, 이는 '요새' 뒤에 위치한 내부지역으로, 요새가 허락한 그 광활한 전망은 없었고 오히려 초록색 물마루에 둘러싸여 수영하는 사람의 느낌을 연상시켰다. 날은 아직 완전히 저물지는 않았지만 그 정점을 넘어섰고 벌써 빛을 잃었다. 갑자기 아가테가 물었다. "왜 오빠는 나와 결코 진지하게 이야기하지 않지?"

결백함과 놀람을 담아 홀깃 쳐다보는 것 말고 울리히가 이에 어떻게 더 잘 답할 수 있었겠는가! 그는 햄, 소시지, 계란을 그와 누이 사이의 종이 위에 펼쳐놓는 데 열중했다.

하지만 아가테는 계속해서 말했다. "실수로 오빠 몸에 부딪히면 아프고 그 몸이 나와는 너무나 달라서 경악하지. 하지만 오빠에게 결정적인 것을 물어보려 하면 오빠는 연기처럼 사라져!" 그녀는 그가 밀어 주는 음식에는 손도 대지 않았고 사실 이날을 시골의 만찬으로 끝낸다는 것에 대한 거부감 때문에 탁자도 건드리지 않을 정도로 몸을 꼿꼿이 했다. 그리고 이제 국도에서의 오르막 걷기와 비슷한 일이 반복되었다. 울리히는 방금 화로에서 탁자로 옮겨 온, 그 맛을 모르는 코에는 아주 불쾌한 냄새를 풍기는 염소젖이 든 잔을 한옆으로 밀쳤다. 그때 그가 느낀 가벼운 헛구역질은 갑작스런 쓴 맛이 가끔 그렇듯이 깔끔하게 치우는 작용을 했다. "난 늘 네게 진심으로 말했어." 그가 대답했다. "그게 네 마음에 들지 않아도 내 책임은 아니야. 내 대답에서 네 마음이 들지 않은 것이 우리 시대의 도덕이거든!" 이 순간 그에게 분명해진 것은 누이가 스스로를 그리고 또 오빠를 조금 이해하려면 알아야 하는 모든 것을 그가 가능하면 완벽하게 설명해야 한다는 것이었다. 그리고 어떤 중단도 불필요하다고 간주하는 남자의 결단력으로 그는 긴 강의를 시작했다.

"우리 시대의 도덕은, 보통 뭐라고 이야기되든, 성과의 도덕이야. 다섯 번의 다소 사기성 있는 파산은 좋아. 다섯 번째에 이어 축복의 시대, 축복기부의 시대가 따라온다면. 성공은 모든 것을 잊게 만들 수 있어. 선거자금을 기부하고 그림을 사는 시점에 도달하면 국가의 관용도 얻게 돼. 이때 불문율이 있어. 교회, 자선단체, 정당에 기부하면, 예술후원으로 선한 의지를 입증하려는 착상에 지출해야 하는 돈의 기껏해야 10분의 1이면 돼. 성공에는 또 하나의 한계가 있어. 온갖 방법을 다 동원해도 모든 것을 다 얻을 수는 없다는 거지. 왕, 귀족, 사회의 몇몇 원칙들은 '벼락 출세자'에게 브레이크 같은 작용을 해. 하지만 다른 한편 초개인적 인격체인 국가는, 훔치고 살인하고 속여도 되고 여기서 권력, 문명, 영광이 생긴다는 원칙을 가장 적나라하게 신봉하지. 물론 나는 이 모든 것이 이론적으로도 인정받는다고 주장하지는 않아. 이건 이론적으로는 오히려 아주 불분명해. 하지만 난 가장 평범한 사실을 네게 알려 주었어. 이에 비하면 도덕적 논증은 목적을 위한 수단일 뿐이야. 대충 거짓말만큼이나 많이 사용되는 투쟁수단이지. 남자들에 의해 만들어진 세계는 이 모양이야. 난 여자가 되고 싶을 거야. 만약 여자들이 남자를 사랑하지 않는다면!

우리를 어딘가로 데려다준다는 환상을 주는 것이 있다면, 그건 오늘날 좋은 것으로 통해. 하지만 이 확신은 네가 후회 없이 날아가는 인간이라 불렀고 내가 우리에게 해결방법이 없는 문제라고 표현한 바로 그거야. 과학적으로 사고하도록 교육받은 인간인 나는 어떤 처지에서든, 나의 지식은 완성되지 않았고 그냥 이정표일 뿐이며 아마 벌써 내일 새로운 경험을 하게 되어 오늘과는 다르게 생각하게 될 거라는 감정이 들어. 다른 한편 자신의 감정에 완전히 사로잡힌 인간도, 넌 그를 '상승 중인 인간'이라고 상상했지, 자신의 모든 행동을 다음 단계로 상승하는 하나의 단계로 느낄 거야. 우리 정신과 우리 영혼 속에 '다음 발걸음의 도덕'이라는 뭔가가 있어. 하지만 그건 다섯 번 파산의 도덕일 뿐일까, 우리 시대 기업가 도덕이 이 정도로 깊이 우리 내면으로 파고들었나, 또는 이런 일치는 그냥 허상일까, 또는 출세자의 도덕은 보다 심오한 현상의 미숙아 괴물인가? 나는 네게 이 순간 이에 대해 아무런 답도 줄 수가 없어!"

울리히는 설명을 멈추고 잠시 숨을 골랐는데, 전적으로 연설의 전략일 뿐이었다. 자신의 견해를 더 멀리 전개할 작정이었으니까. 하지만 지금껏 활기차고도 활기 없는 그녀만의 방식으로 귀를 기울이던 아가테가 이 대답에는 관심이 없다는 간단한 언급으로 대화를 그의 계획과는 다르게 진척시켰는데, 그녀는 울리히가 개인적으로 그것을 어떻게 생각하는지를 알고 싶다고 말했기 때문이었다. 생각할 수 있는 모든 것을 이해하기에는 그녀의 능력이 부족하다고. "하지만 오빠가 내게 성과를 내라고 어떤 형식으로든 요구한다면 난 차라리 아무 도덕도 가지지 않겠어." 그녀가 덧붙였다.

"다행이야!" 울리히가 소리쳤다.

"내가 너의 젊음, 미모, 힘을 보고 있는데, 네가 넌 에너지가 없다고 말하는 걸 들을 때마다 사실 난 기뻐! 우리 시대는 안 그래도 활동력에 흠뻑 젖어 있어. 이 시대는 더 이상 사고가 아니라 행동만을 보려 해. 이 끔찍한 활동력은 우리가 아무것도 할 게 없다는 데서 연유할 뿐이야. 내적으로 말이야. 하지만 결국 모든 인간은 외적으로도 평생 하나의 똑같은 행동만 반복해. 즉, 직업에 뛰어들고 그 속에서 앞으로 나아가지. 난 우리가 여기서 다시 네가 좀 전에 바깥에서 제기했던 질문에 봉착했다고 생각해. 활동력을 가지기는 너무나 간단하고, 행동의 의미를 찾기는 너무나 어려워! 오늘날 이를 이해하는 사람이 너무나 적어. 그래서 행위의 인간은 나폴레옹의 몸짓으로 9개의 나무 핀을 쓰러뜨릴 수 있는 볼링선수처럼 보여. 종국에 가서는 그들이 모든 행위들이 충분치 않다는 그들이 감당할 수 없는 불가해함 때문에 서로에게 폭력을 휘두르며 달려든다 해도 나는 전혀 놀라지 않을 거야! … "그는 활기차게 말을 시작했지만 다시 생각에 잠겼고 심지어 한동안 침묵했다. 결국 그는 그냥 미소 지으며 올려다보았고 이렇게 말하는 것으로 만족했다. "너는 내가 너에게 도덕적 노력을 요구한다면 네가 나를 실망시킬 거라고 선언하지. 나도 선언할게, 만약 네가 내게 도덕적 충고를 요구한다면 나는 너를 실망시킬 거라고. 내 말은 우리는 서로에게 특정한 것을 요구할 수 없다는 거야. 우리 모두 말이야. 사실 우리는 서로에게 행위를 요구해서는 안 되고 행위의 전제조건을 먼저 만들어야 할 거야. 그게 내 감정이야!"

"도대체 그걸 어떻게 하라는 거지?" 아가테가 말했다. 그녀는 울리히가 그가 시작했던 위대하고 일반적인 연설에서 멀어져서 더 개인적으로 그와 관계되는 것에 빠져들었음을 알아차렸지만 그녀의 취향에는 이것도 너무 일반적이었다. 알다시피, 그녀는 일반적인 연구에 선입견이 있었고 이른바 자신의 피부를 넘어서는 모든 노력은 상당히

가망 없다고 간주했다. 그녀 스스로 애를 써야 하는 경우에는 그녀는 확신을 가지고 그렇게 했고 개연성에 근거하여 이를 다른 사람들의 일반적 주장으로 확장했다. 그럼에도 불구하고 그녀는 울리히를 아주 잘 이해했다. 오빠가 머리를 떨구고 조용히 활동력에 반대하는 말을 하면서 자신도 모르게 손에서 놓지 않았던 주머니칼의 날로 식탁 상판에 금을 긋고 있음이 그녀의 눈에 띄었다. 그의 손의 힘줄이 전부 팽팽했다. 아무런 생각 없이 하는 거의 열정적인 이 손놀림, 그가 아가테에 대해 너무나 솔직하게, 젊고 아름답다고 말했다는 것, 그것은 다른 말들의 오케스트라에 대한 의미 없는 답가였고 그녀는 거기 앉아서 바라보는 것 말고는 거기에 아무런 의미도 부여하지 않았다.

"무엇을 해야 하느냐고?" 울리히는 지금까지와 같은 방식으로 대답했다. "나는 사촌의 집에서 한번은 라인스도르프 백작에게 정확성과 영혼의 세계사무국을 설립하라고 제안했어. 교회에 가지 않는 사람들도 무엇을 해야 할지 알도록. 물론 그냥 농담이었어. 우리는 한참 전부터 진리를 위해 학문을 만들었지만 그 밖의 것을 위해 비슷한 것을 요구했다면, 오늘날 그것 역시 바보 같은 짓이었다고 부끄러워해야 할 테니까. 하지만 우리 둘이 지금까지 말한 모든 것은 우리를 이 사무국으로 데려갈 거야!" 그는 연설을 포기했고 몸을 꼿꼿이 의자에 대고 뒤로 기댔다. "내가 내 말을 다시 해체하는 것일지도 모르겠지만, 덧붙여 말하건대, 하지만 그게 오늘날 어떤 결과를 초래할까?" 그가 물었다. 아가테가 대답하지 않자 침묵이 흘렀다. 울리히는 한참 후에 말했다. "게다가 나 스스로 가끔 생각해, 이 확신을 견지할 수 없다고! 조금 전 거기 요새 위에 서 있는 널 보았을 때", 그가 반쯤 소리를 죽여 계속했다. "왜 그랬는지 모르겠지만 갑자기 뭔가를 하고 싶다는 강한 욕구를 느꼈어. 사실 옛날에는 가끔씩 깊이 생각해 보지 않고 실제로 뭔가를 했어. 매력적인 건 그 일이 일어났을 때 내 옆에 또 뭔가가 있었다는 거야. 가끔씩 난 인간은 심지어 범죄를 통해서도 행복해진다고 생각할 수 있어. 그것이 일정한 바닥짐을 주고 아마 그로 인해 더 안정적인 항해가 가능하기 때문이겠지."

이번에도 누이는 곧장 대답하지 않았다. 그는 그녀를 가만히, 심지어 꼼꼼히 살피면서 관찰했지만 그가 말한 체험은 반복되지 않았고 사실 그는 아무 생각도 하지 않았다. 조금 후 그녀가 물었다. "내가 범죄를 저지르면 오빠는 화를 낼 거야?"

"내가 뭐라고 대답해야 하지?" 다시 칼 위로 몸을 굽힌 울리히가 말했다.

"판결이 없어?"

"응, 오늘날 진짜 판결은 없어."

그 후 아가테가 말했다. "난 하가우어를 죽이고 싶어!"

울리히는 애써 눈을 들지 않았다. 말들은 가볍고 조용히 그의 귀를 통과해 갔지만 다 지나갔을 때, 넓은 바퀴자국 같은 것을 기억 속에 남겼다. 그는 어디에 강세가 있었는지 곧 잊어버렸다. 말들을 어떻게 이해해야 할지 알려면 얼굴을 보았어야 했다. 하지만 또 거기에 그렇게 큰 의미를 부여하고 싶지도 않았다. "좋아!", 그가 말했다. "왜 네가 그렇게 해서는 안 될까! 오늘날 도대체 그런 걸 소망해 보지 않은 인간이 어디 있겠어?! 그렇게 해, 네가 정말로 할 수 있다면! 그건 네가 '난 그를 그의 결점 때문에 사랑하고 싶어!'라고 말하는 것과 꼭 같아." 그는 이제야 다시 고개를 들었고 누이의 얼굴을 보았다. 그 얼굴은 완강했고 깜짝 놀랄 만큼 흥분해 있었다. 그는 시선을 그녀의 얼굴에 둔 채 천천히 설명했다. "보다시피, 거기에 뭔가가 맞지를 않아. 우리 내면에서 일어나는 일과 외부에서 일어나는 일의 경계에는 오늘날 어떤 중재가 결여되어 있고 이는 서로서로 엄청난 손실을 야기하고서만 변할 수 있어. 거의 이렇게 말할 수 있을 거야. 우리의 나쁜 소망들은 우리가 실제로 영위하는 삶의 그림자고 우리가 실제로 영위하는 삶은 우리의 좋은 소망의 그림자라고. 그냥 네가 그걸 실제로 한다고 상상해 봐. 그건 절대 네가 의도한 것이 아닐 테고 넌 적어도 끔찍이 실망할 거야···."

"난 어쩌면 갑자기 다른 인간이 될 수도 있을 거야. 오빠 스스로도 그걸 인정했어!" 아가테가 그의 말을 중단시켰다.

울리히는 그 순간 옆쪽을 보았고 그들이 혼자가 아니고 두 인간이 그들의 대화에 귀를 기울이고 있음을 깨달았다. 늙은 여주인은 — 그녀는 마흔도 되지 않았을 듯했지만 누더기 옷과 누추한 삶의 흔적들로 인해 더 늙어 보였다 — 친절하게 화덕 옆에 주저앉아 있었고 그녀 옆에 양치기가 앉아 있었다. 양치기는 대화 도중에 집으로 돌아왔는데, 너무나 활발히 대화에 열중한 손님들은 그를 알아차리지도 못했다. 두 노인은 무릎 위에 손을 올리고는, 보다시피, 흡족해하고 놀라면서 오두막을 가득 채우는 대화를 듣고 있었고 단 한 마디도 이해하지 못했지만 이런 대화가 아주 만족스러웠다. 그들은 마시지 않은 우유와 먹지 않은 소시지를 보았다. 그것은 연극이었고 모르긴 해도 마음을 고양시키는 연극이었다. 그들은 서로 속삭이지도 않았다. 울리히의 시선은 그들의 열린 눈 속으로 가라앉았고 당황한 그는 그들에게 미소를 보냈는데, 이에 답한 이는 둘 가운데 아내뿐이었고 남편은 삼가는 태도를 진지하게 고수했다.

"우리 먹어야겠는걸!" 울리히가 영어로 누이에게 말했다. "우리를 이상하게 생각해!"

그녀는 순순히 빵과 고기에 조금 손을 대었고 울리히 자신도 단호히 먹고 심지어 우유도 약간 마셨다. 이때 아가테가 아주 큰 소리로 솔직히 말했다. "정식으로 자문해 보면, 나도 심각하게 남편을 아프게 한다는 생각은 불쾌해. 나는 아마 그를 죽이고 싶지 않을 거야. 하지만 난 그를 지워 버리고 싶어! 조각조각 찢고 절구에 찧어 그 가루를 물에 뿌리고 싶어. 그러고 싶어! 있었던 모든 것을 말살하고 싶어!"

"사실, 우리가 이런 이야기를 하는 게 좀 우스워." 울리히가 말했다.

아가테는 한동안 침묵했다. 하지만 그 후 말했다. "오빠가 첫날 약속했잖아, 내가 하가우어와 싸우는 걸 도와주겠다고!"

"물론 그럴 거야. 하지만 그렇게는 아니야!"

아가테는 다시 침묵했다. 그 후 그녀가 갑자기 말했다. "오빠가 자동차를 사거나 빌린다면 우리는 이글라우를 거쳐 우리 집에 갔다가 타보르를 거치는 더 먼 길로 돌아올 수 있을 거야. 아무도 우리가 밤새 거기 있었다는 생각은 못 할 거야."

"집의 고용인들은? 다행히 난 운전을 못해!" 울리히는 웃었지만 그 후 언짢아져서 머리를 설레설레 흔들었다. "그게 오늘날의 아이디어지!"

"맞아, 오빠 말대로야." 아가테가 말했다. 그녀는 생각에 잠겨 손톱으로 베이컨 한 점을 이리저리 밀쳤는데, 손톱이 저절로 그렇게 하는 듯했고 이로 인해 손톱에 작은 기름얼룩이 생겼다. "하지만 오빠는 또 사회의 미덕은 성자에게는 악덕이라고 말해!"

"사회의 악덕이 성자에게는 미덕이라고 말하지는 않았어!" 울리히가 바로잡았다. 그는 웃었고 아가테의 손을 잡아 손수건으로 닦아 주었다.

"오빠는 항상 모든 걸 다시 철회해!" 아가테가 꾸짖었고 불만스러운 미소를 지었고 그러면서 피가 얼굴로 솟았는데, 손가락을 빼려 했기 때문이었다.

여전히 지금까지처럼 정확히 지켜보고 있던 화덕 가의 두 노인은 이제 메아리처럼 얼굴 가득 미소를 지었다.

"오빠가 나와 이렇게 왔다갔다 이야기하면", 아가테는 조용히 내뱉었다. "난 깨진 거울조각들 속에서 나를 보는 것 같아. 오빠에게서는 절대로 나 자신의 전체 모습을 볼 수가 없어!"

"그래." 울리히가 그녀의 손을 놓지 않고 대답했다. "오늘날 우리는 우리 자신의 전체 모습을 보지 않고 절대 전체 인물로 행동하지도 않아. 바로 그거야!"

아가테는 누그러졌고 갑자기 팔을 내버려두었다. "난 성스러운 것과는 확실히 반대야." 그녀는 조용히 설명했다. "내가 고용인이라면 난 내 무관심 때문에 골칫덩이일 거야. 또 확실히 난 일을 벌이기를 좋아하지도 않고 아무도 죽일 수 없을 거야. 하지만 오빠가 성자에 대해 처음으로 말했을 때, 벌써 정말 한참 전이지, 난 어떤 것의 '전체 모습'을 보았어 … !" 숙고하기 위해서인지, 얼굴을 보이지 않기 위해서인지 그녀는 머리를 떨구었다. "난 성자를 보았어. 그는 우물 위에 서 있었을 거야. 진실을 말하자면, 난 아마 아무것도 보지 못했을 테지만 뭔가를 느꼈고 그건 이렇게밖에 표현할 수가 없어. 물이 흘렀고 성자가 한 일은 가장자리 위로도 넘쳐 났어. 마치 그가 사방으로 스르르 흘러넘치는 우물인 것 같았어. 난 우리가 이래야 한다고 생각해. 그러면 우리는 항상 올바르게 행동할 거야. 무엇을 행하는지는 전혀 상관없어."

"성스러움이 충만한 아가테는 세상에서 원죄에 몸을 떨며 서 있는 자신을 보고 뱀, 코뿔소, 산, 계곡이 조용히 그리고 실제보다 작게 그녀의 발치에 누워 있는 걸 알아차리고는 믿을 수가 없지. 하지만 그럼 하가우어는?" 울리히가 나직이 조롱했다.

"바로 그거야. 그는 동참할 수 없어. 그는 사라져야 해."

"해줄 이야기가 또 있어." 오빠가 말했다. "어떤 공통된 것, 정말로 인간적인 사안에 관여해야 할 때마다 난 마지막 막이 오르기 전 잠시 공기를 쐬기 위해 극장을 나오는 남자 같은 기분이었어. 그는 수많은 별이 박힌 어둡고 커다란 허공을 보고 모자, 외투, 공연을 뒤로 하고 떠나지."

아가테는 탐색하듯 그를 바라보았다. 그것은 대답으로서 맞기도 하고 맞지 않기도 했다.

울리히도 그녀의 얼굴을 보았다. "또 자주 너를 괴롭히는 것은, 아직 어떤 호의도 가질 수 없는 거부감이지." 그는 이렇게 말했고 생각했다. '그녀는 정말 나와 비슷한가?' 파스텔화와 목판화 같다는 생각이 다시 들었다. 그는 자신이 더 단단한 쪽이라 생각했다. 그리고 그녀는 그보다 아름다웠다. 너무나 기분 좋게 아름다웠다. 그는 이제 손가락을 넘어 그녀의 손을 잡았다. 생명으로 가득 찬 따뜻하고 긴 손이었고 지금까지 그는 인사로만 그 손을 잡았었다. 어린 누이는 흥분했고 그녀의 눈에는 당장 눈물이 고이지는 않았지만 젖은 공기가 있었다. "며칠 있으면 오빠도 나를 떠날 거야." 그녀는 말했다. "그럼 내가 어떻게 이 모든 걸 감당하지?"

"우리는 함께 살 수 있어, 넌 나를 따라올 수 있어."

"무슨 상상을 하는 거야?" 아가테가 물었고 이마 위에 작은 고민주름을 만들었다.

"글쎄, 아직 상상하는 건 아무것도 없어. 지금 막 떠오른 생각이야." 그는 자리에서 일어났고 양치기 가족에게 금화 한 닢을 더 주었다. "탁자에 흠을 낸 대가입니다." 아가테는 연기 너머로 촌사람들이 히죽거리고 고개를 끄덕이고 짧고 이해할 수 없는 말로 듣기 좋은 말을 하는 것을 보았다. 그들이 두 사람을 지나쳤을 때 그녀는 네 개의 친절한 눈이 꾸밈없이 감동적으로 그녀의 얼굴에 머무는 것을 느꼈고 그들이 두 사람을 다투다가 화해한 연인으로 여김을 알았다. "그들이 우리를 연인으로 여겨!" 그녀가 말했다. 그녀는 신이 나서 오빠의 팔 안으로 팔을 밀어 넣었고 그녀의 기쁨이 모두 터져 나왔다. "오빠는 내게 키스해야 해!" 오두막 문턱에 서서 밤의 어둠 속으로 낮은 문을 열면서 그녀는 이렇게 요구했고 웃으며 울리히의 팔을 자신의 몸에 딱 붙였다.

11
성스러운 대화.
시작

울리히가 아직 같이 있었던 나머지 며칠 동안 오누이는 하가우어 이
야기는 별로 하지 않았지만, 둘의 만남을 지속하고 공동의 삶을 꾸려
가려는 착상에도 한참이나 되돌아오지 못했다. 그럼에도 불구하고,
남편을 없애 버리고 싶다는 아가테의 걷잡을 수 없는 욕망 속에서 화
염으로 발화했던 불이 재 속에서 계속 연기를 내고 있었다. 불은 끝없
는 대화 속에서 확산되었고 새로이 타올랐다. 아가테의 감정이 자유
롭게 타오를 다른 가능성을 찾고 있었다고 말해야 하리라.

　보통 그런 대화의 시작에 그녀는 특정한 개인적 질문을 했고 그 질
문의 내적인 형식은 "해도 돼, 하면 안 돼?"였다. 그녀 본성의 무법성
은 지금까지 '모든 걸 해도 되지만 아무튼 난 하고 싶지 않아'라는 슬
프고 지친 확신의 형상을 띠었고, 젊은 누이의 질문은 가끔씩 울리히
에게 아이의 질문과 비슷하다는 인상을 남겼는데, 근거가 없지는 않
았다. 이 질문들은 이 의지할 데 없는 존재의 작은 손처럼 따뜻했다.

　그의 대답은 이와는 다른 방식이었지만 그에게는 그리 독특하지도
않았다. 즉, 그는 항상 자신의 삶과 숙고의 전리품 일부를 기꺼이 제
공했고 늘 하던 대로 개방적이면서도 정신적으로 진취적인 방식으로
자신을 표현했다. 그는 매번 곧장 누이가 이야기했던 '이야기의 도덕'
을 화제로 삼았고 공식으로 요약했고 자신을 기꺼이 비교대상으로 삼
았으며, 이런 식으로 아가테에게 자신에 대해 많은 것을 보고했는데,

특히 그의 파란만장한 과거의 삶에 대해서였다. 아가테는 자신에 대해 아무것도 이야기하지 않았지만, 이렇게 자신의 삶을 이야기할 수 있는 그의 능력에 감탄했고 그가 그녀의 모든 노력을 도덕적으로 관찰했다는 것이 좋았다. 도덕은 영혼과 사물의 질서, 이 둘을 다 포괄하는 질서에 다름 아니니까. 따라서 삶의 의지가 아직 다방면으로 무디어지지 않은 젊은 사람들이 도덕에 대해 말을 많이 한다는 것은 이상한 일이 아니다. 오히려 울리히의 나이와 경험을 가진 남자가 그렇게 한다면 이는 해명이 필요했다. 남자들은 도덕에 대해서는 직업적으로만, 그것이 직무 언어일 경우에만 말을 하고 평소 이 단어는 벌써 그들의 삶의 활동에 삼켜져 버려 더 이상 헤어나지 못하니까. 따라서 울리히가 도덕에 관해 이야기한다는 것은 깊은 무질서를 의미했고 아가테는 같은 심정으로 이에 매료되었다. 그녀는 이제 '자신과 완전히 동의해서' 살고 싶다던 약간 단순한 고백이 부끄러웠다. 얼마나 복잡한 조건이 그 앞을 가로막고 있는지를 들었으므로. 그래도 그녀는 오빠가 더 빨리 결론에 도달하기를 초조하게 바랐다. 그가 말하는 모든 것이 바로 그곳으로, 심지어 매번 끝에 가서는 더 정확하게 그곳으로 움직이는 듯 보이는 때가 많았기 때문이었다. 하지만 문턱 앞 마지막 한 걸음에서 그는 매번 계획을 포기했다.

이 전환의 장소, 이 마지막 한 걸음의 장소, 울리히도 이것의 마비 작용을 놓치지 않았는데, 이 장소의 가장 일반적인 특징은 유럽적 도덕의 문장들은 모두 더 이상 전진이 불가능한 이 지점에 다다른다는 것이다. 그래서 자신을 해명하려는 인간은 우선 발밑에 단단한 확신을 느끼는 동안은 얕은 물을 건너는 몸짓을 하지만 조금 더 멀리 나가면, 삶의 바닥이 얕은 곳에서 갑자기 아주 불확실한 심연으로 꺼지듯, 갑자기 끔찍한 익사(溺死)의 몸짓을 한다. 이는 오누이에게서 외적으로도 특정한 방식으로 표현되었다. 울리히는 자신이 건의하는 모든 것을 그가 이성으로 관여하는 동안에는 조용히 설명조로 이야기할 수 있었고 경청하는 아가테도 비슷한 열성을 느꼈다. 하지만 그들이 말을 멈추고 침묵하면 그들의 얼굴에는 훨씬 더 흥미진진한 긴장감이 감돌았다. 한번은 그들이 그때까지 무의식적으로 넘지 않았던 경계를 넘는 일이 일어났다. 울리히가 주장했다. "우리 도덕의 단 하나 근본적인 표시는 그 계명들이 서로 모순된다는 거야. 모든 문장들 가운데 가장 도덕적인 문장은 '예외가 규칙을 확인한다'야!" 그를 이리로 내몬 것은 아마 그냥 도덕적 접근방법에 대한 거부감이었을 것이다. 이 방법은 굽힐 줄 모르는 듯 보이지만 실행에 옮겨질 때에는 온갖 것에 굴복하고 이로 인해, 우선 경험에 주의를 기울이고 이를 관찰함으로써 법칙을 얻는다는 정확한 접근방법과는 정반대다. 물론 그는 자연법칙과 윤리법칙의 차이를 알았다. 하나는 윤리 없는 자연에서 읽어내야 하지만 다른 하나는 덜 완고한 인간본성에 부여해야 한다. 하지만 오늘날 이 구별에 뭔가가 맞지 않다는 것이 그의 생각이었고 그는 이때 도덕은 100년가량 지각한 사고상태에 있고 따라서 변화된 욕구에 적응하기가 매우 힘들다고 막 말하려 했다. 그런데 그의 설명이 여기까지 오기 전에 아가테가 아주 단순해 보이지만 한순간 그를 당황하게 하는 대답으로 그의 말을 끊었다.

"그럼 선함이 선하지 않아?" 그녀는 훈장을 갖고, 일반인의 판단에 따르면 선하지 않다고 할 짓을 했을 당시와 비슷한 것을 눈에 담고 오빠에게 물었다.

"맞아." 그가 활기차게 대답했다. "정말로, 먼저 이런 문장을 하나 만들어야 해. 원래의 의미를 다시 느끼려면! 하지만 아이들은 여전히 선을 단것처럼 좋아하지 ⋯ ."

"하지만 선은 어른들의 열정인가?" 울리히가 물었다. "그건 그들의 원칙이지! 그들은 선하지 않아. 그건 그들에게는 유치하게 여겨질 거고 그들은 선하게 행동하지. 선한 인간은 선한 원칙을 가지고 선한 일을 하는 사람이야. 이때 그가 최고로 역겨운 놈일 수 있다는 건 공공연한 비밀이야!"

"하가우어를 봐." 아가테가 보충했다.

"이런 선한 인간들에게는 역설적인 무의미함이 들어 있어." 울리히가 말했다. "그들은 상태를 요구로, 은총을 규정으로, 존재를 목적으로 만들어! 이 선인(善人) 가족에게는 먹을 게 평생 찌꺼기밖에 없어. 게다가 언젠가 한번 그 찌꺼기가 생겨난 잔치가 있었다는 소문이 돌지! 분명, 가끔씩 몇몇 미덕이 새로 유행하겠지만, 그러자마자 다시 신선함을 잃어."

"언젠가 오빠가 동일한 행동이 맥락에 따라 선하거나 악할 수 있다고 말했지?" 이제 아가테가 물었다.

울리히가 동의했다. 그것은 도덕적 가치는 절대적 크기가 아니라 기능개념일 뿐이라는 그의 이론이었다. 하지만 우리가 도덕화하고 일반화하면 그것들을 자연스런 전체에서 분리하게 된다. "아마 여기가 뭔가가 미덕으로 가는 도중에 잘못되는 지점일 거야." 그가 말했다.

"그렇지 않다면 도덕적 인간이 어떻게 그렇게 지루할 수가 있겠어."

아가테가 보충했다. "선하고자 하는 그들의 의도는 상상할 수 있는 것 가운데 가장 황홀하고 가장 어렵고 가장 흥미로운 것인데!"

오빠는 동요했다. 하지만 갑자기 그와 그녀를 곧 독특한 관계에 빠지게 하는 주장 하나가 그의 입에서 새어 나왔다. "우리의 도덕은", 그가 설명했다. "내면의 움직임의 결정체이며 이 움직임과는 완전히 다른 것이야! 우리가 말하는 것은 모두 하나도 맞지가 않아! 문장 하나를 예로 들어 보자. 막 이 문장이 떠올랐어. '감옥에는 후회가 만연해야 한다!' 최고의 양심을 가지고 말할 수 있는 문장이지. 하지만 어느 누구도 이를 말 그대로 받아들이지는 않아. 안 그러면 수감자들을 지옥불에 빠뜨리라는 결론이 나올 테니까! 그럼 우리는 이걸 어떻게 받아들이지? 무엇이 후회인지 확실히 아는 사람은 별로 없지만 누구나 후회가 어디에서 만연해야 하는지를 말해. 또는 그냥, 어떤 것이 너를 고양한다고 생각해 봐. 도대체 그건 어디에서 도덕으로 날아왔지? 언제 우리는 그렇게 먼지 속에 얼굴을 박고 누웠지, 고양되는 것이 우리를 행복하게 하도록? 또는 어떤 사고가 너를 사로잡는다는 것을 말 그대로 받아들여 봐. 이 만남을 육체적으로 느끼는 순간 너는 벌써 정신병자들의 왕국으로 들어간 거야! 이렇게 모든 단어는 말 그대로 받아들여지고 싶어 하지. 안 그러면 그건 썩어서 거짓이 돼. 하지만 어떤 것도 말 그대로 받아들여서는 안 돼. 안 그러면 세계는 정신병원이 될 거야! 어떤 커다란 도취가 어두운 기억으로서 거기서 솟아오르고 가끔씩, 우리가 체험하는 모든 것이 옛 전체의 찢겨져 나오고 파괴된 일부라는 생각이 들어. 우리는 이 부분들을 언젠가 잘못 보충했어."

이 언급이 있었던 대화는 도서관 겸 서재에서 이루어졌고 울리히가 여행에 가지고 온 몇 권의 책을 앞에 두고 앉아 있는 동안 누이는 아버지가 유품으로 남겨 이제 자신이 공동상속인이 된 법률책과 철학책들을 뒤적이고 있었고 그 일부를 자신의 질문의 촉진제로 썼다. 소풍을 다녀온 후 오누이는 거의 집을 떠나지 않았다. 그들은 이런 식으로 소일했다. 가끔씩 그들은 정원에서 산책했는데, 겨울은 정원의 벌거벗은 관목들에서 잎을 모조리 떼어냈고 그 아래에서는 도처에 습기에 부푼 흙이 모습을 드러냈다. 이 광경은 고통스러웠다. 대기는 오랫동안 물속에 잠겨 있었던 것처럼 창백했다. 정원은 크지 않았다. 길들은 잠시 후 출발점으로 되돌아갔다. 이 길을 걷는 두 사람은 맴을 도는 상태였다. 물길이 차단선 앞에서 높이 솟아오르면서 돌듯이. 집 안으로 돌아오면 거실은 어둡고 아늑했고 창문은 빛이 들어오는 깊은 수직갱도와 비슷했는데, 이를 통해 낮이 가느다란 상아로 이루어진 듯 너무나 섬세하고 뻣뻣하게 비쳐 들어왔다. 이제 아가테는 울리히의 마지막 활기찬 외침 이후, 그녀가 앉아 있던 책장용 사다리에서 내려왔고 대답 없이 그의 어깨 위에 한 팔을 얹었다. 그것은 이례적인 다정함이었다. 처음 만났던 저녁 그리고 며칠 전 양치기 오두막에서 귀가할 때 나눈 두 번의 키스를 빼고는 형제간의 자연스런 냉담함은 여전히 말이나 작은 친절 이상으로 풀어지지 않았고 그 두 번도 친밀한 접촉의 효과가 예기치 못함과 명랑함의 효과에 가렸기 때문이었다. 하지만 이번에 울리히는 곧장 누이가 고인에게 몇 마디 말 대신에 준 따뜻한 스타킹밴드를 생각했다. 그리고 그의 머릿속으로 이런 생각이 지나갔다. '아가테는 애인이 있는 게 확실해. 하지만 그를 아주 중요하게 여기는 것 같지도 않아. 그렇지 않다면 이렇게 태연하게 여기 머무르지는 못할 거야!' 그녀가 그와는 무관하게 여자로서의 삶을 살았고 앞으로도 그럴 여자라는 것은 유효했다. 그의 어깨는 조화롭게 분배된 무게에서 벌써 그녀 팔의 아름다움을 느꼈고 그는 누이 쪽 측면에서, 가까이 있는 그녀의 금발 겨드랑이와 가슴의 윤곽을 어렴풋이 느꼈다. 하지만 이렇게 앉아 말 없는 포옹에 저항 없이 내맡겨져 있지 않기 위해 그는 손으로 목 근처에 놓인 그녀의 손가락을 잡았고 이 접촉으로 다른 접촉을 덮었다. "사실, 우리가 이런 이야기를 하는 게 좀 유치해." 그가 조금은 언짢아하며 말했다. "세계는 활동적 결정으로 가득 차 있어. 그런데 우리는 여기 앉아서 게으르게 선의 단것과 그것을 담을 수 있는 이론적 단지에 대해 무성한 말을 하고 있어!"

아가테는 손가락을 빼냈지만 손은 다시 원래 자리로 되돌려놓았다. "대체 뭘 그렇게 내내 읽고 있어?" 그녀가 물었다.

"너도 알잖아", 그가 대답했다. "자주 내 등 뒤에서 내 책을 들여다보잖아!"

"그래도 모르겠어."

그는 이에 답을 해야 할지 결정할 수 없었다. 이제 의자를 끌어당긴 아가테는 그의 뒤에 웅크리고 앉았고 얼굴은 그냥 평화롭게 그의 머리카락 속에 놓았다. 마치 그 속에서 잠이라도 자듯. 놀랍게도 이에 울리히는 그의 적수 아른하임이 팔로 그를 감쌌던, 마구 흘러들어오는 다른 존재의 접촉이 갈라진 틈을 통해서인 양 그의 내면으로 몰려들던 그 순간을 상기했다. 하지만 이번에는 그의 본성이 낯선 존재를 밀쳐내지 않았고, 한참을 산 한 인간의 심장을 가득 채운 불신과 거부감의 자갈더미 아래 파묻혀 있던 뭔가가 이 낯선 존재를 향해 나

236

아갔다. 아가테와 그의 관계는 누이와 여자, 낯선 사람과 여자 친구 사이에서 부유했고 이 모든 것 가운데 어떤 것과도 같다고 할 수 없었고, 이미 자주 숙고해 보았지만, 사고나 감정의 일치도 아니었다. 하지만 그는 이 순간 거의 놀라워하며 알아차렸다. 이것이 비교적 적은 날들에 있었던, 당장에는 반복될 수 없는 수많은 인상들에서 생겨난 사실과 완전히 일치했음을. 그래서 아가테의 입은 다른 요구 없이 그의 머리카락 위에 놓여 있었고 그의 머리카락은 그녀의 입김으로 인해 따뜻하고 촉촉해졌다. 그것은 정신적이면서도 육체적이었다. 아가테가 질문을 반복했을 때, 신을 믿었던 청소년 시절 이후로는 더 이상 느끼지 못했던 그런 진지함이 울리히를 엄습했기 때문이었다. 그리고 그의 등 뒤 공간에서 출발해서 그의 사고가 머무르는 책에까지 그의 전 육체를 관통해 뻗어가는 이 가벼운 진지함의 구름이 다시 달아나기 전에 그는 대답을 했는데, 이 대답은 그 내용보다는 아이러니가 아예 없는 그 어조 때문에 그를 깜짝 놀라게 했다. 그는 말했다. "나는 성스런 삶의 길을 배우고 있어."

그는 일어섰다. 그녀에게서 몇 걸음 떨어져 섰지만 누이에게서 멀어지기 위해서가 아니라 거기서 그녀를 보기 위해서였다. "웃을 필요 없어." 그가 말했다. "나는 경건하지 않아. 나는 그 성스러운 길을, 우리가 자동차를 타고도 갈 수 있을까 하는 질문을 가지고 바라보았어!"

"내가 웃은 건", 아가테가 대답했다. "오빠가 말할 것이 너무 궁금해서야. 오빠가 가져온 책들은 내가 모르는 것들이지만 전혀 이해할 수 없지는 않을 거라는 생각이 들어."

"그거 알아?" 그녀가 안다고 벌써 확신하며 오빠가 대답했다. "격렬한 감정적 동요 한가운데서 갑자기 눈이 신과 세계가 떠나 버린 어떤 물건의 유희에 가 닿아. 그러면 우리는 더 이상 그것에서 벗어날 수가 없어! 갑자기 우리는 그 작은 존재에 의해, 무게도, 힘도 없이 바람에 날려가는 깃털처럼 들려 가지!"

"오빠가 그렇게 강조하는 격렬한 동요만 빼면 난 그걸 안다고 생각해!" 아가테가 대답했고 이제 다시 오빠의 얼굴에 나타난, 부드러운 말과는 전혀 어울리지 않는 난폭한 당혹감에 미소를 지어야 했다. "가끔 보기와 듣기를 잊고, 말하기는 완전히 사라져. 그래도 바로 그런 시간에 우리는 한순간 자신에게로 돌아온다고 느껴!"

"난 이렇게 말하겠어." 울리히가 활기차게 계속했다. "그건 상들을 반사하는 거대한 수면 위로 멀리 내다볼 때와 비슷한데, 눈은 어둠을 보고 있다고 믿지. 모든 게 너무나 밝거든. 그리고, 저편 기슭의 사물들이 땅 위에 서 있지 않은 듯 보이고 거의 고통과 혼란을 느끼게 할 정도로 부드럽고 지나치게 선명하게 공중에서 아른거리지. 그건 이 인상 속에서 나의 상승이면서 나의 상실이야. 우리는 모든 것과 연결되어 있지만 어떤 것에도 접근할 수가 없어. 너는 여기 서 있고 세상은 저기 서 있어. 초자아적이기도 하고 초대상적이기도 하지. 하지만 둘 다 거의 고통스러울 정도로 선명해. 그리고 평소 섞여 있던 것을 분리하고 연결하는 것은 어두운 번쩍임, 범람과 소멸, 안팎으로 진동하기야. 너희들은 물속의 물고기처럼 또는 공기 중의 새처럼 헤엄치지만 기슭이 없고 가지도 없고 이 헤엄침 말고는 아무것도 없다!" 울리히는 시를 지었을 것이다. 하지만 그의 금속성 언어의 불꽃과 단단함은 그 부드럽고 아른거리는 내용과는 대조를 이루었다. 그는 평소 그를 지배하던 조심성을 던져 버린 듯했고 아가테는 어안이 벙벙해서 그를 바라보았지만 불안한 기쁨도 없지 않았다.

"오빠 말은", 그녀가 물었다. "그 뒤에 어떤 것이 있다는 거야? '변덕' 또는 얄밉게 진정시키는 그런 단어들 이상의 것이?"

"내 말이 아니야!" 그는 이제 다시 이전의 자리에 앉았고 거기 놓인 책을 뒤적였고 아가테는 그에게 자리를 마련해 주기 위해 일어섰다. 이어 그는 책 한 권을 펼치며 이렇게 말했다. "성자들은 이렇게 서술해." 그는 낭독했다. "이 며칠 동안 나는 지나치게 불안했다. 때로는 잠시 앉아 있기도 하고 때로는 이리저리 집안을 거닐었다. 그것은 고통 같았고 그럼에도 불구하고 고통이라기보다는 달콤함이라 부를 수 있었다. 거기에는 싫증이 없었고 이상한, 아주 초자연적 편안함이 있었으니까. 나는 나의 모든 능력을 어두운 힘으로까지 상승시켰다. 그때 나는 소리 없이 들었고 빛 없이 보았다. 그 후 나의 심장은 바닥이 없어졌고 나의 정신은 형태가 없어졌고 나의 본성은 본질이 없어졌다." 둘은 이 단어들이 그들 자신을 집과 정원을 거닐도록 내몰았던 그 불안과 유사하다는 생각이 들었고 더욱이 아가테는 성자들도 그들의 심장이 바닥이 없고 그들의 정신이 형태가 없다고 말했다는 데 큰 기쁨을 느꼈다. 하지만 울리히는 곧 다시 그의 아이러니에 사로잡힌 듯 보였다.

그는 설명했다. "성자들은 말하지. 그전에 나는 감금되어 있었고 그 후 내게서 끌어내져 나도 모르게 신 안으로 가라앉혀졌다고. 사냥에 나선 황제들은 — 그들의 이야기를 우리는 독본에서 읽었지 — 이를 다르게 서술해. 그들은 뿔 속에 십자가를 가진 사슴이 나타났고 그래서 사냥용 창을 내려놓았다고 이야기하지. 그 후 그들은 그 자리에 예배당을 짓게 하는데, 다시 계속 사냥하기 위해서야. 내가 교류하는 부유하고 영리한 부인들은 네가 그런 것을 물어보면 곧장 이렇게 대답할 거야. 그런 체험을 마지막으로 그린 사람이 반 고흐라고. 어쩌면 화가 대신 릴케의 시에 대해서도 말할 거야. 하지만 일반적으로 반 고흐를 선호하지. 그가 탁월한 투자대상이고, 자기 그림이 사물들의 열정 옆에서 충분하지 못하다는 이유로 자기 귀를 잘랐으니까. 이에 반해 우리 민족 대다수는 귀 자르기는 독일적 감정표현은 아니며 산 정상에서 체험하는 간과할 수 없는 전망의 공허함이 그것이라고 말할 거야. 그들에게는 고독, 작은 꽃, 속삭이는 작은 시내가 인간적 고양의 총체 개념이거든. 있는 그대로의 자연을 향유한다는 이 고루함 속에는 불가사의한 두 번째 삶의 마지막 작용이 여전히 오해를 받으며 들어 있고, 한마디로, 이것은 지금 있거나 예전에 있었음에 틀림없어!"

"그럼 오빠는 그걸 조소해서는 안 돼." 아가테가 지식욕에 어두워지고 조바심에 환해지며 이의를 제기했다.

"사랑하기 때문에 조소하는 거야." 울리히가 짧게 대답했다.

12
성스러운 대화.
변화무쌍한 진전

그 후 늘 많은 수의 책이 — 일부는 집에서 가져온 것이고 일부는 나중에 산 것이었다 — 책상 위에 놓여 있었고 그는 때로는 그냥 말했고 때로는 책에서, 쪽지를 꽂아 표시해 두었던 많은 구절 가운데 한 구절을 펼쳤는데, 증거로 아니면 자신이 한 말을 말 그대로 반복하고 싶었기 때문이었다. 그것은 대개는 신비주의자들의 삶의 서술이었고 개인적 언급이었거나 이에 대한 학문적 저술이었고, 보통 그는 "여기서 무슨 일이 벌어지고 있는지 한번 가능한 한 냉철하게 살펴보자"라는 말로 거기서 대화의 가지를 쳤다. 그것은 조심스런 태도였고 그는 자발적으로는 이를 쉽게 포기하지 않았으며 한번은 이렇게도 말했다. "지난 세기들의 남자들과 여자들이 남긴, 신에게 사로잡힘의 상태에 대한 이 묘사를 통독할 수 있다면 너는 철자 사이사이에 진리와 현실이 있다는 걸 발견하겠지만 그래도 이 철자로 구성된 주장들은 너의 현재 의지에 극도로 거슬릴 거야." 그는 계속했다. "그들은 흘러넘치는 광채에 대해 말하지. 끝없는 광막함, 끝없이 충만한 빛에 대해. 모든 사물과 영혼의 힘의 '통일'에 대한 예감에 대해. 놀랍고도 뭐라 서술할 수 없는 심장의 도약에 대해. 너무 빨라서 모든 것이 동시에 일어나는 그리고 세상에 떨어지는 불꽃방울 같은 인식에 대해. 다른 한편 그들은 망각과 더 이상 이해할 수 없음에 대해 말하지. 그래, 사물의 몰락에 대해. 그들은 열정에서 벗어난 무시무시한 평온함에 대해 말해. 벙어리 되기에 대해. 사고와 의도의 사라짐에 대해. 먼 눈으로 선명하게 보기에 대해. 죽었지만 초자연적으로 살아 있는 명증성(明證性)에 대해. 그들은 이를 '비워지기'라고 명명하고 그 어느 때보다도 더 충만한 방식으로 산다고 주장하지. 표현하기가 어렵기 때문에 어른어른 베일에 가려 있긴 하지만 이것은 심장이 우연히 — '탐욕과 포만을 느끼면서'라고 그들은 말해! — 무한한 애정과 무한한 고독 사이, 그 어디에도 없지만 어딘가에 있는 바로 그 유토피아적 지역에 처하면 우리가 오늘날도 가지게 되는 그 느낌이 아닐까?!"

울리히가 가진 짧은 숙고 휴지기에 아가테의 목소리가 끼어들었다. "그건 언젠가 오빠가 우리 내면에 쌓인 두 개의 층이라고 불렀던 거야!"

"내가 언제?"

"오빠는 목적지 없이 시내로 갔고 그 속에서 해체되는 것 같았어. 하지만 동시에 오빠는 도시를 좋아하지 않았어. 그리고 내가 말했지. 내게는 그런 일이 자주 일어난다고."

"오, 그래! 넌 심지어 '하가우어'라고 말했어!" 울리히가 외쳤다. "그리고 우리는 웃었어. 이제 기억이 나. 하지만 우리가 정말로 말하려고 했던 건 그게 아니야. 나는 네게 안 그래도 벌써, '주면서 받는 보기', 남성적 원리와 여성적 원리, 자웅동체(雌雄同體)라는 근원적 환상 그리고 그 비슷한 것에 대해 이야기했어. 나는 이에 대해 많은 말을 할 수 있어! 내 입이 내게 달(月)만큼 떨어져 있기라도 하듯. 밤에 수다를 떨 친구가 필요할 때면 달은 늘 현장에 있거든! 하지만 이 경건한 자들이 영혼의 모험에 대해 이야기하는 것", 울리히는 계속했고 그의 말들의 쓰디씀 속으로 다시 객관성과 경탄이 섞여 들었다. "그건 가끔씩 스탕달적 연구의 힘과 가차 없는 확신으로 쓰였어. 물론, ─ 그는 제한했다 ─ 그들이 순수하게 현상에 머물고, 신을 직접 체험하도록 신에게 선택되었다는 우쭐한 확신에 의해 날조된 판단이 거기에 섞이지 않는 한은 그래. 그러는 순간 당연히 그들은 서술하기 어려운, 주어도 동사도 없는 그들의 인지를 더 이상 이야기하지 않고 주어와 목적어를 가진 문장으로 말하거든. 그들이 영혼과 신을, 그

242

사이에서 기적이 열리는 두 개의 문설주처럼 믿기 때문이지. 그래서 그들은 영혼이 육체에서 끌어내어져 주(主) 속에 가라앉혀졌다거나 주가 연인처럼 그들 속으로 파고들었다는 말을 해. 그들은 신에 붙잡히고 삼켜지고 현혹당하고 약탈당하고 강간당하지. 또는 그들의 영혼은 그에게로 확장되고 그 속으로 파고들고 그를 맛보고 그를 사랑으로 포옹하고 그가 말하는 걸 들어. 이때 현세적 모범은 오인될 수 없어. 그리고 지금 이 묘사들은 무시무시한 발견들에 더 이상 필적하지 않고, 연애시인이 오직 하나의 견해만 허용되는 자신의 대상을 치장하는 단조로운 이미지들과만 닮았을 뿐이야. 이 보고들은 적어도 나를 — 난 신중하라고 교육받았거든 — 고문해. 선택된 자들은 신이 그들에게 말했다고 또는 그들이 나무와 동물의 말을 이해했다고 다짐하는 바로 그 순간, 무엇이 그들에게 전달되었는지를 내게 말하기를 중단하기 때문이야. 그리고 어쩌다 한 번 보고한다고 해도 개인적 사안들만 드러나거나 잘 알려진 교회 소식만 나오지. 누구도 정확한 연구자의 얼굴을 갖지 않았다는 건 정말 유감이야!"

그는 자신의 긴 답변을 이렇게 끝냈다.

"그들이 그럴 수 있다는 거야?" 아가테가 그를 시험했다.

울리히는 잠시 망설였다. 그 후 신앙고백자처럼 대답했다.

"모르겠어. 그 일이 내게 일어날 수도 있어!" 그는 자신이 하는 말을 들었을 때 미소를 지었는데, 다시 말을 제한하기 위해서였다.

아가테도 미소를 지었다. 그녀는 이제 자신이 듣기를 갈망했던 대답을 들은 듯했고 그녀의 얼굴은 갑작스런 긴장 중단에 뒤따르는 어찌할 바 모르는 작은 실망의 순간을 반영했다. 그녀는 아마 그냥 오빠를 새로 추동하려 했기 때문에 이렇게 이의를 제기했을 것이다. "오빠도 알겠지만", 그녀가 설명했다. "나는 아주 경건한 시설에서 교육을 받았어. 그 결과 내 내면에서 희화화(戱畫化)에 대한 욕구가 생겼고 누군가 경건한 이상들을 이야기하면 난 그냥 파렴치해져. 우리 교사들은 두 가지 색이 십자가를 만드는 수도복을 입었고 그건 분명 최고의 사상 가운데 하나를 상기시켰고 이런 식으로 우리는 하루 종일 그걸 눈앞에서 보아야 했지. 하지만 우리는 단 1초도 그 사상을 생각하지 않았고 수녀님들을 그들의 외모와 비단처럼 부드러운 말투 때문에 그냥 '십자거미'라고 불렀어. 그래서 오빠가 낭독하는 동안 난 때로는 울 것 같았고 때로는 웃음이 날 것 같았어."

"그게 무얼 입증하는지 알아?" 울리히가 외쳤다. "다름 아니라, 우리 내면에 어떤 방식으로든 존재할 선을 향한 힘은 확고한 형식 속에 가두면 곧장 벽을 갉아 구멍을 내고 그걸 통해 당장 악으로 달아난다는 거야! 이건 내가 장교였고 동료들과 함께 왕좌와 제단을 보호했던 시절을 떠오르게 해. 그 후 내 생애에서 두 번 다시 이 두 가지에 대해 당시 우리가 그랬던 것처럼 그렇게 자유롭게 말하는 걸 들어 본 적이 없어! 감정은 얽매이는 것을 참을 수 없고 특히 특정한 감정들은 더 그래. 나는 너희의 성실한 교사들 스스로는 너희에게 설교한 것을 믿었다고 확신해. 하지만 믿음은 1초도 지속되어서는 안 돼! 바로 이거야!"

비록 울리히가 서두르는 와중에, 그녀에게서 믿음의 기쁨을 빼앗아 버린 수녀들의 믿음이 그저 어떤 '절임'이었음을 만족스럽게 표현하지는 못했지만 아가테는 이를 스스로 이해했다. 이 저장물은 이른바 그것의 본성 속에 담가져 믿음이라는 특성은 잃지 않았지만 그럼에도 불구하고 신선하지 않았고, 심지어 입증할 수 없는 방식으로 원래와는 다른 상태로 들어섰다고 할 수 있었다. 이 원래의 상태는 도망쳐 버린 반항적 신의 생도에게 이 순간 예감으로서 눈앞에 어른거렸을 것이다.

이것은 그들이 이미 도덕에 대해 이야기한 다른 모든 것들과 더불어 오빠가 그녀 속에 가라앉힌 통절한 의심이었고, 그 후 그녀가 명확히 이해하지는 못하면서도 느낀 내적 재(再)각성의 상태였다. 그녀가 의도적으로 내보였고 내면에서 촉진했던 무관심의 상태가 늘 그녀의 삶을 지배하지는 않았으니까. 한번 무슨 일이 일어났고 이때 자기 처벌에 대한 그 욕구가 곧바로 깊은 낙담에서 솟아올랐고 이 낙담은 그녀를 자격 없는 사람으로 보이게 했는데, 그녀가 자신에게는 고상한 느낌에 대해 신의를 지키는 것이 허락되지 않았다고 믿었기 때문이었다. 그리고 그 이후 그녀는 자신의 심장의 태만함 때문에 스스로를 경멸했다. 그 사건은 아버지 집에서 보낸 소녀의 삶과 하가우어와의 이해할 수 없는 결혼 사이에 일어났고, 너무나 짧은 기간이어서 지금까지는 이에 대해 물어보는 것조차 울리히의 관심에서 벗어나 있었다. 그때 일어난 일은 짧게 이야기할 수 있다. 아가테는 열여덟 살에 그녀보다 약간 연상인 남자와 결혼했고, 결혼에서 시작해서 그의 죽음으로 끝난 여행에서 도중에 걸린 전염병으로 몇 주 만에 그를 다시 빼앗겼는데, 그들이 미래의 집을 고르기도 전이었다. 의사들은 이를 '티푸스'라고 명명했고 아가테는 그들을 따라 이를 말했고 그 속에서 질서라는 허상을 발견했는데, 그것이 그 사건의, 세상에서 사용되기 위해 편편하게 갈아진 측면이었기 때문이었다. 하지만 매끄럽게 갈아지지 않은 측면에서 그 사건은 달랐다. 그때까지 아가테는 온 세상이 존경하는 아버지 옆에서 살았고 그래서 아버지를 사랑하지 않으면 부당한 일을 하는 것이라는 사실을 의심하면서도 수용했고, 학교에서 느낀 스스로에 대한 불확실한 기대는 학교가 그녀의 내면에 일깨운 불신 탓에 세상에 대한 그녀의 관계를 확고하게 하지 못했다. 나중에는 이와 반대로 그녀가 두 젊은이의 결혼에서 생겨난 모든 장애물을 — 물론 연인의 가족들은 서로 아무 반대도 하지 않았다 — 갑작스럽게 깨어난 생동감과 젊은 연인과의 공동의 노력으로 몇 달 만에 극복했을 때, 그녀는 단번에 더 이상 고립되어 있지 않았고 바로 이를 통해 그녀 자신이었다. 따라서 그것은 사랑이라 명명될 수 있었다. 하지만 사랑을 태양을 바라보듯 보는 연인들이 있고 그들은 그냥 눈이 먼다. 그리고 사랑의 빛을 받은 삶을 처음으로 놀라 바라보는 연인들이 있다. 아가테는 후자였고 그녀는 자신이 동반자를 사랑하는지 다른 어떤 것을 사랑하는지 몰랐다. 그때 사랑의 빛이 비추지 않는 세계의 언어로 '전염병'이라 불리는 그것이 왔다. 그것은 삶의 낯선 영역에서 온, 너무나 느닷없이 들이닥친 공포의 폭풍우, 저항, 깜빡거림 그리고 꺼짐, 서로를 꼭 끌어안은 두 인간의 불행, 악의 없는 세상의, 구토, 오물, 두려움 속으로의 침몰이었다.

아가테는 자신의 감정을 파괴한 이 사건을 결코 인정하지 않았다. 절망으로 인해 망연자실한 그녀는 죽어 가는 남편의 침대 앞에 무릎을 끓었고, 아이였을 때 자신의 병을 극복하게 해준 그 힘을 다시 불러낼 수 있다고 스스로를 격려했다. 그럼에도 불구하고 병은 진행되었고 환자의 의식이 이미 사라졌을 때 그녀는 낯선 호텔방에서 이해력을 상실한 채, 버려진 얼굴을 응시했고 위험에도 아랑곳없이 죽어 가는 자를 두 팔로 끌어안았으며 격노한 간병인이 염려하는 현실에는 전혀 주의를 기울이지 않은 채 몇 시간이고 그의 멀어 가는 귀에 대고 이렇게 중얼거리기만 했다. "죽어서는 안 돼, 죽어서는 안 돼, 죽어서는 안 돼!" 하지만 모든 것이 지나갔을 때 그녀는 놀라서 일어섰고 특별히 뭔가를 믿지도, 생각하지도 않았고 그냥 고독한 존재의 꿈꾸는 능력과 고집에서, 이 텅 빈 놀라움의 순간부터 이 사건을 내적으로 이것이 최종적이 아니라는 듯 다루었다. 인간이라면 누구나 불행한 소식을 믿지 않으려 하거나 돌이킬 수 없는 것을 위안을 얻게끔 채색할 때 이와 비슷한 조짐을 보이기도 한다. 하지만 아가테의 태도에서 특별한 점은 이런 반작용의 강도와 확장이었고 사실 갑작스럽게 터져 나오는 세상에 대한 경멸이었다. 그 이후로 그녀는 새로운 것은 의도적으로 현재의 것이라기보다는 최고로 불확실한 것인 양 받아들였다. 이는 그녀가 옛날부터 현실에 대해 내보였던 불신으로 인해 그녀에게는 아주 쉬운 태도였다. 이와 반대로 과거의 사건은 그 충격을 감수하는 와중에 경직되었고 평소 회상하면서 일어나는 것보다 훨씬 더 느리게 시간에 의해 침식되었다. 하지만 여기에는 꿈의 증폭, 일방성, 의사가 불려오는 왜곡된 상황은 아무것도 없었다. 이와 반대로 아가테는 겉으로는 아주 말짱한 정신으로 별다른 요구 없이 방정하게 그냥 조금 지루해하며 살아갔다. 그러면서 삶에 대한 무의지의 가벼운 고양을 느꼈는데, 이것은 아이였을 때 너무나 특이하게도 자발적으로 겪었던 그 열병과 정말로 비슷했다. 안 그래도 인상들을 쉽게 일반적인 것으로 해체할 수 없는 그녀의 기억 속에서 과거의 일과 끔찍한 일이 흰 천으로 감싸인 시체처럼 매시간 현재진행형으로 머물러 있다는 것, 이는 너무나 정확한 기억과 연결되어 있는 온갖 고통에도 불구하고 그녀를 행복하게 했다. 이것이 아직 모든 것이 끝나지 않았다는 뒤늦게 온 불가사의한 암시처럼 작용했고 정서의 퇴락 속에서 그녀에게 불특정하지만 고상한 긴장을 유지해 주었기 때문이었다. 사실 물론 이 모든 것은 그녀가 자신의 존재 의미를 다시 상실했고 의식적으로 자신을 나이에 맞지 않은 상태로 옮겨 놓았다는 결과를 낳았을 뿐이었다. 늙은이들만이 지나간 시간의 경험과 성공에 머물면서 현재의 것과 더 이상 접촉하지 않고 사니까. 아가테를 위해 다행스러웠던 것은 당시의 그녀 나이의 사람은 누구나 영원을 위한 나름의 계획을 세우지만 이에 비해 1년은 거의 절반의 영원과 같은 무게가 나간다는 것이다. 그래서 그녀에게도 얼마의 시간이 지난 후, 억압된 본성과 묶인 환상이 거칠게 해방되는 일이 없을 수가 없었다. 어떻게 그 일이 일어났는지 개별사항은 전혀 상관이 없었다. 다른 상황이었다면 아무리 애를 써도 그녀가 균형을 잃어버리도록 할 수 없었을 테지만 한 남자가 이 일을 해냈고 그는 그녀의 연인이 되었다. 그리고 이 반복 시도는 광신적 희망을 품었던 아주 짧은 시간 후 열정적 각성으로 끝났다. 아가테는 이제 현실의 삶도, 비현실의 삶도 그녀에게 침을 뱉었고 자신은 드높은 결의에는 어울리지 않는다고 느꼈다. 그녀는 오랫동안 미동도 없이 기다리는 자세를 취하다 결국 어떤 지점에서 갑자기 온갖 혼란에 빠지는 그런 격렬한 인간이었고 그 때문에 실망 속에서 곧 새로운 경솔한 결심을 했는데, 간단히 말해, 살짝 거부감을 불러일으키는 남자와 같이 살라고 스스로에게 선고를 내림으로써, 그녀가 지은 죄와는 정반대 방식으로 자신을 벌하는 것이었다. 그리고 그녀가 스스로를 벌하려고 찾아낸 남자가 하가우어였다.

"그건 물론 그에게 정당하지도, 사려 깊지도 않은 행동이었어!" 아가테는 시인했고, 심지어 이 일이 이 순간 처음으로 일어났음도 인정해야 한다. 정의와 배려는 젊은 사람들에게 사랑받는 미덕은 아니니까. 아무튼 동거를 통한 그녀의 이 '자기처벌'도 사소한 벌은 아니었고 아가테는 이제 이 사안을 계속 살펴보았다. 그녀는 멀리 나갔고 울리히도 책에서 뭔가를 찾고 있어 대화를 계속하기를 잊어버린 듯 보였다. '이전 세기들에는', 그녀는 생각했다. '지금 나와 같은 감정상태인 사람은 수도원에 들어갔을 거야.' 그 대신 그녀가 결혼했다는 것에는 지금까지 알아차리지 못했지만 순진한 코믹도 없지 않았다. 그녀의 젊은 감각이 더 일찍 알아차리지 못했던 이 코믹은 물론 세계도피에 대한 욕구를 최악의 경우 관광호텔에서, 보통은 알프스산의 호텔에서 충족시키고 심지어 교도소에 아늑한 가구를 비치하려고 애쓰는 현시대의 코믹과 별반 다르지 않았다. 거기서는 아무것도 과장하지 않으려는 깊은 유럽적 욕구가 말을 한다. 오늘날 어떤 유럽인도 자신을 채찍질하지 않고 재로 몸을 문지르지도 않고 혀를 자르지도 않고 정말로 헌신하지도 않고 모든 인간들과 관계를 끊지도 않고 열정 때문에 눈이 멀지도 않고 바퀴 아래 깔리거나 창으로 몸을 찌르지도 않는다. 하지만 각자는 가끔씩 이런 욕구를 느끼고 그래서 도대체 무엇을 기피해야 하는지, 소망인지 금지인지 말하기가 어렵다. 왜 하필 금욕주의자가 단식을 해야 하는가, 방해하는 환상만 가져올 뿐인데! 이성적 금욕은 영양공급이 끊임없이 잘 유지되는 가운데 드는 음식에 대한 거부감에 있다! 이런 금욕은 지속을 약속하고, 열정적으로 반항하는 가운데 육체에 매이게 되면 가질 수 없는 바로 그 자유를 정신에 허락한다! 오빠에게 배운 이런 씁쓸하면서도 재미있는 설명은 아가테에게 큰 힘이 되었다. 이것들은 경험 없는 그녀가 마치 의무인 듯 오랫동안 완고하게 믿었던 '비극적인 것'을 이름도, 목표도 없고 그 때문에 그녀가 체험했던 것과 더불어 결코 종결되지도 않는 아이러니와 열정으로 분해했으니까.

이런 방식으로 그녀는 오빠와 함께 있게 된 이후 비로소, 무책임한 삶과 그녀가 겪은 유령 같은 환상 사이의 커다란 틈으로 어떤 구원하는 그리고 해체된 것을 새로 연결하는 움직임이 들어옴을 인지했다. 예를 들어, 그녀는 지금 책과 회상을 통해 깊어진 침묵이 그녀와 오빠 사이를 지배하는 동안, 울리히가 목표 없이 걸어 도시로 밀고 들어갔고 동시에 도시가 그의 내면으로 밀고 들어왔다고 한 설명을 상기했다. 그것은 아주 정확히 그녀의 행복한 몇 주를 떠올리게 했다. 그리고 그가 그녀에게 이 이야기를 했을 때 그녀가 웃었다는 것, 아무 이유 없이 터무니없이 웃었다는 것도 옳았다. 그가 이야기한 세상의 이러한 전도, 이 행복하고 코믹한 뒤집힘이 심지어 키스하려고 오므린 하가우어의 두툼한 입술에도 있었음을 알아차렸기 때문이었다. 물론 그것은 전율이었다. 하지만 정오의 밝은 빛 속에서였다고 그녀는 생각했고 어째서인지 거기서, 그녀를 위한 모든 가능성이 다 지나가 버린 것이 아님을 느꼈다. 과거와 현재 사이에 늘 놓여 있던 어떤 무(無), 중단이 최근에는 날아가 버렸다. 그녀는 은밀히 주위를 둘러보았다. 그녀가 있는 방은 그녀의 운명이 생겨난 공간의 일부였다.

지금 그녀는 평생 처음으로 이 생각을 했다. 그녀는 아버지가 집에 없는 것을 알면 젊은 연인과 함께 여기에 왔는데, 그들이 서로 사랑하려는 커다란 결심을 했을 때였다. 여기서 또 그녀는 가끔씩 '부적절한 자'를 맞았고 남모르게 분노 또는 절망의 눈물을 흘리며 창가에 서 있었고 결국 여기서 아버지의 지원을 받은 하가우어의 청혼이 있었다. 재인식의 순간, 그동안 주목받지 못했을 뿐인 사건의 이면인 가구, 벽, 독특하게 가두어진 빛은 기이하게도 구체적이었고 모험적으로 그 속에서 벌어진 일은 너무나 신체적인, 더 이상 애매모호하지 않은 과거를 형성했다. 마치 재나 숯이 된 나무인 듯. 과거의 것에 대한 유쾌하면서도 그늘 같은 감정, 말라서 먼지가 된 자신의 옛 흔적을 마주하고 느끼는, 그리고 느끼는 순간 쫓아내 버릴 수도, 붙잡을 수도 없는 그 놀라운 간지럼만이 뒤에 남았고 거의 견딜 수 없을 정도로 강해졌다.

아가테는 울리히가 자신에게 주의를 기울이지 않음을 확인하고 조심스럽게 원피스의 가슴 부근을 열었다. 그곳 맨살 위에 수년 동안 몸에서 떼놓지 않은 작은 사진이 든 캡슐을 하나 보관하고 있었다. 그녀는 창가로 가서 밖을 보는 척했다. 그녀는 아주 작은 황금색 조개의 날카로운 가장자리를 조심스럽게 튕겨 열었고 죽은 연인을 멍하니 관찰했다. 그는 도톰한 입술, 부드럽고 숱이 많은 머리카락을 하고 있었고 여전히 반은 알 껍데기 안에 꽂혀 있는 얼굴에서 스무 살 남자의 익살스런 시선이 튀어나왔다. 그녀는 한참 동안 자신이 무슨 생각을 하는지 몰랐지만 갑자기 생각했다. '맙소사, 스물한 살의 인간이구나!'

그런 젊은 인간들은 서로 무슨 이야기를 하지? 자신들의 관심사에 어떤 의미를 부여하지? 자주 그들은 얼마나 우스꽝스럽고 불손한지! 그들이 어떻게 착상의 활발함을 그것의 가치로 착각하는지! 아가테는 기억의 비단종이에서, 제 딴에는 영리하게 그 속에 보관해 둔 옛 발언들을 기대에 차 풀어 놓았다. '맙소사, 그건 사실 거의 의미심장했어!'라고 그녀는 생각했다. 하지만 사실 대화가 있었던 정원을 상상하지 않으면 이마저도 확실히 주장할 수 없었다. 정원에는 이름을 모르는 독특한 꽃들, 지친 술꾼처럼 그 위에 앉아 있던 나비들, 그들의 얼굴 위를 하늘과 땅이 그 위에서 용해되기라도 하듯 흐르던 빛이 있었다. 그때와 비교해 보면, 비록 지나간 해의 숫자는 그다지 크지 않았지만, 오늘 그녀는 경험 많은 늙은 부인이었고 스물일곱 살 여자인 자신이 지금까지 아직도 스무 살인 남자를 사랑하고 있다는 불균형한 상황을 약간 당황하며 알아차렸다. 그는 그녀에게는 너무 젊어져 버렸다! 그녀는 자문했다. '이 나이인 나에게 이 소년 같은 남자가 정말 가장 중요한 것이라면 난 대체 어떤 감정을 가져야 하지?!' 그건 정말 독특한 감정이었으리라. 그 감정들은 그녀에게 아무 의미도 없었고 그녀는 그것에 대해 분명한 표상조차 가질 수가 없었다. 사실 모든 것은 무(無)로 해체되었다.

아가테는 크게 부풀어 오르는 감정을 느끼면서, 자신이 자신의 삶에 있었던 단 하나의 자랑스런 열정에서 오류를 저질렀음을 인정했고 이 오류의 핵심은 건드릴 수도, 붙잡을 수도 없는 불같은 안개로 이루어져 있어 이제, 믿음은 한 시간도 지속되어서는 안 된다고 또는 달리 명명되어야 한다고만 말할 수 있었으리라. 그리고 그것은 그들이 함께한 이후로 늘 오빠가 말하던 것이었고 그가 말한 대상은 늘 그녀 자신이었다. 비록 그가 온갖 개념들을 동원해 성가시게 했고 그녀의 조바심에 비하면 그의 조심성은 자주 너무나 느렸지만. 그들은 늘 다시 같은 대화로 되돌아왔고 아가테조차도 대화의 불꽃이 작아지지 않기를 바라는 열망에 불탔다.

이제 그녀가 울리히에게 말을 걸었을 때, 그는 한참 동안 대화가 중단되었음을 알아차리지 못했다. 하지만 오누이 사이에 벌어진 일을 그 흔적에서 벌써 알아차리지 못한 사람은 보고를 계속하시라. 그 속에서 그가 결코 승인할 수 없는 모험이 서술될 테니까. 그것은 가능성의 가장자리로의 여행, 불가능한 것과 부자연스러운 것, 심지어 혐오스러운 것의 위험을 지나가는, 어쩌면 항상 지나가지는 못하는 여행이었다. 울리히가 나중에 명명했듯, 그것은 제한된 특별한 유효성을 지닌 '경계선상의 경우'였고 진리에 도달하기 위해 가끔씩 부조리를 사용하는 수학의 자유를 상기시켰다. 그와 아가테는 신에게 사로잡힌 자의 일과 많은 연관성이 있는 길에 들어섰지만 이 길을 경건하지 않게, 신이나 영혼 심지어 피안과 환생에 대한 믿음도 없이 갔다. 그들은 이 세계의 인간으로서 이 길에 들어섰고 그렇게 그 길을 갔다. 그리고 바로 이것이 주목할 만한 것이었다. 아가테가 다시 그에게 말을 건 순간 울리히는 여전히 그의 책과 그녀가 한 질문에 열중해 있었고 그럼에도 불구하고 여교사들의 경건성과 그의 '정확한 얼굴' 요구에 대한 누이의 저항 때문에 중단된 대화를 단 한순간도 기억에서 잃어버리지 않았고 곧장 대답했다. "그것을 체험하기 위해 성자일 필요는 전혀 없어! 산속에서 넘어진 나무나 벤치에 앉아 풀을 뜯는 소 떼를 바라볼 때 벌써, 갑자기 다른 삶 안으로 옮겨진 것과 조금도 다르지 않은 일을 겪게 되거든! 우리는 우리 자신을 잃고 갑자기 자신에게로 오지. 너 스스로 벌써 이 이야기를 했어!"

"하지만 무슨 일이 벌어지지?" 아가테가 물었다.

"그럼 넌 우선 평범한 것이 무엇인지 이해해야 해, 누이 인간아!" 울리히는 너무 빨리 열광시키는 사고에 농담으로 제동을 걸려는 시도를 하며 설명했다. "평범한 것은 우리에게 소 떼는 풀을 뜯는 쇠고기 말고는 아무것도 의미하지 않는다는 거야. 또는 그건 풍경화의 대상이지. 또는 우리는 그것을 알아차리지도 못해. 산길에서 보는 소 떼는 산의 일부고 소 떼를 보며 체험하는 것을 그 자리에 소 떼 대신에 전자시계나 임대주택이 서 있으면 그때야 비로소 알아차릴 거야. 그렇지 않으면, 일어서야 할지, 앉아 있어야 할지 숙고하지. 소 떼 주위에 몰려든 파리가 성가시다고 생각하지. 소 떼 가운데 황소가 있는지 살펴보지. 길이 어디서 계속될까 숙고하지. 이것들은 수많은 작은 의도, 근심, 계산, 인식이고 이를 테면, 소 떼 그림이 그려진 종이야. 우리는 이 종이는 모르고 오직 그 위의 소 떼만 알아 ⋯ ."

"그리고 갑자기 종이가 찢어져!" 아가테가 끼어들었다.

"그래. 그 말은 우리 내면에 있는 어떤 무의식적 직조물이 찢어진다는 거야. 그러면 식용 가능한 것이 더 이상 풀을 뜯지 않아. 그럴 수 있는 것도 없어. 아무것도 너의 길을 막지 않아. 너는 '풀을 뜯다'나 '방목하다'와 같은 단어를 더 이상 말할 수가 없어. 거기에는 네가 갑자기 잃어버린 수많은 합목적적이고 유용한 표상들이 들어 있거든. 그림 표면에 남아 있는 것은 우선 느낌의 파도라고 부를 수 있을 텐데, 그것은 솟아오르고 가라앉고 또는 숨을 쉬고 빛을 내지. 마치 윤곽 없이 전체 시야를 채우듯이. 물론 그 속에 여전히 개별적 인지가 수없이 들어 있어. 색채, 뿔, 움직임, 냄새, 현실에 속한 모든 것들이. 하지만 이것들은 여전히 인식되기는 해도 이미 더 이상 인정되지 않아. 난 이렇게 말하고 싶어. 개별사항들은 우리의 주의를 끌었던 그들의 이기주의를 더 이상 가지지 않고 우애 있게, 말 그대로의 의미로 '친밀히' 서로 연결되어 있어. 그리고 당연히 어떤 '그림 표면'도 더 이상 없고 어째서인지 모든 것은 경계 없이 네 속으로 넘어가."

이제 다시 아가테가 활발히 묘사를 넘겨받았다. "지금 오빠는 그냥 개별사항들의 이기주의 대신 인간들의 이기주의라고 말하면 돼." 그녀가 외쳤다. "그건 표현하기가 너무나 어려운 것이야. '네 이웃을 사랑하라!'는 지금 이웃을 사랑하라는 뜻이 아니라 일종의 꿈의 상태를 나타내!"

"모든 도덕적 문장들은", 울리히는 확인했다. "일종의 꿈의 상태를 나타내고 이 상태는 이것을 담은 규칙들에서는 이미 달아나 버렸어!"

"그럼 사실 선도, 악도 없고 오로지 믿음만 있어. 또는 의심만!" 아가테가 외쳤는데, 그녀에게는 이제 자급자족하는 믿음의 원래 상태가 너무나 가까이에 있는 듯 보였고, 믿음은 1초도 지속되어서는 안 된다고 말했을 때 오빠가 말한, 도덕 속에서 이 원래 상태의 상실도 마찬가지였다.

"그래, 비본질적인 삶에서 빠져나오는 그 순간, 모든 것이 서로 새로운 관계를 맺지." 울리히가 동의했다. "거의 이렇게 말하고 싶어. 어떤 관계도 맺지 않는다고. 그건 우리가 여태 경험해 보지 못한 완전한 미지의 관계니까. 그리고 다른 관계는 모두 소멸했어. 하지만 이 관계만은 그 모호함에도 불구하고 너무나 분명해서 부인할 수가 없어. 이 관계는 강력하지만 이해할 수 없도록 강력해. 또 이렇게도 말할 수 있을 거야. 보통 우리는 어떤 것을 바라보고 그 시선은 막대기 또는 팽팽한 실 같고 여기에 눈과 광경이 서로 기대고 있지. 그리고 이런 종류의 커다란 직물이 매 초를 지탱해. 이와 반대로 지금 이 관계 속에서는 오히려 고통스럽고도 달콤한 어떤 것이 우리 눈의 광선을 분산시키지."

"우리는 세상에서 아무것도 소유하지 않고 더 이상 어떤 것도 확고하다고 여기지 않으며 어떤 것에도 붙잡히지 않아."아가테가 말했다. "모든 것은 잎사귀 하나 움직이지 않는 커다란 나무 같아. 이 상태에서는 어떤 저급한 짓도 할 수 없어."

"이 상태에서는 이에 부합하지 않는 것은 아무것도 일어날 수 없다고들 말하지."울리히가 보충했다. "'이 상태에 속하려는' 갈망이 이 상태에서 일어나는 모든 행위와 사고의 유일한 원인이고 사랑스런 규정이고 유일한 형식이지. 이 상태는 무한히 쉬고 있는 것이고 포괄적인 것이야. 그리고 이 상태에서 일어나는 모든 것은 그것의 조용하게 상승하는 의미를 증대시키지. 또는 증대시키지 않거나. 그러면 그것은 나쁜 것이지만 나쁜 것은 일어날 수가 없어. 그 순간 고요함과 명확함이 찢어지고 놀라운 상태가 중단되니까."울리히는 누이를 살피듯 바라보았지만 그녀가 이를 눈치채게 할 뜻은 없었다. 이럴 때 그는 늘 지금 곧 중단해야 하리라는 감정이 들었다. 하지만 아가테의 얼굴은 닫혀 있었다. 그녀는 먼 옛 일을 생각하고 있었다. 그녀가 대답했다. "난 나 자신에게 놀라고 있지만 실제로 내가 시기심, 악의, 허영심, 탐욕 그리고 그와 유사한 것을 몰랐던 짧은 시기가 정말로 있었어. 거의 믿을 수가 없는 일이지만, 당시 그것들은 단번에 내 심장뿐 아니라 세계에서도 사라진 듯했어! 그러면 그냥 우리는 스스로 저급하게 행동할 수 없고 다른 사람들도 그렇게 할 수 없어. 선한 인간은 그와 접촉하는 모든 것을 선하게 만들고 다른 사람들은 그에 반대해서 무슨 짓이라도 할 수 있지만 그것은 그의 영역 안으로 들어서는 그 순간 그에 의해 변화돼!"

"아니야." 울리히가 끼어들었다. "완전히 그렇지는 않아. 반대로 그건 가장 오래된 오해 가운데 하나일 거야! 선한 인간은 세상을 조금도 선하게 만들지 않고 세상에는 전혀 영향을 미치지 않으니까. 그는 그냥 세상과 구별될 뿐이야!"

"그래도 세상 한가운데 머무르지!?"

"그는 세상 한가운데 머물러. 하지만 그에게는 사물들에서 공간이 빼내진 듯 또는 상상한 일이 일어난 듯해. 그건 말하기가 어려워!"

"그럼에도 불구하고 난 '고결한' 인간의 — 이 단어가 그냥 떠올라! — 길을 저급한 것이 결코 가로막을 수 없다는 생각이 들어. 터무니없을 수도 있지만 경험이야."

"경험일 수도 있지만", 울리히가 대답했다. "반대 경험도 있어!" 아니면 너는 예수를 십자가에 못 박았던 로마 군인들이 스스로가 저급하다고 느끼지 않았다고 생각해? 그때 그들은 신의 도구였어! 게다가 황홀경을 체험한 자들의 증언에 따르더라도, 나쁜 감정들이 있어. 그들은 은총의 상태에서 떨어져 나온 후 말할 수 없는 불쾌감을 느꼈다고 불평하거든. 그들은 불안, 고통, 수치, 심지어 증오도 알아. 조용한 불타오름이 다시 시작될 때만 후회, 분노, 불안, 고통이 행복이 되지. 이 모든 것은 판단하기가 너무 어려워!"

"언제 **오빠**는 그렇게 사랑에 빠졌어?" 아가테가 단도직입적으로 물었다.

"나? 오! 네게 벌써 이야기했어. 천 킬로미터나 연인에게서 도망쳤고 그녀를 실제로 포옹할 가능성이 전혀 없다고 느꼈을 때, 난 개가 달을 보고 울부짖듯 그녀를 향해 울부짖었어!"

이제 아가테가 자신의 사랑이야기를 그에게 고백했다. 그녀는 흥분했다. 그녀는 이미 그녀의 마지막 질문을 지나치게 팽팽해진 현처럼 퉁겼었는데 나머지 질문들도 동일한 방식으로 뒤를 이었다. 수년간 감추어 왔던 것을 드러내 보였을 때 그녀의 내면은 떨렸다.

하지만 오빠는 이에 그다지 충격을 받지 않았다. "보통, 기억은 인간들과 함께 늙어가." 그가 그녀에게 설명했다. "그리고 가장 열정적인 사건도 시간이 지나면, 마치 잇달아 열려 있는 99개 문의 끝에서 그것을 보듯, 원근법적으로 우스워져. 하지만 사건들이 아주 강한 감정과 연결되어 있으면 대개 개개의 기억들은 늙지 않고 존재의 전 층을 붙잡지. 그게 너의 경우야. 거의 모든 인간 내면에는 이런 점들이 있고 이것들이 심리적 균형을 조금 일그러뜨리지. 그의 태도는 강물이 눈에 보이지 않는 바윗덩어리 위를 흘러갈 때처럼 이 점들 위로 흘러가. 네게서는 이것이 그냥 너무 강해서 거의 정지상태와 같아졌어. 하지만 결국 넌 그 후 너를 해방시켰고 다시 움직이고 있어!"

그는 이를 거의 직업적 사고를 할 때처럼 평온하게 설명했다. 그의 주의를 딴 데로 돌리기는 쉬웠다! 아가테는 불행했다. 그녀는 고집스럽게 말했다. "물론 난 움직이고 있어. 하지만 내 말은 그게 아니야! 난 내가 그 당시 어디에 거의 도달할 뻔했는지 알고 싶어!" 그녀는 의도치 않았지만 화도 났다. 그냥 자신의 흥분을 어떻게든 표현해야 했기 때문에. 그럼에도 불구하고 그녀는 원래 자신의 움직임의 방향에서 계속해서 말했고 자기 말의 애정과 배경의 화 사이에서 아주 어지러웠다. 이렇게 그녀는 상승된 감수성과 예민함의 독특한 상태에 대해 이야기했다. 이 상태는 인상들의 범람과 역류를 야기하고 여기서, 수면(水面)의 부드러운 거울 속에서처럼, 주거나 받으려는 의지 없이 모든 사물들과 연결되어 있다는 감정이 생겨난다. 외적으로도, 내적으로도 경계 허물기와 경계 없음이라는 이 놀라운 감정, 이것은 사랑과 신비주의의 공통점이다! 물론 아가테는 이를 이미 설명을 포함하는 이런 말로 하지 않았고 그냥 자신의 기억의 열정적 파편들을 나란히 배열했다. 울리히도, 이미 자주 숙고하긴 했지만, 이 체험에 대해 어떤 설명도 할 수 없었다. 사실 그는 무엇보다도 이런 설명을 그것의 고유한 방식에 따라 시도해야 할지, 이성의 평범한 처리방식에 따라 시도해야 할지 몰랐다. 둘 다 그에게는 똑같이 수긍이 갔지만, 그도 느낄 수 있는 누이의 열정에게는 그렇지 못했다. 따라서 그가 대답에서 표현한 것은 그냥 중재, 일종의 가능성 점검이었다. 그는 그들의 대화 대상인 고양된 상태 속에서 보이는, 사고와 도덕 간에 존재하는 독특한 유사성을 지시했다. 그래서 모든 사고는 행복, 사건, 선물로 느껴지고 저장고로 들어가지 않고 전유, 지배, 붙잡기, 관찰의 감정과 연결되지 않는다고. 이로 인해 머릿속에서는 심장 속에서 못지않게, 자기 자신을 소유하고 있다는 데서 오는 즐거움이 무한한 자기선사와 자기제약으로 대체된다고. "삶에서 한 번", 이에 아가테가 몽상적이면서도 단호히 대답했다. "모든 행위가 다른 한 사람을 위해 일어나. 우리는 그를 위해 태양이 빛나는 것을 보지. 그는 도처에 있고 나 자신은 어디에도 없어. 그래도 '둘만의 이기심'은 아니야. 상대방도 똑같은 일을 겪으니까. 결국 둘은 서로를 위해서는 거의 존재할 수가 없고, 남는 것은 수많은 두 명의 인간을 위한 세계야. 인정, 헌신, 우정, 몰아로 이루어진 세계!"

방의 어둠 속에서 그녀의 뺨은 열의로 인해, 그늘에 있는 장미처럼 달아올랐다. 울리히가 부탁했다. "이제 다시 냉철하게 이야기해 보자. 이 문제를 두고 너무나 많은 속임수가 행해져!" 그녀도 이를 그르다고 여기지 않았다. 아직 완전히 사라지지 않은 화는 아마 그녀의 황홀감이 그가 불러들인 현실에 약간 밀려났다는 데 있었을 것이다. 하지만 경계의 이 위태로운 떨림, 그것은 불쾌한 느낌은 아니었다.

울리히는 그들의 대화 대상인 이 체험을 이 체험 속에서는 사고의 독특한 변화가 일어날 뿐 아니라 평범한 사고 대신 초인간적 사고가 들어서기라도 하는 듯 그렇게 해석하는 그 허튼소리에 대해 말하기 시작했다. '신적 깨달음'이라 불리든 근세의 유행에 따라 그냥 '직관'이라 불리든, 그는 이것을 진짜 이해의 주된 방해물로 간주했다. 그의 확신에 따르면, 신중한 검토를 견뎌내지 못하는 공상에 굴복해서는 아무것도 얻을 수가 없었다. 그것은 그냥 공중에서 녹아 버리는 이카로스의 밀랍 날개와 같은 것이라고 그는 외쳤다. 꿈속에서만 날려 하지 않는다면 금속 날개로 나는 법을 배워야 한다고.

그는 잠시 후 책들을 가리키며 계속했다. "이것들은 기독교, 유대교, 인도, 중국의 증언들이야. 개개 책들 사이에는 천 년 이상의 시간이 놓여 있어. 그럼에도 불구하고 이 모든 증언들에서 평범한 것을 벗어나는 동일한, 그 자체로는 단일한 내적 움직임의 구조를 인식할 수 있어. 이 증언들은 거의 정확히 그냥, 이것들이 그 지붕의 보호 아래 들어간 신학과 천상의 지혜의 학문체계와의 연결에서 연유하는 그것에서만 서로 구별돼. 우리는 너무나 중요하고 특정한 제 2의 비범한 상태를 전제해도 되고 인간은 이 상태가 가능하고 이 상태는 종교들보다 더 근원적이야."

"다른 한편 교회들은", 그는 제한했다. "즉, 종교적 인간의 문명화된 공동체들은 이 상태를 끊임없이 관료가 사적 활동의욕에 대해 품는 것과 비슷한 불신을 가지고 대해. 그들은 이 몽상하는 체험을 결코 아무런 유보 없이 인정하지 않았어. 그 반대야. 그들은 그 자리에 규정되고 이해 가능한 도덕을 놓으려는, 겉보기에는 정당한 노력을 엄청나게 쏟았지. 이처럼 이 상태의 역사는 지속적 부인과 희석과 비슷하고 이는 늪지 간척을 떠오르게 해."

"그리고 교회의 성직자 연대(聯隊)와", 그는 이렇게 말을 맺었다. "그들의 어휘집이 낡은 것이 되어 버렸을 때, 사람들이 우리의 상태를 망상으로 간주하는 지경이 되었다는 것은 수긍이 가는 바야. 종교의 자리에 들어선 시민문화가 왜 종교보다 더 종교적이 되었어야 했다는 거지?! 시민문화는 이 다른 상태를 파멸로 몰아갔고 인식에 갖다 바쳤어. 오늘날 수많은 사람들이 이성을 한탄하면서 자신들은 사고를 초월하는 특별한 능력의 도움으로 순간순간 가장 현명하게 사고

한다고 우리를 설득하려 하지. 이건 아주 합리화되고 공공연한 마지막 잔여물이야. 늪지 간척의 마지막 잔여물은 헛소리가 되었어! 이 오래된 상태는 시에서 말고는, 사랑에 빠진 첫 주에 겪는 일시적 혼란으로서 교양 없는 인물에게만 허용되지. 이는 가끔씩 침대와 성당의 목재에서 돋아나는 이른바 늦게 핀 녹색 잎사귀들이야. 하지만 그 근원적이고 위대한 성장력이 재발하면 이 상태는 아무런 관용 없이 그 뿌리가 파헤쳐지고 뽑히지!"

울리히는 대충 세균을 수술실로 옮기지 않기 위해 외과의사가 손과 팔을 씻는 정도로만 길게 이야기했다. 참을성 있게, 헌신적으로, 코 앞에 닥친 작업이 가져올 흥분과는 모순되는 침착함으로. 하지만 스스로를 완전히 소독한 후 그는 동경심마저 품고 약간의 감염과 열을 생각했는데, 냉철함 그 자체를 사랑하지는 않았기 때문이었다. 아가테는 책을 가져오는 데 사용되는 사다리 위에 앉아 있었고 오빠가 침묵했을 때에도 관심을 보이는 기색은 없었다. 그녀는 바다 같은 끝없는 회색 하늘을 바라보았고 그 전에 말들에 그랬듯 침묵에 귀를 기울였다. 울리히는 농담조 아래 숨길 수 없었던 반항을 약간 담아 계속했다.

"소 떼가 있는 산속에 놓인 우리의 벤치로 돌아가 보자." 그가 청했다. "상상해 봐. 어떤 사무관이 공장에서 갓 생산된 새 가죽바지를 입고 거기 앉아 있어. 초록색 멜빵에는 '안녕하세요'라고 수놓여 있지. 그는 실제 삶의 내용을 대변하고 그는 휴가 중이야. 물론 이로 인해 그가 자신의 존재에 대해 가지는 의식은 그 순간 변했어. 소 떼를 바라보면, 그는 앞에서 풀을 뜯고 있는 동물의 수를 세지 않고 번호를 매기지 않고 소의 무게를 추정하지도 않고 적들을 용서하고 온화하게 그의 가족을 생각하지. 소 떼는 그에게는 실용적 대상에서 이른바 도덕적 대상이 되었어. 물론 그가 약간은 추정하고 계산하고 완전히 용서하지 않을 수도 있지만 그래도 적어도 그것은 숲의 살랑거림, 개울의 웅얼거림, 태양빛에 씻겼어. 한 문장으로 말하면 이렇게 말할 수 있어. 평소 그의 삶의 내용을 이루던 것이 '멀어' 보이고 '사실 중요하지 않게' 보이지."

"그건 휴가 기분이야." 아가테가 기계적으로 보충했다.

"맞아! 이 기분에서 비휴가적 존재가 '사실 중요하지 않게' 여겨진다면 그건 휴가 동안만이라는 뜻이야. 오늘날 그건 진실이야. 인간은 두 개의 존재상태, 의식상태, 사고상태를 가지고 있고 그에게 이를 속삭이며 들려주는 치명적인 유령에 대한 공포에서 스스로를 보호하는 방법은 하나를 다른 하나로부터의 휴가, 중단, 평온 또는 이 두 상태들에서 그가 안다고 생각하는 어떤 것으로 간주하는 거야. 이에 반해 신비주의는 지속적 휴가의 의도와 관련이 있을 거야. 사무관은 이를 파렴치하다고 명명하고 순간, 게다가 휴가 끝 무렵 늘 그렇듯이, 실제의 삶은 그의 잘 정돈된 사무국에 있다고 느껴야 하지. 우리라고 다르게 느낄까? 어떤 것이 정상이냐 아니냐 하는 것은 결국 늘 그것을 완전히 진지하게 생각하느냐 그렇지 않느냐에 따라 결정되고 이때 이 체험은, 말하자면, 운이 없어. 수천 년이 지나도록 처음의 무질서와 미완성에서 벗어나지 못했으니까. 그리고 그런 것을 위해서는 광기라는 개념이 대기하고 있어. 종교적 광기 또는 사랑의 광기 등, 네 입맛대로. 너는 확신해도 돼, 오늘날 대부분의 종교적 인간들조차도 과학적 사고방식에 너무나 전염되어 그들의 심장 가장 깊은 곳에서 불타오르는 것이 무엇인지 확인할 용기가 없고, 공식적으로는 다른 말을 한다고 해도 언제라도 이 열정을 의학적으로 광기라고 명명할 태세라는 걸!"

아가테는 빗속에서 불꽃이 빠작대는 시선으로 오빠를 바라보았다. "지금 오빠는 또 우리를 교묘히 빠져나오게 했어!" 그가 더 이상 계속하지 않자 그녀가 질책했다.

"네가 옳아." 그가 시인했다. "하지만 독특한 건 우리가 이 모든 것을 의심스런 우물처럼 덮어 버렸지만 그럼에도 불구하고 이 무시무시한 기적의 물의 남은 한 방울이 불타서 우리의 모든 이상에 구멍을 냈다는 거야. 그래서 어떤 이상도 완전히 맞지 않고 어떤 이상도 우리를 행복하게 하지 않아. 이것들은 모두 부재하는 어떤 것을 지시하지. 오늘 우리는 이에 대해 충분히 이야기했어. 우리의 문화는 무방비로 광기(狂氣)라고 불리는 것의 사원이지만 동시에 그 보관시설이기도 하고 우리는 우리가 과잉을 겪는지 결핍을 겪는지 몰라."

"아마 오빠는 결코 자신을 완전히 거기에 맡길 용기가 없었을 거야." 아가테가 한탄하며 말했고 사다리에서 내려왔다. 그녀는 사실 아버지의 유품을 정리하는 일에 몰두해 있었고 시간이 지나면서 급박해진 이 일을 처음에는 책을 통해, 그 다음에는 오락거리를 통해 회피하고 있었던 것이다. 이제 그녀는 다시 재산분배와 관련된 규정과 문서들을 샅샅이 살펴보기 시작했다. 하가우어가 유산을 받을 날이 임박했기 때문이었다. 하지만 더 진지하게 일에 착수하기 전에 아가테는 서류에서 몸을 들었고 재차 물었다. "오빠 자신은 내게 이야기한 모든 것을 어느 정도까지 믿어?"

울리히는 고개를 들지 않고 대답했다. "상상해 봐, 너의 심장이 세상을 등진 동안 소 떼 사이에 나쁜 황소가 한 마리 있다고! 네가 이야기한 치명적 병이, 너의 감정이 1초도 긴장을 늦추지 않았더라면, 달리 진행되었을 거라고 진짜 믿으려고 해봐!" 그 후 그는 머리를 들었고 자신의 손아래 있는 서류들을 암시했다. "법, 정의, 절제? 이것들이 아주 불필요하다고 생각해?"

"자, 어느 정도까지 믿어?" 아가테가 반복했다.

"예 그리고 아니오야." 울리히가 말했다.

"그러니까 아니오네." 아가테가 답을 완성했다.

그때 우연이 대화에 개입했다. 대화를 새로 시작할 기분이 아니었고 사업적으로 생각하기에 충분히 진정되지도 못한 울리히가 이 순간 그의 앞에 펼쳐진 서류들을 주워 모았고 뭔가가 바닥에 떨어졌다. 느슨한 잡동사니 꾸러미였는데, 실수로 유언장과 함께 책상서랍 구석에서 꺼내진 것으로 그곳에서 아마 수십 년 동안 주인도 모르는 채 놓여 있었을 것이다. 울리히는 바닥에서 주워 올린 것을 멍하니 살펴보았고 낱장 위에서 아버지의 글씨를 알아보았다. 하지만 그것은 노년이 아닌 장년의 글씨였다. 그는 더 정확히 들여다보았고 글씨가 쓰인 종이 외에도 카드, 사진 등 온갖 작은 잡동사니들을 알아보았고 이제 자신이 무엇을 찾아냈는지 재빨리 파악했다. 그것은 책상의 '독이 든 서랍'이었다. 거기에는 세심하게 적은 대개는 외설스런 농담들, 사진들이 들어 있었다. 봉해서 보낼 수 있는 우편엽서들은 우유를 짜는 풍만한 여인들이 그려져 있었고 뒤에서 그 여자들의 바지를 열 수 있었다. 아주 정상으로 보이는 카드놀이도 빛에 비추면 끔찍한 것들을 보여 주었다. 배를 누르면 온갖 포즈를 취하는 조그마한 남자들. 그리고 이와 같은 것들이 더 많았다. 노인네는 거기 서랍 속에 든 것들에 대해 더 이상 알지 못했을 것이다. 그렇지 않았다면 제때 없애 버렸을 테니까. 이것들은 분명 그의 장년의 것이었고 그 나이에는 적지 않은 수의 늙은 총각이나 홀아비들이 이런 후안무치한 것들로 몸을 데운다지만, 울리히는 무방비로 뒤에 남은 아버지의 환상 앞에서 얼굴이 붉어졌다. 죽음은 이 환상을 그의 육신에서 떼어냈다. 중단된 대화의 연관성이 그에게는 순간 분명했다. 그럼에도 불구하고 그의 첫 충동은 이 증거들을 아가테가 보기 전에 없애자는 것이었다. 하지만 아가테는 벌써 뭔가 특이한 것이 그의 손에 들어왔고 그래서 그가 갑자기 다른 생각에 잠겨 그녀를 가까이 불렀음을 보았다.

그는 그녀가 무슨 말을 할지 기다리려 했다. 갑자기 그는 다시 그녀도 경험이 있는 여자라는 생각에 사로잡혔는데, 이는 심오한 대화 도중 완전히 의식에서 사라졌던 생각이었다. 하지만 그녀의 얼굴에서는 그녀가 무슨 생각을 하는지 알아낼 수 없었다. 그녀는 진지하고 평온하게 아버지의 불법적인 유산을 바라보았고 가끔씩 드러내 놓고 미소를 지었지만 또 다시 활기를 찾지는 못했다. 울리히가 계획과는 달리 스스로 말을 시작했다. "이건 신비주의의 마지막 잔재야!" 그는 언짢으면서도 유쾌하게 말했다. "저기 같은 서랍 속에 엄격한 도덕적 경고를 담은 유언장과 이 똥 더미가 들어 있어!" 그는 자리에서 일어나 방 안을 서성거렸다. 그리고 말을 시작하자마자, 누이의 침묵에 휩쓸려 새로운 말들을 쏟아냈다.

"너는 내가 무엇을 믿느냐고 물었지." 그는 시작했다. "나는 우리

도덕의 규정들이 전부 미개인들의 사회에 대한 고백이라고 믿어.

나는 어떤 도덕도 옳지 않다고 믿어.

다른 의미가 그 뒤에서 가물가물 빛나거든. 도덕을 녹여야 할 불이지.

나는 어떤 것도 끝이 아니라고 믿어.

나는 어떤 것도 균형을 이루고 있지 못하고 모든 것은 서로서로에게 기대어 우선 일어서고 싶어 한다고 믿어.

이걸 나는 믿어. 이것이 나와 함께 태어났거나 내가 이것과 함께 태어났어."

매 문장이 끝날 때마다 그는 그 자리에 멈춰 섰는데, 큰 소리로 말하지 않았고 그래도 뭔가로 자신의 고백을 강조해야 했기 때문이었다. 그의 눈은 이제 저 위 서가에 놓인 고전적 석고상들에 머물렀다. 그는 미네르바, 소크라테스를 보았다. 그는 괴테가 실물보다 큰 주노 여신의 석고두상을 그의 방에 세워 두었음을 떠올렸다. 그는 이런 애호가, 겁이 날 정도로 멀게 느껴졌다. 한때 꽃을 피운 이념이 그 이후로 죽은 의고(擬古)주의가 되었다. 아버지와 동시대인들의 낙오병 같은 독선과 의무가 되었다. 헛일이 되었다. "전승된 도덕은 마치 사람들이 우리를 심연 위에 걸린 흔들리는 밧줄 위로 보내는 것과 같아." 그는 말했다. "그리고 우리에게 주어진 충고라고는 '제대로 뻣뻣한 자세를 취해'뿐이야!

난 나도 모르게 다른 도덕을 갖고 태어난 것 같아.

내가 무엇을 믿느냐고 물었지! 난 사람들이 무엇이 선한지, 아름다운지를 타당한 근거를 대며 수천 번 입증한다고 해도 그건 나와 상관이 없을 거라고 믿어. 내가 지침으로 삼은 표시는 오로지 내가 그 근처에서 상승하는지, 가라앉는지 여부야.

내가 그것을 통해 삶으로 깨어나는지 아닌지.

거기에 대해 말하는 것이 단순히 내 혀인지, 내 뇌인지, 내 손가락 끝에서 반짝이는 전율인지.

하지만 난 아무것도 입증할 수 없어.

심지어 난 거기에 굴복하는 인간은 패배했다고 확신해. 그는 어스름에 잠기지. 안개와 허튼소리에. 분절 없는 지루함에.

네가 우리의 삶에서 분명한 것을 빼버리면 연못에 메기는 없고 잉어만 남아.

그러면 난 심지어 파렴치함이 우리를 보호해 주는 좋은 신령이라고 믿어!

자, 나는 믿지 않아!

하지만 난 특히 선을 통한 악의 속박이라는 우리의 혼합문화를 믿지 않아. 그건 역겨워!

자, 나는 믿고 그리고 믿지 않아!

하지만 아마 난 어느 정도 시간이 지나면 인간들 일부는 지적(知的)이 되고 다른 일부는 신비주의자가 될 거라고 믿을 거야. 아마 오늘날 벌써 우리 도덕이 이 두 구성요소로 쪼개지는 일이 일어나고 있을 거야. 이렇게 말할 수도 있어, 수학과 신비주의로. 실용적 개량과 미지의 모험으로!"

수년 전부터 그는 이렇게 드러내 놓고 흥분해 본 적이 없었다. 그는 자신의 말 속의 이 '아마'를 느끼지 못했는데, 이것은 그에게는 그냥 당연하게 보였다.

　아가테는 그사이 벽난로 앞에 무릎을 꿇고 앉았다. 그녀는 그림과 서류 꾸러미를 자기 옆 바닥 위에 놓았고 하나하나 다시 한번 바라보았고 그 후 그것을 불 속에 밀어 넣었다. 그녀는 자신이 관찰하고 있는 이 바르지 못한 것들의 비천한 관능에 아무런 느낌이 없지 않았다. 그녀는 이것들로 인해 자신의 육체가 흥분해 있음을 느꼈다. 그녀는 그것이 그녀 자신이 아닌 듯 여겨졌다. 움직임 없는 황무지 어디선가 토끼 한 마리가 휙 지나간다고 느낄 때처럼. 오빠에게 이 말을 한다면 그 앞에서 부끄러워야 할지 그녀는 몰랐다. 하지만 그녀는 속속들이 피로했고 더 이상 아무 말도 하고 싶지 않았다. 그녀는 그가 말하는 것도 듣고 있지 않았다. 그녀의 심장은 이 오르내림으로 인해 벌써 너무 많이 흔들렸고 더 이상 쫓아갈 수가 없었다. 그래, 늘 다른 사람들이 무엇이 옳은지를 그녀보다 더 잘 알았다. 그녀는 이 생각을 했지만 이는, 아마 부끄러웠기 때문일 터인데, 은밀한 반항심과 함께 일어났다. 허락되지 않은 또는 은밀한 길을 간다는 것, 이 점에서 그녀는 울리히보다 우월하다고 느꼈다. 그녀는 그가 거듭 조심스럽게, 자신을 열광시킨 모든 것을 회수하는 것을 들었고 그의 말들은 행복과 슬픔의 커다란 물방울처럼 그녀의 귓가를 때렸다.

13
울리히가 돌아오고 장군에게서
그가 놓친 것을 전부 보고받다

48시간 후 울리히는 그동안 떠나 있었던 집에 서 있었다. 이른 오전
이었다. 집은 깨끗하게 청소되어 먼지 한 톨 없이 반짝거렸다. 그리
고 서둘러 떠나면서 책상 위에 놓아두었던 그의 책과 글들은 하인의
손에 잘 관리되어 꼭 그대로 여전히 거기에 펼쳐진 채 또는 무슨 이유
인지 모를 서표가 꽂힌 채 놓여 있었다. 심지어 그가 손에서 내려놓았
던 연필이 페이지 사이에 꽂힌 원고도 두어 편 있었다. 하지만 이 모
든 것은 불을 지피기를 잊어버린 용광로의 내용물처럼 식었고 굳었
다. 고통스러울 만큼 냉정하게 그리고 무심히 울리히는 지난 시간의
흔적, 그 시간을 채웠던 격렬한 흥분과 사고의 연판(鉛版)을 바라보
았다. 그는 자신의 이 잔여물과 접촉한다는 것에 이루 말할 수 없는
반감을 느꼈다. '그것은 지금', 그는 생각했다. '문들을 지나 집 전체
에 걸쳐 아래층 홀에 걸린 사슴뿔이라는 허튼짓에까지 뻗어 있다. 작
년에 나는 어떤 삶을 살았나!' 그는 선 채로 아무것도 보지 않으려고
눈을 감았다. '그녀가 곧장 나를 뒤따라오지 않아서 얼마나 다행인
지. 여기서 우리는 모든 것을 다르게 할 거야!' 그는 생각했다. 이어
그래도 여기서 보낸 마지막 시간들을 회상해 보려는 유혹이 일었다.
그는 무한히 오래 떠나 있었던 기분이었고 비교하려 했다. 클라리세,
그건 아무것도 아니었다. 하지만 그 전과 그 후, 집으로 서둘러 돌아
갈 때의 독특한 흥분과 그 후 밤사이 세상의 그 용해! '엄청난 힘 아래

서 부드러워지는 쇠 같았어.' 그는 숙고했다. '흐르기 시작해도 그건 여전히 쇠야. 한 남자가 힘차게 세상 속으로 들어간다.' 그 모습이 그의 눈앞에 어른거렸다. '하지만 갑자기 그를 둘러싼 세상이 닫히고 모든 것이 달라 보인다. 어떤 연관성도 더 이상 없다. 그가 걸어 온 길도, 앞으로 걸어가야 할 길도 없다. 방금 전까지만 해도 그가 하나의 목적 또는 아니 사실 어떤 목적이든 그 앞에 있기 마련인 냉정한 공허를 보았던 그 자리에 이제 가물가물 빛나는 에워싸임이 있다.' 울리히는 여전히 두 눈을 감고 있었다. 천천히, 그늘로서 이 감정이 되돌아왔다. 이 일은 이 감정이 당시 그리고 지금도 그가 서 있는 이 장소로 돌아오는 듯 그렇게 일어났고, 이 감정은 외부 공간 속이라기보다는 내부 의식 속에 있었다. 사실 그것은 전혀 감정도, 사고도 아니었고 하나의 섬뜩한 사건이었다. 당시 울리히처럼 지나치게 예민해지고 고독하면 누구나 세계의 본질이 내부에서부터 뒤집어진다고 믿을 수 있었다. 이미 당시에 그의 감정이 누이와의 만남을 예고했다는 사실이 갑자기 분명해졌고 — 이해할 수 없는 것은 이 일이 지금에서야 일어났다는 것뿐이었다 — 평온하고 열린 회상처럼 거기 놓여 있었다. 왜냐하면 그 순간부터 그의 정신은 기이한 힘에 조종되었고 결국 … 하지만 거기서 울리히는 '어제'를 생각하기 전에, 모서리에라도 부딪힌 듯 성급히 화들짝 깨어나 회상에서 돌아섰다. 거기에는 아직 생각하고 싶지 않은 뭔가가 있었다!

그는 여행복을 벗지도 않고 책상에 다가가 거기 놓인 우편물들을 살펴보았다. 누이에게서 온 전보가 없는 것을 보고, 물론 기대한 것은 아니었지만, 그는 실망했다. 산더미 같은 조문의 글이 학계 소식과 서점에서 온 광고들과 뒤섞여 놓여 있었다. 보나데아가 보낸 편지도 두 통 있었는데. 너무 두툼하게 느껴져서 우선은 아예 열어 보지도 않았다. 방문해 달라는 라인스도르프 백작의 긴급한 청도 있었고 디오티마에게서 온 두 통의 알랑거리는 짧은 편지도 있었는데, 역시 돌아오는 즉시 방문해 달라는 초대였다. 좀더 주의 깊게 읽어 보면 나중에 온 편지에는 비사무적인 톤이 곁들여 있었는데, 아주 우정 어리고 침울하고 약간은 거의 애정 어린 톤이었다. 울리히는 부재중 전화 메모로 넘어갔다. 슈툼 장군, 투치 국장, 라인스도르프 백작의 집안비서가 두 번, 이름을 말하지 않았으나 아마 보나데아일 부인이 여러 번, 레오 피셀 은행지점장, 그 외 사업상의 전갈들. 울리히가 이 메모들을 읽으면서 여전히 책상 옆에 서 있는 사이 전화벨이 울렸다. 울리히가 수화기를 들자 "국방부, 교육 및 수업과, 히르쉬 상사"가 이름을 댔는데, 상사는 예기치 않게 울리히 본인의 목소리를 맞닥뜨려 심히 당황했고 매일 아침 10시에 전화를 걸라는 장군님의 명령이 있었으며 즉시 장군님을 바꿔 드리겠다고 열심히 확언했다.

5분 후 슈툼은, 당일 오전에 '너무나도 중요한 회의'에 참가해야 하며 그 전에 무조건 울리히와 이야기해야 한다고 강조했다. 도대체 무슨 일이며 왜 전화로는 처리할 수 없느냐는 질문에 그는 수화기에 대고 한숨을 쉬면서 "전갈, 걱정, 질문"을 예고했지만 그에게서 특정한 것을 알아낼 수는 없었다. 하지만 20분 후 국방부의 마차가 대문 앞에 멈췄고 슈툼 장군이 커다란 가죽 서류가방을 어깨에 멘 전령을 달고 집 안에 들어섰다. 장군의 정신적 걱정거리를 담은 이 가방을 위대한 사고들의 진군계획과 토지대장을 보아 익히 알던 울리히는 물음을 담아 이마를 찌푸렸다. 슈툼 폰 보르트베어는 미소를 지었고 전령을 마차로 돌려보냈고 외투를 열어 목에 찬 작은 목걸이에 매단 작은 보안자물쇠 열쇠를 꺼내더니 아무 말도 하지 않고 가방에서 군용 빵 두 덩어리를 꺼냈는데, 가방에는 그 밖에는 아무것도 들어 있지 않았다.

"우리의 새 빵일세." 그가 뜸을 들인 후 설명했다. "맛보라고 가져왔네!"

"친절하십니다." 울리히가 말했다. "밤새 여행을 한 저를 자게 내버려 두는 대신 빵을 가져오시다니요."

"집에 소주가 있으면, 그럴 거라고 생각하네만", 장군이 이에 대답했다 "밤을 새운 후에는 빵과 소주가 최고의 아침식사지. 언젠가 자네가 한번 이야기했잖은가, 황제를 위해 복무하는 동안 유일하게 마음에 든 것이 우리 군용 빵이었다고. 오스트리아 군대는 빵을 만드는 데 있어서는 다른 어떤 군대보다 앞서 있다고 주장하고 싶네. 특히 경리부가 이 새 모델 '1914'를 선보인 후론 말이네! 그래서 이걸 가져왔네. 이게 한 가지 이유네. 또 하나는, 자네도 알아야 하는 것인데, 나는 이제 원칙적으로 이렇게 하네. 물론 나는 하루 종일 의자에 앉아 있을 필요가 없고 사무실 밖에서 하는 일을 일일이 보고할 필요도 없네. 그건 자명한 일이네. 하지만 자네도 알지, 참모부가 '예수회 군단'이라고 불리는 데는 다 이유가 있다는 걸. 그리고 누군가 너무 자주 외부에 있으면 항상 말들이 많네. 내 상관인 프로스트 각하도 결국 아직은 정신의 규모에 대해 — 민간정신의 규모 말이네 — 아주 올바른 표상을 갖고 있지는 않을 테고 그래서 난, 보다시피,

얼마 전부터 외출할 때면 항상 가방과 전령을 데리고 다니네. 그리고 전령이 가방이 비어 있다고 생각하지 않도록 매번 군용 빵 두 덩이를 넣는다네."

울리히는 웃지 않을 수 없었고 장군도 즐겁게 같이 웃었다. "인류의 위대한 사고에 대한 장군님의 기쁨이 이전보다 적으신 듯합니다?" 울리히가 물었다.

"지금은 모두가 거기에 대해 덜 기뻐하네." 슈툼이 주머니칼로 빵을 자르면서 설명했다. "지금은 행동이라는 구호가 주어졌네."

"무슨 말인지 설명해 주셔야겠습니다."

"그래서 내가 여기 온 것이네. 자네는 올바른 행동인간은 아니지!"

"아닙니까?"

"아니네."

"모르겠는데요."

"나도 잘 모를 거야. 그렇게들 말하네."

"누가 그렇게 말합니까?"

"예를 들어, 아른하임이지."

"장군님은 아른하임과 사이가 좋지요?"

"물론이네! 우리 사이는 탁월하네. 그가 그렇게 위대한 정신이 아니라면 우리는 정말 벌써 서로 반말을 하고 있을 걸세!"

"장군님도 유전(油田)과 관계가 있습니까?"

장군은 울리히가 따른 곡주를 한 잔 마셨고 이어 빵을 씹었다. 시간을 벌기 위해서였다. "맛이 뛰어나군." 그는 힘겹게 내뱉고는 계속 빵을 씹었다.

"물론 장군님은 유전과 관계가 있습니다!" 울리히는 갑작스레 깨달으며 확언했다. "함정 연료 때문에 해군과 관련된 질문이니까요. 아른하임이 유전을 매입하려 한다면 그는 군대와 기름을 싸게 공급하기로 양보해야겠지요. 다른 한편, 갈리치아는 러시아를 향한 진군지역이고 방어용 노출 경사지대라서 군대는 전쟁이 날 경우 그가 그곳에서 추진하려는 유전 시추를 특별히 보호하는 조치를 취해야 합니다. 그러니까 군대는 다시 그의 탱크용 철판공장이 군대가 갖고자 하는 대포 때문에 대환영일 것입니다. 그걸 예견하지 못했다니! 당신들은 서로를 위해 태어났다고 할 만합니다!"

장군은 조심하느라 아직도 두 번째 빵 조각을 씹고 있었다. 하지만 이제 그는 더 이상 자제할 수가 없었고 아주 힘들여 입속의 내용물을 다 삼키고는 말했다. "자네는 대환영이라고 쉽게 말할 수 있지. 자네는 아무것도 모르네, 그자가 얼마나 구두쇠인지! 미안하네." 그는 자신의 표현을 고쳤다. "어떤 윤리적 위엄으로 그가 그런 거래를 다루는지! 예를 들어, 난 철도 킬로미터당 10헬러가 신조의 문제라는 걸 전혀 몰랐네. 이 신조 때문에 괴테나 철학사를 검토해야 하네!"

"장군님께서 이 협상을 하시나요?"

장군은 곡주를 한 잔 마셨다. "나는 협상이 벌어지고 있다고 말한 적이 없네! 의견교환 정도라고 해두게."

"그 임무를 맡으셨나요?"

"아무도 임무를 맡지 않았네! 그냥 말만 하고 있네. 가끔 평행운동 말고 다른 것에 대해서도 말할 수 있잖은가. 그리고 누군가 그 임무를 맡았다 해도 나는 확실히 아닐세. 그건 교육 및 수업과의 일이 아니잖은가. 그런 건 내각사무국과 기껏해야 경리부의 일이지. 내가 도대체 그 일에 관여한다면 그건 그냥 민간의 정신적 질문에 대한 일종의 전문적 고문으로서일 걸세. 이른바 통역이네. 아른하임이 너무나 교양이 있기 때문이지."

"그리고 장군님께서 저와 디오티마를 통해 끊임없이 그와 합석하게 되기 때문이지요! 친애하는 장군님, 제가 계속 오작교가 되기를 원하신다면 제게 진실을 말씀하셔야 합니다!"

하지만 슈툼은 그동안 이에 대한 대비를 해두었다. "안 그래도 진실을 알고 있으면서 도대체 무슨 질문을 하는 건가!" 장군은 격노해서 대답했다. "자네가 나를 우롱해도 된다고 생각하나? 아른하임이 자네를 신뢰하는 걸 내가 모른다고!"

"저는 아무것도 모릅니다."

"하지만 자네는 방금 안다고 말하지 않았나!"

"유전에 대한 건 압니다."

"그 후 자네는 우리가 아른하임과 함께 이 유전에 관심이 있다고 말했지. 맹세하게, 그걸 안다고. 그럼 자네에게 모든 걸 말할 수 있네." 슈툼 폰 보르트베어는 울리히의 망설이는 손을 잡았고 그의 눈을 들여다보았으며 교활하게 말했다. "자, 자네가 이미 모든 것을 알고 있다고 지금 내게 맹세했으니 나도 맹세하겠네, 자네가 모든 것을 안다고! 맞지? 그 이상은 없네. 아른하임은 우리를, 우리는 그를 이용하고 싶어 하네. 자네도 알다시피, 난 가끔씩 디오티마 때문에 너무나 복잡한 영혼갈등을 겪네!" 그가 소리쳤다. "하지만 자네는 이걸 말하고 다녀서는 안 되네. 이건 군사 비밀이네!" 장군은 흡족했다. "도대체 군사 비밀이 무엇인지 알고는 있나?" 그가 계속했다. "2년 전 보스니아에서 동원령이 있었을 때 국방부는 나를 잘라내려 했어. 나는 당시 아직 대령이었는데, 그들은 나를 향토방위대 사령관으로 임명했네. 물론 난 여단 하나를 지휘할 수 있었을 테지만 내가 명목상 기병이고, 이미 말했듯이, 그들은 나를 잘라내려 했기 때문에 나를 대대로 보냈네. 그리고 전쟁을 수행하는 데 돈이 들기 때문에 내가 아래에 도착하자 내게 대대 금고도 맡겼네. 군대에 있을 때 그런 걸 본 적이 있는가? 그건 반쯤은 관처럼, 반쯤은 여물통처럼 보이는데, 굵은 목재로 만들어졌고 성문처럼, 쇠로 된 끈이 감겨 있네. 거기에는 자물통이 세 개 달려 있고 그 열쇠는 세 남자가 갖고 있는데, 각자 하나씩 갖고 있어서 아무도 혼자서는 열 수가 없네. 사령관과 두 명의 금고 차단자지. 내가 아래에 도착했을 때 우리는 예배를 보러 가듯 모였고 한 사람씩 차례로 자물쇠를 열어 지폐뭉치를 경외심에 차서 꺼냈고 난 두 명의 복사(服事)를 받는 수석사제가 된 기분이었네. 복음 대신에 국고조서에 적힌 숫자가 읊어진다는 것만 빼면 말이지. 그 일이 끝나면 시작할 때의 역순으로 우리는 상자를 다시 닫았고 쇠 끈을 둘렀고 자물쇠를 채웠고 나는 무슨 말인지를 해야 했는데, 그게 무엇인지는 더 이상 기억할 수가 없네. 그러면 '장엄한 의식은 끝났다 …'라고 나는 생각했고 자네도 그렇게 생각했을 테고 난 전시 군사당국의 철통같은 조심성에 커다란 존경심을 품었네! 당시 난 폭스테리어 한 마리를 키웠는데, 지금 가진 놈의 전임자로 아주 영리한 짐승이었고 개를 동행하지 말라는 규정도 없었네. 그런데 그놈은 구멍만 보면 당장 미친 듯이 파댔네. 자리를 뜨려는데, 나는 '스폿'이, 그놈 이름이네,

영국산이었거든, 상자에 달려들었다는 걸 알아차렸고 쫓아 버릴 수가 없었네. 충성스런 개 때문에 가장 은밀한 음모가 발각된다는 말을 자주 듣지 않는가. 거의 전쟁까지도. 그래서 난 생각하네, 개가 왜 그러는지 살펴보자고. 스폿이 왜 그랬다고 생각하나? 이보게, 경리부는 향토방위대대에 최신 물품을 내주지는 않고 우리의 대대금고도 오래되고 거룩한 것이었지만 그럴 줄은 꿈에도 몰랐네. 금고는 앞쪽에서는 세 사람이 잠갔는데 뒤쪽 바닥 부근에 구멍이 나 있어 팔을 집어넣을 수 있을 정도였거든! 그 부분 목재에 박혀 있던 옹이가 이전의 어느 전쟁에서 떨어져 나간 걸세. 하지만 어떻게 하겠나. 청구한 대체 금고가 왔을 때 보스니아 전체에 내려진 경보가 막 지나갔고 그 전까지 우리는 매주 우리의 장엄한 의식을 거행했네. 물론 나는 아무에게도 비밀을 발설하지 못하도록 스폿을 집에 두어야 했지. 자, 보게, 군사비밀이란 것이 상황에 따라서는 이 꼴이네!"

"글쎄요. 장군님은 아직 그 궤짝처럼 그렇게 완전히 열려 있지는 않다고 생각되는데요." 울리히가 대답했다. "이제 당신들은 정말로 거래를 할 건가요, 아닌가요?"

"난 모르네. 참모부의 명예를 걸고 말하는데, 그렇게까지 진척되지는 않았네."

"라인스도르프는요?"

"물론 그도 모르네. 그도 아른하임 때문에 우리 편으로 만들 수가 없네. 그는 자네도 경험했던 데모 때문에 대단히 화가 났다고들 하더군. 그는 지금 독일인들에게 완전히 반대야."

"투치는요?" 울리히는 심문을 계속하면서 물었다.

278

"그는 이 소식을 알게 될 마지막 사람일 거야! 그는 당장에 계획을 망쳐 버릴 거거든. 우리 모두가 물론 평화를 원하지만 우리 군대는 평화에 이바지하는 방식이 관료들과는 다르네!"

"그럼 디오티마는요?"

"이보게! 이건 전적으로 남자들의 일이고 그녀는 장갑을 끼고서도 이런 일을 생각할 수가 없지! 그녀에게 진실을 알려 괴롭힐 생각을 난 절대 할 수 없네. 난 아른하임이 이에 관해 그녀에게 아무 이야기도 해주지 않는다는 것도 이해하네. 이보게, 그는 정말 아주 많이 그리고 아름답게 말을 하네. 그러니 한번 무언가에 대해 침묵한다는 게 벌써 즐거움일 걸세. 난 이것이 혼자서 마시는 약초술 같은 것이라고 상상하네!"

"장군님이 악당이 되셨다는 걸 아시나요?! 장군님을 위하여!"

울리히는 그에게 건배하며 한 잔을 마셨다.

"아니, 악당이 아니네." 장군은 방어했다. "나는 정부협의체의 일원이네. 회의에서는 누구나 자신이 하고 싶어 하고 옳다고 여기는 바를 말하고 종국에는 누구도 완전히 원하지는 않던 일이 생기네. 결과 말일세. 자네가 나를 이해할지 모르겠네만 난 더 잘 표현할 수가 없네."

"물론 저는 장군님을 이해합니다. 하지만 당신들은 그럼에도 불구하고 디오티마를 상대로 비열하게 행동합니다."

"나도 유감이네." 슈툼이 말했다. "하지만 이보게, 사형집행인은 비열한 놈일세. 거기에 대해서는 왈가왈부할 수가 없지. 반대로 감옥에 그냥 밧줄을 공급하는 로프 제조업자는 윤리협회 회원일 수 있네. 자네는 이걸 충분히 고려하지 않는군."

"그건 아른하임의 말이군요!"

"그럴 수 있네. 난 모르겠네. 오늘날 우리는 너무나 복잡한 정신을 갖게 되니까." 장군은 솔직하게 한탄했다.

"그런데 제가 무엇을 해야 하나요?"

"글쎄, 이보게, 나는 그래도 자네가 전역한 장교라고 생각했네⋯."

"알았습니다. 하지만 그게 '행동인간'과 무슨 상관이 있습니까?" 울리히가 모욕감을 느끼며 물었다.

"행동인간?" 장군은 놀라서 반복했다.

"장군님은 이 모든 이야기를 제가 행동인간이 아니라는 말로 시작하셨습니다!?"

"아, 그랬군. 물론 그것과는 전혀 상관이 없네. 그냥 그 말로 시작했네. 내 말은 아른하임이 자네를 행동인간으로 여기지는 않았다는 거네. 그가 언젠가 그런 말을 했네. 자네는 할 일이 아무것도 없고 그게 자네를 사고로 내몬다는 말이네. 또는 뭐 그 비슷한 말이었네."

"그 말은 쓸데없는 사고로? '권력의 영역 안으로 나를' 수 없는 사고로? 사고 자체를 위한 사고로? 한마디로, 올바르고 독립적인 사고로! 그렇죠? 아니 어쩌면 '세상과 동떨어진 유미주의자'의 사고로?"

"그래", 슈툼 폰 보르트베어는 외교적으로 단언했다. "그 비슷하네!"

"뭐와 비슷하다고요? 무엇이 정신에 더 위험하다고 생각하시나요, 꿈인가요, 유전(油田)인가요? 장군님 입을 빵으로 막으실 필요 없습니다. 그만둡시다! 아른하임이 저에 대해 뭐라고 생각하든 전 상관없습니다. 하지만 장군님은 처음에 말하셨지요, '예를 들어 아른하임'이라고. 그럼, 누가 또 있습니까? 그에게 제가 충분한 행동인간이 아닌 사람이?"

"글쎄, 이보게", 슈툼이 확언했다. "적지 않네. 지금 행동이라는 구호가 주어졌다고 자네에게 이미 말했잖은가."

"그게 무슨 뜻입니까?"

"나도 정확히는 모르네. 라인스도르프가 말했네, 이제 무슨 일이 일어나야 한다고! 그렇게 시작된 거네."

"디오티마는요?"

"디오티마는 그건 새로운 정신이라고 말하네. 그리고 이제 평의회에서 모두가 그 말을 하네. 난 자네도 그걸 아는지 알고 싶네. 정말 속이 울렁거릴 정도네, 아름다운 부인이 그렇게 중요한 머리이기도 하다니!"

"저도 그렇게 믿고 싶습니다." 슈툼이 빠져나가게 하지 않으면서 울리히가 인정했다. "하지만 저는 이제 디오티마가 새로운 정신에 대해 뭐라고 말하는지 듣고 싶습니다."

"그냥 사람들이 말하네." 슈툼이 대답했다. "평의회에 온 사람들은 시대가 새로운 정신을 얻는다고 말하네. 당장은 아니겠지만 1, 2년 후면. 그 전에 특별한 일이 일어나지 않는다면. 그리고 이 정신은 사고를 너무 많이 담고 있어서는 안 되네. 감정도 지금은 때가 아니네. 사고와 감정, 그건 할 일 없는 사람을 위한 것이지. 한마디로, 이건 그냥 행동의 정신이네. 더 이상은 나도 모르네. 하지만 가끔씩", 장군은 신중하게 덧붙였다. "벌써 이런 생각을 했네, 그게 결국에는 아주 간단히 군사적 정신이 아닐까?"

"행동에는 의미가 있어야 합니다!" 울리히가 요구했다. 그리고 어리석음으로 얼룩진 이 대화 훨씬 뒤편에서 깊은 진지함으로써 그의 양심은 그에게 스웨덴 성채에서 아가테와 나눈 첫 번째 대화를 상기시켰다.

하지만 장군도 이렇게 말했다. "방금 그걸 말하지 않았나. 아무 할 일이 없고 무슨 일을 할지 모르는 사람은 활동력이 있네. 그러면 그는 사방으로 울부짖고 술을 퍼마시고 싸움질을 하고 말〔馬〕과 사람을 못살게 구네. 하지만 다른 한편 자네도 인정할 걸세. 무엇을 원하는지를 잘 아는 사람은 음흉해지지. 젊은 참모 한 명을 보게. 그는 과묵하게 입술을 꽉 다물고 몰트케5같은 얼굴을 하고 있네. 10년 후 그는 단추 아래에 야전사령관 언덕을 가지겠지. 하지만 나처럼 호의적인 배〔腹〕가 아니라 독이 든 배네. 하나의 행동이 얼마나 많은 의미를 가져도 되는지는 규정하기 어렵네." 그는 생각에 잠기더니 이렇게 덧붙였다. "제대로 달려들면, 군대에서 정말 많은 것을 배울 수 있네. 지금 이게 점점 더 나의 확신이 되어 가네. 하지만 그래도 위대한 이념이 발견된다면, 그게 이른바 그냥 가장 간단한 것일 거라는 생각이 들지 않나?"

"아닙니다." 울리히가 반대했다. "그건 터무니없는 소리입니다."

"그래 좋아, 하지만 그러면 정말로 행동만이 남는군." 장군은 한숨을 쉬었다. "그걸 거의 나 스스로 이미 선언하고 있네. 그런데 언젠가 내가 이 모든 과도한 사고들은 그냥 살인으로 넘어갈 거라고 경고했

---

5   헬무트 폰 몰트케(Helmuth von Moltke, 1800~1891) : 프로이센의 육군 원수이다.

던 것 기억하나? 그걸 막아야 하네!" 그는 확언했다. "그러니 한 사람이 지휘권을 넘겨받아야 하지 않겠나!" 그가 유인했다.

"그리고 호인이신 장군님께서 여기서 어떤 과제를 제게 줄 생각이셨습니까?" 이제 울리히가 물었고 숨김없이 하품을 했다.

"곧 가겠네." 슈툼이 장담했다. "하지만 우리가 서로 이렇게 툭 터놓고 이야기한 마당이니, 자네는, 의리 있는 동지라면, 또 하나 중요한 과제가 있네. 디오티마와 아른하임 사이에 뭔가 이상이 생겼네!"

"무슨 말씀이죠!" 집주인은 약간 활기를 띠었다.

"자네 스스로 곧 보게 될 테니 난 자네에게 아무것도 이야기할 필요가 없네! 더욱이 그녀는 사실 자네를 나보다 더 신뢰하지."

"장군님도 신뢰하나요? 언제부터 그렇죠?"

"그녀는 내게 약간 익숙해졌네." 장군이 자랑스럽게 말했다.

"그거 축하드립니다."

"그래. 하지만 그럼 곧 자네는 라인스도르프에게도 가야 해. 프로이센에 대한 그의 거부감 때문이네."

"전 그렇게 하지 않을 겁니다."

"하지만 이보게, 자네가 아른하임을 좋아하지 않는다는 걸 아네. 하지만 그럼에도 불구하고 그래야 하네."

"그 때문이 아닙니다. 저는 이제 라인스도르프에게 아예 가지 않겠습니다."

"도대체 왜 안 가나? 그는 아주 고상한 늙은 신사네. 오만하고. 난 그를 참을 수가 없지만 자네에게는 너무 잘하지 않나."

"저는 이제 전체 이야기에서 물러나겠습니다."

"하지만 라인스도르프는 자네를 놓아주지 않을 거네. 디오티마도 그렇고. 나부터도 놓아주지 않겠네! 자네는 나를 혼자 내버려둘 건 아니지!"

"제게는 전체 이야기가 너무 어리석습니다."

"늘 그렇듯이 자네 말은 정말 탁월하게 옳네. 하지만 도대체 뭐가 어리석지 않겠나? 보게, 나는 완전히 어리석네. 자네 없이는. 그러니 나를 생각해서라도 라인스도르프에게 가줄 거지?"

"그런데 디오티마와 아른하임은 무슨 일입니까?"

"말하지 않겠네. 안 그러면 자네는 디오티마에게도 가지 않을 테니까!" 장군에게 갑자기 착상 하나가 번뜩였다. "자네가 원한다면, 라인스도르프가 자네를 위해 비서를 하나 고용해서 자네가 싫어하는 일을 모두 대신할 수 있게 할 수 있을 걸세. 아니면 내가 국방부 사람을 하나 자네에게 붙여 주겠네. 자네는 원하는 만큼 물러나게. 하지만 내게서 손을 떼진 않을 거지?"

"우선 한숨 푹 자게 해주십시오." 울리히가 청했다.

"자네가 승낙하기 전에는 가지 않겠네."

"그럼, 자고 나서 생각해 보겠습니다." 울리히가 승낙했다. "군사학의 빵을 장군님 가방에 도로 넣는 것을 잊지 마십시오!"

14

발터와 클라리세 집에 생긴 새로운 일.
노출증 환자와 구경꾼들

저녁 무렵 발터와 클라리세에게 가도록 울리히의 마음을 움직인 것은 그의 불안한 상태였다. 가는 도중 그는 짐 사이에 집어넣었거나 잃어버려 찾을 수 없게 된 그 편지를 기억 속에 불러오려 했지만 더 이상 개별사항을 기억할 수 없었고, 그저 "네가 곧 돌아오길 바라"라는 마지막 문장과 사실 발터와 이야기해야 한다는 개략적 인상만 기억났는데, 여기에는 애석함과 불쾌감뿐 아니라 고소함도 들어 있었다. 이제 그는 아무 의미도 없는 이 스쳐 지나가는 무의식적 감정에, 이를 쫓아버리는 대신, 머물렀고 그러면서, 현기증이 나는 사람이 몸을 낮출수 있어 진정이 되는 것과 비슷한 느낌이었다.

그가 집으로 돌아들자, 복숭아나무 격자울타리가 있는 측면 벽에기댄 채 태양 속에 서 있는 클라리세가 보였다. 그녀는 두 손을 뒤로하고 부드러운 덩굴에 몸을 기댄 채 멀리 앞을 바라보고 있었지만 다가오는 사람을 알아차리지 못했다. 그녀의 자세에는 뭔가 자기망각과 경직 같은 것이 있었다. 하지만 동시에, 거의 알아차릴 수 없었지만 배우 같은 것도 있었는데, 그것은 그녀의 독특함을 아는 친구만이 알아차릴 수 있는 것이었다. 그녀는 자신이 몰두하는 중요한 표상들을 같이 연기하고 있는 듯했고 어떤 표상에 붙잡혀 더 이상 놓여 날수 없는 듯했다. 그는 "난 네 아이를 갖고 싶어!"라는 그녀의 말을 떠올렸다. 이 말은 오늘 그에게 그 당시만큼 그리 불쾌하지 않았다. 그는 조용히 친구의 이름을 불렀고 기다렸다.

하지만 클라리세는 생각했다. '이번에 마인가스트는 우리 집에서 변신해!' 그의 삶은 사실 여러 번의 아주 이상한 변신을 겪었고 그는 발터의 소상한 답장에 답을 하지도 않고 어느 날, 방문하겠다는 자신의 통지를 실현시켰다. 클라리세는 그 후 그가 그녀 집에서 당장 착수한 그 작업이 변신과 관련 있다고 확신했다. 정화가 있기 전에는 항상 어딘가에 은둔하는 인도의 어떤 신에 대한 기억이 그녀의 내면에서, 동물들은 고치가 되기 위해 특정한 장소를 선택한다는 기억과 섞였고, 엄청나게 건강하고 대지에 가깝다는 인상을 주는 이 사고로 인해 그녀는 태양이 비치는 집 담벼락에서 익어 가는 복숭아 울타리의 관능적 향기에 생각이 미쳤다. 이 모든 것의 논리적 귀결은 그녀가 가라앉는 태양의 불타는 빛 속에서 창문 아래 서 있는 동안 예언자는 그 뒤에 있는 그늘진 동굴에 은둔했다는 것이었다.

며칠 전 그는 그녀와 발터에게 하인, 기사는 원래의 의미에 따르면 사내아이, 소년, 종자(從者), 무기를 들 수 있는 남자와 영웅을 뜻한다고 설명했다. 이제 그녀는 스스로에게 "나는 하인이야!"라고 말했고 그에게 봉사했고 그의 작업을 보호했다. 거기에는 더 이상 말이 필요 없었다. 그녀는 그냥 눈이 부신 얼굴로 미동도 않고 태양광선을 견뎌 냈다.

울리히가 그녀에게 말을 걸자 그녀는 예상치 못했던 목소리를 향해 천천히 얼굴을 돌렸고 그는 뭔가가 변했음을 알아차렸다. 그를 마주하는 두 눈은 해가 저문 후 자연의 색채가 내뿜는 그 냉기를 담고 있었고 그는 당장 알아차렸다. 그녀는 더 이상 네게 아무것도 원하지 않아! 그녀의 시선 속에, 그녀가 그를 '염소 바깥으로 끌어내려' 했고, 그가 위대한 악마나 신이었고, 그와 함께 '음악 속 구멍을 통해' 달아나고 싶었고, 그가 그녀를 사랑하지 않으면 그녀가 그를 죽이려 했다는 흔적은 더 이상 없었다. 사실 그에게는 상관없었다. 시선 속에 담긴, 이기주의의 이 꺼져 버린 온기, 이것도 아주 평범한 작은 체험이리라. 그럼에도 불구하고 이것은 삶의 베일에 생긴 작은 찢김이었고 그 사이로 무관심한 무(無)가 내다보고 있었다. 그리고 나중에 일어난 많은 일의 토대가 이 당시에 마련되었다.

울리히는 마인가스트가 와 있다는 소식을 들었고 이해했다. 그들은 발터를 데리러 조용히 집 안으로 들어갔고 셋이서 역시 조용히 다시 밖으로 나왔는데, 일하는 사람을 방해하지 않기 위해서였다. 그러면서 울리히는 열린 문을 통해 두 번 마인가스트의 등을 얼핏 보았다. 그는 집에 딸려 있지만 따로 분리된 빈 방에 기거했다. 어디선가 클라리세와 발터는 철제 침대 하나를 구해 왔고 부엌에서 쓰는 등받이 없는 의자 하나, 세면과 목욕을 위해 양철대야 하나가 있었고, 창문 커튼이 없는 이 공간에는 이 가재도구 이외에는 책이 꽂힌 낡은 그릇장 하나와 칠이 되지 않은 무른 목재로 된 작은 책상이 하나 있을 뿐이었다. 이 책상 앞에 마인가스트가 앉아 글을 쓰고 있었고 사람이 지나가도 고개를 돌리지 않았다. 이 모든 것을 울리히는 일부는 보았고 일부는 친구들에게 들었다. 그들은 이 대가를 자신들보다 훨씬 더 궁색하게 묵게 하는 데 아무런 양심의 가책도 없었고 어떤 이유에서인지 그 반대로, 그가 거기에 만족하고 있음을 자랑스러워했다. 그것은 감동적이었고 그들에게 편했다. 발터는 장담했다. 이 공간은 마인가스트가 없을 때 들어가 보면, 고상하고 힘이 넘치는 손이 끼었던 낡은 장갑이 가지는 무어라 서술할 수 없는 뭔가가 있다고! 그리고 실제로 마인가스트는 이 환경의 전사(戰士) 같은 단순함에 고무되어 매우 만족해하며 일했다. 이런 환경에서 그는 자신의 의지를 포착했고 종이 위에 말들을 빚었다. 게다가 클라리세가 조금 전처럼 그의 창문 아래 또는 저 위 계단참에 서 있으면, 또는 그냥 그녀 방에 앉아 있어도, ─ '눈에 보이지 않는 북극광의 외투에 감싸여서'라고 그녀는 그에게 고백했다 ─ 명예욕에 가득 찬, 자신으로 인해 마비된 이 여학생이 그의 기쁨을 증가시켰다. 그러면 펜은 저절로 착상을 내놓았고 짙은 색의 커다란 두 눈은 떨리는 뾰족한 코 위에서 불타기 시작했다. 그것은 그의 새 책에서 가장 중요한 장들 가운데 하나가 될 터였고 그는 이 장을 이 환경에서 끝낼 작정이었고 이 작품은 책이 아니라 새로운 남성들의 정신을 위한 무장명령이라 불러야 했다! 클라리세가 서 있는 곳에서 낯선 남자 목소리가 그에게까지 들려오자 그는 일을 멈추고 조심스럽게 아래를 내려다보았다. 그는 울리히를 다시 알아보지는 못했지만 어렴풋이 그를 기억했고 계단을 올라가는 발소리에서 문을 닫아야 할 이유도, 일에서 머리를 들 이유도 찾지 못했다. 그는 두꺼운 털조끼를 외투 아래에 입었고 자신이 날씨와 인간들에 무감각함을 내보였다.

울리히가 산책에 끌려 나가 대가에 대한 감격을 듣는 동안 대가는 그의 작품에 매진했다.

발터가 말했다. "마인가스트 같은 사람하고 친구가 되면 그제야 우리는 우리가 항상 타인에 대한 거부감에 시달려 왔음을 알게 되지! 그와 교류하노라면 모든 것이, 난 이렇게 말하고 싶어, 회색 없이 순수한 색채로 그려진 듯해.” 클라리세가 말했다. “그와 교류하면, 운명이 있는 것 같은 감정이 들어. 우리는 아주 개인적으로 그리고 완전히 조명을 받고 거기 서 있어.” 발터가 보충했다. “오늘날 모든 것이 수백 개의 층으로 쪼개져 불투명해지고 희미해졌지. 그의 정신은 유리 같아!” 울리히는 이렇게 답했다. “죄악 염소와 미덕 염소가 있어. 게다가 이 염소들을 필요로 하는 양들도 있고!”

발터가 되받아쳤다. “이 인간이 너와 맞지 않을 거라고 예상했어!”

클라리세가 외쳤다. “언젠가 너는 우리가 이념에 따라 살 수 없다고 주장했지? 기억 나? 마인가스트는 그럴 수 있어!” 발터는 더 신중하게 말했다. “물론 난 그에 대해 많은 이의를 제기할 수 있을 거야….” 클라리세가 그의 말을 끊었다. “그에게 귀를 기울이면, 내면에서 빛의 전율이 느껴져.” 울리히는 답했다. “두상이 특별히 아름다운 남자가 보통 어리석어. 특별히 심오한 철학자가 평범하고 피상적인 사상가지. 문학에서는 보통 중간치를 조금 넘는 재능이 동시대인들에게는 위대하다고 간주돼.”

경탄이라는 현상, 그것은 이상한 현상이다. 그것은 개개인의 삶에서는 그냥 ‘발작들’에 국한되지만 전체의 삶에서는 지속적 설비다. 사실 발터는 그 자신과 클라리세의 존경심 속에 마인가스트 대신 그 자신이 서 있었다면 더 뿌듯했을 테지만 실은 그렇지 않았음을 결코 깨닫지 못했다. 하지만 거기에는 일말의 장점도 있었다. 그리고 그렇게 아긴 감정은 남의 아이를 자기 아이로 받아들여야 할 때처럼 마인가스트에게 유리했다. 다른 한편 바로 이 때문에 마인가스트에 대한 경탄이라는 현상은 순수하고 온전한 감정이 아니었고 발터 스스로도 이를 알았다. 오히려 이것은 그에 대한 믿음에 헌신하라는 지나치게 부추겨진 요구였다. 이 속에는 고의적인 것이 있었다. 이것은 충분한 확신 없이 미쳐 날뛰는 '피아노 감정'이었다. 울리히는 이를 느낌으로 알았다. 오늘날 삶을 산산조각내고 알아볼 수 없을 정도로까지 뒤섞어 버리는 열정에 대한 원천적 욕구 가운데 하나는 거기서 퇴로를 찾았다. 발터는 마인가스트를 찬양할 때 분노를 느꼈으니까. 극장에서 청중이 자신들의 원래 견해의 모든 한계를 넘어서서, 그들의 박수욕구를 자극하는 상투적 말들에 박수갈채를 보낼 때와 비슷했다. 그는 경탄의 응급상태에 처해 마인가스트를 찬양했다. 이 상태를 위해서는 평소에는 축제, 축하, 위대한 동시대인들 또는 이념들 그리고 그들에게 바쳐지는 경의가 있으며 이때 사람들은 동참은 하지만 아무도 누구를 위해 왜 그렇게 하는지는 제대로 알지 못하고 각자는 스스로를 비난하지 않기 위해 다음 날은 평소보다 두 배 더 비열해질 각오를 한다. 울리히는 친구들에 대해 이렇게 생각했고 가끔씩 마인가스트를 겨냥한 신랄한 언급들로 그들을 긴장시켰다. 이를 더 잘 아는 사람이 모두 그렇듯 그도, 거의 항상 헛다리를 짚고 무관심이 남겨 놓은 것마저도 파괴해 버리는 동시대인들의 열광능력에 이미 수없이 화가 났으니까.

그들이 이런 대화를 하며 집으로 돌아왔을 때 날은 벌써 어둑어둑해졌다.

"이 마인가스트는 오늘날 예감과 믿음이 혼동된다는 것으로 먹고 살아." 울리히가 결국 말했다. "과학이 아닌 것은 거의 모두 사실 예감할 수만 있고 열정과 조심을 필요로 하는 것이야. 우리가 알지 못하는 것의 방법론은 이럴 테고 삶의 방법론과 거의 동일한 거야. 하지만 너희들은 그냥 마인가스트 같은 누군가가 너희들에게 오자마자, '믿어'. 그리고 모두가 그렇게 해. 그리고 이 '믿음'은 대충, 너희들의 아주 소중한 전 인격이 알 바구니 안에 앉아 그 안에 든 미지의 내용물을 부화시키겠다는 착상을 하는 것과 같은 재앙이야!"

그들은 계단 발치에 서 있었다. 갑자기 울리히는 왜 그가 여기에 왔는지를 알았고 다시 예전처럼 두 사람과 대화했다. 그는 "네가 방법론을 끝낼 때까지 아마 세계는 멈춰 서 있어야겠지?"라는 발터의 대답이 놀랍지 않았다. 그들은 둘 다 그를 대수롭지 않게 생각하는 게 역력했는데, 지식의 확실성과 예감의 연무(煙霧) 사이에서 퍼져나가는 믿음의 이 영역이 얼마나 황폐한지를 이해하지 못했기 때문이었다. 옛 이념들이 그의 머릿속에서 결집했다. 사고는 쇄도와 동시에 거의 소멸했다. 하지만 그때 그는 알았다. 꿈이 감각을 현혹해 버린 양탄자 직공처럼 처음부터 다시 시작하는 것이 이제 더 이상 필연적이지 않고 바로 그 때문에 그가 다시 여기 서 있음을. 모든 것이 최근에는 훨씬 더 간단해졌다. 지난 14일은 예전의 모든 것을 무력화시켰고 내면의 동선들을 두꺼운 매듭으로 묶었다.

발터는 울리히가 자신을 화나게 할 대답을 하기를 기다렸다. 그러면 두 배로 갚아주려 했다! 그는 마인가스트 같은 인간은 치유자라고 말할 작정이었다. "치유란 원래 '완전히'라는 뜻이야!" 그는 생각했다. "치유자는 잘못된 길로 들어설 수도 있지만 우리를 완전하게 해!" 그는 이렇게 말할 작정이었다. 그 다음에는 "넌 아마 그런 걸 전혀 상상할 수 없겠지?"라고도 말할 작정이었다. 그러면서 그는 치과에 갈 때면 느끼는 것과 비슷한 거부감을 울리히에게 느꼈다.

하지만 울리히는 마인가스트가 대체 지난 몇 년 동안 무엇을 썼고 무슨 일을 했느냐고 그냥 멍하니 물었다.

"거 봐!" 발터가 실망해서 말했다. "거 봐, 넌 그것조차 모르면서 욕을 하지!"

"에이", 울리히는 말했다. "알 필요도 없어. 두어 줄이면 충분해!" 그는 한 발을 계단 위에 올려놓았다.

그때 클라리세가 그의 외투자락을 잡아당기며 속삭였다. "하지만 그는 마인가스트라 불리지 않아!"

"물론 그렇게 불리지 않아. 그게 도대체 비밀이야?"

"그는 한때 마인가스트가 되었고 지금 우리 집에서 다시 변신하고 있어!" 클라리세는 격렬히 그리고 은밀히 속삭였고 이 속삭임은 솟구치는 화염과 공통점이 있었다. 발터는 불을 끄려고 그 위로 몸을 던졌다. "클라리세!" 그가 간청했다. "클라리세, 그 터무니없는 소리 좀 그만 둬!"

클라리세는 침묵했고 미소를 지었다. 울리히가 앞장서서 계단을 올라갔다. 마침내 이제 그는 자라투스트라의 산에서 발터와 클라리세 가족의 삶 위로 내려앉은 그 사도를 보고 싶었다. 그들이 위에 당도했을 때 발터는 그에 대해서뿐만 아니라 마인가스트에 대해서도 나쁘게 말하기 시작했다.

마인가스트는 자신의 숭배자들을 그들의 어두운 집에서 맞이했다. 그는 그들이 오는 것을 보았고 클라리세는 곧장 그를 향해 회색 창문 앞으로 다가갔다. 작고 여윈 그림자가 그의 비쩍 마른 커다란 그림자 옆으로. 소개는 없었다. 또는 울리히의 이름을 대가의 기억 속에 불러옴으로써 일방적 소개만 있었다. 그 후 모두가 침묵했다. 일이 어떻게 전개될까 호기심이 발동한 울리히는 비어 있는 두 번째 창가로 가 섰고 놀랍게도 발터도 그에게 와 함께 섰는데, 아마 그냥 ― 그 순간 거부감의 크기는 동일했다 ― 덜 가려진 유리창을 통해 어둑어둑한 방 안으로 비쳐드는 빛의 자극에 이끌렸을 것이다.

달력은 3월이었다. 하지만 기상학은 늘 믿을 만한 것은 아니고 가끔씩 6월 저녁을 때 이르게 또는 때늦게 만들어 낸다고 클라리세는 창문 앞의 어둠이 여름밤처럼 여겨지는 가운데 생각했다. 가스등 불빛이 비쳐드는 곳에서 이 밤은 밝은 노란색으로 래커 칠되었다. 그 옆 덤불은 넘실대는 검은 덩어리였다. 빛 속으로 드리운 곳에서 덤불은 초록색 또는 하얀색이 되었고 ― 이는 사실 제대로 묘사할 수 없었다 ― 삐죽삐죽 이파리를 내밀고 있었고 가로등 불빛 속에서, 경쾌하게 흘러가는 물속에서 헹궈지는 빨래처럼 부유했다. 키 작은 말뚝들 위를 가느다란 쇠줄이 ― 질서를 생각하라는 상기의 의미와 경고를 담아서 ― 덤불이 서 있는 잔디를 따라 한동안 달리다 어둠 속에서 사라졌다. 클라리세는 이것이 거기서 아예 멈춘다는 것을 알았다. 이 지역을 정원으로 꾸며 볼까 하는 계획도 있었을 테지만 곧 포기되었다. 클라리세는 마인가스트 옆으로 바짝 다가섰는데, 그가 선 창문 각도에서 가능하면 멀리 길을 바라보기 위해서였다. 그녀의 코가 유리창에 딱 붙었고 두 육체는 서로 여러 부위에서 단단히 닿았는데, 마치 그녀가 계단 위에서 몸을 쭉 편 듯했고 이는 가끔 일어나는 일이기도

했다. 공간을 내주어야 하는 그녀의 오른쪽 팔꿈치 근처를 마인가스트의 긴 손가락이 아주 딴생각을 하고 있는 독수리의 억센, 가령 비단 손수건을 훔켜잡은 발톱처럼 감쌌다. 클라리세는 벌써 한참 동안 한 남자를 바라보고 있었고 그는 뭔가가 정상이 아니었지만 그녀는 그것이 무엇인지 알아낼 수 없었다. 그는 때로는 쭈뼛쭈뼛, 때로는 덜렁덜렁 걸어갔다. 뭔가가 걸어가려는 그의 의지를 휘감는다는 인상을 주었고 매번 이것을 찢어 버린 후에는, 서두를 필요가 없지만 멈칫거리지도 않는 다른 모든 사람들처럼 몇 걸음을 갔다. 이 불규칙적인 동작의 리듬이 클라리세를 사로잡았다. 남자가 가로등 옆을 지날 때마다 그녀는 그의 얼굴을 알아보려 했고 그 얼굴은 푹 꺼지고 감정이 없는 듯 여겨졌다. 마지막 바로 전 가로등에서 그녀는 그것이 하찮고 불쾌하고 소심한 얼굴이라고 생각했다. 하지만 그가 거의 그녀의 창문 아래 있는 마지막 가로등에 다가갔을 때 그의 얼굴은 아주 창백했고 빛이 어둠 위에서 이리저리 떠돌 듯 빛 속에서 이리저리 떠돌았으므로 그 옆 가로등의 가느다란 쇠기둥이 아주 꼿꼿이 흥분한 듯 보였고 원래의 색보다 더 강렬한 연녹색으로 눈에 들어왔다.

네 사람 모두 차츰 아무도 자기를 보지 않는다고 착각하는 이 남자를 관찰하기 시작했다. 그는 지금 빛에 흠뻑 젖은 덤불을 알아차렸고 덤불은 그에게 속치마의 톱니모양 레이스를 상기시켰는데, 그는 여태 이렇게 무성한 덤불을 보지 못했고 늘 한번 보고 싶었다. 이 순간 그는 결심했다. 그는 낮은 울타리를 넘었고 장난감 상자 속 나무 아래에 있는 초록색 대팻밥을 생각나게 하는 잔디 위에 섰고 잠시 멍하니 발치를 바라보았고 조심스럽게 사방을 둘러본 머리에 의해 깨어났고 습관대로 그늘에 몸을 숨겼다. 따뜻한 날씨가 야외로 유혹한 행락객들이 집으로 돌아가고 있었고 그들의 소음과 흥이 멀리서 들려 왔다. 이는 남자를 두려움으로 채웠고 그는 이에 대한 보상으로 이파리 속치마 속에서 즐거움을 찾았다. 클라리세는 남자에게 무슨 일이 일어나고 있는지 아직 몰랐다. 그는 한 무리의 사람들이 지나가고 가로등 불빛으로 인해 그들의 눈이 어둠을 보지 못할 때마다 매번 밖으로 몸을 내밀었다. 그 후 그는 걸음을 옮기지 않은 채 이 빛의 원 가까이 몸을 밀어 넣었는데, 얕은 강가에서 발바닥 언저리 위로는 물에 담그려 하지 않는 사람 같았다. 남자가 얼마나 창백한지가 클라리세의 눈에 띄었고 그의 얼굴은 일그러져 창백한 원반이 되었다. 그녀는 그에게 격렬한 연민을 느꼈다. 하지만 그는 이상한 작은 동작을 했고 그녀는 한참이나 이를 이해하지 못하다가 마침내 경악을 금치 못하고 손을 짚을 곳을 찾아야 했다. 마인가스트가 여전히 그녀의 팔을 붙잡고 있어 큰 동작을 할 수 없었으므로 그녀는 그의 넓은 바지를 잡았고 보호를 받으려고, 대가의 다리를 감싼 천을 폭풍 속 깃발인 양 꽉 잡았다. 이렇게 두 사람은 떨어지지 못하고 서 있었다.

울리히는 창문 아래 남자가 변태적 성 생활로 인해 정상인의 호기심을 활발히 자극하는 그런 병자임을 맨 처음 알아차렸다고 생각했고, 아주 불안정한 클라리세가 이 발견을 어떻게 받아들일까 한동안 쓸데없는 걱정을 했다. 그 후 그는 이를 잊었고 이제 그 스스로 이런 인간의 내면에 대체 무슨 일이 일어나는지 알고 싶었다. 그는 이 남자가 울타리를 넘은 순간 아마 변화는 그 세부사항을 전혀 서술할 수 없을 정도로 완벽했을 것이라고 생각했다. 그리고 이것이 적절한 비교인 듯 너무나 자연스럽게 곧장 가수가 떠오름을 느꼈다. 가수는 조금 전까지만 해도 여전히 먹고 마셨지만 그 후 피아노 앞으로 다가가 두 손을 배 위에서 깍지 끼고는 노래를 부르려고 입을 여는데, 부분적으로는 다른 사람이면서 부분적으로는 그렇지 않다. 울리히는 라인스도르프 백작도 떠올렸는데, '백작은 종교적이고 윤리적인 회선과 은행세계의 편견 없는 회선을 마음대로 바꿀 수 있다'고 생각했다. 내면에서 일어나지만 세상의 호응을 통해 외적 비준을 얻는 이 변신의 전적인 완벽함이 그를 매혹했다. 저 아래의 남자가 심리학적으로 어떻게 그런 상태가 되었는지는 상관없었지만 그는 남자의 머리가 어떻게 며칠 동안 차츰차츰, 가스가 불어넣어지는 풍선처럼 점차 긴장으로 채워지는지 상상해야 했다. 풍선은 아직 단단한 바닥에 자신을 묶어두는 줄에 매달려 흔들리는데, 결국 들리지 않는 명령, 우연한 원인, 그냥 특정한 시간의 경과가 — 이는 차선(次善)의 것을 촉발한다 — 이 줄을 푼다. 그리고 머리는 인간세계와의 연결 없이 부자연의 허공 속에서 부유한다. 그리고 실제로, 푹 꺼진 얼굴의 하찮은 그 남자는 덤불의 보호 아래 서 있었고 맹수처럼 매복했다. 계획을 실행하기 위해 그는 사실 행락객들이 드물어지고 이로 인해 그 일대가 더 안전해 보일 때까지 기다려야 했으리라. 하지만 그룹과 그룹 사이에 여자가 한 명 지나가자마자, 심지어 가끔씩 한 여자가 활기차게 웃으면서 그런 그룹 한가운데서 보호를 받으며 팔짝팔짝 지나갈 때면 이미 그것은 그에게는 더 이상 인간이 아니라 그의 의식이 터무니없이 재단해 놓은 인형들이었다. 그들을 향한 잔인한 가혹함이 살인자처럼 그를 가득 채웠고 그는 그들이 느낄 죽음의 공포에 전혀 개의치 않을 터였다. 하지만 동시에 그는 자신이 아직 완전히 의식불명의 절정에 이르기 전에 그들이 그를 발견하고 개처럼 쫓아 버릴 수 있다는 생각에 스스로도 가벼운 고통에 시달렸고 혀는 그의 아가리 안에서 두려움에 떨었다. 그는 멍청한 머리로 기다렸고 점차 어스름의 마지막 빛이 꺼졌다. 이때 혼자 걸어가는 여자 하나가 그의 은신처에 접근했고 가로등이 아직 그와 그녀를 갈라놓고 있을 때 벌써 그는 주변 환경과는 뚜렷이 구별해서 알아차릴 수 있었다. 가까이 다가오기도 전 그녀가 밝음과 어두움의 물결 속에서 떠올랐다가 가라앉는, 빛에 흠뻑 젖은 검은 덩어리였음을. 울리히도 다가오는 여자가 중년의 몸매 없는 여자임을 알아차렸다. 그녀는 자갈이 가득 든 자루 같은 몸이었고 얼굴은 일말의 호의도 발산하지 않았고 지배욕과 잔소리로 얼룩져 있었다. 하지만 덤불 속의 허약한 방광은 너무 늦기 전에, 그녀가 알아차릴 것도 없이, 그녀를 상대하는 법을 잘 알았다. 그녀의 눈과 다리의 둔탁한 움직임은 벌써 그의 육체 속에서 움찔거렸을 것이고 그는 그녀가 방어태세를 갖추기 전 그녀를 덮칠, 그의 시선으로 덮칠 준비를 했다. 그의 시선은 기습을 당한 여자를 파고들어 그녀가 어디를 향하든 영원히 그녀 속에 머물러 있어야 했다. 이 흥분은 솨 하고 지나가면서 무릎, 손, 후두 속에서 돌았다. 남자가 어슴푸레한 빛 속의 덤불 일부를 더듬고 나와 결정적인 순간 등장해서 모습을 보이려고 준비하는 모습을 관찰하는 동안 적어도 울리히에게는 이렇게 여겨졌다. 그 불행한 자는 넋을 잃고 가지들의 가벼운 마지막 저항에 몸을 기댄 채 이제 벌써 환한 빛 속에서 쿵쿵대며 걷고 있는 추한 얼굴 위에 눈을 고정시켰고 그의 호흡은 낯선 사람의 리듬 속에서 고분고분 헐떡거렸다. '그녀가 소리를 지를까?' 울리히는 생각했다. 이 덩치 큰 인물이 소스라치는 대신 분노에 빠져 공격으로 넘어갈 소지가 다분했다. 그러면 그 미친 겁쟁이는 도망쳐야 할 테고 방해받은 쾌락은 둔탁한 손잡이를 가진 칼을 그의 살 속으로 찌르리라! 하지만 이 긴장되는 순간 울리히는 맞은편에서 다가오는 두 남자의 태연한 목소리를 들었고, 그가 유리창을 통해 들은 그 목소리는 아래에서도 막 씩씩대는 흥분을 파고들었을 것이다. 창문 아래 남자는 거의 열려 있던 덤불의 베일을 조심스럽게 다시 닫았고 소리 없이 어둠 한가운데로 물러났다.

"돼지 같은 놈!" 이 순간 클라리세가 옆 사람에게 힘차게 속삭였다. 하지만 전혀 분노하지는 않았다. 마인가스트는 변신하기 전 자주 이런 말을 그녀에게 들었는데, 당시 그의 스릴 있게 자유분방한 행동거지를 향한 말들이었고 따라서 이 말은 역사적으로 들릴 수도 있었다. 클라리세는 마인가스트 역시 변신에도 불구하고 아직 그 일을 회상하고 있으리라 전제했고 실제로, 이에 대한 대답으로서 그녀의 팔을 감싼 그의 손가락이 아주 가볍게 움직인 듯 여겨졌다. 이 저녁에는 우연이라고는 없었다. 그 남자도 그냥 우연히 클라리세의 창문을 선택해 그 아래 서 있던 것이 아니었다. 자신이 어딘가 정상이 아닌 남자들을 잔인하게 끌어당긴다는 그녀의 견해는 확고했고 이미 자주 사실로 입증되었다! 모든 것을 종합해 보면, 그녀의 아이디어들은 뒤죽박죽도 아니었다. 중간부분을 생략했거나, 다른 인간들이 이런 내적 원천을 가지지 못하는 많은 대목들에서 감정에 흠뻑 젖었다는 것만 빼면. 당시 마인가스트의 근본적 변화를 가능하게 한 것이 그녀였다는 확신은 그 자체로 황당무계하지도 않았다. 게다가 먼 곳에서 수년에 걸쳐 아무런 접촉도 없었기 때문에 이 변화가 얼마나 그녀와 상관없이 일어났는지 고려해 보면, 그리고 이 변화의 위대함을 — 이 변화는 피상적 방탕아를 예언자로 만들었으니까 — 고려해 보면, 그리고 마지막으로, 마인가스트의 작별 이후 곧장 발터와 클라리세의 사랑이 바로 그 투쟁의 정점으로 — 그녀는 아직도 거기에 머물러 있었다 — 상승했다는 사실까지 고려해 보면, 발터와 그녀가 아직 변신하지 않은 마인가스트의 원죄를 자신들 속으로 받아들여 그의 상승을 가능하게 했다는 클라리세의 추측 그 자체는 오늘날 믿어지는 수많은 인정받는 사고들보다 더 나쁜 근거를 가진 것은 아니었다. 하지만 여기서 기사도적으로 봉사하는 관계가 생겼는데, 클라리세는 귀환자와 이런 관계라고 느꼈고 이제 그녀가 그냥 변화가 아니라 그의 새로운 '변신'을 말한다면, 이는 그녀가 그 이후로 처한 그 고양 상태를 적절하게 표현한 것뿐이었다. 의미심장한 관계라는 의식은 클라리세를 말 그대로 들어 올릴 수 있었다. 우리는 성자들을 발아래 구름을 가진 모습으로 상상해야 할지 또는 그들이 손가락 두께만큼 땅바닥 위에 떠서 그냥 무(無) 속에 서 있는지 제대로 모른다. 마인가스트가 아주 심오한 배경이 있을 위대한 작업을 수행하기 위해 그녀의 집을 선택한 이후 지금 그녀를 둘러싼 상황이 꼭 이랬다. 클라리세는 여자로서 그를 사랑하게 된 것이 아니었고 오히려 한 남자를 경탄하는 소년처럼 그를 사랑했다. 그 남자와 같은 방식으로 모자를 쓰는 데 성공하면, 그리고 그를 능가하겠다는 은밀한 경쟁심에 가득 차면 소년은 행복하다.

그리고 발터는 이를 알았다. 그는 클라리세와 마인가스트가 속삭이는 소리를 들을 수 없었고 그의 눈은 창문의 미광 속에서 무겁게 용해된 그림자 덩어리 말고는 두 사람에게서 아무것도 인지할 수 없었지만 모든 것을 하나도 빠짐없이 꿰뚫어 보았다. 그도 덤불 속 남자에게 무슨 일이 일어났는지 알아차렸고 방을 지배하는 침묵이 그를 제일 무겁게 내리눌렀다. 그는 미동 않고 옆에 서 있는 울리히가 창문 밖을 긴장해서 바라보고 있음을 알아차릴 수 있었고 다른 창문 곁의 두 사람도 같으리라 전제했다. '왜 아무도 이 침묵을 깨지 않지?!' 그는 생각했다. '왜 아무도 창문을 열고 이 괴물을 쫓아 버리지 않지?!' 경찰을 부를 의무가 있다는 생각이 들었지만 집에는 전화기가 없었고 그는 반려자들의 멸시를 살 수 있는 일을 감행할 용기가 없었다. 그는 사실 '분노한 속물'이 아니고 싶었다. 그는 그냥 너무 예민한 상태였다! 그는 아내와 마인가스트의 '기사도적 관계'를 심지어 아주 잘 이해할 수 있었다. 클라리세는 사랑에서도, 노력 없는 고양을 상상한다는 것이 불가능했으니까. 그녀는 고양을 관능이 아니라 명예욕에서만 얻었다. 그는 그가 아직 예술작품에 몰두할 당시 가끔씩 그의 팔 안에 안긴 그녀가 무서울 정도로 활기찰 수 있었음을 떠올렸다. 하지만 그런 우회로가 아니면 그녀의 몸을 데우는 일은 결코 성공하지 못했다. '모든 인간은 효과적 고양을 명예욕에서만 얻는 걸까?' 그는 회의적으로 숙고했다. 마인가스트가 작업을 하면 클라리세가 그의 사고를 자신의 육체로 보호하기 위해 '보초를 선다'는 것을 그는 놓치지 않았다. 물론 그녀는 이 사고를 알지도 못했다. 발터는 고통스럽게 덤불 속 고독한 에고이스트를 관찰했고 이 불행한 자는 그에게, 너무 고립된 심성 속에 생겨나는 유린에 대해 경고하는 예를 제공했다. 이를 바라보면서 지금 클라리세가 무엇을 느끼는지를 그가 정확히 안다는 생각이 그를 고문했다. '그녀는 재빨리 계단을 올라갈 때처럼 가벼운 흥분상태일 거야'라고 그는 생각했다. 그 스스로 그의 눈앞에 떠오르는 그림 속에서 압력을 느꼈는데, 마치 그 속에 뭔가가 고치를 틀고 있고 그 껍데기를 찢으려는 듯했다. 그리고 그는 클라리세도 느끼고 있을 이 불가사의한 압력 속에서, 그냥 바라보지만 말고 즉시 당장 어떻게든 뭔가를 하겠다는, 사건을 해방시키기 위해 스스로 사건 속으로 뛰어들겠다는 의지가 움직임을 느꼈다. 다른 인간들에게는 삶에서 사고가 생겨나겠지만 클라리세에게는 그녀가 체험하는 것은 매번 사고에서 생겨났다. 그것은 부러울 정도로 미쳤다! 그리고 발터는 가령 스스로를 조심스럽고 대담하다고 상상하는 친구 울리히의 사고보다는 정신병이 있을 아내의 과장에 더 경도되었다. 어쩐지 그는 더 터무니없는 것이 더 편안했는데, 이것은 그를 공격하지 않고 놔두었고 그의 연민에 호소했고 어쨌든 사실 많은 인간들이 어려운 사고보다 미친 사고를 선호한다. 그리고 클라리세가 어둠 속에서 마인가스트와 속삭이는 동안 울리히는 말 없는 그림자로서 그의 옆에 서 있도록 판결받았다는 것이 심지어 그에게 일정한 만족감도 주었다. 그는 마인가스트를 통해 울리히에게 패배를 선사했다. 하지만 가끔씩 클라리세가 갑자기 창문을 열어젖히거나 계단을 뛰어 내려가 덤불로 돌진할 것이라는 예상이 그를 고문했다. 그러면 그는 두 명의 남자 그림자와 바르지 못하게 침묵하는 그들의 수수방관을 혐오했다. 이것은 온갖 정신의 유혹에 내맡겨진 가련하고 작은, 그의 보호를 받는 프로메테우스의 처지를 매분 더 심각하게 만들었다.

이 시각 자신의 덤불 속으로 후퇴한 병자 내면의 수치심과 방해받은 쾌락은 하나로 용해되어 실망이 되었고 쓰디쓴 덩어리처럼 그의 텅 빈 인격을 메웠다. 그는 가장 어두운 곳에 도달하자 무릎을 꺾고 바닥에 쓰러졌고 머리는 축 처진 이파리처럼 목에 매달렸다. 세계는 벌을 주며 그의 앞에 서 있었고 그에게 자신의 처지는 대충, 지나가는 두 남자가 그를 발견했더라면 그들에게 보였을 것처럼 그렇게 보였다. 하지만 남자가 자신을 위해 눈물 없이 한동안 운 뒤 그에게 다시 원래의 변화가 일어났는데, 이번에는 심지어 반항심과 복수심이 조금 더 섞였다. 그리고 다시 한번 실패했다. 열다섯 살 가량 된, 분명 어딘가에 지각한 소녀가 지나갔고 그에게는 아름답고 작고 서두르는 이상형으로 보였다. 그 타락한 자는 이제 정말 완전히 모습을 드러내고 소녀에게 친절히 말을 걸어야 한다고 느꼈지만 그것은 순간 그를 광폭한 경악 속으로 밀어 넣었다. 그에게 한 여자가 상기시킬 수 있는 모든 가능성을 꾸며 보여 줄 태세였던 그의 환상은 무방비로 다가오는 그 작은 피조물의 아름다움을 경탄한다는 단 하나의 자연스런 가능성 앞에서 겁을 먹고 서툴러졌다. 피조물이 그의 낮 자아의 마음에 드는 데 적합할수록 그의 그림자 자아의 즐거움은 덜했고 그는 이 피조물을 사랑할 수 없다면 미워하려 했지만 허사였다. 이렇게 그는 어정쩡하게 그늘과 빛의 경계에 서서 자신을 내보였다. 작은 소녀가 그의 비밀을 알아차렸을 때 그녀는 이미 그의 곁을 지나쳐서 여덟 걸음 정도 그와 멀어져 있었다. 그녀는 처음에는 이파리 속에서 불안한 지점을 보았을 뿐 무슨 일이 일어나고 있는지는 알아차리지 못했고 사태를 파악했을 때는 이미 멀리서 안전하다고 느꼈으므로 더 이상 죽도록 경악하지 않았다. 아마 그녀의 입이 한동안 열려 있었을 테지만

302

그 후 그녀는 날카롭게 비명을 질렀고 달리기 시작했는데, 그 개구쟁이에게는 심지어 주위를 둘러보는 것이 재미있는 듯했다. 남자는 수치심을 느끼며, 버려졌다고 느꼈다. 그는 분노에 찬 채, 한 방울 독약이 그녀의 눈 안에 떨어져서 나중에 심장 속으로 퍼지라고 기원했다.

비교적 악의 없고 웃기는 이 결말은 구경꾼들의 인도주의에는 약간의 안도를 의미했는데, 그 장면이 이런 식으로 증발해 버리지 않았더라면 그들은 이번에는 아마 개입했을 것이기 때문이었다. 그리고 이런 인상을 받고 서 있으면서 그들은 이 사안이 아래에서 어떻게 끝났는지 거의 알아차리지 못했고 그 일이 일어났음을, 발터가 말했듯, 이 남자 '하이에나'가 갑자기 사라져 버린 것을 관찰하고서야 비로소 확인해야 했다. 남자의 계획이 성공한 것은 모든 면에서 볼 때 평균적인 인물에서였다. 그 인물은 혐오감을 가지고 멍하니 그를 바라보았고 자기도 모르게 한순간 경악해서 가던 길을 멈추었고 이어 마치 아무것도 알아차리지 못한 듯 행동하려 했다. 그 순간 그는 자신이 숨어 있던 이파리 지붕과 뒤집힌 세계와 함께, 무방비 상태인 자의 거부하는 시선 속으로 깊이 밀고 들어갔다고 느꼈다. 이랬거나 또는 달랐을 것이다. 클라리세는 주의를 기울이지 않았다. 그녀는 깊이 숨을 내쉬며, 앞으로 숙인 자세에서 몸을 일으켰는데, 마인가스트와 그녀는 벌써 한참 전에 서로에게서 떨어졌다. 그녀는 자신이 갑자기 발바닥으로 나무 바닥 위에 착지한 듯 여겨졌고 뭐라고 서술할 수 없는 무서운 쾌감의 소용돌이가 그녀의 육체 속에서 잦아들었다. 그녀는 일어난 모든 일이 그녀를 겨냥한 특별한 의미를 갖고 있다고 단단히 확신했다. 매우 이상하게 들릴지 모르지만 그녀는 이 역겨운 사건에서 자신이 세

레나데를 받은 신부라는 인상을 받았고 그녀의 머릿속에서는 그녀가 끝내려는 계획들이 그녀가 새로 결심한 계획들과 거칠게 뒤섞여 춤을 추었다.

"이상해!" 갑자기 울리히가 어둠을 향해 말했고 네 사람 가운데 처음으로 침묵을 깼다. "사실 터무니없이 복잡한 생각인데, 이놈이 자기도 모르는 가운데 관찰당하고 있음을 알기만 했다면 그의 재미는 깡그리 망쳐졌을 거야!" 마인가스트의 그림자가 무(無)에서 벗어나더니 울리히 목소리 쪽을 향해 가느다란 어둠으로 응집되어 멈춰 섰다. "우리는 성적인 것에 너무 큰 의미를 부여하지요." 대가가 말했다. "그건 사실 시대의욕의 숫염소6 극이죠." 그 밖에 그는 아무 말도 하지 않았다. 하지만 울리히의 말에 자기도 모르게 움찔했던 클라리세는 마인가스트의 말을 통해 자신이, 그녀가 서 있는 어둠 속에서 어느 쪽으로인지는 모르지만, 앞으로 전진되었다고 느꼈다.

15
유언장

이 체험으로 인해 그 전보다 훨씬 더 큰 불만을 느끼며 집에 돌아왔을 때 울리히는 더 이상 결정을 피하려 하지 않았고 그 '돌발 사태'를 가능한 한 정확하게 기억 속으로 불러냈는데, 이 단어로 그는 그 위대한 대화 며칠 후 그리고 아가테와의 동거의 마지막 시간에 일어난 그 사

---

6 숫염소(Bock)는 특히 성 활동이 활발한 동물로 여겨진다.

건을 완화시켜 불렀다.

울리히는 늦은 시간 도시를 통과하는 침대칸이 있는 기차를 타기 위해 여행 채비를 마쳤고 오누이는 마지막 저녁식사를 위해 만났다. 아가테는 잠시 시간을 두고 그를 뒤따라오는 것으로 합의가 되었고 그들은 이 결별을 가령 대충 닷새 내지는 14일로 예상했다.

식탁에서 아가테가 말했다. "하지만 그 전에 아직 우리가 할 일이 있어!"

"뭐지?" 울리히가 물었다.

"유언장을 바꿔야 해."

울리히는 놀라지도 않고 누이를 바라보았음을 떠올렸다. 서로 이미 나누었던 모든 대화에도 불구하고 그는 이제 농담이 오리라 기대했다. 하지만 아가테는 그의 접시를 바라보았고 비근(鼻根) 위에 익히 아는 숙고주름을 지었다. 그녀는 천천히 말했다. "그는 손가락 사이에서 털실 한 오라기가 타고 남은 만큼만 내게서 받아야 해 … !"

지난 며칠 사이 뭔가가 그녀의 내면에서 격렬하게 작업했음이 틀림없었다. 울리히는 하가우어에게 어떤 보상을 해야 할까 하는 이 숙고를 허용되지 않은 것으로 간주하며 다시 이에 대해 말하기를 원치 않노라고 말하려 했지만, 그 순간 아버지의 늙은 집사이자 사환이 들어왔고 접시에 음식을 덜어 주었으므로 그들은 은폐해 가며 암시로만 말할 수 있었다.

"말비네 숙모는 … ." 아가테가 말하면서 오빠에게 미소를 지었다. "말비네 숙모 기억 나? 숙모는 전 재산을 우리 사촌에게 상속했지. 그건 이미 합의된 사안이었고 모두가 알았어! 대신 사촌은 부모의 유산에서는 그녀의 오빠에게 유리하도록 법정 상속분만 받도록 제한되었지. 아버지로부터 똑같이 사랑을 받은 오누이 중 아무도 더 많이 받지 않도록. 오빠도 잘 기억할 거야? 아가테가, 사촌 알렉산드라가", 그녀는 웃으며 말을 고쳤다. "결혼 후 받게 된 연금도 우선 이 법정 상속분에서 감해졌어. 이건 말비네 숙모가 빨리 돌아가시지 않아도 되게끔 하려는 복잡한 사안이었어 ⋯ ."

"네 말을 이해하지 못하겠어." 울리히가 중얼거렸다.

"그건 쉽게 이해할 수 있어! 지금 말비네 숙모는 죽었지만 죽기 전에 전 재산을 잃었지. 심지어 도움을 받아야 했어. 지금 아빠는 그냥 어떤 이유에서인지 유언변경을 취소하는 것을 잊어버릴 필요가 있어. 그래서 알렉산드라는 아무것도 받지 못해. 결혼할 때 부부간 재산공유가 합의되었다 하더라도!"

"모르겠어. 나는 그게 아주 불확실하다고 생각해!" 울리히가 자기도 모르게 말했다. "그러면 아마 아버지의 특정한 확약이 있었을 거야. 아버지는 사위와 어떻게든 담판을 짓지 않고서는 이 모든 걸 할 수 없었을 거야!" 그래, 그렇게 대답했음을 그는 너무나 잘 기억했다. 누이의 위험한 오류에 그냥 가만히 있을 수가 없었으니까. 그 후 그녀가 그를 바라보면서 보인 미소도 그에게는 여전히 너무나 생생했다. '오빠는 그래!'라고 그녀는 생각하는 듯했다. '그에게는 그냥 어떤 사안을 살과 피가 아니라 보편적인 것인 듯 설명할 필요가 있고 그러면 코뚜레로 그를 조종할 수 있어!' 이어 그녀는 간단히 물었다. "그런 합의가 글로 있었어?" 그리고 스스로 대답했다. "난 그런 말을 듣지 못했고 사실 내가 그걸 알아야 할 거야! 아빠는 그냥 모든 일에서 독특했어."

이 순간 음식이 제공되었고 그녀는 울리히의 무방비상태를 이용해 덧붙였다. "구두로 한 합의는 언제든 부인할 수 있어. 하지만 말비네 숙모가 빈털터리가 된 후 유언장이 다시 변경되었다면 모든 것은 이 두 번째 변경된 유언장이 분실되었음을 말해 주고 있어!"

그리고 다시 울리히는 정정하려는 유혹을 이기지 못하고 이렇게 말했다. "어쨌거나 아직 적지 않은 법정 상속분이 남아 있어. 그걸 핏줄인 자식들에게서 뺏을 수는 없어!"

"하지만 이미 말했듯이, 그건 생시에 이미 지불되었어! 게다가 알렉산드라는 두 번이나 결혼했어!" 그들은 한순간 둘만 있게 되었고 아가테는 서둘러 이렇게 덧붙였다. "이 대목을 정확히 살펴보았어. 몇 단어만 바꾸면 돼. 그러면 내 법정 상속분이 이미 옛날에 지불된 것처럼 보여. 대체 오늘 누가 그걸 알아?! 숙모가 재산을 날린 후 아빠가 우리에게 다시 똑같은 상속분을 배정했을 때 그건 추가조항이었고 그건 없앨 수 있어. 게다가 나는 뭔가 이유를 대서 내 법정 상속분을 포기해 오빠에게 줄 수도 있을 거야!"

울리히는 기가 막혀 누이를 바라보았고 그녀의 착상에 그가 응당했어야 할 대답을 할 기회를 놓쳤다. 그가 대답을 시작하려 했을 때 그들은 벌써 다시 셋이 되었고 그는 말을 위장해야 했다.

"정말로", 그는 망설이며 시작했다. "그런 건 생각조차 해선 안 돼!"

"왜 안 되지?!" 아가테가 대답했다.

그런 질문들은 가만히 있으면 아주 단순했다. 하지만 몸을 일으키면, 무해한 얼룩으로 똬리를 틀고 있었던 무시무시한 뱀이었다. 울리히는 이렇게 대답했음을 기억했다. "니체조차도 '자유로운 정신들'에게 내면의 자유를 위해 특정한 외적 규정들에 주의를 기울이라고 지시했어!" 이 대답을 하면서 그는 미소를 지었지만 동시에 다른 사람의 말 뒤에 숨는 것이 약간 비겁하다고 느꼈다.

"그건 마비된 원칙이야!" 아가테가 간단히 판단을 내렸다. "그 원칙에 따라 난 결혼했지!"

그리고 울리히는 생각했다. '그래 그건 정말 마비된 원칙이야.' 특별한 질문들에는 새로운 것, 변모된 것으로 대답하는 인간들이 이 원칙을 위해서는 다른 모든 것들과 타협하는 듯 보이고 이 타협은 그들로 하여금 실내화를 신은 착실한 도덕을 살게 한다. 게다가 이 원칙을 바꾸려는 조건만 제외하고 모든 조건들을 일관성 있게 유지하려는 이런 처리방법은 전적으로 그들에게 이미 친숙한, 사고의 창조적 경제성에도 완전히 상응하기 때문이다. 그것은 울리히에게도 늘 무책임하다기보다는 엄격하게 여겨졌지만 그와 누이 사이에 이 대화가 있었을 당시 그는 충격을 받았다고 느꼈다. 그는 더 이상 자신이 사랑했던 미결정을 견딜 수가 없었고 다름 아닌 아가테가 그를 이토록 멀리 데려가는 과제를 가진 듯했다. 그럼에도 불구하고 그가 여전히 자유로운 정신의 규칙을 들이대는 동안 그녀는 웃으면서 물었다. 보편적 규정을 만들려는 순간 다른 인간이 그의 자리에 들어서는 것을 알아차리지 못했느냐고.

"물론 오빠가 그 사람을 경탄한다고 해도 그는 근본적으로 오빠와는 아주 상관이 없어!" 그녀가 주장했다. 그녀는 오빠를 불손하게, 도전적으로 바라보았다. 그는 그녀에게 대답하는 것이 다시금 저지되었다고 느꼈고 매순간 방해를 기대하며 침묵했고 대화를 중단해야 할지 여전히 결정할 수 없었다. 이 상황은 그녀에게 용기를 주었다. "오빠는 우리가 동거한 짧은 기간 동안", 그녀가 계속했다. "내 삶에 대해 내가 생각할 엄두도 내지 못했을 너무나 멋진 충고를 했지만 그 후 매번 그게 진리냐고 물었어! 오빠가 사용하는 진리는 인간을 학대하는 힘인 듯 보여!"

그녀는 자신이 그에게 이런 비난을 할 권리를 어디서 얻는지 몰랐다. 그녀 자신의 삶은 그녀가 입을 다물어야 할 정도로 너무나 무가치하게 보였다. 하지만 그녀는 다름 아닌 울리히에게서 용기를 얻었고 이는 그녀가 그를 공격하는 동안 그에게 의지하는, 너무나 기이하게도 여성적인 상태여서 그도 그것을 느낄 정도였다.

"너는 사고를 분절된 커다란 덩어리로 요약하려는 욕구를 이해하지 못해. 정신의 전투체험은 네게 낯설어. 넌 그 속에서 행진하는 종대의 발맞춤만을, 진리를 먼지구름처럼 피어오르게 하는 수많은 발들의 비(非)개인성만 보지!" 울리히가 말했다.

"하지만 오빠 자신이 오빠가 살 수 있는 두 상태를 나는 절대 그렇게 할 수 없을 만큼 정확하고 분명하게 서술했잖아!" 그녀가 대답했다.

재빨리 경계가 바뀌는 잉걸불 덩어리가 그녀의 얼굴 위를 날아갔다. 그녀는 오빠를 더 이상 돌아오지 못할 정도로 멀리 데려가고 싶었다. 그녀는 이 생각을 하며 열을 냈지만 자신의 용기가 충분할지 알지 못했고 식사의 끝을 지연시켰다.

울리히는 이 모든 것을 알았고 짐작했다. 하지만 그는 이제 자신을 흔들어 깨웠고 그녀를 설득했다. 그는 그녀 앞에 초점 없는 눈으로 멍하니 앉아서 억지로 입을 열어 말하게 했는데, 그가 그 자신이 아니고 사실 자기 뒤에 물러나서 자신이 말하는 것을 따라하고 있다는 인상을 받았다. "그럼, 가정해 보자." 그가 말했다. "내가 여행 중에 남의 황금 담배케이스를 훔치려 한다고. 네게 물어볼게. 이건 그냥, 생각할 수 없는 일 아닐까?! 난 지금 일단은, 네게 아른거리는 결정이 드높은 정신의 자유를 통해 정당화될 수 있는지 없는지에 대해서 이야기하고 싶지 않아. 하가우어에게 고통을 주려는 게 심지어 옳을 수도 있어. 하지만 상상해 봐. 호텔의 나는 곤궁에 처해 있지도 않고 직업이 도둑질도 아니고 머리나 몸이 기형인 저능아도 아니야. 엄마가 히스테리 환자도 아니고 아버지가 주정뱅이도 아니야. 뭔가 다른 것에 의해 정신착란을 일으킨 것도 아니고 낙인이 찍히지도 않았어. 그럼에도 불구하고 훔쳐. 반복하건대, 이런 경우는 전 세계에 없어! 이런 경우는 그냥 없어! 이건 정말 과학적으로 확실히 불가능하다고 선언할 수 있어!"

아가테는 낭랑하게 웃었다. "하지만 울로! 그럼에도 불구하고 그렇게 하면 어떻게 돼?"

예견하지 못했던 이 대답에 울리히조차 웃어야 했다. 그는 자리에서 벌떡 일어나 성급히 의자를 뒤로 밀었는데, 그녀에게 동의함으로써 그녀의 용기를 더 북돋우지 않기 위해서였다. 아가테도 식탁에서 일어났다. "넌 그렇게 해서는 안 돼!" 그가 부탁했다. "하지만 울리", 그녀가 대답했다. "오빠는 도대체 꿈을 꾸면서도 사고해, 아니면 거기서, 일어난 일을 꿈꿔?"

이 질문은 그에게 도덕의 모든 요구들은 완성되어 거기 서 있으면 그것들에서 달아나 버리는 일종의 꿈 상태를 지시한다고 했던 며칠 전 그 자신의 주장을 떠올리게 했다. 하지만 아가테는 이 말을 한 후 아버지의 서재로 갔고 이제 서재는 두 개의 열린 문 뒤에서 불이 밝혀진 채 모습을 드러냈고 그녀를 따라가지 않은 울리히는 이 틀 안에 서 있는 그녀를 보았다. 그녀는 종이 한 장을 불빛에 비춰 보며 읽었다. "그녀는 자신이 저기서 감행하는 일에 대해 아무런 표상이 없을까?" 그는 자문했다. 하지만 신경박약, 결손증상, 쇠약 등 동시대 개념들의 열쇠뭉치는 들어맞지 않았고 아가테가 범행 동안 보여 준 그 아름다운 광경에서는 물욕도, 복수도, 다른 내적 추함에 대한 일말의 흔적도 발견할 수 없었다. 이런 개념들의 도움으로 범죄자나 반미치광이의 행위조차도 울리히에게는 비교적 길들여지고 문명화된 것으로 여겨졌을 수 있지만 — 왜냐하면 여기에는 평범한 삶의 왜곡되고 뒤바뀐 동기가 심연에서 가물가물 빛나고 있으니까 — 순수함과 범죄가 구별 없이 섞여 있는 누이의 거칠고도 부드러운 결연함은 이 순간 그를 완전히 당황하게 했다. 그는 너무나 공공연히 나쁜 행위를 저지르기로 결심한 인간이 나쁜 인간일 수 있다는 사고에 여지를 줄 수 없었고 아가테가 종이를 한 장씩 책상에서 집어 들어 훑어보고 한옆으로 놓으며 분명 특정한 서류를 찾고 있는 모습을 지켜보아야 했다. 그녀의 결연함은 어떤 다른 세계로부터 평범한 결정의 차원으로 내려앉은 듯한 인상을 주었다.

게다가 이를 관찰하는 동안, 자신이 왜 선의(善意)를 믿고 여행을 떠나라고 하가우어를 설득했는가 하는 물음이 그를 불안하게 했다. 그는 맨 처음부터 자신이 누이의 의지의 도구인 듯 행동했다고 생각되었고 반대는 했다고 해도 마지막까지 그는 그녀를 앞으로 나아가게 하는 대답을 주었다. '진리는 인간을 학대한다'고 그는 말했다. '참 잘 말했지만 그녀는 진리가 무슨 뜻인지 전혀 몰라!' 울리히는 숙고했다. '해가 지나면서 우리는 뻣뻣한 통풍을 얻게 되지만 젊은 시절은 사냥의 삶이고 항해의 삶이지!' 그는 다시 자리에 앉았다. 지금 그는 갑자기 아가테가 진리에 대한 말을 그에게서 넘겨받았을 뿐 아니라 그녀가 옆방에서 행하고 있는 그 일이 그에 의해 미리 구상된 것이라는 생각이 들었다. 그는 한 인간의 최고 상태에서는 선도, 악도 없으며 오직 믿음과 회의만이 있다고 말했었다. 확고한 규정들은 도덕의 가장 내적인 본질에 모순되며 믿음은 기껏해야 한 시간만 지속되어야 한다고. 믿음 속에서는 어떤 저급한 짓을 할 수 없고 예감은 진리보다 더 열정적인 상태라고. 그리고 아가테는 지금 도덕의 울타리의 영역을 벗어나, 상승할 것인지 추락할 것이지 말고는 어떤 다른 결정도 없는 그 무한한 심연으로 감히 나아가려 하고 있었다. 그녀는 바꿔치기 하기 위해 그의 머뭇거리는 손에서 훈장을 빼앗을 때처럼 그렇게 그 일을 실행했고 이 순간, 그녀의 비양심적 행위에도 불구하고 그는 그것이 그 자신의 사고라는 아주 독특한 감정을 갖고 그녀를 사랑했다. 이 사고는 그에게서 그녀에게로 건너갔고 이제 그녀에게서 다시 그에게로 돌아왔으며 숙고는 적어졌지만 야생의 존재처럼 향기롭게 자유의 냄새를 풍겼다. 감정을 억누르려 애쓰는 가운데 몸을 떨면서 그는 그녀에게 조심스럽게 제안했다. "출발을 하루 연기하고 공증인이나 변호사에게 정보를 얻어올게. 네가 하려고 하는 짓은 너무나도 속이 빤히 보일 거야!"

하지만 아가테는 아버지가 살아 계실 당시 고용했던 공증인이 더 이상 살아 있지 않다는 것을 벌써 알아냈다. "이 일은 아무도 몰라", 그녀는 말했다. "그냥 둬!"

울리히는 그녀가 종이 한 장을 들더니 아버지의 글씨체를 모방하려고 시도하는 것을 알아차렸다.

그는 이에 이끌려 가까이 다가갔고 그녀 뒤에 섰다. 이제 거기에는 아버지의 손이 그 위에서 살았던 종이들이 한 무더기 놓여 있었고 아버지의 동작을 거의 따라 느낄 수 있을 정도였고 거기서 아가테는 모방하는 배우처럼 거의 똑같은 것을 불러내는 마법을 부렸다. 이를 지켜보는 것은 기이했다. 이 일이 일어나는 목적, 즉 이것이 위조(僞造)에 이바지한다는 생각은 사라졌다. 그리고 사실 아가테는 이를 전혀 숙고하지도 않았다. 논리 대신 정의가 불꽃을 내며 그녀를 감싸고 아른거렸다. 그녀가 아는 인간들에게서 아는, 더욱이 하가우어 교수에게서 배운 미덕들인 선, 올바름, 합법성은 그녀에게는 늘 그냥 마치 사람들이 원피스에서 얼룩을 지운 듯 그렇게 여겨졌었다. 하지만 이 순간 그녀 자신을 둘러싸고 아른거리는 부당함은 마치 세계가 일출의 빛 속에서 익사할 때와 같았다. 정당함과 부당함은 더 이상 보편적인 개념, 수백만 명의 인간들을 위해 만들어진 타협이 아니라 나와 너의 마법 같은 만남, 아직 그 무엇과도 비교되지 않고 어떤 척도로도 잴 수 없는 첫 번째 창조의 망상인 듯 여겨졌다. 사실 그녀는 울리히의 손에 스스로를 내맡김으로써 그에게 범죄를 선물로 주었고 그가 그녀의 사려 깊지 못함을 틀림없이 이해한다고 전적으로 신뢰했는데, 이는 뭔가를 선물하고 아무것도 소유하지 않으려 할 때 정말 뜻밖의 착상을 하는 아이들과 비슷했다. 그리고 울리히는 이를 대부분 짐작했다. 그의 눈이 그녀의 동작을 쫓노라면 이는 그에게 여태 한 번도 체험해 보지 못한 편안함을 주었는데, 다른 존재가 하는 일을 한 번 아무런 경고 없이 순순히 따르는 것은 동화 같은 무의미함을 담고 있었기 때문이었다. 동시에 제3자에게 나쁜 일이 일어나고 있다는 기억이 엄습했지만 그것은 단 1초 손도끼처럼 번뜩였을 뿐이었고 그는 재빨리 사실 누이가 저기서 행하는 일은 그 누구와도 상관이 없다고 스스로를 진정시켰다. 필적(筆跡) 위조가 실제로 이용될지는 합의되지 않았고 아가테가 그들의 사방 벽 안에서 행하는 일은 그 작용이 집 밖으로 나가지 않는 한 그들의 일로 남았다.

그녀는 이제 오빠를 불렀고 몸을 돌렸는데, 그가 자신의 뒤에 서 있자 깜짝 놀랐다. 그녀는 깨어났다. 그녀는 쓰려고 했던 것을 다 썼고 이제 그것을 결연히 촛불에 그슬렸는데, 글씨가 오래되어 보이도록 하기 위해서였다. 그녀는 울리히에게 한 손을 내밀었고 울리히는 그 손을 잡지 않았지만 자신의 얼굴을 어두운 주름 속에서 완전히 닫을 수는 없었다. 그 후 그녀가 말했다. "들어 봐! 뭔가가 모순이고 오빠가 이 모순의 두 측면을 모두 사랑하면 — 오빠는 그것을 정말로 사랑하는 거야! — 오빠가 원하든 원하지 않든 이로써 그것을 지양하지는 않지?!"

"그 질문은 너무 경솔하게 제기되었어." 울리히가 중얼거렸다. 하지만 아가테는 그가 그의 '두 번째 사고'에서 이를 어떻게 판결할지 알았다. 그녀는 깨끗한 종이 한 장을 집어서 이제 너무나 잘 모방할 수 있게 된 구식 글자체로 신나게 썼다. "나의 못된 딸 아가테는 나의 착한 아들 울로에게 유리하게 이미 한번 내린 이 결정을 변경할 어떤 근거도 주지 않는다!" 그녀는 여기에도 아직 만족하지 못했고 두 번째 종이에 이렇게 적었다. "내 딸 아가테는 내 착한 아들 울리에게 한동안 교육을 받아야 한다."

이렇게 그 일은 일어났지만 울리히는 이를 세부사항까지 다시 일깨운 후에도 결국 시작 전과 마찬가지로 무엇을 해야 할지 몰랐다.

그는 상황을 다시 정상으로 돌려놓기 전에 떠나서는 안 되었으리라. 그건 의심의 여지가 없었다! 그리고 아무것도 진지하게 여겨서는 안 된다는 동시대의 미신이, 우선 전장을 치우고 그 돌발 사태의 가치를 감정적 저항을 통해 확대하지 말라고 속삭임으로써 장난친 것이 분명했다. 어떤 것도 요리된 즉시 뜨겁게 먹어서는 안 된다. 격렬한 과장도 그대로 두면 시간이 흐르면서 새로운 중간치가 된다. 평균의 법칙을 믿지 않으면 우리는 기차도 탈 수 없을 것이고 거리에서는 늘 안전장치를 푼 권총을 손에 들고 있어야 하리라. 평균의 법칙은 지나치게 상승한 가능성들을 저절로 있을 법하지 않게 만든다. 온갖 염려에도 불구하고 집으로 떠났을 때 울리히는 이 유럽의 경험신앙을 따랐다. 근본적으로 그는 아가테가 다른 모습을 보여 준 것이 기쁘기까지 했다.

그럼에도 불구하고 법적으로 보면 이 사안은 울리히가 이제 가능하면 빨리 그때 하지 않았던 일을 만회해야만 종결될 수 있었다. 그는 누이에게 망설임 없이 속달편지나 전보를 보냈어야 했고 그 편지에는 대충 이렇게 씌어 있어야 한다고 그는 상상했다. "나는 어떤 형태의 공동체도 거부한다. 만약 네가 … !" 하지만 그는 이렇게 쓸 정도로 분별력을 찾지도 못했고 이는 그냥 그 순간 완전히 불가능했다.

　게다가 이 불운의 장면에 앞서, 몇 주 후부터 함께 살거나 적어도 함께 거주하자는 그 결정이 있었고 그 후 작별까지 남은 짧은 시간 동안 그들은 주로 이에 대해 이야기해야 했다. 우선은 아가테가 충고와 보호를 받을 수 있도록 '이혼절차가 지속되는 동안'이라고 합의했다. 하지만 이것을 기억 속으로 불러내는 동안 울리히에게는 '하가우어를 죽이기'를 원한다던 더 오래된 누이의 언급이 떠올랐는데, 이 '계획'은 그녀의 내면에서 계속 작업을 했고 새로운 형태를 취했음이 분명했다. 그녀는 가족 소유 부동산을 빨리 팔아 치우자고 활발히 주장했는데, 이는 다른 이유에서 더 상책으로 보일 수도 있었겠지만 아마 소유물이 증발된다는 의미가 있었을 것이다. 어쨌든 오누이는 부동산 중개회사에 의뢰하기로 결정했고 조건을 정했다. 그래서 지금 울리히는 그가 그의 태만하고 잠정적인 삶, 그 스스로가 인정하지 않은 삶으로 돌아온 후 누이에게 대체 무슨 일이 일어나야 할지도 숙고해야 했다. 누이가 처한 상황이 오래 지속되기는 불가능했다. 짧은 시간 안에 놀랍도록 가까워졌지만 ─ 서로 상관없는 온갖 개별사항에서 그렇게 되었다고 해도 이것이 필시 운명적 만남의 징조라고 울리히가 생각한 반면 아가테는 이에 대해 아마 더 모험적인 견해였을 것이다 ─ 그들은 그들의 동거를 좌우할 여러 표면적인 관계에서 서로에 대해 아는 게 별로 없었다. 누이에 대해 편견 없이 숙고해 보면 울리히는 심지어 풀리지 않은 질문들을 많이 발견했고 그녀의 과거에 대해서조차 확실한 판단을 내릴 수가 없었다. 이 대부분을 해명한 것은 그녀가 그녀를 통해 또는 그녀에게 일어나는 모든 것을 아주 소홀히 다루고 그녀의 실제의 삶과 나란히 달리고 있는 기대감 속에서 아주 불확실하게 그리고 아마도 환상적으로 살고 있을 거라는 추측인 듯 보였다. 이런 해명은 그녀가 그토록 오랫동안 하가우어와 같이 살았고 그렇게 빨리 그와 결별했다는 사실로 인해 타당성이 있었으니까. 그녀가 미래를 다루는 경솔함도 이에 어울렸다. 그녀는 집을 떠나는 것으로 당분간은 충분한 듯 보였고 '앞으로 무슨 일이 일어나야 할까'라는 질문을 피했다. 울리히도 그녀가 이제 남자 없이 살 것이며 어린 소녀처럼 막연히 버틸 것이라고는 상상할 수 없었고 누이에게 맞는 남자가 어떤 모습일까도 상상할 수 없었다. 그는 출발 직전 그녀에게도 이 말을 했다.

하지만 그녀는 소스라치며 — 아마 약간은 익살스럽게 연기한 경악이었을 것이다 — 그의 얼굴을 바라보았고 그 후 조용히 이런 반문으로 대답했다. "그럼, 우리가 모든 것을 결정하지 않으면 난 조만간 그냥 오빠 집에서 살 수가 없는 거야?"

이렇게 아무것도 정해진 것 없이, 그들이 같이 살겠다는 그 결정은 확정되었다. 하지만 울리히는 이 시도로 자신의 '휴가 중인 삶' 시도가 끝나야 함을 알았다. 그는 이 시도가 어떤 결과를 초래할지 숙고하려 하지 않았지만 자신의 삶이 이제부터 일정한 제약을 받을 것임이 달갑지 않은 것도 아니었고 처음으로 다시 모임에 대해, 게다가 평행운동의 여자들에 대해 생각했다. 모든 것과 관계를 끊는다는 생각, 이는 새로운 변화와 연결되었고 멋지게 여겨졌다. 공간에서 사소한 것만 바꾸어도 재미없는 음향에서 장엄한 반향이 생겨나는 경우가 많은 것처럼, 그의 환상 속에서 그의 작은 집은 조가비로 변신했고 거기서 도시의 소음은 멀리서 흐르는 강물처럼 들렸다.

하지만 이어 아마 이 대화의 마지막 부분에 또 특별한 대화도 짧게 있었을 것이다.

"우리는 은둔자처럼 살게 될 거야." 아가테는 유쾌한 미소를 지으며 말했다. "하지만 사랑문제에서는 당연히 각자 자유야. 적어도 오빠는 아무 방해도 받지 않을 거야!" 그녀가 보증했다.

"그거 알아", 울리히가 이에 이렇게 대답했다. "우리가 천년왕국7으로 들어간다는 걸?"

"그게 뭐야?"

"우리는 개울처럼 하나의 목표를 향해 흐르지 않고 바다처럼 하나의 상태를 이루는 그런 사랑에 대해 이미 많은 말을 했어! 솔직히 말해 봐, 천국에서 천사들이 주님을 바라보고 찬양하는 것 말고 아무것도 하지 않는다는 이야기를 학교에서 들었을 때 넌 이 행복한 무위, 무사고를 상상할 수 있었어?"

"난 그걸 늘 약간 지루하다고 상상했어. 분명 내 불완전성이 그 원인이겠지만." 아가테의 대답이었다.

"하지만 우리가 말한 모든 것에 따르면", 울리히가 설명했다. "넌 이제 이 바다가 수정처럼 순수하고 항상적인 사건들로 가득 채워진 부동성과 은거라고 상상해야 해. 옛 시대들이 벌써 지상에서의 이런 삶을 상상해 보려고 시도했고 그게 천년왕국이야. 그건 우리 자신의

---

7 기독교와 유대교의 천년설에 근거하여, 그리스도의 재림 후 지상에 세워질 왕국을 말한다.

모양에 따라 빚어졌지만 우리가 알고 있는 어떤 제국도 아니지! 우리
는 이렇게 살게 될 거야! 우리는 모든 이기심을 버리게 될 거야. 우리
는 선도, 인식도, 연인도, 친구도, 원칙도, 우리 자신마저 모으지 않
을 거야. 그러면 우리의 감각이 인간과 동물을 향해 열리고 풀어지
고, 우리가 더 이상 우리 자신으로 머무를 수 없고 전 세계와 얽혀서
만 우리 자신을 유지할 수 있는 그런 방식으로 열릴 거야!"

　이 짧은 막간대화는 농담이었다. 그러면서 그는 손에 종이와 연필
을 들고 메모했고 사이사이 그녀가 집과 가구를 파는 일을 진행할 때
일어날 일에 대해 누이와 이야기했다. 게다가 그는 화도 냈고 자신이
비방하는지 공상하는지 몰랐다. 그리고 이 모든 것 때문에 그들은 유
언장에 대해 더 이상 솔직하게 대화를 나눌 수가 없었다.

　울리히가 오늘도 결코 자신의 후회를 행동으로 옮기지 못한 이유는
아마 이렇게 여러 가지 일이 성사된 데 있었을 것이다. 누이의 기습
은, 물론 그 자신이 패배자이긴 했지만, 그의 마음에 드는 것이 많았
다. 그는 이로 인해 '자유로운 정신의 규칙에 따라' 사는 인간이 — 그
는 내면에서 이 인간에게 너무나 많은 편안함을 허용했다 — 진짜 진
지함의 출발점이 되는 그 매우 불특정한 인간과 단번에 위험한 대립
에 처하게 되었다고 스스로 고백해야 했다. 그는 또 이 사건을 너무
빨리 평범한 방법으로 보상함으로써 회피하려 하지도 않았다. 하지
만 그러면 규칙은 없었고 그는 사건이 전개되도록 해야 했다.

16
디오티마의 외교관 남편과의 재회

아침에도 울리히는 머리가 더 맑아지지 않았고 오후 늦게서야 — 그를 짓누르는 진지함을 완화하려는 의도에서 — 문명에서 영혼을 해방시키는 일에 몰두하고 있는 사촌을 방문하기로 결심했다.

놀랍게도, 라헬이 디오티마의 방에서 돌아오기도 전에 투치 국장이 그를 맞았고 그에게 다가왔다. "아내는 오늘 몸이 좋지 않아요." 숙련된 남편이 공허한 애정을 담은 목소리로 설명했는데, 이 말투는 매달 사용함으로써 벌써 공식이 되었고 그 안에 가정의 비밀이 그대로 드러나 있었다. "방문객을 맞을 수 있을지 모르겠군요." 그는 외출할 옷차림이었지만 기꺼이 울리히의 말동무가 되어 주었다.

울리히는 이 기회를 이용해 아른하임에 대해 물었다.

"아른하임은 영국에 있다가 지금은 페테르부르크에 있어요." 투치가 이야기했다. 의미 없고 그냥 자연스러운 소식이었지만 울리히는 우울한 체험에서 벗어나지 못하고 있던 터라 세계, 충만, 움직임이 그에게로 밀려들어 오는 듯한 기분이었다.

"잘된 일입니다." 외교관이 말했다. "정말 이리저리 많이 여행하라지요. 관찰도 하고 온갖 것을 경험할 수 있어요."

"국장님은 아직도 그가 차르의 평화주의적 임무를 띠고 여행하고 있다고 믿으십니까?" 울리히가 명랑하게 물었다.

"이전보다도 더 그렇게 믿어요." 오스트리아-헝가리 정치의 집행을 책임지고 있는 공무원이 간단히 확인했다. 하지만 갑자기 울리히는 투치가 정말로 이렇게 아무것도 모를까, 아니면 그냥 그런 척하고 자신을 우롱하는 것일까 의심했다. 약간 화가 난 그는 아른하임은 내 버려두고 물어보았다. "그사이 여기서는 행동이라는 구호가 나오고 있다고 들었습니다?"

늘 그랬듯이, 평행운동에 관해서는 천진한 사람과 영리한 사람의 역할을 하는 것이 투치에게 즐거움을 주는 듯 보였다. 그는 어깨를 으쓱였고 히죽거렸다. "아내가 할 말을 뺏고 싶지 않군요. 아내가 나타나면 아내에게 들을 텐데요!" 하지만 잠시 후 윗입술 위의 작은 수염이 움찔거리기 시작했고 누런 가죽 색깔 얼굴 속의 짙은 색 커다란 눈이 불확실한 괴로움에 빛나기 시작했다. "당신도 저술가지요." 그가 망설이며 말했다. "남자가 영혼을 가진다는 것이 무슨 뜻인지 설명해 줄 수 있나요?"

투치는 정말로 이 질문에 대해 이야기하고 싶은 듯 보였고 그의 불확실성은 명백히 그가 괴로움을 겪고 있다는 인상을 불러일으켰다. 울리히가 곧장 대답하지 않자 그가 계속했다. "'한 인간의 영혼'이라고 말하면, 충성스럽고 의무에 충실하고 솔직한 녀석을 말합니다. 나는 그런 사무부장을 한 명 데리고 있어요. 하지만 그건 결국 하위의 특성일 뿐입니다! 아니면 영혼은 여자의 특성이지요. 그러면 그건 대충 여자가 남자보다 더 쉽게 울고 더 쉽게 얼굴이 빨개진다는 의미지요…."

"사모님께서는 영혼이 있습니다." 울리히가 그의 말을 마치 그녀가 밤처럼 검푸른 머리카락을 가지고 있다고 확정하듯 진지하게 고쳤다.

가벼운 창백함이 투치의 얼굴을 스쳤다. "아내는 정신을 갖고 있어요." 그가 천천히 말했다. "아내는 정신으로 충만한 여자로 통하고 그래 마땅하지요. 나는 가끔씩 그녀를 괴롭히고 문예애호가라고 비난하지요. 그러면 그녀는 화를 냅니다. 하지만 그건 아직 영혼은 아닙니다 ⋯ ." 그는 조금 숙고했다. "점쟁이에게 가 본 적이 있나요?" 이어 그가 물었다. "점쟁이는 손금이나 머리카락에서 미래를 읽는데, 경우에 따라서는 놀랄 만큼 맞습니다. 그건 재능이거나 속임수지요. 하지만 누군가가 예를 들어, 우리의 영혼이 이를 테면 감각의 중재 없이 서로를 들여다볼 수 있는 시대가 밝아 오는 징조가 있다고 말한다면 당신은 거기서 뭔가 의미 있는 것을 상상할 수 있나요? 곧장 이것도 덧붙이고 싶군요." 그는 재빨리 보충했다. "그것을 가령 그냥 비유로만 이해해서는 안 되고, 당신이 선하지 않다면, 당신이 무슨 일을 하더라도, 깨어나는 영혼의 시대가 이미 밝은 오늘날 사람들은 이전 세기들보다 훨씬 더 분명히 이 사실을 느낀다고 합니다! 이걸 믿나요?"

투치에게서는 그의 빈정거림이 그 자신을 향하는지 청자를 향하는지 결코 알 수 없었고 울리히는 아무튼 대답했다. "제가 국장님이라면 그냥 시도해 보겠습니다!"

"농담하지 말아요. 존경하는 양반, 본인은 안전한 곳에 있으면서 그런 말을 하는 건 고상하지 못해요." 투치가 불평했다. "하지만 아내는 내게, 찬성하지 않더라도 이런 문장들을 진지하게 이해해 달라고 요구하고 나는 방어 한 번 못 해 보고 항복해야 해요. 이렇게 어려운 처지다 보니 당신도 저술가라는 생각이 났어요 ⋯ ."

"제 기억이 틀리지 않다면 그 두 문장은 마테를링크의 주장입니다." 울리히가 거들었다.

"그렇군요! 마…? 아, 그럴 수 있어요. 그게 그…? 보시오, 아주 좋아요. 그럼 아마 진리가 없다고 주장한 그 사람이기도 하겠군요? '사랑에 빠진 인간들을 위한 진리 말고는!'이라고 말하지요. 한 인간을 사랑하면 이로써 나는 평범한 진리보다 더 깊고 신비로운 진리에 직접 관여하는 것이다. 이에 반해 우리가 인간에 대한 정확한 지식과 관찰에 근거해서 무슨 말을 하면 그건 당연히 아무런 가치가 없다. 이 말도 이 마… 그 남자에게서 나왔지요?"

"전 정말 모르겠습니다. 아마 그럴 겁니다. 그에게 어울리니까요."

"나는 그것이 아른하임의 말이라고 착각했어요."

"아른하임은 그에게서 많은 것을 취했습니다. 그리고 마테를링크는 또 다른 사람들에게서 많은 것을 취했지요. 둘 다 재능 있는 절충주의자입니다."

"그렇군요? 그럼, 오래된 것들이군요? 하지만 그럼, 설명해 주시오, 맙소사, 어떻게 오늘날 그런 것이 인쇄되도록 놔두는지!?" 투치가 청했다. "아내가 내게 '이성은 아무것도 입증하지 않고 사고는 영혼에 도달하지 못한다!'라든가, '정확성 위에는 지혜와 사랑의 제국이 있고 숙고된 말들은 그것을 모독하기만 한다!'고 대답하면 나는 그녀가 어떻게 그런 말을 하게 되었는지 이해해요. 그녀는 여자고 남자의 논리에 대항해서 자신을 이런 식으로 방어하니까요! 하지만 어떻게 남자가 그런 말을 할 수 있나요?!" 투치는 더 가까이 다가앉더니 울리히의 무릎에 손을 올려놓았다. "진리는 물고기처럼 눈에 보이지 않는 원리 속에서 헤엄친다. 물고기는 물에서 끄집어내자마자 죽는다. 이에 대해 뭐라고 말하겠습니까? 이게 어쩌면 '연애론자'와 '성애

론자'의 차이와 관련이 있나요?"

울리히는 미소를 지었다. "정말 말해야 하나요?"

"대답을 듣고 싶어 안달이 납니다!"

"어떻게 시작해야 할지 모르겠군요."

"보세요! 남자들 사이에서는 그런 말을 입에 올리지 못하지요. 하지만 당신이 영혼이 있다면 당신은 지금 나의 영혼을 그냥 관찰하고 경탄할 겁니다. 우리는 사고, 말, 행위가 없는 어떤 높은 경지에 도달할 겁니다. 반대로 신비로운 힘과 감동적인 침묵이 있지요! 한 영혼이 담배를 피워도 될까요?" 그는 물었고 담배에 불을 붙였다. 그제야 그는 집주인의 의무를 상기했고 울리히에게도 담배케이스를 내밀었다. 근본적으로 그는 이제 아른하임의 책들을 읽었다는 데 약간의 자부심을 느꼈고 이것들을 참아 내기 어려웠기 때문에 자신이 이것들의 과장된 표현방식이 외교라는, 의중을 알 수 없는 의도에는 유용할 수 있다는 가능성을 인식했음을 개인적 발견으로 보고 우쭐했다. 사실 어느 누구도 그런 어려운 작업을 아무런 성과 없이 해내고 싶지는 않았을 테고, 그의 처지라면 누구나 또 한참 동안은 조롱하고 싶은 마음이 많겠지만 이후에 시험 삼아 이런 저런 인용문을 갖다 붙이려는 또는 안 그래도 정확히 말할 수 없는 것에 화가 치밀도록 불분명한 새 사고의 옷을 입히려는 갈망에 굴복했으리라. 이 일은 새 양복이 아직은 우습다고 느끼기 때문에 마지못해 일어나지만 곧 거기에 익숙해지고 이렇게 해서 눈치채지 못하는 사이에 시대정신의 사용형식이 바뀌고 특히 아른하임은 새 숭배자를 얻으리라. 심지어 투치도 영혼과 사업을 합일시키라는 요구를 온갖 원칙적 적대감에도 불구하고 경제심리학 같은 것으로 상상할 수 있겠다고 벌써 인정했고 사실 아른하임 앞에서 꿈쩍 않도록 그를 보호해 준 것은 디오티마였다. 그녀와 아른하임 사이에 당시 —아무도 몰랐지만— 벌써 냉각이 자리 잡기 시작했으니까. 이는 지금까지 아른하임이 영혼에 대해 말한 모든 것이 그냥 핑계일 뿐이라는 의심을 들게 하며 부담을 지웠고 그 결과 투치는 이 잠언들을 지금까지보다 더 짜증 섞인 비난의 목소리로 듣게 되었다. 이런 상황에서 그가 아내와 이 이방인의 관계가 여전히 깊어지는 중이라고 가정했다는 것은 수긍이 가는 일이었다. 그것은 남편이 조치를 취할 수 있는 그런 사랑이 아니라 '사랑의 상태'였고 '사랑하는 사고'였으며 모든 저급한 의심을 초월했으므로 디오티마 스스로 그것이 자신의 사고 속에 불어넣은 것을 숨김없이 말했고 심지어 최근에는 투치에게 정신적으로 이에 참여하라고 상당히 엄하게 요구할 정도였다.

그는 사방에서 비치는 태양빛처럼 그를 눈멀게 하는 이 상태에 둘러싸여 이해심을 깡그리 상실했고 예민해졌다고 느꼈다. 이 태양은 확고한 위치가 없어 그늘을 찾아 숨으려 해도 그럴 수가 없었다.

그리고 그는 울리히가 말하는 것을 들었다. "하지만 저는 국장님이 다음과 같은 것을 숙고해 보시길 바랍니다. 우리의 내면에는 보통 끊임없는 체험의 유입과 유출이 있습니다. 우리 내면에서 형성되는 흥분은 외부에서 유발되지만 행위나 말로서 다시 외부로 흘러 나갑니다. 이것을 역학적 유희처럼 생각하십시오. 그 후 이것이 방해받았다고 생각해 보십시오. 그럼 정체가 일어나야겠지요? 일종의 범람? 상황에 따라서는 그냥 팽만일 수도 있습니다 … ."

"당신은 적어도 이성적으로 이야기합니다. 허튼소리긴 하지만 ···."
투치가 인정하며 말했다. 그는 거기서 정말 하나의 해명이 익어갈지
즉시 파악할 수는 없었지만 침착함을 유지했고, 내면에서는 비참하게
자제력을 잃어 가는 동안에도 그의 입술 위에는 작고 악의적인 미소가
너무나 자랑스럽게 남아 있었으므로 다시 그 안으로 미끄러져 들어가
기만 하게 되었다.

"제 생각에 생리학자들은", 울리히가 일어서면서 계속했다. "우리
가 의식적 행동이라고 부르는 것은 자극이 이른바 그냥 반사궁(弓)을
통해 흘러들어가고 흘러나오지 않고 강제로 우회된 데서 생긴다고 말
합니다. 그러면 우리가 체험하는 세계와 행동하는 세계는, 우리에게
는 동일한 것으로 여겨진다 해도, 물레방아의 윗물과 아랫물과 비슷
하며 사실 의식의 댐 같은 것을 통해 연결되어 있고 그 댐의 높이, 힘
그리고 이와 유사한 것에 따라 유입과 유출이 조정되지요. 또는 다른
말로 하면, 두 측면 가운데 하나에서 방해가 — 세계의 낯설어짐 또는
행위에 대한 의욕부진 — 일어나면 이런 식으로 또 제2의 보다 높은
의식이 형성될 수 있다고 충분히 가정할 수 있지 않을까요? 그렇다고
생각하지 않습니까?"

"나 말입니까?" 투치가 말했다. "그건 나와는 전혀 상관없다고 생각
한다고 말하겠어요. 그건 교수님들끼리 한동안 살펴보라고 하세요.
그분들이 중요하다고 생각하신다면. 하지만 실용적으로 말해서 ···."
그는 생각에 잠겨 담배로 재떨이를 후볐고 이어 화가 나서 올려다보
았다. "세상을 결정하는 것이 두 개의 정체(停滯)가 있는 인간입니
까, 하나의 정체가 있는 인간입니까?"

"제게 어떻게 이런 사고가 생겨났는지 국장님께서 듣고 싶어 하시는 줄 알았습니다."

"그걸 이미 말했다면, 유감이지만 당신 말을 이해하지 못했습니다." 투치가 말했다.

"하지만 아주 간단합니다. 국장님은 두 개의 정체를 갖고 있지 않습니다. 즉, 국장님은 지혜의 원리를 갖고 있지 않고, 영혼을 가진 인간들이 말하는 것을 한마디도 이해하지 못합니다. 저는 그걸 축하드리고 싶습니다!"

울리히는 점차 자신이 창피한 형식으로 별난 말동무에게 생각한 바를 말하고 있음을 의식하게 되었는데, 이 생각은 그의 심장을 불안하게 동요시키는 감정을 설명하기에 전혀 부적합하지 않았다. 감수성이 아주 상승된 상태에서 체험의 범람과 역류가 — 이는 감각을 수면(水面)처럼 무한대로 그리고 부드럽게 모든 사물들과 연결시킨다 — 생길 수 있으리라는 추측은 아가테와의 위대한 대화에 대한 기억을 그의 내면에 소환했고 그의 얼굴은 자기도 모르게 부분적으로는 냉정하고 부분적으로는 멍한 표정을 지었다. 투치는 게슴츠레 들어 올린 눈꺼풀 아래서 그를 관찰했고 울리히의 냉소주의 방식에서, 자신의 소망과는 반대로 '정체'를 겪는 사람이 그뿐만이 아님을 조금 알아차렸다.

두 사람은 라헬이 한참 동안이나 돌아오지 않은 것을 거의 알아차리지 못했다. 그녀는 디오티마에게 붙잡혀서 서둘러 디오티마 자신과 병자의 방에 고난의 질서를 만드는 것을 도와야 했다. 이 질서는 자유로워야 했지만 그래도 울리히를 맞기에 적절해야 했다. 이제 소녀는 떠나지 말고 약간 더 기다려 달라는 전갈을 가져왔고 서둘러 다시 여주인에게 돌아갔다.

"국장님이 제게 말한 모든 문장은 당연히 알레고리입니다." 이 중단 이후 울리히가 대화를 계속했는데, 말동무가 되어 준 집주인의 친절을 보상하기 위해서였다. "일종의 나비언어지요! 아른하임과 같은 사람들에게서 저는 대충, 그들이 이 입김처럼 묽은 넥타로 배를 채운다는 인상을 받습니다! 즉", 그는 재빨리 덧붙였는데, 그래도 제때에 디오티마까지 동정해서는 안 된다는 것이 떠올랐기 때문이었다. "바로 아른하임에게서 저는 이런 인상을 받았습니다. 그럼에도 불구하고 저는 그가 영혼을 서류가방처럼 가슴에 안고 다닌다는 인상도 받았습니다!"

투치는 라헬이 나타났을 때 집어 들었던 서류철과 장갑을 다시 내려놓았고 격하게 대답했다. "그게 무엇인지 아나요? 당신이 내게 너무나 흥미롭게 설명한 그것 말입니다. 그건 다름 아닌 평화주의의 정신입니다!" 그는 이 새로운 국면이 효과를 내도록 잠시 쉬었다. "아마추어들의 손안에 있는 평화주의는 의심할 바 없이 커다란 위험을 내포하고 있습니다." 그가 의미심장하게 덧붙였다.

울리히는 웃으려 했지만 투치는 이를 죽도록 진지하게 말했고 유사성이 정말로 별로 없는 두 사안을 합쳤는데, 물론 사랑과 평화주의가 그에게 아마추어적 탈선이라는 인상을 불러일으켰다는 사실 때문에 이것들이 서로 연관이 있다고 본 것은 너무나 웃기는 일이었다. 울리히는 뭐라고 답해야 할지 몰랐고, 평행운동에서 막 행동이라는 구호가 주어졌다고 이의를 제기함으로써 이를 그냥 평행운동으로 되돌아올 기회로 삼았다.

"그건 라인스도르프 이념입니다!" 투치가 내다 버리듯이 말했다. "당신이 떠나기 직전 여기 우리 집에서 있었던 마지막 회의를 아직 기억하나요? 라인스도르프가 말했지요, '무슨 일이 일어나야 한다!'고. 그게 전부고 그걸 지금 '행동'이라는 구호라고 불러요! 물론 아른하임은 그의 러시아 평화주의를 그 아래 밀어 넣으려고 합니다. 내가 그걸 경고했던 걸 기억하나요? 사람들이 아직도 내 말을 기억할까 염려됩니다! 세상에 우리나라만큼 외교정책이 어려운 곳도 없습니다. 내가 이미 그 당시에 말했지요. 오늘날 근본적 정치이념들을 실현시키려는 사람은 내면에 파산자나 범죄자를 일부 갖고 있다고!" 이번에는 투치가 제대로 속을 내보였는데, 울리히가 당장에라도 아내에게 불려 갈 수 있었기 때문이었거나 이 대화에서 혼자만 가르침을 받는 사람으로 남고 싶지 않았기 때문이었다. "평행운동은 국제적으로 불신을 야기했어요." 그가 보고했다. "그리고 평행운동이 반(反)독일적으로도, 반(反)슬라브적으로도 간주된다는 그 국내정치적 영향은 외교적으로도 감지됩니다. 아마추어의 평화주의와 전문가의 평화주의의 차이점을 이해할 수 있도록 조금 설명하지요. 영불(英佛) 협상에 응하면 오스트리아는 적어도 30년간 모든 전쟁을 피할 수 있습니다! 기념 해에 오스트리아는 이를 당연히 전대미문의 아름다운 평화주의적 몸짓으로 할 수 있을 테고 동시에 독일에는 형제애를 다짐할 수 있을 것입니다. 독일이 오스트리아를 따라올지 어떨지는 모르겠지만. 우리의 민족들 대다수는 열광할 것입니다. 우리는 프랑스와 영국의 값싼 대출로 우리 군대를 아주 강하게 만들어 독일이 우리를 겁주지 못하게 할 수 있습니다. 우리는 이탈리아로부터도 벗어날 겁니다. 프랑스는 우리 없이는 아무것도 못 할 겁니다. 한마디로, 우리가 평화와 전쟁의 열쇠가 되어 큰 정치적 이득을 볼 겁니다. 이 말로 당신에게 비밀을 누설하는 것이 아닙니다. 이건 상무관도 할 수 있는 단순한 외교적 계산법입니다. 왜 이게 실행되지 않을까요? 궁정의 측량불가함입니다. 거기서는 '폐' 자, '하' 자를 참을 수가 없어서 거기에 복종하는 것이 바르지 못하다고 생각할 정도입니다. 오늘날 군주들은 불리합니다. 바르게 행동해야 한다는 부담이 있으니까요! 다음으로 이른바 공공의 정신의 측량불가함입니다. 이제 평행운동 이야기를 해보겠습니다. 왜 평행운동은 공공의 정신을 교육하지 못합니까?! 왜 공공의 정신은 객관적 견해를 배우지 못합니까? 보십시오", 하지만 여기서 투치의 설명은 신빙성을 잃었고 오히려 고통을 은폐한다는 인상을 주었다. "이 아른하임은 글로 나를 정말 재미있게 했습니다! 그가 이것을 발명한 것은 아닙니다. 최근에 늦게 잠자리에 들었을 때, 나는 거기에 대해 약간 생각할 시간이 있었습니다. 소설을 쓰거나 연극작품을 쓰는 정치가는 늘 있었지요. 예를 들어, 클레망소나 디즈레일리가 그렇죠. 비스마르크는 아닙니다만, 비스마르크는 파괴자입니다. 이제 오늘날 권력을 쥐고 있는 이 프랑스인 변호사들을 보십시오. 부러워할 만합니다! 정치적 부정축재자들이지만, 그들에게 지침을 주는 탁월한 직업외교관의 자문을 받고 있습니다. 그리고 그들 모두는 언젠가 한번은 거리낌 없이 연극작품이나 소설을 썼습니다. 적어도 청소년 시절에는 그랬고 오늘날도 여전히 책을 씁니다. 이 책들이 가치가 있다고 믿나요? 나는 그렇지 않다고 생각합니다. 하지만 맹세컨대, 나는 어제 저녁 이렇게 생각했어요, 우리나라의 외교는 뭔가를 놓치고 있다고. 책을 내놓지 못하기 때문이지요. 왜 그런지 당신께 말하겠습니다. 첫째, 몸속의 물을 땀으로 배출해야 하는 것은 스포츠 선수에게는 물론 외교관에게도 당연히 해당되는 일입니다. 둘째, 이것이 공공의 안전을 높입니다. 유럽적 균형이 뭔지 압니까? …"

그들의 대화는 디오티마가 울리히를 기다리고 있다는 전갈을 가져온 라헬로 인해 중단되었다. 투치는 모자와 외투를 건네받았다. "당신이 애국자라면 ….." 그는 라헬이 들이댄 외투 소매에 팔을 끼우면서 말했다.

"그럼, 제가 무엇을 해야 하죠?" 울리히가 물었고 라헬의 검은 눈동자를 바라보았다.

"당신이 애국자라면, 내 아내나 라인스도르프 백작이 조금은 이 어려움에 주의를 기울이도록 해야 합니다. 나는 그럴 수가 없어요. 남편이 그렇게 하면, 그게 조금 속이 좁아 보이거든요."

"하지만 여기서는 아무도 저를 진지하게 여기지 않습니다." 울리히가 조용히 대답했다.

"에이, 그런 말하지 마시오!" 투치가 활기차게 외쳤다. "그들은 당신을 진지하게 여깁니다. 다른 사람들에게 하는 그런 방식이 아닐 뿐이지. 하지만 벌써 오래전부터 모두가 당신에게 큰 두려움을 갖고 있어요. 당신이 라인스도르프에게 아주 미친 충고를 하지 않을까 염려하고 있어요. 유럽적 균형이 무엇인지 압니까?!" 외교관은 긴급히 탐문했다.

"제 생각엔 아마 대충요." 울리히가 대답했다.

"축하할 일이군요!" 투치는 분통을 터트리며 불행하게 대답했다.

"우리 직업 외교관들은 모두 그걸 몰라요. 그건 방해해서는 안 되는 것입니다. 모두가 덤벼들지 않도록. 하지만 아무도 무엇을 방해해서는 안 되는 것인지 정확히 몰라요. 당신은 지난 몇 년간 당신 주위에서 일어났고 지금도 일어나고 있는 일을 조금은 기억하지요. 이탈리아와 터키 간의 전쟁, 모스크바에서의 푸앵카레, 바그다드 문제, 리비아에서의 군사개입, 오스트리아와 세르비아 간의 긴장, 아드리아 문제 …. 이것이 균형인가요? 절대 잊을 수 없는 우리의 에렌탈 남작은 …, 하지만 당신을 더 오래 붙들지 않겠어요!"

"유감입니다." 울리히가 확언했다. "유럽적 균형을 그렇게 이해한다면, 그 안에는 정말 유럽적 정신이 가장 잘 표현되고 있어요!"

"그래요. 그게 흥미로운 거지요." 투치가 벌써 문간에 서서 공손하게 미소 지으며 답했다. "이런 의미에서 우리 운동의 정신적 성과는 과소평가될 수 없습니다!"

"왜 그걸 저지하지 않으시지요?"

투치는 어깨를 으쓱였다. "우리나라에서 각하와 같은 지위에 있는 남자가 뭔가를 원하면 거기에 반대해 나설 수가 없어요. 그냥 조심할 수밖에요!"

"잘 지내요?" 투치가 가고 난 후, 울리히는 지금 디오티마에게 그를 데려가고 있는 흑백의 옷을 입은 작은 보초에게 물었다.

17
디오티마가 독서목록을 바꾸었다

"친애하는 친구여!", 울리히가 방에 들어오자 디오티마가 말했다.
"당신과 이야기하지 않고는 당신을 보내고 싶지 않았어요. 하지만 이
런 모습으로 당신을 맞아야 하는군요!" 그녀는 실내복을 입고 있었고
그 안에 든 그녀의 위풍당당한 몸매는 우연한 상황으로 인해 약간 임
신을 상기시켰고 이는 출산을 겪지 않은 그녀의 자랑스러운 육체에
가끔씩 산고의 사랑스러운 뻔뻔함을 부여했다. 모피 목도리가 그녀
옆 소파 위에 놓여 있었고 조금 전까지도 그녀는 그것으로 보온을 했
음이 분명했다. 이마에는 편두통 때문에 띠를 두르고 있었고 이것은
그리스의 머리띠처럼 그녀를 치장했기 때문에 여전히 그 자리에 있어
도 되었다. 늦은 시간이었지만 불은 켜져 있지 않았고 미지의 고통을
멎게 해줄 약과 청량음료 냄새가 공기 중에서, 이불처럼 모든 개별 냄
새를 덮는 하나의 강력한 향기와 섞여 떠돌았다.

울리히는 그녀의 팔의 향기에서 그가 없는 동안에 진행되었을 변화
를 감지하려는 듯 얼굴을 깊이 숙여 디오티마의 손에 키스했다. 하지
만 피부는 평소처럼 목욕 냄새만 한껏 그윽하게 풍겼다.

"아아, 사랑하는 친구여!", 디오티마가 반복했다. "당신이 돌아와
서 좋아요, 오!" 그녀는 갑자기 미소를 지으며 신음했다. "위통이 너
무 심해요!"

자연스런 인간이 전달한 이 소식은 날씨예보처럼 자연스러웠고 디
오티마의 입에서 한층 더 강조된 파탄과 자백이 되었다.

"사촌이여!" 울리히가 미소를 지으며 외쳤고 그녀의 얼굴을 들여다 보기 위해 몸을 숙였다. 투치가 애정 어린 목소리로 아내의 불편한 상태에 대해 암시했던 것이 이 순간 그의 내면에서, 디오티마가 임신한 것이고 이제 결정이 이 집안에 들이닥쳤다는 추측과 뒤얽혔다.

그의 생각을 반쯤 추측한 그녀는 힘없이 이를 물리쳤다. 그녀는 사실 생리통이 있었을 뿐이었는데, 물론 이것도 전에는 없던 일이었고 아른하임과 남편 사이에서 동요하는 그녀의 상태와 관련 있다고 어렴풋이 짐작할 수 있었는데, 이 동요는 몇 달 전부터 이런 육체적 고통을 동반했다. 울리히가 돌아왔다는 소식을 들었을 때 그것은 하나의 위안이었고 그녀는 그를 자신의 투쟁을 잘 아는 사람으로서 환영했고 그래서 그를 들어오게 했던 것이다. 그녀는 거기에 누워 있었고 반쯤만 앉은 자세를 유지했고 내면을 헤집는 고통에 몸을 맡긴 채 그와 함께 있었고 울타리도 금지 팻말도 없이 개방되어 있는 한 조각 자연이었는데, 이는 그녀에게는 정말 드문 일이었다. 어쨌든 그녀는 과민한 위통을 핑계로 대는 것이 신빙성 있으리라고, 다름 아닌 감수성 있는 기질의 표시이리라고 가정했다. 그렇지 않았다면 그녀는 그에게 모습을 보이지 않았으리라.

"약을 드시죠." 울리히가 제안했다.

"아이!", 디오티마는 한숨을 쉬었다. "그냥 흥분 때문에 오는 거예요. 내 신경은 이를 더 이상 견딜 수 없을 거예요!"

잠시 휴지기가 생겼다. 이제 울리히는 사실 아른하임에 대해 물어야 했을 테지만, 그 자신과 직접 관련된 진행과정이 궁금했고 곧장 출구를 찾지 못했기 때문이었다. 마침내 그가 물었다. "문명에서 영혼을 해방시키는 일에 어려움이 있는 모양입니다?" 그리고 이렇게 덧붙였다. "제 자랑입니다만, 정신에게 세계로 가는 골목길을 열어 주려는 당신의 노력이 고통스럽게 와해될 것임을 저는 이미 오래전에 당신께 예언했습니다!"

디오티마는 모임에서 도망쳐서 울리히와 함께 대기실 신발장 위에 앉아 있었던 장면을 떠올렸다. 그때 그녀의 낙심은 거의 오늘과 같았지만 그래도 그동안 수많은 희망상승과 희망하강이 있었다. "그래도 너무나 멋있었어요!", 그녀가 말했다. "친구여, 그때 우리는 아직 위대한 이념을 믿었지요! 아마 오늘, 세계가 귀를 기울였다고 말해도 될 겁니다. 하지만 지금은 나 자신이 너무 실망하고 있어요!"

"도대체 왜죠?" 울리히가 물었다.

"모르겠어요. 아마 내 탓이겠지요."

그녀는 아른하임에 대해 뭔가 덧붙이려 했지만 울리히는 데모를 어떻게 수습했는지 알고 싶었다. 이에 대한 그의 마지막 기억은 라인스도르프 백작이 그를 그녀에게 보내 단호하게 대처하도록 그녀를 독려하는 동시에 진정시키려 했지만 그가 디오티마를 만나지 못했다는 것이었다.

디오티마는 거만한 몸짓을 했다. "경찰이 젊은 사람 몇 명을 체포했다가 방면했어요. 라인스도르프는 아주 화가 났지만 그 밖에 뭘 할 수 있었겠어요?! 그는 지금에서야 비스니에츠키에게 제대로 매달리고 있고 무슨 일이 일어나야 한다고 말하지요. 하지만 비스니에츠키는 어떤 선전도 할 수가 없어요. 무엇을 위해서인지 모르니까요!"

"그것이 '행동'이라는 구호라고 들었습니다." 울리히가 끼어들었다. 독일인 정당들의 반대 때문에 장관 자리를 얻지 못했고 그 때문에, 평행운동의 미지의 위대한 애국적 이념에 참여해 달라고 호소하는 위원회 수뇌부에 격렬한 불신을 불러온 비스니에츠키 남작이라는 이름은 각하의 정치적 처분과 그 결과를 울리히의 눈앞에 생생하게 보여 주었다. 편견 없이 진행되는 라인스도르프 백작의 사고는 — 이는 고향의 정신, 나아가 더 넓은 범위에서 유럽의 정신을 가장 중요한 남자들의 협동작용을 통해 일깨우려는 모든 노력이 실패하리라는 예상이 들어맞음으로써 더 강화되었을 것이다 — 이제 정신에 충격을 주는 것이 최상이라는 인식에 도달한 듯 보였다. 그게 어디서 오든 상관없었다. 각하의 숙고 속에서 이는 뭔가에 미친 사람에게는 가차 없이 고함을 치고 뒤흔들어 주는 것이 가끔씩 좋은 작용을 한다는 경험에서도 힘을 받았을 것이다. 하지만 디오티마가 답하기 전에 울리히가 서둘러 도달한 이 추측은 이제 그녀의 대답으로 인해 중단되었다.

고통을 겪는 이 여인은 이번에는 다시 친애하는 친구라는 호칭을 사용했다. "친애하는 친구여!", 그녀가 말했다. "거기에는 뭔가 참된 것이 있어요! 우리 세기는 행동에 목말라 있어요. 행동은 ⋯."

"하지만 어떤 행동인가요! 어떤 종류의 행동을 말하는지요?!" 울리히가 그녀의 말을 끊었다.

"무엇이든 상관없어요! 행동 속에는 말에 대한 위대한 비관주의가 들어 있어요! 우리가 지난 시간 동안 늘 말만 했음을 부인하지 맙시다. 우리는 영원하고 위대한 말과 이상을 위해 살았어요. 인간적인 것의 상승을 위해, 우리의 가장 내적인 고유성을 위해, 현존재의 충만함의 성장을 위해서요. 우리는 종합을 얻으려 노력했고, 우리는 새

336

로운 미의 향유, 행복을 주는 가치를 위해 살았습니다. 진리의 모색은 스스로 진리가 되려는 어마어마한 진지함에 비하면 어린아이의 놀이임을 부인하지 않겠어요. 하지만 현실내용이 너무 적은 현재의 영혼에게 이는 과부하(過負荷)였고 우리는 꿈같은 동경 속에서 이른바 무(無)를 위해 살았어요!" 디오티마는 팔꿈치에 기대 절박하게 몸을 일으켰다. "오늘날 흙더미에 파묻힌, 영혼으로 가는 출구를 찾는 것을 포기하고 차라리 있는 그대로의 삶과 끝장을 보려 한다면 그게 건강한 걸 거예요!" 그녀가 말을 맺었다.

이제 울리히는 '행동'이라는 구호에 대해, 라인스도르프의 해석이라 추측되는 것 말고도 또 하나의 공인된 다른 해석을 갖게 되었다. 디오티마는 독서목록을 바꾼 듯 보였다. 그는 방에 들어섰을 때 수많은 책에 둘러싸인 그녀를 본 것을 떠올렸지만 책의 제목을 알아보기에는 이미 날이 너무 어두웠고 일부 책 위에는 생각에 잠긴 젊은 여자의 육체가 뚱뚱한 뱀처럼 놓여 있었고 이제 이 뱀은 더 높이 몸을 세웠고 기대에 차서 그를 바라보았다. 소녀 시절부터 매우 감상적이고 주관적인 책에서 자양분을 섭취하는 것을 선호했던 디오티마는, 울리히가 그녀의 말에서 추론했던 것처럼, 그녀가 지난 20년간의 개념들로 발견하지 못한 그것을 앞으로 20년간의 개념들로도 발견하지 못하도록 끊임없이 작업하는 그 정신적 혁신력에 사로잡힌 것이 분명했다. 심지어 어쩌면 결국 여기서 역사의 그 대규모 분위기 변천, 매우 충분한 근거 없이 휴머니즘과 잔인함, 폭풍과 무관심 또는 충분한 근거가 없는 다른 모순들 사이에서 동요하는 그 변천이 일어날 것이다. 모든 도덕적 체험 뒤에 남는 그 작고 해명되지 않은 불특정성의 잔여물이 — 이에 대해 그는 아가테와 그토록 많은 이야기를 나누었다 — 사실 그 인간적 불확실성의 원인일 거라는 생각이 울리히의 머릿속을 지나갔다. 하지만 그는 이 대화에 대한 기억 속에 놓인 그 행복을 스스로에게 허락하지 않으려 했으므로 자신의 사고를 억지로 거기서 떼어내 차라리 장군을 향하게 했다. 장군은 시대가 이제 새로운 정신을 얻었다고 이야기해 준 첫 사람이었고, 게다가 매력적인 회의(懷疑)에 대한 욕구에는 일말의 여지도 주지 않는 건강한 분노의 힘으로 이야기했다. 그리고 이제 장군을 한 번 생각했기 때문에 사촌과 아른하임 간의 어그러진 질서에 신경 써달라는 장군의 청도 떠올랐고 결국 그는 영혼을 향한 디오티마의 작별연설에 솔직히 대답했다. "'무한한 사랑'이 당신 몸에 좋지 않았군요!"

"에이, 당신은 늘 변함이 없어요!" 사촌은 한숨을 쉬었고 도로 베개 위로 누워 눈을 감았다. 울리히의 부재로 인해 그동안 이런 직설적인 질문이 낯설어져 버려서 그녀는 우선 그에게 얼마나 털어놓아야 할지 곰곰이 생각해야 했기 때문이었다. 그리고 그동안 잊고 있던 것이 그가 옆에 있음으로 해서 단번에 다시 되살아났다. 그녀는 어렴풋이 '걷잡을 수 없이 사랑하기'에 대해 울리히와 나눈 대화를 떠올렸다. 그 대화는 지난번 또는 지지난번 만남에서 계속되었는데, 그녀는 영혼이 육체의 감옥에서 나올 수 있다고, 아니면 적어도 이른바 절반쯤 몸을 밖으로 내민다고 맹세했고 울리히는 이것은 사랑의 허기로 인한 정신착란이므로 아른하임이나 그 또는 다른 누군가에게 '일어나게 내버려두기'가 일어나게 내버려두라고 대답했다. 심지어 그는 이런 맥락에서 투치도 언급했고 이것도 이제 그녀의 기억 속에 되살아났다.

이런 종류의 제안은 울리히 같은 인간이 말하는 그 밖의 것들보다 더 쉽게 기억되니까. 그리고 아마 그녀는 이를 그 당시 마땅히 건방지다고 여겼을 것이다. 하지만 과거의 고통은 현재의 고통과 비교해 보면 악의 없는 옛 친구이므로 오늘 그것은 동지처럼 친근한 기억이라는 장점을 누렸다. 그래서 디오티마는 다시 두 눈을 뜨고 말했다. "지상에서는 아마 완벽하게 사랑할 수 없을 거예요!"

그녀는 이 말을 하며 미소 지었지만 이마에 두른 띠 아래에는 근심 주름이 생겼고 이는 어스름 속에서 그녀의 얼굴에 기이하게 찡그린 인상을 부여했다. 디오티마는 개인적으로 절실한 질문에서는 초현세적 가능성을 믿는 데 거부감이 없었다. 심지어 그녀는 폰 슈툼 장군이 뜻밖에 평의회에 등장한 것에 유령의 장난처럼 경악했고 아이였을 때는 죽지 않게 해달라고 빌 정도였다. 이는 그녀에게 아른하임과 그녀의 관계에 초현세적 믿음을 부여하는 것을 용이하게 해주었거나, 더 올바르게 말해, 오늘날 근본적인 신앙관계가 되어 버린 완성되지 않은 불신, 그 '배제하지 않음'을 용이하게 해주었다. 아른하임이 그녀와 5미터 거리를 두고 서 있을 때 공중에서 맞닿는, 눈에 보이지 않는 어떤 것을 그녀와 그의 영혼에서 끌어낼 수 있었다면, 또는 그들의 시선이 나중에 거기서 커피콩, 곡물알갱이, 잉크얼룩, 사용흔적 또는 진척만이라도 남도록 할 수 있었다면 디오티마는 그 다음으로, 어느 날 그것이 더 높이 고양되어, 대개의 현세적인 것만큼 그렇게 정확히 상상할 수는 없는 그 초현세적 연관성 속으로 들어갈 것이라고 기대했으리라. 그녀는 최근에 아른하임이 이전보다 더 자주 여행을 떠나 더 오랫동안 돌아오지 않았고 심지어 여기 있는 날에도 뜻밖에도 사업 때문에 더 바빴다는 것도 인내했다. 그녀는 자신에 대한 사랑이 여전히 그의 삶의 위대한 사건이라는 데에는 추호의 의심도 허용하지 않았고 그들이 다시 둘만 있게 되면 영혼의 고양은 순간적으로 너무나 컸고 접촉은 너무나 본질적이어서 감정이 놀라 침묵할 정도였으며 심지어 비개인적인 것에 대해 이야기를 할 기회가 주어지지 않으면 진공 상태가 생겨났고 이는 씁쓸한 기진맥진을 남겼다. 이것이 열정임은 배제할 수 없었지만 마찬가지로 그녀는 — 자신이 살고 있는 시대에서 실용적이지 않은 모든 것은 안 그래도 그냥 믿음의 대상, 즉 그 불확실한 불신일 뿐이라는 데에 익숙해진 나머지 — 모든 이성적 전제에 모순되는 뭔가가 뒤따를 것임도 배제할 수 없었다. 하지만 눈을 뜨고 솔직히 울리히를 향한 이 순간 — 울리히는 어두운 윤곽으로만 인지되었고 아무 대답도 하지 않았다 — 그녀는 자문했다. '난 무엇을 기다리는 거지? 도대체 무슨 일이 일어나야 하지?'

마침내 울리히가 대답했다. "하지만 아른하임은 당신과 결혼하려 했지요?"

디오티마는 다시 팔을 짚고 몸을 일으키고 말했다. "도대체 이혼하거나 결혼함으로써 사랑의 문제를 해결할 수 있나요?!"

"임신은 제 착각이었습니다." 울리히는 가만히 말했다. 사촌의 외침에 정말 어떻게 대답해야 할지 몰랐기 때문이었다. 하지만 갑자기 그가 시비를 걸며 말했다. "전 아른하임을 조심하라고 경고했어요!" 이 순간 그는 대부호가 둘의 영혼을 사업과 연관시켰다는 것을 자신이 알고 있음을 그녀에게 알릴 의무가 있다고 느꼈을 테지만 곧 다시 그만두었다. 이 대화 속에서 말 한 마디 한 마디가 그 옛 자리를 차지하고 있음을 알았으니까. 그가 돌아온 후, 마치 그가 1분간 죽어 있었던 듯, 꼼꼼하게 먼지를 털어낸 모습으로 만난 그의 방의 물건들처럼. 디오티마가 그를 꾸짖었다. "그걸 그렇게 가볍게 여기지 마세요. 아른하임과 나 사이에는 깊은 우정이 있습니다. 그럼에도 불구하고 가끔씩 뭔가가 우리 사이에 있다면, 난 그걸 커다란 두려움이라고 부르고 싶어요. 그건 바로 솔직함에서 옵니다. 나는 당신이 그걸 한 번이라도 체험해 본 적이 있는지 또는 그럴 능력이 있는지 모르겠군요. 특정한 높이의 느낌에 도달한 두 인간 사이에는 어떤 거짓말도 불가능해서 서로 이야기를 나눌 수조차 없을 정도예요!"

울리히의 섬세한 귀는 이 비난에서 사촌의 영혼으로 가는 입구가 평소보다 더 환하게 자신에게 열려 있음을 들었고 그녀가 아른하임과는 거짓말하지 않고는 이야기할 수 없음을 의도치 않게 고백한 것에 너무나 들떴으므로 한동안 아무 말도 하지 않음으로써 그의 솔직함을 보여 주었고 그 후 디오티마의 팔 위로 몸을 숙여 — 그 사이 디오티마가 다시 몸을 뉘였으므로 — 친구 사이의 다정한 방식으로 그 손에 키스했다. 그 손은 엘더베리 퓌레처럼 가볍게 그의 손안에 안주했고 키스 후에도 그 자리에 그대로 있었다. 맥박은 그의 손가락 끝으로 퍼져 나갔다. 옆에서 나는 분 같이 부드러운 냄새는 작은 구름처럼 그의 얼굴에 매달렸다. 기사도적 장난일 뿐이었다 해도 이 손 키스는 불륜과 공통점이 있었는데, 그것은 너무나 가까이 다른 사람 곁에서 몸을 숙여 동물처럼 그 사람을 들이마시고 자신의 상이 더 이상 물에서 되돌아오지 않는 것을 보는 씁쓸한 쾌락의 여운이었다. "뭘 생각하세요?" 디오티마가 물었다. 울리히는 그냥 머리를 설레설레 흔들었고 이를 통해 그녀에게 거듭—벨벳처럼 가물대는 마지막 빛이 겨우 밝히고 있는 어둠 속에서—침묵을 비교하며 연구할 기회를 주었다. "가장 위대한 영웅도 이들과 함께 있으면 침묵할 엄두를 내지 못하는 인간들이 있다"라는 멋진 문장이 그녀의 기억 속에 떠올랐다. 또는 그 정확한 어귀는 이와 유사했다. 그녀는 이것이 인용임을 기억한다고 생각했다. 아른하임이 이것을 사용했고 그녀는 이것을 자신과 연관시켰다. 그녀는 결혼 첫 주 이후로 아른하임 이외에 어떤 남자의 손도 2초 이상 잡은 적이 없었는데, 지금 울리히의 손에 유일하게 이 일이 일어나고 있었다. 자기편견에 사로잡힌 그녀는 일이 어떻게 진행되어야 할지 간과했지만 잠시 후, 아마 오고 있을, 아마 불가능할 최고의 사랑의 시간을 손 놓고 기다리는 대신, 결정을 내리지 못해 머뭇거리는 시간을 남편에게 더 많이 몰두하는 데 이용한 것이 완전히 옳았음을 확신하는 자신을 발견하고는 마음이 편안해졌다. 다른 인간들이 연인에게 부정을 저지를 때, 결혼한 인간들은 자신들의 의무를 기억하고 있다고 말해도 된다는 장점이 있다. 그리고 무슨 일이 일어나더라도 운명이 그녀를 데려가는 그 자리에서 우선은 자신의 의무를 행해야 한다고 스스로에게 말할 수 있었으므로 디오티마는 남편의 잘못을 상쇄하고 그에게 더 많이 영혼을 가르치려고 시도했다. 다시 어떤 시인이 한 말이 떠올랐는데, 대충 '사랑하지 않는 인간과 공통의 운명으로 엮인 것보다 더 나쁜 절망은 없다!'였고 이 말은 운명이 그들을 아직 갈라놓지 않은 한 그녀가 투치에게 호의적인 뭔가를 느끼도록 노력해야 함을 입증했다. 그녀는 예측할 수 없는 영혼의 사건들과는 당연히 대립되는 방식으로 이를 체계적으로 시도했다. 그녀는 이 사건들 때문에 더 이상 그를 벌하려 하지 않았다. 그리고 자부심을 느끼며 자신의 아래에 놓인 책들을 감지했는데, 그녀는 결혼의 생리학과 심리학에 몰두해 있었기 때문이다. 아무튼 방이 어둡다는 것, 그녀가 이 책들을 옆에 두고 있다는 것, 울리히가 그녀의 손을 잡고 있다는 것, 그녀가 그에게 웅대한 비관주의를 알렸다는 것 — 그녀는 이제 이 비관주의를 그녀의 공적 활동에서도 이상의 포기를 통해 표현하게 될 터였다 — 이 모든 것이 서로서로 보충했다. 디오티마는 이런 생각을 하며, 마치 모든 과거의 것에 작별을 고하기 위해 가방이 꾸려졌다는 듯 가끔씩 울리히의 손을 눌렀다. 이어 그녀는 가볍게 신음했고 아주 가벼운 통증의 파도가 그녀의 육체를 관통해 용서를 향해 달려갔다. 하지만 울리히는 이 누름에, 손가락 끝으로 달래면서 답했다. 이것이 몇 번 반복된 후 디오티마는 이것이 사실 너무 과하다고 생각했지만 더 이상 손을 빼는 일을 감행하지는 않았는데, 이 손이 너무나 가볍고 건조하게 그의 손안에 놓여 있었고 심지어 가끔씩 떨리기도 해서 그녀 자신에게조차 사랑의 생리학에 대한 금지된 지시처럼 여겨졌고, 무슨 일이 있더라도 미숙한 도피동작으로 이 지시를 폭로하지 않으려 했기 때문이었다.

이 장면을 끝낸 것은 옆방에서 일하던, 얼마 전부터 독특하게 버릇이 없어진 '라쉘'이었는데, 그녀는 열린 연결문 저편에서 갑자기 불을 켰다. 디오티마는 재빨리 자신의 손을 울리히의 손에서 뺐다. 무중력으로 가득 찼던 공간이 한순간 울리히의 손안에 놓여 있었다. "라쉘", 디오티마가 속삭이며 불렀다. "여기도 불을 켜줘!" 그일이 일어나자 조명을 받은 머리들은 물에서 솟아오른 물건과 비슷했는데, 마치 어둠이 머리에서 아직 완전히 증발해 버리지 않은듯했다. 디오티마의 입 주위에는 그늘이 져서 입을 축축하게 부풀렸다. 목과 뺨 아래에 난 진주 빛깔 작은 혹들은, 평소에는 연인을위한 풍성한 진미로 마련된 듯 보였을 테지만, 리놀륨 판화처럼 단단했고 잉크자국처럼 얼룩덜룩했다. 울리히의 머리도 출정에 나선원시인의 머리처럼 흑백으로 채색된 채 낯선 빛 속으로 솟아 있었다. 그는 눈을 깜박였고 디오티마를 둘러싸고 있는 책의 제목을 알아보려 했으며 이제 이 책들의 선택으로 표현된 사촌의 영혼 및 육체위생에 대한 지식욕을 알아보고는 깜짝 놀랐다. '그는 언젠가 다시한번 내게 무슨 짓을 할 거야!' 그의 시선을 쫓았고 그 시선에 불안해진 그녀는 갑자기 이렇게 생각했지만 물론 이는 이런 문장의 형식으로 의식되지는 않았다. 그녀는 이제 환한 곳에서 그의 눈 아래 누워있음으로 해서 사촌에게 너무 많이 내맡겨져 있다는 느낌이 들었고더 안정적인 모습을 보여 주고 싶은 욕구를 느꼈다. 존재하는 모든 것에서 '독립적인' 여자라야 할 수 있는 그런 우월한 몸짓으로 그녀는 자신의 읽을거리들을 포괄적으로 가리키면서 가능한 한 객관적인 억양으로 말했다. "가끔씩 내게 간통이 결혼생활의 갈등에 대한 너무 간단한 해결책으로 보인다면, 믿겠어요?"

"어쨌거나 가장 손해가 덜한 해결책입니다!" 울리히가 대답했고 그의 조소적 어조로 그녀를 화나게 했다. "저는 그것이 어떤 경우에도 해롭지 않다고 말하고 싶습니다."

디오티마는 그에게 비난의 눈길을 던졌고 라헬이 옆방에서 엿듣고 있을 수 있다는 신호를 주었다. 이어 그녀는 큰 소리로 "나는 절대 그런 뜻이 아닙니다!"라고 말했고 하녀를 불렀다. 라헬은 반항적인 모습으로 나타났고 쓰디쓴 질투심을 느끼면서, 물러가라는 말을 들었다. 하지만 이 돌발 사태를 통해 감정은 정돈이 되었다. 함께 작은 불륜을 저지른다는, 어둠으로 인해 유리했던 상상은, 그것이 이른바 표시할 수도 없고 누구를 향한 것도 아니었다고 해도, 밝음 속에서 달아났고 울리히는 이제 떠나기 전에 사업상으로 말해야 할 것을 말하려 했다.

"제가 비서직을 내려놓는다는 것을 아직 당신에게 알리지 않았군요." 그가 시작했다.

하지만 디오티마는 이미 보고를 받았다고 했고 그는 남아야 하며 달리는 안 된다고 설명했다. "우리가 해야 할 일이 아직 태산 같습니다." 그녀가 청했다. "조금만 더 기다려 주세요. 곧 해결책이 나올 겁니다! 당신에게 제대로 된 비서를 한 명 붙여 드릴 겁니다."

이 불특정한 '붙여 드릴 겁니다'가 울리히의 눈에 띄었고 그는 더 자세한 것을 알고 싶다고 했다.

"아른하임이 당신에게 자기 비서를 빌려주겠다고 제안했어요."

"감사하지만 됐습니다." 울리히가 대답했다. "그게 아주 사심 없지는 않다는 감정이 드는군요." 그는 이 순간 다시 디오티마에게 유전 (油田)과의 분명한 연관성을 설명하고 싶은 마음이 조금 들었지만 그의 대답의 미심쩍은 표현은 그녀의 눈에 띄는 일조차 없었고 그녀는 그냥 계속해서 보고했다.

"게다가 남편도 당신에게 외무부 소속 공무원을 붙여 줄 용의가 있다고 선언했어요."

"당신은 괜찮은가요?"

"솔직히 말해, 그다지 좋지는 않아요." 디오티마가 이번에는 좀더 단호히 말했다. "게다가 우리에게 사람이 부족하지도 않으니까요. 당신 친구인 장군도 기꺼이 그의 부서 조수를 한 명 당신에게 붙여 줄 수 있을 거라고 제안했거든요."

"그럼 라인스도르프는요?"

"이 세 가능성은 자발적으로 내게 제공된 것이고 따라서 라인스도르프에게 물어볼 이유가 없었어요. 하지만 분명 그도 누군가를 당신께 바치기를 마다하지 않을 거예요."

"제가 호강을 하는군요." 이 말로 울리히는, 진부한 방식으로 평행운동의 진행과정에 통제권을 확보하려는 아른하임, 투치, 슈툼의 뜻밖의 호의를 요약했다. "하지만 당신 남편의 심복을 취한다면 그게 가장 현명할지도 모르겠군요."

"친애하는 친구여 … ?" 디오티마는 여전히 이를 물리쳤지만 어떻게 계속해야 할지 제대로 몰랐고 아마 그 때문에 아주 복잡한 말이 나왔을 것이다. 그녀는 다시 팔꿈치에 기대 활기차게 말했다. "나는 간통을 결혼생활의 갈등에 대한 너무 서투른 해결책으로 보고 거부한다, 내가 당신에게 이렇게 말했지요! 하지만 그럼에도 불구하고 충분히 사랑하지 않는 한 인간과 **하나의** 운명으로 엮여 있다는 것은 그렇게 힘든 일이 아니에요!"

그것은 최고로 부자연스런 자연음이었다. 하지만 울리히는 냉담하게 자신의 결정을 고수했다. "투치 국장이 이런 식으로 당신이 하는 일에 영향력을 행사하려 한다는 것은 두말할 필요도 없어요. 하지만 다른 사람들도 그렇습니다!" 그가 설명했다. "세 남자 모두 당신을 사랑합니다. 그리고 각자 그것을 어떻게든 자신의 의무와 합쳐야 합니다." 그는 디오티마가 사실의 언어도, 그가 거기에 대해 내세운 소견의 언어도 이해하지 못한다는 것이 놀라울 따름이었고 작별하기 위해 일어서며 더 아이러니하게 말을 맺었다. "당신을 몰아적으로 사랑하는 유일한 사람은 바로 접니다. 제가 전적으로 아무 할 일이 없고 아무 의무도 없기 때문이지요. 하지만 한눈을 팔지 않는 감정은 파괴적입니다. 그것을 그사이 당신 스스로 경험했고 당신은 늘, 본능적이긴 하지만 타당한 불신으로 저를 대했어요."

왜 그랬는지 디오티마는 몰랐지만 아마 울리히가 비서에 대한 질문에서 그녀 집의 편을 드는 것을 보는 것이 편안했다는 가끔씩 너무나 호의적인 그 이유에서 이 일이 일어났을 것이다. 그녀는 그가 내민 손을 놓지 않았다.

"그럼. '그' 여자에 대한 당신의 관계는 조화로운가요?"

그의 소견에 연결하면서 그녀가 오만하게 물었다. 디오티마가 동원할 수 있는 오만은 대충 헤비급 선수가 깃털을 가지고 노는 것처럼 보였다.

울리히는 그녀가 누구를 말하는지 이해하지 못했다.

"당신이 내게 소개한 판사 부인 말입니다!"

"그걸 알아차렸군요, 사촌이여!"

"아른하임 박사가 내 주의를 환기시켰어요."

"그렇군요? 아주 기분이 좋은데요. 이로써 그가 당신이 저를 나쁘게 보게 할 수 있다고 생각했다니요. 물론 그 부인과 저의 관계는 전적으로 비난의 여지가 없습니다!" 울리히가 전통적인 방식으로 보나데아의 명예를 방어했다.

"당신이 없는 동안 그녀는 그냥 두 번 당신 집에 있었지요!" 디오티마가 웃었다. "첫 번째는 우리가 우연히 그녀를 목격했고 두 번째는 다른 경로를 통해 알았습니다. 그러니까 당신이 비밀을 지켜도 소용이 없어요. 반면에 나는 **당신을** 이해하고 싶습니다! 나는 그렇게 할 수가 없으니까!"

"맙소사, 어떻게 하필 당신에게 그걸 설명할 수 있을까요!"

"해보세요!" 디오티마가 명령했다. 그녀는 그녀의 '공적인 순결'의 표정을 지었는데, 그것은 그녀의 정신이 귀부인으로서 그녀의 영혼에 금지된 일을 듣거나 말하도록 명령할 때면 그녀가 짓는 일종의 안경 낀 표정이었다. 하지만 울리히는 이를 거부했고 보나데아라는 존재에 대해 자신은 추측만 할 수 있을 뿐이라는 말을 반복했다.

"좋아요." 디오티마가 시인했다. "당신 여자 친구 스스로가 암시를 아끼지 않았어요! 당신은 나를 상대로 어떤 부당함을 방어해야 한다고 믿는 듯 보이네요! 하지만 그게 더 좋다면, 추측만 하는 듯 그렇게 말하세요!"

이제 울리히는 알고 싶어 목이 탔고, 보나데아가 이미 몇 번 디오티마의 영접을 받았고 그것이 평행운동과 남편의 지위와 연관된 사안 때문만은 아니었다는 것을 들었다. "나는 이 여자가 아름답다고 생각한다고 고백해야 합니다." 디오티마가 시인했다. "그녀는 너무나 이

상주의적인 성향이 있더군요. 난 사실, 당신은 내 신뢰를 얻고자 했지만 내게는 늘 당신의 신뢰를 주지 않았다는 데 화가 납니다!"

이 순간 울리히는 대충 이렇게 저주했다. "너희들 모두 악마가 … !" 그는 디오티마를 경악하게 하고 싶었고 치근대는 보나데아에게 보복하고 싶었다. 또는 한순간 자신과, 자신이 살기로 선택한 삶 사이의 아득한 거리를 느꼈다. "자, 들어 보세요." 그는 정보를 주었고 음울한 듯 보였다. "이 여자는 색정증(色情症)이고 전 저항할 수가 없어요!"

디오티마는 '공적으로', 색정증이 무엇인지 알았다. 짧은 휴지기 후 그녀는 길게 끌며 대답했다. "불쌍한 여자군요! 당신은 그런 여자를 사랑하나요?!"

"너무 멍청하지요!" 울리히가 말했다.

디오티마는 '더 자세한 것'을 알고 싶다고 했다. 그는 그녀에게 '한탄할 만한 현상'을 설명하고 '인간적으로 만들어야' 했다. 그가 그다지 자세히 설명하지는 않았지만 그럼에도 불구하고 그녀는 점차 만족감에 사로잡혔는데, 이 만족감의 토대는 자신이 그 여자 같지 않다는 데 대한 주님을 향한 감사였지만 그 꼭대기는 경악과 호기심 속으로 사라졌고 이는 이후 울리히와의 관계에 영향이 없지는 않을 터였다. 생각에 잠긴 채 그녀가 말했다. "한 인간에 대해 내적 확신을 갖지 못하면서도 그를 안는 건 그냥 끔찍할 거예요!"

"그렇게 생각하십니까?" 사촌이 진심으로 반문했다. 디오티마는 이 빈정대는 말에 격노와 모욕감이 머리 위로 치솟는 것을 느꼈지만 이를 드러내서는 안 되었다. 그녀는 그의 손을 놓고 작별의 몸짓을 하고 도로 베개 위에 놓는 것으로 만족했다. "당신은 내게 그 이야기를 절대 하지 말았어야 했어요!" 그녀는 그 자세로 말했다. "당신은 방금 그 불쌍한 부인에 대해 아주 아름답지 못하게 행동했고 경솔했어요!"

"저는 결코 경솔하지 않습니다!" 울리히가 자신을 방어했고 사촌을 두고 웃지 않을 수 없었다. "당신은 정말 부당합니다. 당신은 제가 다른 여자에 대한 고백을 하도록 한 첫 번째 여자고 당신이 저를 오도했어요."

디오티마는 우쭐해졌다. 그녀는 정신적 변신은 없으면서 최고인 척한다와 비슷한 말을 하려 했지만 그만두었는데, 이 말이 갑자기 너무 개인적으로 와 닿았기 때문이었다. 하지만 마침내 그녀를 둘러싼 책 가운데 하나에 대한 기억이 그녀를 도왔고 그녀는 공평무사한, 흡사 관청의 캐비닛을 통해 보호를 받는 듯한 대답을 했다. "당신은 모든 남자들이 저지르는 실수를 범하고 있어요." 그녀가 꾸짖었다. "당신은 사랑의 파트너를 동등한 가치가 있는 사람으로 대우하지 않고 그냥 당신 자신에 대한 보충물로 취급하고 그 후 실망하지요. 활기차고 조화로운 연애로 가는 길은 어쩌면 더 가혹한 자기교육을 통해서만 닦일 수 있지 않을까 하는 질문을 스스로에게 제기한 적이 없지요!"

울리히는 거의 입을 다물 수가 없을 지경이었지만 자기도 모르게 이 학자풍의 공격을 방어하며 대답했다. "오늘 벌써 투치 국장님이 제게 영혼의 교육 및 발생가능성에 대해 물었다는 것을 아시나요?!"

디오티마는 펄쩍 뛰었다. "뭐라고요? 남편이 당신과 영혼에 관해 이야기를 하나요?" 그녀가 놀라서 물었다.

"예, 물론입니다. 국장님은 그게 무엇인지 배우고 싶어 해요." 울리히는 이렇게 장담했지만 더 이상 어떤 이유로도 출발을 늦추려 하지 않았고 어쩌면 다른 기회에 비밀엄수의 의무를 깨고 이것도 이야기하겠다고만 약속했다.

18
한 도덕주의자가 편지를 쓰면서 겪는 어려움

집에 돌아온 자가 처해 있던 불안한 상태는 이 디오티마 집 방문으로 끝이 났다. 벌써 다음 날 저녁 무렵 울리히는 책상 앞에 앉았는데, 책상은 이 행위로 금세 다시 친근해졌고 그는 아가테에게 편지를 쓰기 시작했다.

　명백했던 것은 — 바람이 없는 하루가 대개 그렇듯 그렇게 가볍고 선명했다 — 그녀의 경솔한 시도가 극도로 위험하다는 것이었다. 일어난 일은 아직은 그와 그녀와만 관련된 좀 과한 농담에 불과할 수 있었지만 이는 전적으로 그 일이 현실과 관계를 맺기 전에 취소된다는 데 달려 있었고, 현실과 관계를 맺게 될 위험은 매일 커져 갔다. 울리히는 여기까지 쓰고 중단했고 우선은 이 모든 것을 아무런 위장 없이 설명하는 편지를 우체국에 넘긴다는 데 우려를 느꼈다. 그는 편지 대신에 다음 기차를 타고 직접 가는 것이 어느 모로 보나 가장 적절하겠다고 스스로에게 말했다. 하지만 물론 사실 여러 날 동안 이 사안에 전혀 신경을 쓰지 않다가 그렇게 한다는 것도 앞뒤가 맞지 않아 보였고 그는 자신이 그렇게 하지 않을 것임을 알았다.

　그는 거의 결심과도 같이 확고한 뭔가가 그 근저에 깔려 있음을 알아차렸다. 그는 돌발 사태에서 생길 일을 되어 가는 대로 놔두고 싶은 심정이었다. 그러면 그에게 제기된 질문은 그저 '그가 그것을 어느 정도까지 실제로 그리고 분명히 원할 수 있을까'였고 이때 온갖 흔한 생각들이 그의 머릿속을 지나갔다.

그가 처음에 곧장 알아차린 것은 그가 지금까지 '도덕적으로' 행동하려고 할 때마다, 보통 '비도덕적'이라고 부를 수 있는 행동이나 사고를 할 때보다 정신적 처지가 더 안 좋았다는 것이었다. 이는 일반적인 현상이다. 모든 사람들은 자신들을 주변 환경과 대립하게 하는 사건들에서 자신들의 힘을 펼치는 반면에 자신들의 의무만 행하는 곳에서는 당연히 세금을 낼 때와 다르게 행동하지 않으니까. 여기서 도출되는 결론은 모든 악(惡)은 다소 환상과 열정을 가지고 행해지지만 반대로 선(善)은 분명 정서결핍과 빈약함을 특징으로 한다는 것이다. 울리히는 누이가 이 도덕적 곤경을 선이 그럼 더 이상 선하지 않느냐는 질문으로 아주 공평무사하게 표현했음을 떠올렸다. 그녀는 이것이 어렵고 기막힌 일일 것이라고 주장했고 그럼에도 불구하고 도덕적 인간이 거의 늘 지루한 인간이라는 것에 놀라워했다.

그는 만족스럽게 미소를 지었고, 이제 아가테와 그가 함께 하가우어에게 특별히 대립했다는 식으로 이 사고를 이어갔는데, 이는 대충 '선한 방식으로 나쁜 인간들' 대 '나쁜 방식으로 선한 남자'의 대립이라 명명할 수 있었다. 어머니의 치맛자락을 놓은 이후로 선과 악이라는 보편적인 단어가 더 이상 사고 속에 등장하지 않는 인간들이 정당하게 취한 커다란 중간 부분의 삶을 차치하면, 아직도 의도적으로 도덕적인 노력이 이루어지고 있는 가장자리 부분은 오늘날 실제로 이런 악하면서 선한 사람들과 선하면서 악한 사람들에게 맡겨져 있고 이들 가운데 절반은 선이 날아가는 것을 결코 보지 못했고 노래하는 것을 듣지 못했고 따라서 모든 동료인간들에게 자기들과 함께 도덕의 자연을 꿈꿔 보자고 요구하지만 이 자연 속에서는 박제된 새가 죽은 나무 위에 앉아 있다. 이에 또 하나의 절반, 선하면서 악한 인간들은 연적(戀敵)에게 자극을 받아 적어도 사고 속에서는 열심히 악을 향한 성향을 과시하는데, 마치 선처럼 완전히 닳지 않은 악한 행위에서만 아직 약간의 도덕적 생동감이 움찔거린다고 확신하는 듯하다. 이런 식으로 당시 세상은 — 물론 울리히가 이런 예견을 아주 의식적으로 한 것은 아니었다 — 마비된 도덕 때문에 몰락할 것인지, 생동하는 비도덕주의자들 때문에 몰락할 것인지 선택의 여지가 있었고 오늘날까지도, 결국 어느 쪽이 압도적인 성공을 거두며 선택되었는지 잘 모른다. 일반적으로 도덕에 대해 생각할 시간이 없는 수많은 사람들이 자신들을 둘러싼 상태에 대한 신뢰를 잃고 그 결과 당연히 많은 다른 것들도 잃었기 때문에 특별히 한번 도덕에 대해 생각을 해보았다면 모를까. 악하면서 악한 인간들에게 모든 것에 대한 책임을 쉽게 전가시킬 수는 있겠지만 이들은 당시에 벌써 오늘날만큼이나 적었고 선하면서 선한 인간들은 너무나 멀리 있는 성운(星雲)만큼이나 동떨어진 과제를 의미했으니까. 하지만 울리히는 다름 아닌 이 사람들에 대해 생각했고 반면에 그가 생각하는 듯 보이는 다른 모든 것들에는 매우 무관심했다.

그리고 그는 '행하라!'와 '행하지 말라!'라는 요구의 관계를 선과 악의 자리에 놓음으로써 자신의 사고에 훨씬 더 보편적이고 비개인적인 형식을 부여했다. 왜냐하면 도덕이 — 이는 훈족 무리의 정신에도, 이웃사랑의 정신에도 해당된다 — 상승 중인 한, '행하지 말라!'는 그냥 '행하라!'의 이면이며 그것의 자연스런 결과이기 때문이다. 행하기와 내버려두기는 불타오른다. 그리고 여기에 들어 있는 실수는 크게 중요하지 않다. 영웅과 순교자의 실수니까. 이 상태에서 선과 악은 한 인간 전체의 행과 불행과 같다. 그렇지만 논란의 여지가 있는 것이 지배권을 얻어 퍼져 나가고 그 실행이 더 이상 특별히 어렵지 않게 되자마자 요구와 금지 간의 관계는 필연적으로 어떤 결정적인 상태를 겪게 되는데, 이 상태에서는 이제 의무가 더 이상 매일 새롭고 생생하게 태어나지 않고 진이 다 빠진 채 그리고 여러 가지 고려들로 쪼개진 채 다양한 사용을 위해 준비되어야 한다. 그리고 이로써 하나의 과정이 시작되고 이 과정이 진행되는 동안 미덕과 악덕은 동일한 규정, 법칙, 예외, 제한이라는 그 출신을 통해 서로 점점 더 비슷하게 되어 마침내 그 멋지긴 하지만 근본적으로 참을 수 없는 자기모순이 생겨난다. 울리히가 출발점으로 삼았던 이 자기모순은 허락된 사건이나 허락되지 않은 사건 모두에서 불꽃처럼 튀어나오는 순수하고 심오하고 근원적인 행동방식이 주는 만족에 비하면 선과 악의 차이는 모든 의미를 잃는다는 것이었다. 그렇다. 이에 대해 공평무사하게 질문하는 사람은 도덕의 금지하는 부분이 요구하는 부분보다 더 강하게 이 긴장으로 차 있음을 알아볼 것이다. '악'으로 표시되는 특정한 행위를 저질러서는 안 된다거나 그럼에도 불구하고 그 행위를 한다면 가령 남의 재산 횡령이나 무절제한 향락처럼 해서는 안 된다는 것은 비교적 자연스러워 보이는 반면, 이 행위에 상응하는 긍정하는 도덕

전통들은 — 이 경우 그것은 선물하기라는 완전한 헌신이거나 현세적인 것을 죽이려는 욕구일 것이다 — 이미 거의 사라졌고, 아직 행해지는 곳에서도 바보와 변덕쟁이의 사업이거나 창백한 도덕군자들의 사업이다. 미덕이 쇠약하고 도덕적 행동이 주로 비도덕적 행동의 제한에만 있는 이런 상태에서 아마 후자는 전자보다 더 근원적이고 더 강력해 보일 뿐만 아니라 심지어 더 도덕적으로 보일 것이다. 도덕적이라는 단어를 법과 법칙이라는 의미에서가 아니라 이제 양심의 질문을 통해 일어나는 모든 열정의 척도로 사용하는 것이 허락된다면 말이다. 하지만 우리가 아직 갖고 있는 영혼의 잔여물로 선을 추구하기 때문에 악을 내적으로 촉진하는 것보다 더 모순에 찬 것이 있을까?!

울리히는 자신의 숙고가 걸어온 상승곡선이 그를 다시 아가테에게 돌아가게 한 지금 이 순간처럼 이 모순을 강하게 느낀 적이 없었다. 어떤 — 덧없는 말을 다시 한번 사용하자면 — 선하면서 악한 표현형식을 사용하려는 그녀 본성에 놓인 그 자발성은 아버지의 유언장 조작에서 엄연히 체현되었고 그 자신의 본성에 놓인 동일한 자발성을 해쳤는데, 그의 자발성은 그냥 사고다운 형상, 흡사 목사님의 악마예찬의 형상이라고 말할 수 있는 형상을 취했다. 반면에 그는 개인적으로는 그럭저럭 살 수 있었을 뿐 아니라, 보다시피, 거기서 방해받고 싶지도 않았다. 그는 아이러니한 명증함과 침울한 만족감을 느끼면서, 악에 대한 그의 이론적 몰두가 근본적으로 전부 그가 악한 사건들을 그 일을 하는 악한 인간들로부터 보호하고 싶어 하는 것으로 끝났음을 확인했고 갑자기 선을 향한 요구를 느꼈다. 쓸데없이 낯선 곳을 떠돌던 사람이 한 번 집으로 돌아가는 것 그리고 그의 마을의 우물물을 마시기 위해 곧장 거기로 달려가는 것을 상상하듯이. 하지만 이 비교가 떠오르지 않았더라면 그는 아마 아가테를 현재의 시대가 수없이 쏟아내고 있는 도덕적으로 혼합된 인간이라는 개념으로 상상하려는 그의 모든 시도가 훨씬 더 경악스러운 예견에서 자신을 보호하려는 핑계였을 뿐임을 알아차렸으리라. 의식적으로 조사해 보면 꾸짖어야 할 누이의 태도는 함께 꿈꾸자마자 이상하게도 심지어 사람을 홀리면서 꾀어냈다. 그러면 모든 논쟁거리, 둘로 나뉜 것들은 사라졌으니까. 그리고 열정적이고 긍정하는, 행동으로 치닫는 선의 표현이 형성되었고 이 선은 탈진한 일상의 형식들 옆에서 아주 쉽게 태곳적 악덕처럼 보일 수도 있었다.

울리히는 느낌이 이렇게까지 상승하는 것을 스스로에게 쉽게 허용하지 않았고 특히 그가 써야 하는 편지와 관련해서는 전혀 그렇게 하고 싶지 않았으므로 이제 자신의 사고를 다시 보편적인 것으로 유도했다. 이 사고들은 그가, 자신이 누이와 함께 체험했던 그 시간 동안 충만함에서 오는 의무감이 얼마나 자주 그리고 얼마나 쉽게 개별 미덕의 기존 비축물에서 때로는 이것을, 때로는 저것을 꺼내어 시끄러운 경배의 중심에 세웠는지 떠올리지 않았더라면 불완전했으리라. 민족적 미덕, 기독교적 미덕, 인문적 미덕이 차례로 불려왔는데, 한 번은 특수강(鋼)의 미덕, 다음 번에는 선의 미덕, 때로는 개인의 미덕, 때로는 공동체의 미덕, 오늘은 10분의 1초의 미덕, 하루 전에는 역사적 느긋함의 미덕이었다. 공공의 삶의 분위기 변화는 근본적으로 이런 주도표상들의 교체에 근거한다. 하지만 이는 늘 울리히와는 상관이 없었고 그가 그냥 한옆에 비켜서 있다고 느끼게 할 뿐이었다.

지금도 이는 그에게는 일반적인 상(象)의 보충일 뿐이었다. 너무 커져 버린 복잡성의 단계에서 생긴 삶의 도덕적 해석불가능성을 이 복잡성 속에 이미 들어 있는 해석 가운데 하나로 해결할 수 있다고 믿게 할 수 있는 것은 절반의 통찰뿐이니까. 이런 시도들은 그냥 불안하게 자세를 바꾸는 병자의 움직임과 유사한데, 그동안에도 그를 침상에 묶어 두는 마비는 멈출 수 없이 진행된다. 울리히는 이 시도들이 일어나는 그 상태는 피할 수 없는 것이고 모든 문명이 다시 하강하는 그 지점을 나타낸다고 확신했다. 지금까지 어떤 문명도 잃어버린 내적 긴장의 자리에 새로운 긴장을 놓을 수 없었으니까. 그는 또 존재했던 모든 도덕에 일어난 동일한 일이 모든 미래의 도덕에도 닥친다고 확신했다. 도덕적 해이는 계명과 그 준수의 영역에 있지 않고, 계명의 차이에 달려 있지 않고, 외적인 엄격함이 접근하기 어렵고, 아주 내적인 과정이고, 모든 행위의 의미 감퇴, 그 행위에 대한 책임의 통일성에 대한 믿음 감퇴와 같은 의미니까.

이렇게 울리히의 사고는 미리 의도하지 않았는데도 다시 그가 라인스도르프 백작을 상대로 조소적으로 '정확성과 영혼의 총사무국'으로 명명했던 그 표상에 도달했다. 그리고 그는 평소에는 그냥 오만하게 농담으로 말했지만 이제, 어른이 된 이후로 자신이 마치 그런 '사무국'이 가능한 것의 테두리 안에 있는 것처럼 행동했음을 통찰했다. 그는 아마 사고하는 인간은 모두, 다 큰 남자들이 아이였을 때 엄마가 가슴에 달아 준 성자의 그림을 옷 아래에 지니고 다니는 것과 꼭 마찬가지로, 질서에 대한 이런 이념을 내면에 품고 있을 것이라고 말함으로써 스스로를 용서할 수 있었다. 그 누구도 진지하게 여길 용기도,

내려놓을 용기도 없는 질서에 대한 이 그림은 다음과 같은 것과 크게 달라 보이지 않는다. 즉, 한편으로 그것은 올바른 삶의 법칙을 향한 동경을 어렴풋이 묘사하는데, 이 법칙은 확고하고 자연스러우며 어떤 예외도 허용하지 않고 어떤 이의도 용납하지 않으며 도취처럼 해체시키지만 진리처럼 냉철하다. 하지만 다른 한편 이 그림 속에는 자신의 눈은 결코 그런 법칙을 보지 못할 것이고, 자신의 사고는 결코 그것을 사고하지 못할 것이고, 그것은 개인의 메시지와 폭력을 통해서는 결코 불러올 수 없으며, 도대체 공상이 아니라면, 오직 모든 사람들의 노력을 통해서만 소환될 수 있을 것이라는 확신이 반영되어 있다. 한순간 울리히는 망설였다. 의심할 바 없이 그는 신앙심이 있는 인간이었고 그냥 아무것도 믿지 않았을 뿐이었다. 학문에 대한 엄청난 헌신도 그로 하여금 인간의 미와 선은 믿음에서 오는 것이지 지식에서 오는 것이 아님을 결코 잊게 하지는 못했으니까. 하지만 믿음은 언제나 지식과 연결되어 있었는데, 그냥 지식이라고 상상한 것일 뿐이라 해도 지식의 기적적인 설립 초창기 이래로 그랬다. 그런데 이 옛 지식부분은 오래전에 썩어 버렸고 믿음을 같은 부패 속으로 끌어들였다. 따라서 오늘날 중요한 것은 이 연결을 새로 구축하는 것이다. 물론 그냥 믿음을 '지식의 높이로' 데려가는 방식이 아니라 아마 믿음이 이 높이로부터 날아오르는 방식일 것이다. 지식을 넘어 상승하는 기술이 새로이 연마되어야 한다. 그리고 개개인은 그럴 수가 없기 때문에 모든 이들이 그들의 감각이, 평소에 이 감각이 어디에 있든, 이를 향하도록 해야 하리라. 이 순간 울리히가 사실 인류가 아직 알지도 못하는 목표를 향한 노력을 경주하기 위해 세워야 하는 10년 계획, 100년 계획, 1000년 계획을 생각했다면 그는, 많이 질문할 것도 없이, 그가 이것을 이미 오래전부터 여러 가지 이름으로 진정 실험적인 삶이라고 상상했음을 알았다. 그는 믿음이라는 단어로 사실 일반적으로 믿음만 있는 무지로 이해되는 그 기형적 지식욕이 아니라 오히려 아는 예감, 지식도 아니고 공상도 아니지만 또 믿음도 아닌 어떤 것, 즉 이 개념들에서는 벗어나는 '그 다른 것'을 의미했으니까.

그는 재빨리 편지를 끌어당겼지만 곧 다시 밀어냈다.

그의 얼굴은 조금 전까지만 해도 엄하게 달아올랐지만 다시 빛을 잃었고 그가 가장 사랑하는 위험한 생각은 가소롭게 여겨졌다. 재빨리 열어젖힌 창문을 통해 얼핏 본 듯 그는 무엇이 실제로 자신을 둘러싸고 있는지를 느꼈다. 대포들, 유럽의 사업들이었다. 이런 방식으로 살아온 인간들이 그들의 정신적 운명의 신중한 운항을 위해 뭉칠 수 있으리라는 상상은 아예 할 수 없었고 울리히는 역사적 발전도 결코 개별 인간의 정신 속에서나 간신히 가능한 이념들의 이런 계획적 연결에서 일어나지 않았고, 마치 난폭한 도박꾼의 주먹이 탁자 위에 던지기라도 한 듯 끊임없이 허비하면서 낭비하면서 일어났음을 통찰해야 했다. 심지어 그는 약간 부끄러웠다. 그가 이 시간에 생각했던 모든 것들은 수상쩍게도, 모종의 '주요 결의를 채택하고 참여국민들의 소망을 파악하기 위한 연구회'를 상기시켰다. 사실 그가 아무튼 도덕화하고 있다는 것, 자연을 촛불 아래에 관찰하는, 이론적 방식에 따른 이런 사고는 그에게 전적으로 부자연스럽게 여겨졌다. 반면에 단순하고 태양빛의 선명함에 익숙한 인간은 항상 가장 가까이 있는 것에 손을 뻗으며, 그것을 잡을 것인가, 감히 그렇게 할 것인가 하는 아주 특정한 질문 말고는 결코 다른 질문에 몰두하지 않는다.

이 순간 울리히의 사고는 보편적인 것에서 다시 그 자신에게로 역류했고 그는 누이의 의미를 느꼈다. 그는 그녀에게 그 속에서는 모든 것이 긍정인 그 놀랍고도 무제한적이고 믿을 수 없고 잊기 쉬운 상태를 보여 주었다. 그것은 도덕적 움직임 말고는, 즉 단 하나의 움직임 말고는 어떤 다른 정신적 움직임도 행할 수 없는 상태, 하나의 도덕이, 비록 그것이 모든 행위가 내면에서 아무 근거 없이 부유하는 데 있다 하더라도, 중단 없이 있는 상태였다. 사실 아가테가 한 일은 그냥 이를 향해 손을 뻗은 것뿐이었다. 그녀는 손을 뻗는 인간이었다. 그리고 울리히의 숙고 대신에 현실 세계의 육체와 형성물이 모습을 나타냈다. 그가 생각했던 모든 것은 이제 그저 주저, 과도기로만 보였다. 그는 아가테의 착상에서 무슨 일이 일어날지 '되어 가는 대로 두려' 했고 이 순간 그에게는 신비로운 약속이, 비천한 개념에 따르면 욕먹을 행동으로 시작되었다는 것은 전혀 중요하지 않았다. '상승과 하강'의 도덕이 정직함의 단순한 도덕처럼 거기에 적용될 수 있을지는 그냥 기다려 보아야 했다. 그리고 그는 그녀에게 이야기하는 것을 그 스스로 믿느냐는 누이의 열정적인 질문을 상기했지만 지금도 당시처럼 그렇다고 할 수가 없었다. 그는 자신이 이 질문에 답하기 위해 아가테를 기다리고 있다고 스스로에게 고백했다.

그때 전화기가 울렸고 수화기 너머에서 발터가 뜬금없이 급조된 이유를 대며, 급히 주워 모은 말들로 울리히를 설득했다. 울리히는 무관심하게 선선히 귀를 기울였고 수화기를 내려놓고 몸을 일으켰을 때도 여전히 마침내 멈춘 벨소리를 느꼈다. 깊이와 어둠이 기분 좋게 주변 환경 속으로 역류했지만 그는 이 일이 소리나 색채에 일어났는지 말할 수 없었으리라. 그것은 온 감각의 심연 같았다. 미소를 지으면서 그는 누이에게 편지를 쓰기 시작했던 종이를 집어 들어 천천히 조각조각 찢었고 방을 나갔다.

— 5권에서 계속

지은이 · 옮긴이 소개

지은이_로베르트 무질 (Robert Musil, 1880~1942)

로베르트 무질은 오스트리아의 클라겐푸르트에서 태어났고, 작가로서는 이례적으로 군사학교와 공과대학을 거쳐 철학으로 박사학위를 받았다. 슈투트가르트 공대 재학 중 집필한 자전적 소설 《생도 퇴얼레스의 혼란》(1906) 이 성공을 거두어 작가의 길로 들어선다. 5년간의 제1차 세계대전 참전 후 1920년대 초 《특성 없는 남자》 집필을 시작한다. 1930년 제1권, 1932년 제2권이 출간되지만 이후 경제적 어려움, 건강 악화, 1938년 나치의 오스트리아 병합, 망명 등으로 인해 소설의 마무리 작업은 진척을 보지 못하고 결국 1942년 작가가 망명지 스위스 제네바에서 뇌졸중으로 급작스레 사망함으로써 이 대작은 미완성으로 남는다. 무질은 데뷔작과 대표작 외에 단편집 《합일》(1911), 《세 여인》(1924) 과 드라마 《몽상가들》(1921), 《빈첸츠와 중요한 남자들의 여자 친구》(1924) 를 발표했으며, 그 외 신문이나 잡지에 기고한 많은 글들 가운데 일부는 이후 《생전 유고》(1935) 라는 제목의 책으로 출간되었다.

옮긴이_신지영

서울대 독어독문학과를 졸업하고 독일 쾰른대에서 로베르트 무질의 《특성 없는 남자》에 관한 논문으로 박사학위를 받았다. 덕성여대를 거쳐 현재 고려대 독어독문학과 교수로 재직하고 있다. 저서로는 *Der 'bewußte Utopismus' im Mann ohne Eigenschaften von Robert Musil* (Königshausen & Neumann 2008), 번역서로는 《생전유고/어리석음에 대하여》(로베르트 무질 지음, 워크룸프레스 2015) 가 있다.